LIZZIE SHANE

Pine Hollow

ZWÖLF KÖRBCHEN UNTERM WEIHNACHTSBAUM

Roman

Aus dem Englischen von
Christian Trautmann

HarperCollins

Die Originalausgabe erschien 2020 unter dem Titel
The Twelve Dogs of Christmas bei Forever, New York.

1. Auflage 2021

Deutsche Erstausgabe

Umschlaggestaltung von Zero Werbeagentur, München
Umschlagabbildung von Mark Herreid, HolyCrazyLazy, Flaffy, Lelusy,
linimasa / Shutterstock
Gesetzt aus der Stempel Garamond
von GGP Media GmbH, Pößneck
Druck und Bindung von CPI books GmbH, Leck
Printed in Germany
ISBN 978-3-7499-0331-3
www.harpercollins.de

Zum Buch:

Die erfolgreiche Modefotografin Ally reist um die Welt. Immer dorthin, wo der nächste Auftrag auf sie wartet. Doch jetzt will sie eine Pause einlegen, um Weihnachten bei ihren Großeltern in Pine Hollow zu verbringen und ihnen bei der Arbeit im Tierheim unter die Arme zu greifen. Schnell erkennt sie allerdings, dass es viel zu wenige Interessenten für die heimatlosen Vierbeiner gibt, und so plant Ally ein Fotoshooting. Was könnte schließlich besser Besucher anlocken als niedliche Hundefotos? Als Stadtrat Ben West ihr jedoch die Streichung der städtischen Subventionen für das Hundeasyl ankündigt, scheint alles vor dem Aus zu stehen. Wie kann jemand kurz vor Weihnachten so etwas tun? Ally kämpft um den Erhalt des Lebenswerks ihrer Großeltern. Als sie schon glaubt, alle Mühen seien umsonst, merkt sie, dass Ben West vielleicht doch nicht so schlimm ist, wie sie dachte …

Zur Autorin:

Lizzie Shane ist Filmjunkie und Buchnerd, seit sie denken kann. Nach einem kurzen erfolglosen Abstecher ins Showbusiness kam sie zurück in ihre Heimatstadt im kalten Alaska und widmete sich ihrer zweiten großen Leidenschaft: dem Schreiben von Liebesromanen. Seither gewann sie zahlreiche Auszeichnungen für ihre Geschichten.
Lizzie Shane reist gern und ist häufig bei Facebook anzutreffen, wo sie über ihre aktuellen Lieblingsbücher und die neuesten Folgen der wichtigsten TV-Shows tratscht.

1. Kapitel

Die Bewohner von Pine Hollow, Vermont, betrachteten ihr Städtchen gern als die Mary Poppins unter den Kleinstädten: nahezu perfekt in jeder Hinsicht. Was toll war – solange man nicht zum Stadtrat gehörte, der dafür verantwortlich war, dass alles auch so blieb. Nachdem er sich zwei volle Jahre jede noch so kleine Beschwerde angehört hatte, war Ben West überzeugt, dass er inzwischen für sämtliche eventuellen Sünden aus früheren Leben gebüßt hatte.

Und Weihnachten … Weihnachten war am schlimmsten.

Die Stadt drehte jedes Jahr durch um diese Zeit, und Bens Telefon lief heiß wegen all der Forderungen übereifriger Mitbürger. Mehr Lichter für den Tannenbaum. Neue Girlanden für die Bibliothek. Mehr Polsterung für das Weihnachtsmannkostüm, da der gewohnte Darsteller seit dem Sommer Marathons lief und jetzt fast 25 Kilo leichter war.

Weil alles von der Gemeinde bezahlt wurde, musste auch alles im Stadtrat beschlossen werden. Und Ben hatte die fragwürdige Ehre, die entscheidende Stimme in diesem Rat zu sein.

Er konnte von Glück reden, wenn er es schaffte, von zu Hause zu Astrids Schule und von dort zur Arbeit zu gehen, ohne ein halbes Dutzend Mal mit einem fröhlichen »Oh, Ben! Ich hatte gehofft, dir zu begegnen!« angehalten zu werden. Und sein Handy schien ohne Unterlass zu vibrieren.

Wie aufs Stichwort kündigte ihm ein Schnipsel der Titelmusik aus *Der Weiße Hai* den Eingang einer E-Mail in seinem Stadtrats-Account an. Er ignorierte die Melodie, während er auf dem Weg zur Kaffeemaschine die Küche durchquerte. Stadtangelegenheiten vor dem ersten Kaffee waren nie eine gute Idee. Aber vielleicht handelte es sich ja ausnahmsweise mal nicht um etwas, mit dem er sich würde rumschlagen müssen. Vielleicht war es ein Weihnachtswunder, und jemand bot ihm eine Lösung an, statt ihm ein weiteres Problem aufzubürden.

Die bedrohliche Filmmusik erklang erneut, als er den Becher in die Maschine stellte, den Knopf drückte und darauf wartete, dass die Rettung zu tröpfeln anfing. Aber nichts passierte. Er beugte sich hinunter und sah sich die Anzeige genauer an. Sie leuchtete, so wie es sein sollte. Alles wirkte in Ordnung, doch wenn er den Knopf drückte, passierte – nichts.

Die Keurig-Kaffeemaschine stand bloß da und forderte ihn stumm heraus. Ben sah sich mit dem grässlichen Dilemma konfrontiert, Koffein zu brauchen, um in Erfahrung zu bringen, warum diese Maschine ihn nicht mit Koffein versorgte.

»Morgen, Onkel Ben!«

Er brummte etwas, das entfernt nach einem Gutenmorgengruß klang, als seine Nichte in die Küche gehüpft kam.

Astrid, die von der aktuellen Koffeinkrise offenbar nichts bemerkte, öffnete einen Schrank. »Was meinst du? Cupcakes, Brownies oder Lebkuchen?«

Ben drehte den Kopf gerade genug, um beobachten zu können, wie sie Frühstücksflocken aus dem Schrank nahm. Astrid gehörte zu diesen beängstigenden Morgenmenschen, doch normalerweise bat sie ihn nicht um Süßigkeiten zum Frühstück. »Wie wärs mit gar nichts davon? Zu früh für Zucker.«

»Für den Kuchenbasar?«, erinnerte Astrid ihn und stellte die Packung Cornflakes auf die Kücheninsel. »Der Weihnachtsmarkt? Jeder soll etwas mitbringen.«

»Stimmt. Der Weihnachtsmarkt.« Ben richtete seine Aufmerksamkeit wieder auf die Keurig. Der Stecker war in der Steckdose. Wasser war aufgefüllt. Sollte er sie aus- und wieder einschalten, als würde er einen Router neu starten? Das müsste doch funktionieren, oder? »Ist der bald?«, fragte er geistesabwesend.

»Sonntag in einer Woche.« Astrid holte Milch und Blaubeeren aus dem Kühlschrank und trug beides zur Kücheninsel. »Wir müssen die Zettel heute abgeben, und wir können keine Kekse backen, weil Merritt Miller gesagt hat, dass sie dieses Jahr Kekse backt, und ihre Tante hat die Bäckerei, also werden ihre Kekse ja wohl, keine Ahnung, die besten in der Geschichte des Keksbackens, und jeder andere, der auch welche macht, sieht erbärmlich dagegen aus.« Sie schüttete Cornflakes, Milch und Blaubeeren in eine Schale und hielt mit erhobenem Löffel inne. »Hast du mal die Kekse gesehen, die sie verkaufen? Die sind total krass. Also müssen wir Cupcakes oder Brownies oder Lebkuchen oder so was machen, und ich weiß einfach nicht, was ich aufschreiben soll.«

Ben machte den Mund auf, doch es kam keine Antwort heraus. Sein nichtkoffeiniertes Gehirn war komplett uninspiriert. *Brownies, Cupcakes, Lebkuchen?* »Äh …«

Wenn ihm vor zwei Jahren jemand gesagt hätte, dass die Frage nach Kuchen für den Weihnachtsbasar schwieriger zu beantworten sein würde als das Rätsel der Sphinx, hätte er demjenigen ins Gesicht gelacht. Doch eine ganze Menge Dinge hatten sich in den vergangenen zwei Jahren geändert.

Seine schrecklich streberhafte Schwester und ihr Mann, der verlässlichste des Planeten, waren fort. Er war nun für Astrid verantwortlich. Inzwischen gehörte er einer Facebookgruppe von Eltern aus Astrids Klasse an, die auch als Masterkurs in passiv-aggressivem Mommy-Shaming zu fungieren schien. Oder, in seinem Fall, in Onkel-Shaming.

Brownies, Cupcakes oder Lebkuchen – wofür auch immer er sich entschied, er musste darauf vorbereitet sein, diese Wahl mit den neuesten Studien zur Kinderernährung verteidigen zu können. Sonst würden sie ihn in der Gruppe zerreißen. Waren die glutenfrei? Wurden sie auf einer Oberfläche zubereitet, die in den letzten zwei Jahrzehnten von einer Nuss berührt worden war? Wie viel Gramm Zucker? Wie viele Kalorien? Stammten die verwendeten Eier von artgerecht gehaltenen glücklichen Bio-Hühnern, deren Lebensqualität an seine eigene heranreichte? Hatte irgendeine Großtante der Kuh, von der die Milch stammte, Antibiotika erhalten?

Er wollte ein verantwortungsvoller Vormund sein. Er wollte, dass Astrid glücklich und gesund war. Das bedeutete, dass er sich um all die Dinge sorgte, um die er sich sorgen sollte. Doch manchmal schien er es einfach nicht richtig machen zu können. Jedenfalls nicht auf die Weise, wie diese ach so hilfsbereiten Leute, die ihm erklärten, er mache etwas falsch. Denn er machte *immer* etwas falsch.

Brownies, Cupcakes, Lebkuchen?

Er brauchte Kaffee für diese Entscheidung.

Seit er Astrids Vormund geworden war, war jede Entscheidung wichtig, aber diese hier kam ihm vor, als könne er nur verlieren. Warum veranstalteten die ständig Kuchenbasare, wenn die Hälfte der Eltern Zucker und Mehl für Gift hielten? Manchmal hatte er Lust, alle zu provozieren, indem er ein T-Shirt mit der Aufschrift ICH HABE MAISSIRUP ÜBERLEBT trug, in Großbuchstaben. Aber er bezweifelte, dass ihm das gut bekommen würde. Kindererziehung war nichts für schwache Nerven.

»Wir könnten einfach nur Brownies machen.« Astrid sprach zu seinem Rücken, während er weiterhin die streikende Kaffeemaschine ansah. Sie klang nicht wütend, aber dieses »einfach nur« versetzte ihm einen Stich.

Katie hätte nie etwas *einfach nur* gemacht. Sie war die Supermom gewesen, Königin der Kuchenbasare, aber sie hatte auch beißenden Humor gehabt und sich selbst nie zu ernst genommen. Sie war die Art von Mutter, bei der jedes Kind aufwachsen wollte. Sie war die Mom, mit der Astrid hätte aufwachsen *sollen*. Doch jetzt hatte seine Nichte stattdessen ihn am Hals und musste sich mit seinem unterirdischen Backtalent abfinden. Aber er wollte sie nicht hängenlassen.

»Ach nee, lass uns was Lustiges machen«, erwiderte er, drehte sich zu seiner Nichte um und zwang sich, gut gelaunt zu klingen, als würde sein gesamtes Nervensystem nicht um Kaffee flehen. »Wie wäre es mit Lebkuchen?«

In seinem ganzen Leben hatte er noch keinen Lebkuchen gebacken.

Bitte mach, dass Lebkuchen leicht zu backen ist.

»Echt jetzt?«

Astrids ungläubiger Ton ließ ihn innerlich zusammenzucken. »Klar. Wie schwer kann das schon sein?«

Seine Nichte verzog das Gesicht. »Vielleicht sollten wir doch lieber Brownies machen.«

»Willst du damit andeuten, dass ich keinen Lebkuchen backen kann?« *Gut möglich, dass ich es wirklich nicht kann.*

»Na ja ...«

Ben lachte über ihre Offenheit. »Wir machen es. Lebkuchen.« Sein Handy gab erneut die Melodie von *Der Weiße Hai* von sich, und er widerstand dem Drang, es aus der Tasche zu ziehen. Sein Blick fiel auf die Uhr in der Mikrowelle. *Mist.* »Bist du bald fertig? Wir kommen zu spät.« Mal wieder.

Astrid trug bereits ihre Schulkleidung, aber er selbst würde sich beeilen müssen, wenn er noch ein einigermaßen sauberes Hemd finden wollte, um sie rechtzeitig zur Schule zu bringen. Die Waschmaschine war seit zwei Wochen kaputt, und allmählich gingen ihm die sauberen Sachen aus. Wegen der bevorstehenden Thanksgiving-Feiertage konnte der Mechaniker ausgerechnet nur am Elternsprechtag kommen. Also wuschen sie ihre Wäsche im Spülbecken, bis ein neuer Termin gefunden war.

Bloß eine weitere der vielen Sachen, die er nicht richtig auf die Reihe bekam. Jetzt kam auch noch die Reparatur der Keurig mit auf die Liste.

Wie toll es sich anfühlen musste, wenn der Tag tatsächlich genug Stunden für alles hatte. Nur sehr vage erinnerte er sich noch an dieses Gefühl.

Astrid rutschte von ihrem Hocker und trug die Schale zum Spülbecken. »Brownies sind auch cool ...«

»Hab mal ruhig ein bisschen Vertrauen.«

»Hab ich. Ich erinnere mich nur auch an letztes Jahr.«

Ben wollte sich verteidigen und ihre – berechtigten – Sorgen zerstreuen, als sein Handy wieder klingelte. Die Worte »Boss Lady« blinkten auf dem Display. Vom Gong gerettet. Er nahm das Handy vom Tresen und meldete sich. »Hey, Delia. Ich kann nicht lange reden. Ich muss Astrid zur Schule bringen.«

»Hast du meine E-Mails erhalten?« Die Stimme der Bürgermeisterin dröhnte in seinen Ohren. Delia Winter kannte nur eine Lautstärke: Megafon. Und eine Stimmung: ungeduldig. Ihre Frage erklärte die bedrohliche Melodie vom Weißen Hai. Wahrscheinlich hatte sie alle fünf Sekunden eine E-Mail geschickt – sie konnte nie die Antwort abwarten. Aber sie liebte ihre Stadt, und niemand hatte mehr für Pine Hollow getan als sie. Bevor er antworten konnte, machte Delia gleich weiter: »Ich glaube, ich habe eine Lösung für unser Etat-Defizit.«

»Großartig.«

»Und zwar das Tierheim«, donnerte sie.

Ben zuckte zusammen, aber glücklicherweise schien Astrid auf der anderen Seite der Kücheninsel, wo sie ihr Frühstück einpackte, nichts gehört zu haben. Seit Monaten lag ihm seine Nichte damit in den Ohren, dass sie sich einen Hund wünschte. Seit ihrem zehnten Geburtstag. Und jedes Mal wimmelte er sie ab. Mittlerweile waren sie an dem Punkt gelangt, an dem schon das bloße Wort »Hund« den Streit von Neuem entfachte.

»Warte kurz, Delia«, sagte er, sah zu Astrid hinüber und formte lautlos mit den Lippen die Worte *fünf Minuten*. Dann eilte er aus der Küche, stieß sich den Zeh an der losen

Zierleiste der zweiten Treppenstufe und fluchte leise, weil das eine weitere Sache war, die er in diesem knarrenden alten Haus noch nicht repariert hatte.

Delia wartete ihre obligatorische eine Sekunde und legte wieder los. »Die Unterstützung des Tierheims lag immer im Ermessen des Bürgermeisters. Also verwenden wir das Geld nun einfach für andere Zwecke. Ich verstehe nicht, warum ich nicht schon eher darauf gekommen bin.«

»Wird das dem Tierheim nicht sehr schaden?«, fragte er leise, damit Astrid es nicht hörte. Er hatte das Tierheim nie besucht, hatte aber das vage Bild von einem netten älteren Ehepaar, auf einem Stück Land am Rande des Städtchens vor Augen.

»Wir werden sie noch bis zum Ende des Jahres unterstützen, damit sie für die Hunde ein neues Zuhause finden können. Rita und Hal werden langsam alt, und ihre Enkelin musste aus der Stadt kommen, um zu helfen, aber die würde sicher auch gerne wieder in ihr altes Leben zurückkehren. Es gibt außerdem Gerüchte, dass Hal und Rita in die Summerland Estates ziehen wollen, es aber wegen der Hunde nicht können. Wies aussieht, gewinnen alle Seiten.«

Ben fand ein Hemd, das den Schnuppertest bestand, und zog es an. Er hatte das Gefühl, dass es einen Haken bei dieser perfekten Lösung gab, kam jedoch nicht darauf, was es war.

»Wir müssen irgendwo das Geld für die Reparatur des Daches vom Gemeindezentrum herbekommen, und die Schließung des Tierheims hat die geringsten Auswirkungen auf die Stadt als Ganzes«, donnerte Delia. »Wir können ja schließlich nicht den Schulen oder der Feuerwehr das Geld kürzen. Und das letzte Mal, als wir versucht haben, bei der Weihnachtsbaumbeleuchtung zu sparen, standen wir kurz vor einem Volksaufstand. Es ist also die naheliegendste Wahl.«

»Okay …« Seine Socken würden heute nicht zusammenpassen, aber achteten die Leute denn wirklich auf Socken?

»Dann habe ich also deine Stimme? Wir können den Etat noch heute Nachmittag verabschieden, das Tierheim benachrichtigen und in die Feiertage gehen, wenn du dabei bist.«

Er hatte keine Ahnung gehabt, auf was er sich einließ, als er sich bereit erklärte, die restliche Amtszeit im Gemeindetrat für seinen Schwager zu übernehmen. Er hatte nur daran denken können, dass Pauls und Katies Verpflichtungen nun seine Verpflichtungen waren und diese Kontinuität gut für Astrid sein würde. Doch zwei Jahre Debatten über den Etat und Grundstückerschließungen hatten ihm seinen Irrtum vor Augen geführt. »In die Feiertage gehen« war die verlockendste Formulierung, die er seit Langem gehört hatte.

Er liebte Pine Hollow, aber ein Punkt weniger auf seiner Liste klang himmlisch.

»Klar.« Er stieg in seine Schuhe und schnappte sich seine Laptoptasche. »Klingt sinnvoll.« Er lief die Treppe hinunter und wich dieses Mal der lockeren Zierleiste aus. »Ich muss los, Delia«

»Wir sehen uns später. Danke, Ben!«

Astrid erwartete ihn unten an der Treppe, schon in ihrer Daunensteppjacke und mit Rucksack auf dem Rücken. Dadurch kam er sich noch mehr als Rabenvater vor.

»Bist du bereit?«, fragte er, obwohl das ja ganz offensichtlich der Fall war. Er nahm seinen Mantel vom Haken und schaute auf die Standuhr im Flur. Wenn sie sich beeilten, würden sie es schaffen. Und er würde sich noch einen Kaffee bei

The Cup besorgen können, bevor er bei der Arbeit erscheinen musste. Er öffnete die Tür und hielt sie für Astrid auf. Als er neben ihr den Weg entlangeilte, sah sie ihn ganz unschuldig an.

»Was ist mit dem Tierheim los?«

Die Strecke von Katies und Pauls Haus zur Schule führte durch den Ortskern von Pine Hollow. Üblicherweise wurden sie auf diesem Gang von Astrids Gemaule darüber begleitet, dass Sechstklässlerinnen allein zur Schule gehen durften, während Fünftklässlerinnen, die kaum jünger waren, wie Babys gebracht werden sollten. Vermutlich hatte sie eine glänzende Zukunft im Debattieren vor sich – und im Übrigen recht mit ihrer Feststellung, zumindest laut der Erziehungspodcasts, die Ben sich in letzter Zeit zum Thema Ermutigung zur Unabhängigkeit und Selbstständigkeit von Kindern angehört hatte. Aber das änderte nichts an den Schulregeln.

Heute allerdings durfte er sich Astrids andere Leier anhören – sämtliche Gründe, weshalb sie schon verantwortungsbewusst genug war, um einen Hund zu haben. Glücklicherweise schien sie nicht belauscht zu haben, dass die Unterstützung für das Tierheim gestrichen wurde. Sonst hätte sie ihre Empörung darüber zweifellos in ihren Monolog miteingeflochten.

Bens Koffeinentzug-Kopfschmerzen begannen auf halbem Weg zwischen dem Bluebell Inn und Magda's Bakery. Als sie den letzten Zebrastreifen vor dem Gelände der Pine Hollow Elementary überquerten, rang er um Geduld und zählte die Schritte bis zu The Cup, wo er sich vor der Arbeit einen Espresso holen würde.

»Was wäre, wenn ich dir beweisen würde, dass ich verantwortungsbewusst genug für einen Hund bin?«, versuchte sie ihn weiter zu überreden, völlig unbeeindruckt von seinen zahlreichen Versuchen, das Thema zu beenden.

Ben überlegte, ob er ihr sagen sollte, dass er nur Hunde aufnehmen würde, die darauf trainiert waren, ihm Kaffee zu bringen. Aber er fürchtete, dass sie das als Ermutigung auffassen könnte. »Astrid, ich weiß deine Beharrlichkeit zu schätzen, aber wir haben darüber gesprochen. Wir haben keinen Garten.«

Als er nach dem Unfall in Katies und Pauls renovierungsbedürftiges Haus eingezogen war, hatte er die besten Absichten gehabt, ihren Plan in die Tat umzusetzen. Er hatte innerhalb von zwei Jahren all ihre Projekte beenden und anschließend das Haus verkaufen wollen, um in ein anderes mit großem Grundstück zu ziehen. Womit er nicht gerechnet hatte, war, dass seine Verlobte ihn damit allein lassen würde. Oder dass die Nachfolge Pauls im Gemeinderat sowie Katies Posten im Schulelternrat ihn jede freie Sekunde kosten würde. Inzwischen erinnerte ihn Astrids Betteln um einen Hund jedes Mal daran, dass sie längst in einem großen Haus mit Garten wohnen sollten.

»Ich würde mit ihm Gassi gehen«, versprach sie. »Und ihn füttern. Du müsstest gar nichts tun. Bitte, ja? Ein kleiner Hund genügt. Du würdest ihn kaum bemerken.«

»Außer wenn er bellt. Und wenn ich die Tierarztrechnungen bezahlen muss.«

»Ich würde ihm beibringen, nicht zu bellen. Und ich würde sämtliche Impfungen und so bezahlen. Ich habe mein Taschengeld gespart.«

Da er derjenige war, von dem sie ihr Taschengeld erhielt, wusste er genau, wie viel sie gespart hatte. Doch er bewunderte ihre Entschlossenheit. »Wir bekommen keinen Hund«, wiederholte er zum siebenmillionsten Mal in den letzten vier Monaten.

Sie war nicht der Typ, der aufgab. Mit einem engelsgleichen Lächeln sagte sie: »Zu lernen, mich um einen Hund zu kümmern, würde sich positiv auf meine Erziehung auswirken ...«

»Noch besser für deine Erziehung wäre es, wenn du pünktlich zum Unterricht erscheinst.« Er legte ihr den Arm um die Schultern, drückte sie kurz und schob sie Richtung Schule. »Na los, geh. Viel Spaß und lern ordentlich was.«

Astrid verdrehte die Augen. Dann entdeckte sie ihre beste Freundin Kimber und rannte los. Ihr Rucksack hüpfte im Takt ihrer Schritte.

»Nicht rennen!« Elinor, die Schulbibliothekarin, die heute die Morgenaufsicht machte, musste ihre Stimme nicht erheben, damit man ihr augenblicklich gehorchte.

»Sorry, Tante E!« Astrid drosselte ihr Tempo auf Powerwalk Richtung Kimber.

Elinor Rodriguez war Katies beste Freundin und wie ein Familienmitglied gewesen. »Ben!« Sie winkte ihn zu sich, ehe er zu The Cup fliehen konnte. »Lauf nicht weg. Ich muss kurz mit dir sprechen.«

Er widerstand dem Impuls, so zu tun, als hätte er sie nicht gehört. Elinor war wahrscheinlich der klügste Mensch, dem er je begegnet war, doch hatte er es schon immer als ein wenig unangenehm empfunden, wenn sie ihren Laserblick auf ihn richtete. Ihre ungewöhnlichen Gedankensprünge gaben ihm das Gefühl, nie zu wissen, was auf ihn zukam. Er brauchte dringend Koffein, um durchzuhalten.

Sie schob ihre Brille die Nase hinauf, während sie auf ihn zuging.

»Was gibts denn?«, fragte er.

»Ich muss deine Zeiten wissen, wann du beim Weihnachtsbasar mithilfst.« Sie sprach zwar mit ihm, behielt dabei jedoch die an ihr vorbeigehenden Schüler im Auge. »Leg den Schneeball weg, Jeremiah!«

»Ich dachte, die Kids kümmern sich selbst um die Stände, jetzt, wo sie verantwortungsvolle Fünftklässler sind.« Offenbar war er in eine koffeinfreie Parallelwelt geraten, in der nichts mehr einen Sinn ergab. Möglicherweise hatte er zwischendurch mal seine E-Mails gecheckt beim letzten Elternabend, aber er erinnerte sich eindeutig daran, gehört zu haben, dass die Kinder für die Stände verantwortlich waren.

»Das tun sie auch, aber wir brauchen Erwachsene als Aufsichtspersonen, damit die Kinder korrektes Wechselgeld herausgeben und nicht selbst alle Leckereien aufessen, wenn niemand hinschaut.«

Fast hätte Ben laut gestöhnt. Er hätte es wissen müssen. Die Aufgaben der Kinder waren immer auch die Aufgaben der Erwachsenen. Jetzt kam das also auch noch dazu.

»Du musst dich für einen Drei-Stunden-Block eintragen, damit Astrid beim Basar mitmachen kann …«

»*Drei* Stunden?«

Plus die Zeit für die Zubereitung der Lebkuchen und das Verpacken in hübsche kleine Päckchen. Ganz zu schweigen vom Einkaufen der Zutaten und davon, Astrid hinzubringen und abzuholen … Das alles hatte niemand erwähnt, als es hieß: »Hey, lasst uns einen Weihnachtsbasar für wohltätige Zwecke veranstalten. Das wird toll!«

»Ich kann für dich einspringen, wenn du willst«, bot Elinor an, doch er schüttelte automatisch den Kopf.

»Nein, das bekomme ich schon hin.« Auf keinen Fall wollte er sich nachsagen lassen, er drücke sich vor seinen Verpflichtungen. »Wo trage ich mich ein?«

Elinor zog ein Tablet aus ihrer voluminösen Manteltasche und reichte es ihm. »Trag dich einfach irgendwo in den freien Feldern ein.«

Ben überflog die freien Stunden und versuchte etwas zu finden, was an einem Samstag im Dezember funktionieren könnte. Die Stadt spielte verrückt wegen der Feiertage, und es gab eine Million Dinge zu erledigen. Abgesehen davon hatte er das Gefühl, all diese Dinge für Astrid tun zu müssen.

Am Thanksgiving-Wochenende hatte er es geschafft, die Weihnachtsdekoration zu besorgen, denn Katie hatte *immer* sehr früh geschmückt, und er wollte Astrid in dieser Hinsicht nicht enttäuschen. Allerdings standen noch sämtliche Weihnachtseinkäufe aus. Und das Einpacken der Geschenke. Und das Befüllen der Weihnachtsstrümpfe. Plus jetzt noch der Lebkuchen und die verdammte Waschmaschine und die Keurig. Und irgendwann zwischendurch musste er noch das Gästezimmer aufräumen, bevor seine Eltern in drei Wochen über Weihnachten zu Besuch kamen und feststellten, dass er keines der halbfertigen Projekte rund um das Haus beendet hatte.

Was er brauchte, war ein Klon.

»Nur aus Neugier. Willst du den Kindern Angst einjagen?«

»Was?« Er sah vom Tablet auf und bemerkte, wie Elinor seine finstere Miene nachmachte. »Sehr witzig.«

»Als deine Freundin sollte ich dich warnen. Du erwirbst dir allmählich einen Ruf im Ort.« Sie zog die Nase kraus, wodurch ihre Brille ein Stück hinunterrutschte. »Der Name Ebenezer fiel möglicherweise.«

»Ich bin nicht Scrooge«, erwiderte er, etwas heftiger als beabsichtigt. »Ich bin bloß *gestresst*. Es gibt so viel zu tun.« Und immer noch kein Kaffee in Sicht.

»Stress ist schlecht fürs Gehirn«, bemerkte Elinor im Plauderton. »Ich habe gerade diese Studie gelesen, dass man dadurch in einen reaktiven Modus versetzt wird und den kreativen und für Problemlösungen zuständigen Bereich des Hirns blockiert. Wusstest du, dass, wenn dein Gehirn über einen längeren Zeitraum mit Stresshormonen geflutet wird, dies deine Gehirnstruktur verändern und Depressionen auslösen kann? Ist das nicht faszinierend?«

Großartig. Jetzt konnte er sich auch noch darauf freuen. »Ja, faszinierend. Sehr hilfreich. Danke.«

Elinor zuckte mit den Schultern. »Ich mein ja bloß. Du musst einen Weg finden, um Stress abzubauen.«

»Darum werde ich mich sofort kümmern. Gleich nach Weihnachten.« Er tippte seinen Namen wahllos in eines der freien Felder und gab ihr das Tablet zurück. Er musste es einfach irgendwie hinbekommen. Wie immer.

Die Schulglocke hatte bereits geläutet, und die Kids waren alle im Schulgebäude. Elinor nahm ihm das Tablet aus der Hand. »Kaye Berry fand dich schon immer scharf, und sie ist inzwischen geschieden …«

»Nein«, unterbrach er sie schnell, bevor sie auf irgendwelche Ideen kommen konnte. »Ich fange nichts mit einer der Moms aus Astrids Klasse an. Ich muss erst mal meinen bereits vorhandenen Verpflichtungen nachkommen, bevor ich mich auf etwas – oder jemand – Neues einlasse.«

Mehr ging momentan wirklich nicht. Keine Hunde. Keine Dates. Keine verrückten Komplikationen vor den Weihnachtstagen, die er einfach nur irgendwie überstehen musste. Astrid hatte oberste Priorität, und bis er herausgefunden hatte, wie er ihr das Leben bieten konnte, das sie verdiente – inklusive großem Garten und Hund –, konnte er an nichts anderes denken. Das war er Katie und Paul schuldig. Jetzt musste er das nur noch hinbekommen.

2. Kapitel

»Komm schon, Partridge. Sieh hierher. Na komm, Baby.« Ally Gilmore, ihres Zeichens professionelle Modefotografin, hockte vor der sabberigsten Bulldogge der Welt. In der einen Hand hielt sie die Kamera, in der anderen ein quietschendes Spielzeug.

Sie war schon immer bereit gewesen, sich in einfach jede Position zu begeben, die für ein gutes Foto nötig war, aber ihre früheren Models hatten eher sinnliche Lippen und knochige Körper gehabt als große Hundeaugen und faltiges weißes Fell.

Trotzdem ging es um dasselbe: Verkauf das Produkt. Präsentiere es verlockend. Tja, und in diesem Fall handelte es sich eben um eine sabbernde Bulldogge – und den längsten Bewohner von Furry Friends Animal Rescue. Die Bulldogge war vor drei Jahren als Streuner in das Tierheim gekommen, und noch immer hatte der arme Partridge kein neues Zuhause gefunden, trotz aller Bemühungen ihrer Großeltern, seinen einzigartigen Charme hervorzuheben.

Sicher, er hatte einen leichten Unterbiss, seine Augen waren unterschiedlich groß, und er sabberte, sobald er aufgeregt war … oder hungrig … oder im Schlaf … eigentlich ständig.

Trotzdem verdiente er es, genau wie alle anderen Hunde bei Furry Friends, geliebt zu werden. Und Ally war entschlossen, das perfekte Foto für die Website zu schießen, damit sich jemand in ihn verliebte.

Vorausgesetzt sie konnte ihn davon abhalten, die Kamera abzulecken.

»Komm schon, Süßer. Mach mit. Später wirst du mir dankbar sein.«

Ihr Bernhardiner Colby – das trägste Tier auf dem Planeten, das wahrscheinlich zweiundzwanzig Stunden durchschliefe, wenn das nicht hieße, die Mahlzeiten zu verpassen – hob plötzlich den Kopf und schaute zum Eingang, den Bruchteil einer Sekunde, bevor sich aus den Zwingern lautes Gebell zur Decke des Gebäudes erhob.

»Gram?« Ally versuchte den Hundelärm zu übertönen.

Es war noch früh, jedenfalls zu früh für Interessenten. Von denen waren ohnehin nicht viele aufgetaucht in den drei Wochen, seit sie zum Helfen hier war. Ihre Großeltern meinten, es liege daran, dass alle mit den Vorbereitungen für Thanksgiving beschäftigt waren. Ally jedoch hatte das Gefühl, es könnte auch an der veralteten Website liegen. Weshalb sie im Morgengrauen des ersten Dezember aus dem Bett gekrochen war, um etwas dagegen zu unternehmen.

»Ally, Mädchen?«, war Grams Stimme durch das Gebell zu hören.

»Hier hinten, Gram!«, rief Ally zurück und zog die Kamera gerade noch rechtzeitig weg, um einem weiteren Leckversuch von Partridge auszuweichen.

»Was machst du?«, fragte Gram, als sie aus dem vorderen Teil des Stalls um die Ecke bog, eine Box schleppend, die viel zu schwer aussah für eine Frau, die sich vor knapp zwei Monaten einen Bänderriss in der Schulter zugezogen hatte.

»Ich mache Fotos für die Website.« Ally eilte aus Partridges Zwinger, legte die Kamera zur Seite und nahm ihrer Großmutter die große Box Hundefutter ab. »Was machst du denn? Wo ist deine Armschlinge?«

»Ach, die brauche ich nicht mehr. Die war doch nur für die ersten Wochen.« Sie ging in die Hocke und kraulte Colby hinter den Ohren, ehe sie auch Partridge begrüßte.

Rita Gilmore war knapp einen Meter fünfzig groß – und damit nur fünf Zentimeter kleiner als Ally –, aber was spielte das schon für eine Rolle? Ihre wilden weißen Locken wurden von einer roten Strickmütze platt gedrückt. Dennoch strahlte sie immer etwas Ungebändigtes aus – als wäre sie in der Wildnis geboren und einfach nicht zu zähmen. Was im Prinzip toll war, solange sie mit ihrer Sturheit keinen Schaden anrichtete.

»Der Doktor meinte, das Risiko einer erneuten Verletzung …«, setzte Ally an, doch ihre Großmutter winkte ab.

»Ärzte müssen so etwas sagen, damit sie nicht verklagt werden, wenn es wieder wehtut. Mit gehts bestens, also beruhige dich.«

Ally zwang sich, ruhig zu bleiben. Seit sie in Pine Hollow war, hörte sie dieses ewig gleiche Lied. Mir gehts gut. Ich brauche keine Hilfe. Mach bloß keine Andeutungen, ich sei zu alt, um allein klarzukommen.

Leider war genau das der Fall. Gram hatte sich beim Gassigehen mit einem der Hunde die Schulter ausgerenkt und die Bänder gerissen. Gut, es war Maximus gewesen, der Irische Wolfshundmischling, der die Größe eines kleinen Ponys hatte und seine Kraft nicht einschätzen konnte. Trotzdem. Gram konnte nicht weiterhin so tun, als wäre ein Paar in den Achtzigern in der Lage, ein Tierheim ganz allein zu leiten. Ally hatte allen Grund, sich Sorgen um die beiden zu machen.

Ganz besonders, da sie ihr wochenlang nichts von der Verletzung erzählt hatten. Damit Ally sich keine Sorgen machte. Damit sie ihr Leben in New York nicht unterbrechen musste, um ihnen zu helfen. Ihr Großvater hatte sich den Mund fusselig geredet, bei dem Versuch, seine Frau davon abzuhalten, die Armschlinge gleich nach der Operation auszuziehen und sich wieder in die Arbeit zu stürzen. Als Ally dies bei einem Wochenendbesuch in Pine Hollow mitbekommen hatte, war ihr Entschluss unverrückbar gewesen: Sie hatte alles stehen und liegen gelassen, um für einen längeren Aufenthalt hierherzukommen.

Ihr Mietvertrag lief sowieso aus, ihr geplantes Shooting außerhalb der Stadt war abgesagt worden, und sie war bereits unruhig geworden und hatte sich gefragt, ob sie überhaupt in New York bleiben wollte. Grams Verletzung war ihr wie ein Zeichen erschienen, das unmissverständlich auf Pine Hollow deutete. Die perfekte Gelegenheit, Weihnachten mit ihrer einzigen noch verbliebenen Familie zu verbringen und sich der kitschigen Weihnachtsatmosphäre in einer Kleinstadt hinzugeben. Hier konnte sie in Ruhe herausfinden, was sie als Nächstes tun wollte, während sie mit den Hunden half.

Nur schienen ihre Großeltern moralisch dagegen zu sein, dass sie einsprang.

Gram betrachtete skeptisch die Kamera auf der Bank neben Partrigdes Zwinger. »Du musst das nicht machen, Liebes.«

»Ich will helfen.« Ally stellte den Trockenfuttersack vor den Eingang des Lagerraums und drehte sich zu ihrer Großmutter um. »Ich weiß, ihr wollt die Website nicht verändern, weil jemand sie euch vor zehn Jahren als Gefallen erstellt hat. Aber glaub mir, die Leute heute suchen nach Hunden, indem sie sich süße Fotos und nette Beschreibungen ansehen.«

»Die Leute verlieben sich doch nicht in Bilder. Oder, Partridge? Nein, tun sie nicht.«

»So ziemlich mein ganzer Job dreht sich darum, die Leute dazu zu bringen, sich in Dinge zu verlieben, weil ich sie gut fotografiere«, argumentierte Ally und nahm ihre Kamera. »Aber selbst wenn du recht hättest und niemand einen Hund aufgrund eines Fotos aufnähme, locken die Bilder sie wenigstens her. Oder süße Videos – wir könnten einen Account auf Twitter oder Instagram erstellen. Ich könnte die Leute darüber informieren, welche Hunde wir hier haben. Vielleicht sucht gerade jemand eine Bulldogge oder einen Wolfshund per Petfinder. Wir müssen unsere Hunde dort präsentieren, und das heißt, wir müssen die Website in dieses Jahrzehnt holen.«

»Dieser ganze Internet-Blödsinn ist für deinen Grandpa und mich viel zu kompliziert. Ich weiß ja, du willst nur helfen, aber unsere Art die Dinge zu handhaben, hat immer wunderbar funktioniert. Und wir werden auch für diese Hunde ein neues Zuhause finden.«

»Aber wenn sie mit einer neu gestalteten Website schneller ein Zuhause finden, warum nicht?«

»Das ist einfach zu viel für uns. Und du solltest die Feiertage genießen.« Gram hakte sich mit ihrem gesunden Arm bei Ally unter und zog sie in den vorderen Teil des Hundeasyls. Colby erhob sich seufzend und trottete ihnen hinterher. »Hattest du nicht erwähnt, dass du in die Stadt willst, um

Fotos vom Marktplatz zu machen, bevor der ganze Schnee zertrampelt ist?«

»Stimmt«, bestätigte Ally. »Aber ich kann das hier trotzdem machen. Ich helfe wirklich gern, und zwar nicht nur mit der Website. Ich will mich nützlich machen.«

»Das tust du doch, Liebes.« Gram tätschelte ihren Arm. »Tatsächlich bin ich gekommen, um dich zu bitten, heute Nachmittag hier im Hundeheim nach dem Rechten zu sehen.«

Ally hatte den Verdacht, dass ihre Gram sich das nur ausgedacht hatte, um sie zu beschwichtigen. Aber sie hatte nichts dagegen, noch mehr Fotos für die Website zu machen, während sie aufpasste. »Natürlich mache ich das. Wollt ihr weg?«

»Dein Großvater möchte zu einer Pokerrunde in die Estates. Wir werden nicht allzu spät zurück sein. Es geht ja alles immer schon früh los dort.«

Die Summerland Estates-Seniorensiedlung am Rande der Stadt sah auf den ersten Blick eher wie ein vornehmer Countryclub aus. Nur dass es eben außer einem Golfplatz und Swimmingpools auch Pflegerinnen und die Annehmlichkeiten des betreuten Wohnens gab, für diejenigen, die es brauchten – oder in einigen Jahren brauchen würden.

Allys Großmutter hatte stets verkündet, sie würde ums Verrecken nicht in ein Altersheim wollen und habe die Absicht, in ihrem Haus zu bleiben, bis man sie hinaustrage. Doch viele der Pokerfreunde ihres Großvaters waren in den letzten Jahren dorthin gezogen, sodass er mittlerweile ebenso viel Zeit dort wie zu Hause verbrachte. Es war ein schöner Ort, dennoch war Ally froh, dass ihre Großeltern nicht vorhatten, dorthin zu ziehen. Sie fühlte sich so schon losgelöst genug von allem, das Haus ihrer Großeltern kam für sie einem Zuhause noch am nächsten.

Ally nahm ihren Mantel vom Haken neben der Tür und zog ihn an. Dann hielt sie Gram und Colby die Tür auf, und gemeinsam gingen sie knirschenden Schrittes über die schneebedeckte Einfahrt auf das Wohnhaus zu.

Das große weiße Farmhaus war über und über geschmückt mit blinkenden Weihnachtslichtern, auch auf der überdachten Veranda, deren Geländer mit Girlanden verziert war. Die Tür schmückte ein Kranz. Gram hatte darauf bestanden, auch die Scheune zu schmücken. Kaum war Thanksgiving vorbei, pflegte sie sich in die Weihnachtsvorbereitungen zu stürzen, und Ally und ihr Großvater taten ihr Bestes, um ihr zu helfen – und sie vor allem daran zu hindern, ihre Schulter zu überanstrengen. Gram hatte die Weihnachtszeit schon immer geliebt, aber dieses Jahr schien sie noch fanatischer zu sein. Vielleicht kam es Ally aber auch nur so vor, weil sie es diesmal miterlebte.

Wobei sie keineswegs klagen wollte. Ein bisschen Weihnachtszauber konnte sie gut gebrauchen. Es war viel zu lange her, dass sie weihnachtliche Gefühle gehabt hatte. Diese friedliche Stimmung. Sie mochte Weihnachten auch in der Stadt, die Lichter und den Trubel. Doch wenn sie das Fest bei ihren Großeltern in Pine Hollow verbrachte, wie sie es als Kind immer getan hatte, kam sie innerlich viel mehr zur Ruhe. Schon damals hatte sie diesen Ort für magisch gehalten, und das hatte nie ganz aufgehört.

»Mach du nur deine Fotos«, ermutigte Gram sie. »Geh hinaus und genieße den Ort ein wenig. Wir haben dich zu sehr in Anspruch genommen.«

Ally drückte ihrer Großmutter leicht den Arm.

»Ich mag es, von dir vereinnahmt zu werden.«

Als sie in Vermont eingetroffen war, hatte sie nichts anderes gewollt, als Zeit mit ihren Großeltern und den Hunden zu verbringen. In den vergangenen Jahren hatte sie freiberuflich gearbeitet und war dorthin gereist, wohin die Aufträge sie führten. Das hatte aber auch geheißen, viel Zeit allein zu verbringen. Es wurde einsam, und sie vermisste jemanden, mit dem sie ihren Alltag teilen konnte.

Aber Gram hatte recht. Wenn Ally das volle Pine-Hollow-Weihnachtsprogramm wollte, konnte sie nicht die ganze Zeit im Hundeasyl verbringen. Es würde ihr guttun, mal in die Stadt zu kommen.

Fünfzehn Minuten später ging sie die lange Auffahrt entlang, mit einem Schal um den Hals und der Kamera bewaffnet.

Pine Hollow war der Inbegriff einer malerischen Kleinstadt. Jede Straße sah aus wie eine Weihnachtspostkarte. Wenn sie in die eine Richtung ging, stieß sie auf überdachte Brücken und eine gewundene Straße, die zum Skihotel hinaufführte. In der anderen Richtung lag der entzückende Marktplatz mit einem Pavillon, und alles hatte eine friedlich-verschneite Atmosphäre.

Ally hob im Gehen die Kamera, um ein paar Fotos zu schießen, während sie sich dem Marktplatz näherte. Sie nahm nun alles durch den Filter ihres Objektivs wahr. Das historische Rathaus. Das hübsche kleine Hotel. Es gab ein paar Fußgänger, Leute aus dem Ort, die ihrem Alltag nachgingen. Dennoch war dieser Dezembermorgen wunderbar still, die Luft frisch und sauber und kalt in der Lunge.

Texte von Weihnachtsliedern gingen ihr durch den Kopf,

und während sie sich dem Herzen des Örtchens näherte, fing sie an zu summen. Beim Näherkommen hörte sie Stimmen vom Marktplatz, noch ehe sie um die Ecke kam und das Gewusel sah.

Eine Gruppe von Leuten dirigierte die Anlieferung eines riesigen Tannenbaumes, der nächste Woche leuchten sollte. Ally ging auf der anderen Seite die Straße entlang, um einen besseren Blickwinkel für ein Foto zu bekommen. Und wie bestellt kam tatsächlich ein von Pferden gezogener Schlitten um die Ecke und fuhr auf den Marktplatz. Konnte es einen klassischeren Weihnachtsmoment geben?

Ally grinste und ging rückwärts, um die Aufnahme hinzubekommen, bevor der Schlitten sich weiterbewegte. Sie hatte ihr Weitwinkelobjektiv nicht mitgenommen, aber mit einigen Schritten rückwärts ...

Glöckchen bimmelten über ihrem Kopf. Sie war ganz auf den Sucher der Kamera konzentriert, während sie sich weiter rückwärts bewegte ... Und gegen etwas Hartes stieß.

»Verdammt ...« Die Mauer an ihrem Rücken hielt mitten im Fluchen inne, und Ally wirbelte herum. Verlegen ließ sie die Kamera sinken.

»Verzeihung! Ich habe nicht ...« Sie verstummte, während ihr Blick hinaufwanderte.

Und hinaufwanderte.

Vorbei an den breiten Schultern und dem dunklen ungepflegten Bart, bis hinauf zu überraschend blassblauen Augen. Winterblau. Das Herz schlug ihr bis zum Hals, sodass sie zunächst kein Wort herausbrachte. Reflexartig umklammerte sie ihre Kamera, bis ihr bewusst wurde, dass dieser große dunkelhaarige Mann mit dem struppigen Bart sie wütend ansah.

Und tropfte.

Er hielt einen Pappbecher von sich, und ein riesiger Kaffeefleck breitete sich auf seiner Hemdbrust unter dem offenen Mantel aus.

»Oh.« Ally stöhnte. »Ihr Hemd …«

3. Kapitel

Ben hatte heute einfach Pech.

Die Schlange in The Cup war lang gewesen, weshalb er sich spontan entschlossen hatte, sich seine Koffeindosis in Magda's Bakery zu besorgen. Sein Kopf pochte bereits, und seine Geduld hing am seidenen Faden. Natürlich wählte Gayle Danvers, Vorsitzende des Krippenspielkomitees, genau den Moment, als er die Bäckerei betrat, um ihm einen fünfzehnminütigen Vortrag darüber zu halten, warum das Theater, in welchem das Krippenspiel stattfand, neue Vorhänge brauchte. Konnte er denn kein Geld aus dem Etat der Stadt dafür zur Verfügung stellen?

Er sagte Nein. Denn er war immer derjenige, der Nein sagen musste. Einer musste schließlich realistisch sein. Einer musste die Kosten im Auge behalten.

Nur hatte Gayle kein Nein akzeptieren wollen. Die ganze Stadt schien zu denken, er würde schon irgendwann nachgeben, wenn man ihm nur hartnäckig zusetzte. Also musste er wieder und wieder der Böse sein. Sein Leben war zu einer Übung im Enttäuschen von Menschen geworden.

Aber das rechtfertigte nicht Gayles Vorwurf, er versuche

Weihnachten zu ruinieren. Wo er sich doch in Wahrheit nur endlich einen Kaffee kaufen wollte, damit sein Kopf nicht explodierte.

Als Magda ihm den Becher reichte, rannte er praktisch zur Tür hinaus.

Schön, er war möglicherweise einen Tick zu schnell unterwegs gewesen, um bloß niemandem mehr zu begegnen, der Geld von ihm zu bekommen versuchte. Aber diese mit einer Kamera bewaffnete Touristin hatte überhaupt nicht darauf geachtet, wo sie hinlief. Sie stieß gegen ihn, ehe er ausweichen oder wenigstens seinen Kaffee retten konnte.

Nicht mal einen einzigen Schluck hatte er trinken können, bevor der Inhalt des Bechers auf seinem Hemd verschüttet wurde. Immerhin gelang es ihm, den Stoff schnell von seiner Haut wegzuziehen und auf diese Weise Verbrennungen zweiten Grades zu vermeiden. Jetzt machte die Winterluft den nassen Stoff kalt und verwandelte sein letztes halbwegs sauberes Hemd in eine klamme Schweinerei.

Und alles nur, weil irgendeine Urlauberin zu beschäftigt mit Gaffen gewesen war und nichts um sich herum wahrgenommen hatte.

Sie war sehr klein, obwohl der Knoten aus lockigem schwarzem Haar auf ihrem Kopf ihrer Größe ein paar Zentimeter hinzufügte. Doch dessen ungeachtet hatte sie ihn mit der Wucht eines verdammten Linebackers beim Football gerammt. In der Hand hielt sie eine schwere Kamera – die klassische Touristin eben. Betrachtete Pine Hollow wie das Weihnachtsland in einem Freizeitpark. Alles fand nur zu ihrer Unterhaltung statt.

»Es tut mir schrecklich leid«, beteuerte die Frau mit dem

niedlichen runden Nettes-Mädchen-Gesicht, das jetzt übertrieben zerknirscht wirkte. »Ich habe nicht darauf geachtet, wo ich hingehe …«

»Ja, das habe ich gemerkt«, knurrte Ben, den nassen Stoff von seiner Haut weghaltend.

»Ich wollte den Baum fotografieren, und dann kam der Schlitten um die Ecke.« Sie deutete mit dem Arm wedelnd hinter sich zum Marktplatz. »Sorry. Ich kann Ihnen die Reinigung bezahlen.«

Ihre Worte erinnerten ihn wieder daran, dass er momentan keine funktionierende Waschmaschine hatte; ganz offensichtlich war er wirklich vom Pech verfolgt. »Ist schon in Ordnung.«

Nein, war es nicht.

»Lassen Sie mich Ihnen wenigstens einen neuen Kaffee kaufen …«

»Ich habe keine Zeit für einen weiteren Kaffee«, fuhr er sie an, und es klang wegen der heftigen Koffeinentzugskopfschmerzen, die hinter seinen Schläfen pochten, ziemlich scharf. »Ich komme ohnehin schon zu spät zur Arbeit, und jetzt muss ich auch noch nach Hause und mich umziehen, weil eine Touristin meine kleine Stadt für eine entzückende Weihnachtskulisse hält. Hier wohnen auch Leute, wissen Sie. Wir sind nicht bloß Fotomotive.«

Ihre Augen weiteten sich. »Ich habe nie behauptet …«

»Beim nächsten Mal könnten Sie besser aufpassen, wo Sie hinlaufen, statt zu erwarten, dass sich die ganze Welt um Sie und Ihre Kamera dreht.«

Der Nettes-Mädchen-Ausdruck verschwand von ihrem Gesicht, und ihre dunkelbraunen Augen funkelten. »Ich versuche mich hier gerade zu entschuldigen. Es war ein Versehen. Ich bin nicht absichtlich in Sie hineingerannt.«

»Na, das ist ja tröstlich zu wissen. Würden Sie *absichtlich* Kaffee auf Leute schütten, müssten wir uns wohl auch ernsthaft Sorgen machen.« Er fand sein Benehmen selbst idiotisch, aber die Worte kamen einfach aus ihm heraus, befeuert von der Frustration, die sich den ganzen Morgen angestaut hatte – von dem kleinen Trommler in seinem Hirn ganz zu schweigen.

»Es tut mir leid. Was haben Sie eigentlich für ein Problem?«, wollte sie wissen und richtete sich zu ihrer ganzen Größe auf, während die Bäckereitür mit einem erneuten Glockenklingeln geöffnet wurde.

Die kaputte Waschmaschine war sein Problem. Die nicht funktionierende Kaffeemaschine. Die Ausbesserungen am Haus, die nicht fertig wurden. Die nie endenden Anforderungen durch Pauls Sitz im Gemeinderat und Katies Posten im Elternbeirat. Die Schuldgefühle, weil er Astrid keinen Garten bieten konnte und keinen Hund, den sie so gern wollte. Das Gefühl, alle im Stich zu lassen und den täglichen Herausforderungen immer weniger gewachsen zu sein.

All das war sein Problem.

Und nun reagierte er hier seinen Frust an Fremden auf dem Marktplatz ab. *Tolles Vorbild, West.* Wieder meldeten sich seine altvertrauten Schuldgefühle.

»Passen Sie einfach auf, wo Sie gehen«, knurrte er. »Das hier ist nicht das Weihnachtswunderland.« Er ging an ihr vorbei und erhaschte einen Blick auf Gayle Danvers, die vor der Tür zur Bäckerei stand und ihn beobachtete.

Das hatte ihm noch gefehlt.

Jeder in der Stadt würde nun von dieser Geschichte hören. Ben, der eine Urlauberin anfuhr. Der perfekte Start in die Feiertage.

Sein Gesicht glühte, und er nickte seinem Publikum angespannt zu. »Mrs. Danvers«, brummte er und machte sich auf den Rückweg zu Pauls und Katies Haus, um etwas Trockenes zum Anziehen zu finden. Offiziell lebensuntüchtig.

»Machen Sie sich nichts draus.«

Ally sah erschrocken von dem sich entfernenden Rücken des großen, dunkelhaarigen, unleidlichen Mannes zu der älteren Frau, die aus der Bäckerei getreten war.

»Das ist der Scrooge unserer Stadt«, erklärte diese. »Ein echter Griesgram. Anscheinend braucht jeder Ort so jemanden.«

Ally lächelte verunsichert. »Ja, vermutlich.«

Ganz schuldlos war sie an dem Zusammenprall nicht gewesen. Sie hatte nicht aufgepasst, sondern sich ausschließlich auf die Welt vor ihrem Kameraobjektiv konzentriert und war dadurch rückwärts gegen den Mann gelaufen. Allerdings hatte er sich anschließend wirklich wie ein Idiot benommen, als er ihre Entschuldigung ablehnte und so tat, als hätte sie ihn absichtlich angerempelt. Aber sie hatte ihn nun mal mit Kaffee getränkt, wenn auch nur aus Versehen.

»Ehrlich, machen Sie sich keine Gedanken«, ließ die Frau nicht locker und tätschelte ihren Arm. »Sie sind Ritas und Hals Enkelin, nicht wahr?« Sie deutete mit einem Kopfnicken auf die Kamera in Allys Händen. »Die Fotografin?«

»Äh, ja. Ja, das bin ich.«

Die Frau strahlte. »Sie erinnern sich wahrscheinlich nicht an mich. Ich kenne Sie schon, seit Sie so groß waren.« Sie hielt ihre Hand in Hüfthöhe. »Als Sie noch mit Ihren Eltern zu Besuch kamen. Gayle Danvers? Ich wohne in der gleichen Straße wie Ihre Großeltern.«

»Richtig. Natürlich. Mrs. Danvers. Freut mich, Sie zu sehen.«

»Ich wollte Ihnen nur sagen, dass Sie sich großartig verhalten. Lassen alles stehen und liegen, um Ihren Großeltern zu helfen. Wie viele Leute gibt es, die ein solches Opfer bringen würden?«

»Oh, na ja, es ist kein großes Opfer …«

»Doch, ist es«, beharrte Mrs. Danvers, und Ally wand sich innerlich. »Und lassen Sie sich nichts anderes einreden. Sie sind ein gutes Mädchen, Ally Gilmore.« Sie tätschelte Allys Arm ein letztes Mal. »Verschwenden Sie keinen weiteren Gedanken an den alten Ebenezer West.«

Ally lächelte verlegen und blieb mit einem gewissen Unbehagen zurück, als Mrs. Danvers davonging. Sie war nicht nach Pine Hollow gekommen, weil sie eine Heilige war. Sie hatte diesen Aufenthalt selbst nötig.

Auf dem Marktplatz war der Baum inzwischen aufgestellt und überragte den Pavillon. Sie hielt die Kamera noch in der Hand, doch die Vorstellung, weiter durch den Ort zu wandern und Fotos zu machen, hatte seinen Reiz verloren. Sie schoss ein letztes Foto vom Marktplatz und dem Schlitten – einfach um dem Möchtegern-Scrooge die Stirn zu bieten –, dann steckte sie die Kamera in ihre Manteltasche und machte sich auf den Rückweg zum Haus ihrer Großeltern.

Ein kalter Wind wehte, weshalb sie die Schultern hochzog. Sie versuchte die Begegnung mit Pine Hollows Antwort auf Ebenezer Scrooge zu verdrängen. Dabei hatte sie sich so gut gefühlt, bevor sie mit ihm zusammengestoßen war. Und ja, möglicherweise hatte sie eine Fantasie-Version der Stadt gesehen, diese weichgezeichnete Vision des Lebens, die es nur in Weihnachtsfilmen gab. Aber war das ein Verbrechen? Sie hätte besser aufpassen sollen – doch entschuldigte das sein rüdes Auftreten?

Tatsächlich hatte Ally ihn in der Sekunde, bevor sein Verhalten ihre Meinung schlagartig änderte, attraktiv gefunden. Über eins achtzig groß, mit dunklen Haaren, unverschämt breiten Schultern und diesen winterblauen Augen. Mit seinem struppigen Bart sah er eher aus wie ein sexy Holzfäller als wie der weißhaarige Geizhals aus der *Weihnachtsgeschichte* von Charles Dickens. Aber ein Scrooge war ein Scrooge, daher verdiente er kein Fitzelchen Platz in ihrem Hirn.

Natürlich dachte sie trotzdem an ihn, als ihre Großeltern an diesem Nachmittag zu den Estates aufbrachen. Sie schloss sich im Arbeitszimmer ein, um an der Website zu arbeiten, doch obgleich sie sich zu konzentrieren versuchte, musste sie immer wieder an den Moment des Zusammenpralls zwischen ihr und diesem Mann denken.

Colby lag ausgestreckt auf einem der abgewetzten Hundebetten, die überall in dem kleinen Büro herumstanden, und schnarchte leise. Die meisten Hunde machten ein Nickerchen; das einzige Geräusch war das Transsibirische Orchester im knisternden alten Radio. Ally hatte keine Ahnung, wie lange sie schon arbeitete, Fotos hochlud und Beschreibungen auf den neuesten Stand brachte. Es hätten Minuten oder Stunden später sein können, als Colby irgendwann den Kopf hob, zur offenen Bürotür sah und ein sanftes, schnaufendes *Wuff* von sich gab.

Ally neigte den Kopf, um durch die Tür zu sehen, als knarrend die Außentür des Hundeheims geöffnet wurde und eine Stimme zögernd rief: »Äh … hallo?«

Vereinzeltes Bellen war die Antwort, als die aufwachenden Hunde den Neuankömmling begrüßten.

Ein *Kunde*.

Sofort war Ally hellwach. »Bin gleich bei Ihnen!«, rief sie und stieß sich vom Schreibtisch ab. Widerstrebend rappelte Colby sich hoch, um neben ihr herzutrotten. »Ich glaube, wir haben einen Interessenten, Colby.«

Sie schob die Bürotür mit einem Willkommenslächeln ganz auf – und zwang sich, das Lächeln beizubehalten, als sie sah, wer da hereingekommen war.

Zwei kleine Mädchen standen Seite an Seite, hielten ihre Rucksackriemen fest und schauten sich unsicher um. Ally hatte nie viel mit Kindern zu tun gehabt, deshalb war sie nicht besonders gut darin, ihr Alter zu schätzen. Die zwei vermutete sie vage in einer der oberen Grundschulklassen. Alt genug, um allein im Ort unterwegs zu sein, aber noch lange keine Teenager.

Auf jeden Fall nicht annähernd alt genug, um einen Hund ohne Begleitung der Eltern aus dem Tierheim zu holen.

4. Kapitel

»Hallo«, begrüßte Ally die beiden und behielt die Tür im Auge, für den Fall, dass die Eltern noch hinterherkamen. Im Büro spielte das Radio eine bluesige Version von *White Christmas*. »Kann ich euch helfen?«

Die zwei standen nah beieinander, als würden sie sich gegenseitig Halt geben. Die eine war größer und schlank, mit zusammengebundenen roten Locken, während die andere klein war, eine Brille trug und schwarze Zöpfe hatte.

Colby kam mit maximaler Geschwindigkeit – also etwa halb so schnell wie eine Schildkröte – auf die beiden Mädchen zu, die ihn gespannt ansahen. Allerdings schienen sie eher hingerissen zu sein von dem großen Burschen, als Angst vor ihm zu haben.

»Er ist lieb«, versicherte Ally ihnen. »Aber dieser ist nicht zu haben für eine Adoption. Sein Name ist Colby.«

»Hi, Colby«, gurrten die Mädchen im Chor und streckten ihre behandschuhten Hände aus. Colby schnupperte halbherzig daran und, nachdem er mit dem Drei-Meter-Spaziergang an das Limit seines Fitnessprogramms für diesen Tag gegangen war, sank er seufzend zu einem bernhardinerförmigen Haufen zu Boden.

»Nehmt ihm die mangelnde Begeisterung nicht übel. Das Einzige, was für Colby noch über Schlaf rangiert, ist Futter. Seid ihr eigentlich, äh, in Begleitung eurer Eltern hier?«

Die Mädchen rissen sich von Colbys Anblick los und tauschten einen Blick. Zwischen ihnen herrschte ein unausgesprochenes Einverständnis; sie hoben das Kinn, als machten sie sich zum Kampf bereit. »Ich bin Astrid«, verkündete die Größere der beiden. »Und das ist Kimber.«

Ally nickte. »Ally. Freut mich, euch kennenzulernen.«

Die Kleine mit den Zöpfen, Kimber, holte tief Luft und erklärte: »Wir suchen einen Job.«

Ally stutzte und konnte gerade noch verhindern, dass ihre Lippen zuckten. Kimbers Stimme war fest und direkt. Ihr war es offenbar ernst. Andererseits konnte sie höchstens acht Jahre alt sein. »Ich glaube, es gibt Gesetze gegen Kinderarbeit.«

»Keinen richtigen Job«, stellte das Mädchen klar.

»Wir wollen ehrenamtlich arbeiten«, meldete die Rothaarige, Astrid, sich zu Wort, weniger eindringlich, aber dennoch ebenso ernst. Ihre Augen flehten Ally an, ihnen Gehör zu schenken. »Einfach helfen. Mit den Hunden Gassi gehen oder sie füttern …«

»Oder sie baden oder ihnen Kunststücke beibringen …«

»Was immer wir tun sollen«, schloss die Rothaarige. »Egal was.«

Plötzlich ging Ally ein Licht auf, und sie lächelte. »Lasst mich raten. Eure Eltern wollen euch keinen Hund kaufen, bevor ihr bewiesen habt, dass ihr verantwortungsbewusst genug seid, um euch angemessen darum zu kümmern. Und deshalb seid ihr hier, um es zu beweisen. Richtig?«

Kimbers Augen weiteten sich hinter den Brillengläsern. »Woher wissen Sie das?«

Ally grinste. »Hab ich selbst durchgemacht. Als ich in eurem Alter war, habe ich mir so sehr einen Hund gewünscht, dass ich es kaum aushalten konnte. Ich habe an nichts anderes denken können.«

Astrid nickte eifrig und machte einen kleinen Schritt vorwärts. »Genau so geht es uns auch. Bitte. Wir werden richtig hart arbeiten.«

Es war verlockend, einfach Ja zu sagen – einerseits, weil die Mädchen sie so sehr an sich selbst erinnerten, andererseits, weil Ally gern ein bisschen Gesellschaft gehabt hätte. Doch das hieß nicht, dass sie die zwei hier arbeiten lassen konnte. »Wissen eure Eltern, dass ihr hier seid?«

»Natürlich.« Astrid wich ihrem Blick aus.

Die Eltern hatten also keine Ahnung. Na großartig.

Was sollte sie in dieser Situation tun? Die Mädchen ihren Eltern ausliefern, da sie offiziell gar nicht die Erlaubnis hatten, hier zu sein? Wäre es denn wirklich schlimm, sie mit einem oder zwei Hunden Gassi gehen zu lassen? Sie könnte ihnen Fred und Ginger mitgeben. Die älteren Dackelmischlinge waren ganz brav an der Leine und würden den Mädchen keine Scherereien machen. Wenn es gut funktionierte, könnten sie hinten im umzäunten Garten für Harry Bälle werfen – der Australian Shepherd trug keinen Funken Aggressivität in sich, musste sich aber regelmäßig austoben.

Das klang doch wirklich harmlos. Was aber, wenn eines der Mädchen sich auch nur das Knie aufschrammte und ihre Eltern nicht wussten, wo sie waren … »Es tut mir leid«, begann Ally.

Draußen hörte man den Kies in der Einfahrt unter Autoreifen knirschen, was sofort vielfältiges Gebell auslöste.

»Wir können wirklich gut mit Hunden umgehen«, bettelte Astrid weiter, bis jemand von draußen rief – und es Ally dadurch ersparte, den Mädchen das Herz zu brechen.

»Hallooo!«

Selbst Colby brachte die Energie auf, den Kopf zu heben, angesichts der vertrauten Stimme. Ally war erleichtert. Gram würde wissen, ob es in Ordnung war, die Mädchen ehrenamtlich zu beschäftigen.

»Das ist meine Großmutter«, erklärte Ally. »Mal hören, was sie dazu meint.« Sie ging an den Mädchen vorbei zur Tür. Draußen öffnete Gram gerade die Heckklappe ihres alten Subarus. »Hey, Gram.«

»Hey, Schätzchen«, rief ihre Großmutter, ohne sich von dem abzuwenden, was sie im Heck ihres Wagens machte.

Ein Windstoß fegte über die Auffahrt, und Ally fröstelte in ihrem Pullover. Sie hatte vergessen, ihren Mantel aus dem Büro des Hundeheims mitzunehmen; jetzt schlang sie gegen die Kälte die Arme um sich. Astrid und Kimber standen vor der Scheune, beide noch in ihren dicken Winterjacken, und schienen auf die Gelegenheit zu warten, ihrem Anliegen Nachdruck zu verleihen.

Ally ging zum Heck des Subaru und hielt Ausschau nach Grams Chauffeur. »Wo ist Gramps hin?«

»Hm?« Ihre Großmutter sah kaum auf. »Ach, du kennst doch deinen Großvater. Der ist immer noch auf diesem Pokerturnier.«

Ally registrierte skeptisch, wie schief der Wagen in der Auffahrt geparkt war. »Bist du etwa selbst gefahren?«

»Ich habe drüben in Franklin einen Anruf von Selina erhalten«, erwiderte ihre Großmutter, als beantwortete das die Frage. Dann sprach sie beruhigende Worte in die Ladefläche, und Ally hörte eindeutig Hundegewinsel. »Das arme Mädchen braucht uns. Sie wurde ausgesetzt. Streunte umher, nachdem ihre Familie weggezogen ist und sie einfach zurückgelassen hat. Kannst du dir das vorstellen?«

»Gram.« Ally stöhnte und ignorierte den Hund vorläufig. »Sag mir bitte, dass du nicht den ganzen Weg nach Franklin und zurück allein gefahren bist. Du weißt doch, dass du nicht fahren sollst.« Der alte Subaru hatte keine Automatikschaltung, und Gram sollte ihren rechten Arm schonen. »Du hättest mich anrufen sollen«, beharrte Ally. Dabei war es eigentlich nicht allzu überraschend, dass ihre Großmutter fünfzig Meilen durch die Gegend fuhr, kaum war ein Hund in Not. Ally kannte niemanden, der ein größeres Herz hatte als Gram – und erst handelte, bevor er nachdachte.

»Es war doch nur eine kurze Fahrt, und mir gehts gut. Siehst du?« Gram wedelte mit dem rechten Arm und sah an Ally vorbei. »Hallo, Astrid. Hallo, Kimber.«

»Hallo, Mrs. Gilmore«, erwiderten die Mädchen im Chor.

Sie kannten sich. Natürlich kannten sie sich. Jeder kannte hier jeden. Ally war die Fremde. Und die einzige Stimme der Vernunft in diesem Irrsinn.

»Du riskierst, den Arm überhaupt nicht mehr benutzen zu können, wenn du ihn dir erneut verletzt«, erinnerte Ally ihre Großmutter, was diese nicht beeindruckte; stattdessen war sie weiterhin mit der Transportbox im Kofferraum des Wagens beschäftigt.

»Dann kann ich ja von Glück sagen, dass ich das nicht getan habe«, meinte Gram unbekümmert. »Außerdem handelte es sich um einen Notfall. Sieh dir dieses Gesicht an.« Es war ein liebenswertes Hundegesicht, eine Spanielmischung mit langen seidigen Ohren und großen hilflosen Augen. »Ich habe mir überlegt, dass wir sie Dolce nennen könnten. Sieht sie nicht aus wie der Designer?«

Ally ließ sich nicht ablenken. »Weiß Gramps, dass du Auto gefahren bist?«

»Du weißt doch, wie er ist, wenn er spielt. Ich werde wieder zurück sein, ehe er überhaupt merkt, dass ich weg war.«

Oh nein. »Du fährst nicht noch einmal dorthin. Ich werde Gramps abholen. Und nächstes Mal musst du mich anrufen. Wegen genau dieser Situationen bin ich hier, um euch zu helfen.«

»Fein.« Gram verdrehte die Augen. »Nächstes Mal rufe ich dich an. Aber ist sie nicht süß?«

Ally seufzte. »Und wie«, räumte sie ein, für den Augenblick kapitulierend. Gleichzeitig fragte sie sich, was ihr Großvater denken würde, falls er bemerkte, dass Gram fort war. Er war stets der Vernünftige in der Beziehung gewesen – und der Einzige, der Rita Gilmore zu etwas bewegen konnte, was sie eigentlich nicht tun wollte.

»Wir müssen sie von Jeb untersuchen lassen, um sicherzugehen, dass sie gesund und geimpft ist. Außerdem weiß ich nicht, ob sie sterilisiert ist. Jedenfalls können wir sie erst nach der Untersuchung an ein gutes Zuhause vermitteln. Nicht wahr, du süßes Mädchen?«

»Wir haben keinen Platz mehr für sie.« In den vergangenen

Wochen hatten sie mehr Hunde aufgenommen als abgegeben. Tatsächlich war seit Allys Ankunft kein Hund mehr adoptiert worden.

»Wir halten sie vorerst im Büro«, sagte Gram mit einer lässigen Handbewegung. »Ich glaube ohnehin nicht, dass sie lange bei uns bleiben wird. Ich habe da so ein Gefühl, dass jemand sie ganz schnell bei sich aufnimmt.« Lächelnd schaute sie an Ally vorbei. »Sucht ihr einen Hund, Mädels?«

Die Mädchen tauschten einen Blick. »Erst mal helfen wir ehrenamtlich aus«, sagte Astrid.

»Was für eine tolle Idee! Wie nett! Wollt ihr mir helfen, der kleinen Dolce das Büro zu zeigen?«

Zwei Kindern einen fremden Hund zu übergeben, der nicht einmal auf Tollwut untersucht war, klang nach juristischem Ärger. Ally trat einen Schritt vor, ehe ihre Großmutter die Box aus dem Wagen heben konnte. Sie wollte sich nicht einmal vorstellen, wie Gram dieses sperrige Ding schleppte. »Ich werde mich um Dolce kümmern. Warum zeigst du den Mädchen nicht, wo die Leinen hängen? Dann können sie mit Ginger und Fred Gassi gehen.«

»Gute Idee. Ihr werdet sie lieben«, schwärmte Gram, legte jedem der Mädchen einen Arm um die Schulter und führte sie zu den Zwingerboxen. Ally blieb mit dem ängstlichen kleinen Spaniel zurück.

Der Hund beobachtete sie misstrauisch, und Ally beugte sich herunter, um weniger einschüchternd zu wirken.

»Hallo, süßes Mädchen.« Sie streckte die Hand aus und ließ die Hündin durch die Gitterstäbe daran schnuppern. »Alles ist gut. Du bist jetzt in Sicherheit.« In ihrer Tasche summte das Handy und signalisierte den Eingang einer E-Mail.

Erschrocken zog sich der Spaniel in die hinterste Ecke der Transportbox zurück und verbarg das Gesicht.

»Keine Angst«, murmelte Ally beruhigend und machte einen Schritt zurück, um ihr Handy aus der Tasche zu ziehen. »Lass dir Zeit. Vielleicht ist das jemand, der sich um einen süßen Hund wie dich bewirbt.«

Sie hatte das Bewerbungsformular erst vor einigen Stunden auf die Website geladen, also war das wohl ein bisschen zu optimistisch, aber man durfte ja hoffen. Vielleicht war es der erste Bewerber von vielen.

Doch als sie die E-Mail öffnete, war es keine Bewerbung.

Bedauern, Ihnen mitteilen zu müssen … aufgrund von Haushaltsdefiziten … sehen uns außerstande, weiterhin finanzielle Unterstützung … erster Januar … Sie überflog die Worte und versuchte vergeblich, den Sinn zu verstehen. Die Stadt konnte doch nicht wirklich die Subventionen für das Hundeasyl streichen. Dieses Tierheim gab es seit Jahrzehnten. Seit sie sich erinnern konnte.

»Ally, Mädchen?« Die Stimme ihrer Großmutter holte sie aus dem Nebel, der sie umgab, seit sie auf die E-Mail starrte – als könnte sie die Bedeutung des Inhalts ändern, wenn sie sie nur oft genug las. »Ist alles in Ordnung mit dir? Du bist weiß wie ein Laken geworden.«

Ally sah von ihrem Handy auf, und erst, als die Worte über ihre Lippen kamen, machten sie das Ganze real.

»Die schließen uns.«

5. Kapitel

»Wer macht so etwas? Wer streicht kurz vor Weihnachten einem Tierheim die Subventionen?«

Ally lief in dem engen Büro des Hundeasyls auf und ab, während ihre Großmutter im Schneidersitz auf dem Fußboden saß und versuchte, Dolce mit einem Stückchen Cheddar aus der Transportbox zu locken. Sie hatten die neue Hündin hineingetragen, und dabei war Allys Schock allmählich verflogen. Geblieben waren Frustration und Empörung.

»Ich bin mir sicher, es ist nur ein Irrtum«, meinte ihre Großmutter beruhigend und Dolce zuliebe in sanftem Ton. »Die Stadt würde uns niemals die Subventionen streichen.«

»In dem Schreiben heißt es, sie erwarten, dass wir bis zum ersten Januar ein neues Zuhause für alle Hunde gefunden haben und den Betrieb einstellen.«

Das Hundeasyl erhielt etwas Geld aus Spenden und Adoptionsgebühren, doch hauptsächlich waren es die Zuwendungen der Stadt, die sie über Wasser hielten. Ally war nicht klar gewesen, wie teuer das kleine Tierheim war, bis sie einen Blick in die Bücher geworfen hatte. Futter, Tierarztrechnungen, Hundekörbchen und Kauspielzeuge, damit hatte sie gerechnet. Aber hinzu kamen noch Gas, um die Scheune zu heizen, Haftpflichtversicherungen und Nebenkosten. Ihre Großeltern hatten das Tierheim eröffnet, nachdem sie in den Ruhestand gegangen waren, und zwanzig Jahre lang hatte es ziemlich leicht ausgesehen, auch ohne dass die beiden über allzu viel Unternehmergeist verfügten. Doch drei Wochen, nachdem Ally aufgetaucht war, schien das ganze Kartenhaus in sich zusammenzufallen.

»Ich bin mir sicher, das haben sie nicht so gemeint«, beharrte ihre Großmutter. »Es ist alles ein Missverständnis. Wer hat die E-Mail geschickt?«

Ally scrollte in der E-Mail, die sie in den letzten fünfzehn Minuten wieder und wieder gelesen hatte, ganz nach unten. *Mit freundlichen Grüßen, Benjamin West, Pine Hollow Stadtrat. »Benjamin West.«*

Grams Braue zuckte. »Hm.«

»Was heißt das? Hm? Wer ist das?«

»Er hat vor zwei Jahren Paul Williams Mandat im Stadtrat übernommen, und er … na ja …«

Ally stöhnte. »Sags nicht. Er würde das wirklich tun. Eine gemeinnützige Einrichtung kurz vor Weihnachten schließen.«

»Natürlich nicht. Allerdings kann er ziemlich reizbar sein. Na ja, die Menschen sind eben verschieden. Es gibt da diese Gerüchte über seine Verlobte, aber er ist wirklich ein ganz wundervoller Onkel, und ich bin überzeugt davon, dass er nicht die Absicht hat, das Tierheim zu schließen.«

Mehr musste Ally gar nicht hören. Ihre Großmutter hatte immer nur Gutes über die Leute zu sagen, doch Ally konnte zwischen den Zeilen lesen. Dieses *reizbare* Ratsmitglied war vermutlich durch und durch widerlich. Arme wehrlose

Hunde unmittelbar vor Weihnachten ihrer Unterkunft berauben.

Sie schob das Handy in die Tasche. »Ich fahre hin.«

Ihre Großmuttern blickte skeptisch. »Wohin?«

»Zum Rathaus.« Sie schnappte sich ihren Mantel und wickelte sich den Schal um den Hals. »Ich gebe den Wagen bei den Estates für Gramps ab, und dann nehme ich den Kampf auf.«

Ihre Großeltern würden ohne zu zögern ihre Ruhestandsersparnisse angreifen, um das Tierheim finanzieren zu können. Aber sie brauchten das Geld für sich. Ally würde nicht zulassen, dass irgendein machtbesessener Bürokrat ihnen das Tierheim wegnahm.

»Ich kann deinen Großvater abholen …«

»Gram.«

»Na schön, gut. Ich werde hierbleiben und ein Auge auf Dolce, Astrid und Kimber haben.« Sie legte nachdenklich den Kopf schief. »Obwohl du Astrid vielleicht mitnehmen solltest. Ben West ist ihr Onkel, und sie kann ihn möglicherweise überzeugen, wenn es dir nicht gelingt.«

Ally war sich ziemlich sicher, dass Astrid ihren Eltern nichts von ihrer freiwilligen Arbeit hier erzählt hatte, und dieser Benjamin West klang nach jemandem, der das Mädchen verraten würde.

Ally schüttelte den Kopf. »Ich brauche kein Kind, das meine Kämpfe für mich austrägt. Ich werde diesem Benjamin West mal die Meinung sagen. Dieses Hundeheim bleibt offen. Dieser …« Ihr fiel kein Wort ein, das beleidigend genug war und gleichzeitig für die Ohren ihrer Großmutter geeignet. »Dieser *was auch immer* wird sich noch wundern.«

»Es hat einfach aufgehört.«

Ben zählte im Stillen bis zehn, um die Geduld nicht zu verlieren, während Linda Hilson hilflos mit den Händen über den leeren Bildschirm fuhr. Er war jetzt seit sechs Jahren die Ein-Mann-IT-Abteilung der Stadt und stets aufs Neue verblüfft von den unterschiedlichen Methoden, mit denen die Leute tadellose elektronische Geräte kaputt bekamen.

»Hol dir einen Kaffee, und ich schaue in der Zwischenzeit mal, was ich tun kann«, schlug er vor.

»Danke«, sagte Linda begeistert und verschwand, damit er das Problem untersuchen konnte.

Ben kniete sich auf den Boden und überprüfte sämtliche Kabel und Verbindungen. Der Schreibtisch war begraben gewesen unter einem Berg Weihnachtsklimbim, und er fand die Mehrfachsteckdose unter einem Haufen Girlanden … ausgeschaltet.

Er drückte den Schalter und hörte das vertraute Summen wieder zum Leben erwachender Elektronik. Er setzte sich auf Lindas Bürostuhl, während die Maschine hochfuhr, um sicherzugehen, dass der Schalter das einzige Problem gewesen war – die Elektrik im historischen Rathaus war berüchtigt für ihre Tücken, und bei elektronischen Geräten konnte das Schaden anrichten.

Wenn doch alle Probleme so leicht zu lösen wären wie das Umlegen eines Schalters …

Während er wartete, rief er die endlose To-do-Liste auf seinem Handy auf und fügte *Lebkuchen recherchieren und herausfinden, für welche Zeit ich mich für diesen verdammten Weihnachtsbasar eingetragen habe* hinzu. Außerdem: *Kaffeemaschine reparieren.*

Vor zwei Jahren hätte er wahrscheinlich ohne groß zu überlegen eine neue Maschine bestellt. Aber vor zwei Jahren war auch noch nicht jeder Dollar, den er für sich ausgab, ein Dollar, den er für Astrids College-Konto sparen konnte. Katie und Paul hatten etwas Geld für Astrids Zukunft zurückgelegt, aber die guten Schulen wurden immer teurer, und Ben brachte kein Silicon-Valley-Gehalt mehr nach Hause. Für die Stadt zu arbeiten hatte geradezu entspannend geklungen im Vergleich zu den Achtzig-Stunden-Wochen, die er in Palo Alto gehabt hatte. Aber da hatte er auch noch nicht damit gerechnet, alleinerziehender Vater oder Mitglied des Stadtrates zu werden. Entspannung kam ihm vor wie eine ferne Erinnerung.

Er steckte sein Handy ein und sah sich im Rathaus um. Girlanden und blinkende Lichter überall, und über der Tür hing tatsächlich ein Mistelzweig, was seltsam anmutete an einem Arbeitsplatz. Aber Ben dachte gar nicht daran, ein weiteres Mal der Spielverderber zu sein, indem er die Abnahme des Zweiges vorschlug.

Neuer Plan: Bis zum ersten Weihnachtstag ruhig verhalten und niemanden mehr verärgern.

Während der Computer hochfuhr, betrachtete er gedankenverloren den Zweig, der die Gefahr einer Anzeige wegen sexueller Belästigung barg, als genau in diesem Augenblick die Touristin von heute Morgen darunter erschien.

Sie kam praktisch hereingestürmt.

Ihr roter Wollmantel wehte, während sie voranmarschierte, und ein weißer Schal flatterte im Wind, als die Tür hinter ihr zufiel. Ihre Miene verfinsterte sich noch mehr, als sie ihn erblickte.

»Sie!«

Ben stutzte. »Ich?«

»Sie sind das, oder?« Die Worte klangen wie ein Peitschenhieb. »Natürlich sind Sie das. Benjamin West. Wie in *The Wicked Witch of the West – die böse Hexe des Westens.*«

Er stand von Lindas Bürostuhl auf. »Da besteht keinerlei Verwandtschaft.«

»Hätte ich mir denken können, dass Sie das sind«, fuhr sie ihn an – was ihn kein Stück weiterbrachte bei der Frage, was sie hier wollte. »Haben Sie das getan, weil ich Kaffee auf Ihr Hemd geschüttet habe? Sind Sie wirklich so nachtragend?«

»Hören Sie, es tut mir leid wegen heute Morgen. Meine Kaffeemaschine war kaputt, und ich hatte einen miesen Start in den Tag. Es kam einfach alles zusammen. Ich hätte meinen Frust nicht an Ihnen auslassen dürfen.«

»Entschuldigung abgelehnt. Viele Leute haben schlechte Tage. Meiner war auch nicht so toll. Und wissen Sie auch warum? Weil irgendein Idiot mich heute Morgen angemotzt hat, als ich mich bei ihm entschuldigen wollte, und jetzt will er mein Tierheim schließen. Wer macht denn so etwas? Oh, stimmt ja, Ebenezer West. Der Scrooge von Pine Hollow. Entschlossen, uns allen das Weihnachtsfest zu vermiesen.«

Ärger packte ihn. »Warum glauben plötzlich alle, ich hätte etwas gegen Weihnachten?«

»Wenn Sie diesen Ruf nicht wollen, sollten Sie vielleicht nicht drei Wochen vor den Feiertagen Tierheime schließen. Meine Großeltern haben ihr *Leben* in dieses Hundeasyl gesteckt. Sie führen es seit über zwanzig Jahren, und jetzt machen Sie es zu, weil Sie einen schlechten Tag hatten?«

Auf einmal machte es klick – auch wenn noch nicht alles zusammenpasste. »*Sie* sind Ritas und Hals Enkelin?«

»Haben Sie jemand anderen erwartet?«

»Ich hatte eine typische Großstädterin erwartet«, gestand er ohne nachzudenken. Er hatte gehört, Ritas und Hals Enkelin sei ein Modefreak aus New York. Deshalb hatte er sich einen Model-Typ von einem Meter achtzig mit geglättetem Haar und falschen Wimpern vorgestellt. Und auf hohen Absätzen. Definitiv hohe Absätze. Doch dieser kleine Tornado war hier in Schneestiefeln hereinmarschiert, ohne eine Spur Make-up, das ihre Sommersprossen kaschiert hätte. Die waren irgendwie süß, diese Sommersprossen. Wenn es einem gelang, den funkelnden Blick darüber zu ignorieren.

»Oh ja, ich bin eine Großstädterin. Und Frauen aus der Großstadt lassen sich von niemandem etwas gefallen. Also erklären Sie mir, warum uns drei Wochen vor Weihnachten grundlos die Subventionen gestrichen werden.«

Ben hob die Brauen angesichts ihrer Einschätzung der Situation. Kein Wunder, dass sie ihn für einen zweiten Scrooge hielt. »Seit wann sind Sie in Pine Hollow, Ms. Gilmore?«

Sie hob streitlustig das Kinn. Irgendwie war sie süß, wenn sie wütend war; glücklicherweise besaß er genügend Selbsterhaltungstrieb, um das nicht auszusprechen. »Ein paar Wochen, aber das Hundeasyl gibt es seit Jahrzehnten. Meine Großeltern sind Säulen dieser Gemeinde.«

»Dann waren Sie also schon hier, als wir vor zwei Wochen den hohen Schnee hatten? Und sicher haben Sie dann auch mitbekommen, dass all dieser schwere nasse Schnee das Dach des Gemeindehauses eingedrückt hat. Das Gebäude, in dem jeden Monat dutzende Veranstaltungen stattfinden und das jetzt wegen Einsturzgefahr nicht mehr betreten werden kann.«

»Ich verstehe nicht, was das mit dem Tierheim zu tun hat.«

»Es handelt sich um ein Gebäude der Stadt. Was bedeutet, dass die Stadt für die Reparaturen aufkommen muss. Und dieses Geld muss irgendwo herkommen«, erklärte er. »Niemand wollte Ihnen die Subventionen streichen, nur ist dies ein Bereich, in dem wir Geld einsparen können. Den Schulen und Rettungskräften können wir schlecht die Gelder kürzen, ohne dass es Auswirkungen auf die ganze Gemeinde hätte. Der Etat gibt einfach keine Extraausgaben mehr her.«

Sie presste die Lippen zusammen, und sah ihn immer noch funkelnd an, allerdings nicht mehr ganz so zornig. »Hätten Sie denn nicht …« Sie verstummte mit einem frustrierten Laut.

»Die Gemeinde hat sicher nicht aus Bosheit beschlossen, Ihnen die Gelder zu streichen. Falls es ein Trost ist – das Geld wird der Gemeinde sehr weiterhelfen.«

»Das Tierheim ist auch wichtig für die Gemeinde«, ließ sie nicht locker, doch ihr war das Bewusstsein der bevorstehenden Niederlage anzusehen. »Was sollen wir denn mit den Tieren machen?«

»Ein neues Zuhause für sie finden«, schlug er vor. »Ist das nicht eigentlich das Ziel Ihrer Einrichtung?«

»Wir können doch nicht plötzlich ein tolles Zuhause für jeden Hund herbeizaubern. Das Angebot ist stets größer als die Nachfrage, seit ich hier bin, hatten wir keine einzige Adoption. Und jetzt sollen wir in weniger als einem Monat für alle Hunde ein neues Heim finden? Es ist, als wäre ich verflucht.« Sie sah ihn an, mit einem rosigen Schimmer auf den Wangen. »Ich kann nicht glauben, dass ich das zu Ihnen gesagt habe.«

»Ist schon okay. Ich bin wirklich kein Ebenezer Scrooge.« Ihre Niedergeschlagenheit ging ihm nahe, trotzdem unterdrückte er den Impuls, ihr helfen zu wollen. *Du hast wahrlich keine Zeit für weitere Probleme, Depp.*

»Ich wollte Sie nicht so nennen … Na schön, ich habs getan, aber ich habe dabei nur an die Hunde gedacht und an meine Großeltern, und daran, dass wir nur vier Wochen Zeit haben, und heute ist noch ein neuer Hund dazugekommen, und ich habe keine Ahnung, was ich mit ihm machen soll und … Es hilft mir wirklich nicht weiter, dass Sie gute Gründe für die Streichung der Subventionen haben. Wir brauchen das Geld.«

»Im Etat der Stadt gibt es wirklich keinen Spielraum mehr. Ich wünschte, es wäre anders.« Besonders da seine Stimme das Zünglein an der Waage gewesen war und damit das Schicksal des Tierheims besiegelt hatte. »Hören Sie, die Stadt kann die Zuwendungen nicht über den ersten Januar hinaus bezahlen, aber vielleicht können wir Ihnen helfen, ein neues Zuhause für einige der Hunde zu finden. Ich kann mich ja mal umhören – ich bin auch für den Newsletter der Stadt verantwortlich. Falls mir zu Ohren kommt, dass irgendwer einen Hund sucht,« – abgesehen von Astrid – »schicke ich denjenigen zu Ihnen.«

»Großartig«, murmelte Ally. »Danke. Entschuldigen Sie, dass ich Sie Scrooge genannt habe.«

Er verzog das Gesicht. In diesem Augenblick fühlte er sich wie einer. »Frohe Weihnachten.«

Ihr Lächeln war humorlos. »Sehr witzig.«

6. Kapitel

Ally marschierte zurück zum Tierheim, den Kopf wegen des Windes gebeugt, und überlegte, wie sie diese Sache in Ordnung bringen konnte. Sie hätte wissen müssen, dass der Idiot, der ihnen die Subventionen strich, der bärtige Typ von heute Morgen war. Und es half nicht wirklich, dass er gute Gründe für die Streichung hatte. Das verstärkte in ihr nur das Gefühl der Hilflosigkeit.

Ja, sie verstand, dass das Geld irgendwo herkommen musste. Aber in der Vergangenheit hatte es doch auch immer funktioniert.

Sie wurde das Gefühl nicht los, dass sie selbst auf irgendeine Weise ihren Großeltern dieses Desaster eingebrockt hatte. Schon immer hatte sie an Zeichen geglaubt. An Botschaften des Universums. Oder vielleicht wollte sie auch nur daran glauben, weil sie glauben wollte, dass ihre Eltern noch dort oben waren, leise Stimmen, die sie leiteten.

Sie war auch deshalb nach Pine Hollow gekommen, weil es sich angefühlt hatte, als würde das Universum sie von New York wegführen wollen. Alles hatte sich perfekt gefügt: das Ende ihres Mietvertrages, die Pause zwischen ihren Aufträgen und ihre Großeltern, die sie brauchten. Doch nun war es, als würde Pine Hollow sie hinauswerfen – und ihre Großeltern dafür bestrafen, dass sie Ally überhaupt aufgenommen hatten.

Ein Wagen hielt neben ihr. Ally wandte den Blick und erkannte den Subaru ihrer Großeltern. Für einen kurzen Moment befürchtete sie, Gram könnte sich erneut hinters Steuer gesetzt haben, aber dann wurde das Beifahrerfenster heruntergelassen, und ihr Großvater lehnte sich über den Schaltknüppel. »Soll ich dich mitnehmen?«

»Hey.« Sie war noch immer verärgert, aber ein wenig von der Missstimmung verflog, als sie die Hand auf den Türgriff legte.

Ihr Großvater hatte eine raue Stimme und besaß eine unerschütterliche Ruhe. Er war schon immer die Stimme der Vernunft in der Familie gewesen; andererseits tat er gern Dinge, nur um seine Frau aus der Reserve zu locken, um dann, wenn es ihm gelungen war, Ally zuzuzwinkern. Ally hatte immer geglaubt, sie käme nach ihm und sei eher eine Planerin und pragmatisch statt emotional. Aber kaum tauchte ein kleines Hindernis auf, reagierte sie wie ihre Großmutter, stürmte ins Rathaus und ging auf den Staatsbediensteten Ebenezer los.

Copper – der kleine Mischling mit dem runzligen Gesicht, von dem ihr Großvater behauptete, er sei Grams Hund, obwohl dieser nie weiter als zwei Schritte von Gramps entfernt war – stand auf dem Schoß ihres Großvaters, die Vorderpfoten am Fenster auf der Fahrerseite. Als Ally sich in den warmen Wagen setzte und die kalten Finger gegen die Lüftungsschlitze hielt, stieg Copper über den Schaltknüppel, um sie zu beschnuppern, ehe er wieder seinen Platz einnahm und nach bedrohlichen Verkehrssituationen Ausschau hielt.

»Hast du gewonnen?«, erkundigte sie sich.

Ihr Großvater zuckte gleichgültig mit den Schultern. »Ein paar Dollar. Ich wollte ihnen den Rest fürs nächste Mal lassen. Deine Gram hat mich angerufen.«

Ally hatte das Kartenspiel ihres Großvaters nicht unterbrechen wollen, als sie den Wagen abgab, deshalb war sie gar nicht hineingegangen. Außerdem hatte sie es eilig gehabt, zum Rathaus zu kommen, um diese ganze Subventionsgeschichte zu klären, bevor ihr Großvater überhaupt davon hörte. »Hat sie dir erzählt, dass sie wegen eines Hundes nach Franklin und wieder zurück gefahren ist?«

»Sieht ihr ähnlich«, meinte er nachsichtig. »Aber deshalb hat sie nicht angerufen.«

»Sie soll nicht Autofahren.«

»Mm-hmm.« Das war ihr Großvater. Er widersprach ihr fast niemals direkt. Er stimmte ihr lediglich auf eine Weise zu, dass sie sich dumm vorkam.

Ally rutschte unbehaglich auf ihrem Sitz hin und her; seine Ruhe machte sie nervös, das Schweigen wirkte auf sie wie ein Verhör. »Sie hat dir von der E-Mail erzählt. Von den Subventionen.«

»Sie hat es erwähnt.« Er setzte den Blinker.

Der Kombi glitt langsam über die Straßen von Pine Hollow. Wegen der Einbahnstraßen, Schulzonen und zahlreichen Stoppschilder wären sie zu Fuß vermutlich schneller gewesen – vor allem, da ihr Großvater stets zehn Kilometer pro Stunde unter der zulässigen Höchstgeschwindigkeit fuhr. Ally machte das immer leicht wahnsinnig, aber heute war es noch schlimmer als sonst. Seine ausbleibende Panik und seine besonnene, unaufgeregte Art weckten in ihr den Wunsch, ihn zu schütteln und zu schreien: *Begreifst du denn nicht, dass wir ein Riesenproblem haben?* Aber sie zwang sich, ruhig zu bleiben. »Offenbar brauchen sie das Geld für das Dach vom Gemeindehaus.«

Er nickte, ohne den Blick von der Straße zu nehmen. »Hab gehört, es ist eingedrückt. Wegen dem vielen Schnee, den wir hatten.«

»Uns bleiben vier Wochen, um einen anderen Geldgeber zu finden oder ein neues Zuhause für die Hunde.«

Ihr Großvater knurrte und antwortete nicht gleich, aber das tat er nie. Hal Gilmore war berüchtigt dafür, dass er zuerst nachdachte, bevor er sprach. Manchmal wünschte Ally sich, er würde sich beeilen und einfach irgendetwas sagen.

»Ideal ist das nicht«, räumte er schließlich ein. »Aber das Geld von der Stadt war immer nur ein Akt des guten Willens, wir hatten nie eine verbindliche Zusage dafür.«

Frustration stieg in ihr auf. »Warum bist du nicht wütend?«

»Würde es helfen?«

Vielleicht nicht, aber die Tatsache, dass ihre Großeltern sich nie wegen irgendetwas zu sorgen schienen, löste in ihr das Gefühl aus, sich umso mehr Sorgen machen zu müssen.

»Wir könnten versuchen, von anderswo ein paar Zuschüsse zu bekommen«, schlug Gramps vor. »Meiner Erfahrung nach wird einer von fünfzehn Anträgen bewilligt, aber das sollte einen nicht davon abhalten, einen zu stellen. Hab auch was von Online-Spenden gehört …«

»GoFundMe. Das ist eine Online-Plattform, um Geld für ein Projekt zu sammeln.«

»Genau das meinte ich.«

Sie beobachtete ihn und versuchte, etwas von seiner Ruhe aufzunehmen. »Du bist überhaupt nicht besorgt?«

Gramps zuckte mit den Schultern und kraulte Coppers Kopf. »Eure Generation hat es immer so eilig und will sofort Lösungen, kaum ist ein Problem aufgetaucht. Vielleicht liegt es an deinem Leben in der Großstadt oder dem Internet-Streaming-Zeug, das ständig verfügbar ist. Keine Ahnung. Ich weiß nur, dass sich Probleme oft von selbst erledigen, wenn man ihnen die Chance dazu gibt und ruhig bleibt.«

Ally widerstand dem Impuls, mit den Zähnen zu knirschen. Ihre Großmutter stürzte sich immer kopfüber in alles, ohne Rücksicht auf die Konsequenzen. Ihr Großvater hingegen wartete einfach darauf, dass das Universum die Dinge selbst löste. Wie hatten sie über achtzig Jahre in dieser Welt überleben können?

»Du musst dir wegen dieser Sache keine Sorgen machen. Die Subventionen – sie kommen oder sie kommen nicht. Dann sehen wir weiter. Alles, was du tun musst, ist, dich darüber zu freuen, dass du über die Weihnachtstage zu Hause bist.«

Ihre Großmutter hatte das Gleiche gesagt. Freu dich darüber, zu Hause zu sein. Nur fühlte es sich nicht wie zu Hause an. Nirgendwo.

Pine Hollow war nicht der Ort, an dem sie aufgewachsen war, aber in New Jersey hatte sie keine Familienangehörigen mehr, und ihre Freunde aus der Kindheit hatte sie längst aus den Augen verloren. Nach dem Tod ihrer Eltern hatte sie sich verändert, auf eine Art, die niemand von ihnen verstanden hatte. Nirgendwo gab es mehr einen Platz für sie. Sie gehörte nirgendwo richtig hin. Nach Pine Hollow zu kommen bot aber zumindest die Chance, Zeit mit Menschen zu verbringen, die ihr wirklich etwas bedeuteten. Und hier konnte sie in Ruhe darüber nachdenken, wie es weitergehen sollte. Hier konnte sie neu anfangen.

Sie hatte es satt, wie unverbindlich alles in ihrem Leben war – die Freiberuflichkeit, das ewig Abstrampeln. Sie hatte sich für ein paar feste Jobs in der Stadt beworben; wenn daraus nichts würde, war völlig offen, wo sie in Zukunft sein würde. Und ja, in gewisser Hinsicht hatte sie vielleicht gehofft, alles würde sich auf magische Weise fügen und sie ein Zuhause in Pine Hollow finden, wo sie sich um das Tierheim und ihre Großeltern kümmerte. Doch jetzt …

Gramps bog in die Auffahrt zum Tierheim und dem Farmhaus daneben ein, in dem ihre Großeltern seit fünfzig Jahren wohnten. Sie hatten sich hier ein Leben aufgebaut und die alte Scheune in ein Heim für Hunde verwandelt, allein aus dem Wunsch, zu helfen. Dies war ihr Vermächtnis, und Ally würde nicht zulassen, dass es in Gefahr geriet.

»Wir werden finanzielle Unterstützung bekommen«, versprach sie ihrem Großvater, obwohl sie nicht die geringste Ahnung hatte, woher dieses Geld kommen sollte. »Wir werden es schaffen.«

»Mm-hmm.« Er zog die Handbremse an, stellte den Motor aber noch nicht aus; warme Luft blies weiterhin aus den Lüftungsschlitzen.

»Und wir werden für alle Hunde ein Zuhause finden. Selbst wenn, nein, *obwohl* wir nach wie vor Geld bekommen, brauchen die Hunde neue Familien.«

»Und die werden sie bekommen. Du wirst sehen. Hunde finden ihre Menschen auf ihre Art.« Er kraulte Copper unterm Kinn. »Es ist Liebe, die kann man kann nicht erzwingen.

Warte einfach ab. Wenn du erlebst, wie ein Tier das Herz eines Menschen erobert … es gibt nichts Vergleichbares.«

Liebe war ja schön und gut, aber Ally würde nicht auf ein Wunder warten. Sie hatten jetzt eine Deadline. Für die Subventionen und für die Hunde.

Vier Wochen.

Sie musste die Website auf Hochglanz bringen.

»Hast du dein Pokerspiel meinetwegen verlassen?«, fragte sie.

Gramps sah sie an und hob die buschigen Brauen. »Ich dachte mir, du könntest ein offenes Ohr gebrauchen.«

Ally schnallte sich ab und beugte sich über den Schaltknüppel, um ihren Großvater zu umarmen. »Du bist der Beste, weißt du das?« Copper, angeregt durch die Bewegung, zwängte sich zwischen die beiden, um Allys Kinn zu lecken.

Gramps hüstelte heiser. »Ich hab doch gar nichts getan.«

»Du bist zu mir gekommen«, sagte sie sanft. Und das war sehr viel wert. Es war viel zu lange her, dass sie jemanden gehabt hatte, mit dem sie ihre Siege teilen oder mit dem sie reden konnte, wenn etwas schiefgelaufen war.

Sie würde ihre Großeltern nicht im Stich lassen. Sie würde für alle Hunde ein Zuhause finden und das Tierheim retten. Und kein Stadtverordneter Scrooge würde sie aufhalten.

7. Kapitel

Wie sich herausstellte, war Schuld ein mächtiger Motivator.

Eine andere Erklärung konnte es nicht dafür geben, dass Ben in seiner Mittagspause über den knirschenden Kies in der Auffahrt zum Furry Friends Animal Rescue ging. Er hatte keine Zeit für so etwas, nur war ihm das Tierheim einfach nicht mehr aus dem Kopf gegangen. Oder die Frau, die es leitete.

Er hatte ihren Vornamen gestern nicht erfahren. Ritas und Hals Enkelin. Bei ihrer Begegnung hatte sie nicht sonderlich auf Förmlichkeiten geachtet. Trotzdem war ihm nicht mehr aus dem Sinn gegangen, wie bedrückt sie gewesen war.

Es half nicht gerade, dass die Kaffeemaschine immer noch nicht funktionierte, weshalb er heute Morgen bei The Cup vorbeischauen musste. Er hatte tatsächlich geglaubt, Schuldgefühle vermeiden zu können, indem er nicht in die Bäckerei ging, wo er die Frau gestern angeblafft hatte. Leider hatte er dabei außer Acht gelassen, wie schnell sich Klatsch in Pine Hollow verbreitete. Mindestens vier Leute hatten ihn mit hilfreichen Kommentaren angesprochen, wie zum Beispiel: »Ah, ich habe gehört, Sie schließen das Tierheim« und: »Ist es wahr, dass Sie Hals und Ritas Enkelin gestern auf dem

Marktplatz attackiert haben?« Eine weitere Station auf seiner lebenslangen Schuldreise.

Astrid hatte ihm gestern während des Abendbrotes nonstop wegen eines Hundes in den Ohren gelegen. Sie hatte sogar vorgeschlagen, ehrenamtlich im Tierheim zu arbeiten, um zu beweisen, wie fähig und verantwortungsbewusst sie schon war. Dadurch fühlte er sich noch schlechter, weil er für die Schließung gestimmt hatte. Er traute sich nicht, Astrid zu erzählen, dass das Hundeasyl zugemacht würde, sonst hätte sie ihn wohl gezwungen, jeden Hund von dort aufzunehmen.

Das konnte er nicht. Aber er konnte helfen, dass sie ein Zuhause fanden, bevor das Tierheim seine Tore schließen musste.

Heute Morgen hatte er die Website besucht, um vielleicht den einen oder anderen Hund im Newsletter der Stadt zu erwähnen. Das Angebot war überreichlich gewesen. Die Homepage war übersät mit Hundefotos, einer süßer als der andere. Es handelte sich regelrecht um visuelle Erpressung. Trotzdem konnte er nun einmal nicht alle Hunde im Newsletter vorstellen. Er musste sich auf einen oder zwei beschränken. Deshalb war er hierhergekommen, um mit der Tierheim-Lady darüber zu sprechen, welche Hunde am dringendsten Hilfe benötigten.

Natürlich hätte er eine E-Mail schicken können. Genau das hätte er wahrscheinlich tun sollen. Aber er hatte das Gefühl gehabt, er sei ihr etwas schuldig. Als sei ihre Situation seine Schuld und kein unangenehmer Nebeneffekt eines eingestürzten Daches.

»Hallo?«, rief Ben, was sofort einen Chor aus Gebell in der Scheune auslöste.

Die große Scheune mit dem Furry-Friends-Schild stand

auf der einen Seite der Auffahrt, ein Farmhaus mit einer überdachten Veranda auf der anderen. In keinem der beiden Gebäude gab es eine menschliche Bewegung, daher näherte er sich auf Verdacht hin der Scheune. »Miss Gilmore?«

Wahrscheinlich konnte sie ihn wegen des Gebells nicht hören. Er wusste nicht, wie viele Hunde das Tierheim beherbergte, aber es klang nach Dutzenden. Die nagende Schuld verstärkte sich noch, als ihm klar wurde, dass er sich das Tierheim nicht einmal genauer angesehen hatte, bevor er dafür gestimmt hatte, die Fördergelder zu streichen. Er war nie ein Hundetyp gewesen. Das Einzige, was ihn interessiert hatte, war, dass die Geschäfte der Gemeinde anschließend für den Rest des Jahres ruhten.

Ben probierte die Tür an der Scheune. Als er sie öffnete, erklang ein Glockenläuten, was erneutes Bellen und wildes Pfotenscharren auf dem abgenutzten Holzboden zur Folge hatte. Er ließ die Tür hinter sich zufallen – den Bruchteil einer Sekunde, bevor ein halbes Dutzend Hunde um die Ecke gerannt kam und als Meute auf ihn zustürmte.

Wie selbstverständlich hatte er mit Käfigen gerechnet, er hatte nicht erwartet, dass sie frei und unbeaufsichtigt umherliefen.

Ben verhielt sich männlich. Er schrie.

Ally schrak hoch, als sie den panischen Schrei auf der anderen Seite der Bürotür hörte.

Nachdem ihre Großeltern mit Dolce zum Tierarzt gefahren waren, hatte sie sich im Büro verschanzt, um Antragsformulare für Zuschüsse auszufüllen. Sie hatte auf den Computerbildschirm gestarrt, bis ihr die Augen tränten.

Letzte Nacht hatte sie bis in die frühen Morgenstunden online über Subventionsanträge und Tipps gelesen, wie man ein Tierheim unterhielt.

Sie hatte eine GoFundMe-Seite eingerichtet, doch gab es so viele andere wichtige Projekte, die Aufmerksamkeit einforderten, dass sie nicht daran glaubte, damit allein das Tierheim retten zu können. Sie war so konzentriert auf das Ausfüllen der Online-Anträge gewesen, dass sie bis zu dem Schrei draußen hinter der Tür nicht einmal das lauter werdende Gebell gehört hatte. Sogar Colby hob nun den Kopf und rührte sich, um der Sache auf den Grund zu gehen.

»Gram?« Ally schaute auf die Uhr, aber es war immer noch zu früh, als dass ihre Großeltern mit Dolce schon zurück sein konnten; es sei denn, sie hatten sich nach Burlington teleportiert.

Das Bellen war jetzt richtig wild, wie es üblicherweise nur zu den Mahlzeiten vorkam oder wenn ein Besucher auftauchte. Ally lief zur Tür, riss sie auf – und stutzte bei dem Anblick, der sich ihr bot.

Ebenezer West stand mit dem Rücken gegen die Eingangstür gedrückt, während die Hälfte der Tierheimbewohner ihn aufgeregt bellend bedrängten.

»Was haben Sie getan?«, schrie Ally, als sie sah, dass alle Boxentüren offenstanden.

Ben starrte sie an, und erst da bemerkte sie seinen panischen Gesichtsausdruck. »Rufen Sie die Hunde zurück!«

Die Hunde rannten zu Ally hinüber, und sie warf die Bürotür zu, bevor sie an ihr vorbei waren. »Warum haben Sie sie herausgelassen?«, rief sie und lief los, um den Schaden zu begutachten.

»Das habe ich nicht!«, protestierte Ben.

»Na, irgendwer hat es aber getan!«

Der Teil der Scheune, in dem die Hunde untergebracht waren, war L-förmig; in dem langen Teil befanden sich die Hundezwinger, in dem anderen zwei Lagerräume und das winzige Büro. Ally lief zur Ecke, gefolgt von Colby, um in den Gang mit den Hundebehausungen zu schauen.

Partridge kam angetrottet. Die vierbeinigen Bewohner hatten augenscheinlich das Kommando übernommen.

Ein halbes Dutzend weiterer Käfige stand offen. Jelly, ein ungestümer gelber Labrador-Pitbull-Mischling tobte herum, während der schwarzbraune Mischling Biscuit angetrottet kam, ein riesiges Hundebett mit sich schleppend. JoJo, ein Papillon mit mehr Mut als Verstand, kläffte Maximus an, der auf den flauschigen kleinen Fellball herabsah.

Der Neuzugang, ein energiegeladener Australian Shepherd mit dem für eine Hündin seltsamen Namen Harry, rannte den Gang entlang zu den wenigen Boxen, die noch verschlossen waren. Sie stellte sich auf die Hinterbeine und öffnete vor Allys Augen mit den Vorderpfoten den Riegel.

Die kleine Harry inszenierte einen Gefängnisausbruch.

»Sollten die so etwas können?«, fragte eine tiefe Stimme neben ihr. Ben wirkte immer noch völlig verstört.

Der frisch befreite Golden Retriever stürmte an ihnen vorbei, um bei der Gaudi mitzumischen. Harry und Jelly jagten ihm hinterher – zwischen Bens Beinen hindurch. Er stieß von Neuem diesen gellenden Schrei aus, als er ihnen tänzelnd auszuweichen versuchte. Dabei prallte er gegen einen der Käfige und fiel hin.

Ally konnte nicht an sich halten und lachte los.

Es dauerte fast eine Stunde und brauchte viel Geduld, um alle Hunde wieder zurück in ihre Käfige zu bekommen.

Ally erkannte rasch, dass sie zuerst Harry einsperren mussten; andernfalls würde sie mit ihrer Befreiungsaktion weitermachen. Allerdings war es unglaublich schwierig, einen Australian Shepherd einzufangen, der diese Jagd für einen Riesenspaß hielt. Besonders da ihr zweites Lieblingsspiel darin zu bestehen schien, die anderen Hunde den Gang des Tierheims auf und ab zu treiben.

Ben fühlte sich deutlich unwohl in Gegenwart der Hunde, und Ally rechnete eigentlich damit, dass er die Flucht ergreifen würde. Doch er überraschte sie, indem er blieb. Er setzte sogar seinen Körper ein, um Harry zu treiben, obwohl er überzeugt zu sein schien, der kleine Aussie könnte ihn jeden Moment anspringen.

Nachdem sie Harry wieder sicher in ihre Box gebracht hatten, war es viel leichter, die anderen Hunde zusammenzutreiben, besonders da sie beide mit Leckerlis bewaffnet waren. Sie warf Ben eine Tüte mit Lebersnacks zu, die er reflexartig vor der Brust fing.

»Sie nehmen sich die Kleinen vor«, wies sie ihn an und ging auf Jelly zu, der sich vorn duckte, während sein Hinterteil in die Höhe ragte. Als sie Biscuit, Jelly und Captain America zurück in ihre Boxen gebracht hatte, zogen Fred und Ginger sich freiwillig in ihre zurück, wo sie sich aneinanderkuschelten; Ally musste nur noch die Käfigtür schließen. Sie schloss Colby im Büro ein und bugsierte danach den etwas beschränkten Maximus in seine Box. Dann hielt sie Ausschau, welcher Hund noch draußen herumlief.

»Komm schon, Sabberhund, komm …«

Ally sah Ben, wie er versuchte, Partridge in seine Box zu locken und der Bulldogge dabei einen Lebersnack vor die Schnauze hielt, den diese begeistert beäugte.

»Er heißt Partridge«, erklärte sie und trat hinter ihn.

Ben sah über die Schulter und wirkte immer noch geschockt; die Tüte mit den Leckerlis hielt er fest in seiner großen Hand.

»Sie hatten bisher nicht viel mit Hunden zu tun, oder?«

»Merkt man das?«

Sie konnte sich ein Lächeln nicht verkneifen, als er aus Partridges Box kam und die Tür verriegelte. »Ein bisschen. Alles in Ordnung mit Ihnen? Der Laut, den Sie von sich gegeben haben, bevor ich aus dem Büro kam ... interessant.«

Seine Wangen färbten sich oberhalb seines Bartes. »Das haben Sie gehört, ja?«

»Ja.« Sie war erschöpft. Die Hunde zum Glück auch; sie lagen nach dem Abenteuer ausgestreckt auf ihren Lagern. Ben sah Ally in dem unvermittelt friedlichen Flur des Tierheims an. Sie fragte sich, warum er immer noch hier war – und warum er überhaupt hier war. Es passte nicht zu dem Bild, das sie sich bisher von ihm gemacht hatte. »Was wollten Sie hier eigentlich? Sagen Sie nicht, Sie suchen einen Hund.«

»Nein. Ganz bestimmt nicht.«

Sie hob die Brauen. »Okay ...«

Dieser große starke Mann schien sich deutlich unbehaglich zu fühlen. »Ich habe doch gesagt, ich würde Ihnen helfen.«

Sie stutzte. »Ich hätte nicht gedacht, dass Sie das tatsächlich ernst meinen.«

Er richtete sich zu seiner vollen Größe auf. »Es gehört nicht zu meinen Gewohnheiten, Versprechen zu geben, die ich nicht zu halten beabsichtige.«

Na toll. Jetzt hatte sie ihn beleidigt. »Hören Sie, ich wollte Ihnen nicht zu nahe treten. Wir hatten nicht gerade den besten Start. Ich dachte, Sie würden alles versprechen, damit ich verschwinde.«

Er verzog das Gesicht. »Können wir noch mal von vorn beginnen? Im Gegensatz zur gängigen Meinung bin ich nämlich nicht der Grinch.« Er hielt ihr die Hand hin. »Ben West.«

»Ally Gilmore.« Sie nahm seine Hand und registrierte kurz, wie groß diese war und ihre komplett umschloss, ehe sie sie wieder losließ und errötete.

Vor zwei Stunden hätte sie behauptet, er sei der Feind, aber es war schwer, jemanden zu hassen, den sie vor dem fünf Kilo leichten Papillon hatte zurückschrecken sehen, als handelte es sich um einen gefährlichen Wolf. Außerdem hatte er ihr anschließend trotzdem beim Einfangen der Hunde geholfen.

Möglicherweise war er kein schlechter Kerl, doch sie wollte sich hinsichtlich seines Hilfsangebotes trotzdem keine zu großen Hoffnungen machen. Irgendwie bezweifelte sie, dass er ihr materielle Unterstützung anbieten würde.

»Sie wollen hier also ehrenamtlich arbeiten? Ich kann immer Hilfe gebrauchen, beim Ausführen der Hunde, zum Beispiel oder für einfaches Training – selbst spielen ist gut. Wir wollen, dass der Übergang zwischen Tierheim und neuem Zuhause möglichst reibungslos verläuft. Daher bekommen die Tiere von uns so viel Erziehung wie möglich …«

»Eigentlich bin ich wegen des Newsletters hier.«

»Aha.« Das war definitiv nicht so gut wie eine finanzielle Zuwendung.

»Sie haben zu viele Hunde, um sie alle vorzustellen, damit

wären die Leute schlicht überfordert«, erklärte er und wirkte selbst ein wenig überfordert. »Deshalb habe ich mir überlegt, wir wählen einige aus und präsentieren sie in den nächsten zwei Wochen per E-Mail. Auf diese Weise können sich die Leute jeweils immer auf einen Hund konzentrieren und sind nicht gleich mit dem ganzen Ausmaß des Problems konfrontiert.« Er blickte auf die Käfige um sie herum, als enthielten sie Feuer spuckende Drachen statt schlummernde Mischlinge. »Wie viele sind es?«

»Ein Dutzend. Plus einem, den meine Großeltern heute zum Tierarzt gebracht haben. Aber solange wir nicht wissen, ob die Hündin gesund ist, können wir keine Werbung für sie machen.« Sie legte den Kopf schief. »Wie viele haben Sie denn erwartet?«

»Ich weiß nicht. Drei oder vier? Wir sind ein kleiner Ort. Wie viele streunende Hunde kann es hier geben?«

»Zwölf offensichtlich. Oder dreizehn, wenn wir Dolce mitzählen.«

»Zwölf …« Er rieb sich eine Braue und sah zu Partridges Box hinüber, von wo aus die Bulldogge ihn in der Hoffnung auf ein weiteres Leckerli unterwürfig ansah. »Wir könnten es *Die zwölf Weihnachtshunde* nennen.«

Ally lachte verblüfft. »Das klingt wirklich gut.«

Ben deutete auf den Hund, der ihn nach wie vor fixierte. »Warum wird er Partridge genannt?«

»Er ist Weihnachten hier gelandet, und meine Gram ging dieser Song nicht mehr aus dem Kopf.«

Ben stutzte. »Er ist schon seit einem Jahr hier?«

»Drei Jahre sogar. Das ist gar nicht so ungewöhnlich, wie Sie vielleicht glauben. Manche Hunde werden sofort gerettet – kaum rein, schon wieder hinaus. Aber viele der anderen …« Sie schüttelte den Kopf. »Bei manchen Hunden ist es schwieriger, sie unterzubringen. Zu alt, zu aufgeregt, sobald sie jemand Neuen treffen, zu scheu, sobald sie jemand Neuen treffen. Jeder Hund hat seine guten Seiten, nur zeigen sie die an einem Ort wie diesem nicht unbedingt, wenn sie um Liebe konkurrieren. Ein paar von denen, die hier gelandet sind, haben bereits Aufenthalte in anderen Tierheimen hinter sich und warten noch immer auf den richtigen Menschen, der sie ins Herz schließt. Mein Großvater glaubt, es gehe nur darum, dass es richtig passt. Aber wie soll man wissen, was die Leute suchen, wenn man die Leute nicht kennt? Verstehen Sie?«

»Ich könnte Ihnen dabei helfen«, bot er an. »Ich lebe schon die meiste Zeit meines Lebens hier. Wenn ich etwas gut kenne, dann ist es diese Stadt.«

Sie sah ihn an, skeptisch, weil der Scrooge der Stadt ihr helfen wollte. »Wirklich?«

»Klar. Ich muss jetzt wieder zurück an die Arbeit, aber ich könnte morgen in meiner Mittagspause wiederkommen. Sie könnten mir zeigen, welche Hunde bisher am schwierigsten zu vermitteln waren, und ich überlege mir, zu wem wer am besten passen würde. Wir könnten Fotos machen für den *Die zwölf Weihnachtshunde*-Beitrag. Dazu nehmen wir noch eine süße Weihnachtsmannmütze und Lametta oder so was.«

»Das ist zumindest eine bessere Strategie als alles, was ich habe.« Und weitaus mehr, als sie von ihm erwartet hatte. »Macht es Ihnen wirklich nichts aus?«

»Selbstverständlich nicht.«

Ben ging raschen Schrittes zurück zum Rathaus und ärgerte sich über sich selbst, weil er Hilfe angeboten hatte, für die ihm die Zeit fehlte. Eigentlich hatte er mit ihr nur über den Newsletter sprechen wollen, sonst nichts. Doch ihre Skepsis hatte in ihm den Wunsch geweckt, ihr zu beweisen, dass sie sich irrte. Ihr zu zeigen, dass er nicht der Scrooge war, für den ihn anscheinend jeder hielt.

Ganz zu schweigen von der Tatsache, dass er endlich ein Erfolgserlebnis gebrauchen konnte. Er war vielleicht nicht in der Lage, Astrid das große Haus mit Garten zu bieten oder jeden in der Stadt mit einem nie versiegenden Etat für Veranstaltungen glücklich zu machen. Und vielleicht schaffte er es auch nicht, innerhalb einer vernünftigen Zeitspanne die Waschmaschine reparieren zu lassen. Aber er konnte für diese Hunde ein Zuhause finden.

Er würde noch eine weitere Mittagspause für das Tierheim opfern, und das wärs dann. Ein leichter Sieg, und schon stünde er besser da in der Stadt.

Er kannte diese Kleinstadt. Er kannte ihre Bewohner. Wie schwer konnte das also sein?

8. Kapitel

Eine Stunde später, als ihre Großeltern aus Burlington zurückkehrten, dachte Ally immer noch über Bens Angebot nach. *Die zwölf Weihnachtshunde*. Das war eine hübsche Idee. Gut genug, um sich zu wünschen, sie wäre selbst darauf gekommen. Sie schaffte es nicht, sich auf den Förderungsantrag zu konzentrieren, daher klappte sie, als sie den Kies in der Auffahrt knirschen hörte, den Laptop zu und ging nach draußen.

Gram hatte ihre Armschlinge immer noch nicht umgebunden, als sie aus dem Wagen stieg, aber wenigstens machte sie keine Anstalten, die Hundebox aus dem Wagen zu heben.

»Wie lautet das Urteil?«, fragte Ally, als Gramps die Fahrertür öffnete und Copper aufgeregt heraussprang. Sie machte die Heckklappe auf und nahm Dolces Box. »Ist sie gesund?«

»Sehr gesund«, sagte Gram erfreut.

»Und trächtig«, ergänzte Gramps.

Ally erstarrte. »Oh nein.«

»Keine Sorge. Die Welpen werden schnell weggehen«, versicherte Gram ihr, doch Allys Gedanken kreiselten bereits.

Die Tierarztrechnungen. Die *Zeit*. Dolce konnte nicht sterilisiert werden, bevor die Welpen entwöhnt waren, was *Wochen* dauern würde. Jedenfalls weit über die geplante Schließung des Tierheims am ersten Januar hinaus. Und dann würden die Welpen alle noch geimpft werden müssen. »Wann ist die Geburt?«

»In zwei Wochen, plusminus. Sie scheint sich am wohlsten in der Box zu fühlen, also werden wir die ins Büro stellen, damit sie sich geborgen und sicher fühlt …« Gram öffnete die Tür des Hundeheims und stutzte, da sie nicht von wildem Gebell empfangen wurde. »Die sind alle so ruhig. Hast du sie unter Drogen gesetzt?«

Ally schnaubte. »Sie sind müde. Wir hatten ein kleines Abenteuer während eurer Abwesenheit. Wie sich herausstellte, weiß Harry, wie man die Türen der Boxen öffnet. Sie hat alle Hunde herausgelassen und den Flur rauf und runter gescheucht.«

»Nein!«, rief Gram mit leuchtenden Augen. »Ich wünschte, ich wäre dabei gewesen und hätte es gesehen.«

»Es erklärt jedenfalls, warum sie Houdini genannt wird«, brummte Gramps und schob Colby zur Seite, damit Ally Dolces Box in die Ecke stellen konnte.

Ally sah verblüfft auf. »Houdini?«

»Yap«, bestätigte Gramps. »Ein seltsamer Name für sie, auf den sie auch gar nicht reagiert hat. Deshalb fingen wir an, sie Harry zu nennen – Kurzform von Harriet. Aber jetzt ergibt das natürlich einen Sinn. Eine Entfesselungskünstlerin. Ist sie nicht klug?«

»Na ja, ihr musstet die Hunde auch nicht alle wieder in ihre Boxen scheuchen.« Obwohl es wahrscheinlich gut war, dass Gram nicht da gewesen war. Bestimmt hätte sie sich die Schulter erneut verletzt. »Ich konnte von Glück sagen, dass Ben hier war, sonst hätte es den ganzen Nachmittag gedauert.«

»Ben?«

»Ben West kam vorbei. Er hatte ein paar Ideen, wie er uns helfen könnte, ein Zuhause für die Hunde zu finden. Eine Sonderrubrik im Newsletter der Stadt.«

»Siehst du? Ich wusste doch, dass die uns nicht die Zuwendungen streichen wollten.«

»Die Subventionen sind trotzdem gestrichen, Gram. Ich glaube, er fühlte sich nur … ich weiß nicht. Verantwortlich.« Was es viel schwerer machte, in ihm den Schurken zu sehen. »Haben wir irgendwelches Weihnachtszeug, das zu den Hunden passen würde? Weihnachtsmannmützen oder Schals oder etwas in der Art?«

Die Augen ihrer Großmutter funkelten vor Begeisterung. »Ob wir Weihnachtszeug haben? Ich bin fast beleidigt, dass du fragen musst.«

Die Weihnachtsvorräte ihrer Großmutter waren gelinde gesagt beeindruckend. Ally fand zwar keine Weihnachtsmannmütze, dafür aber diverse andere niedliche Accessoires. Am nächsten Tag brachte sie alles ins Büro, damit Ben es sich ansehen konnte – obwohl sie mittlerweile bezweifelte, dass er kommen würde. Er hatte keinen Grund, ihnen zu helfen.

Aber sie würde das auch ohne ihn hinbekommen. Sie wusste vielleicht nicht, welche Einwohner der Kleinstadt für welche Hunde geeignet waren, aber was das Fotografieren anging, kannte sie sich aus …

Vielstimmiges Gebell kündigte seine Ankunft an. Ally

richtete sich auf und ging zur Bürotür, als die Außentür geöffnet wurde.

»Hey.« Ben nickte ihr zu und zog seine Handschuhe aus.

»Hey.« Zwischen ihnen entstand eine gewisse Verlegenheit. »Sind Sie hungrig? Meine Gram hat ein paar Sandwiches gemacht, da ich erwähnt habe, dass Sie möglicherweise während Ihrer Mittagspause vorbeischauen. Meine Großeltern haben Pläne für den Lunch, aber sie wollten sicherstellen, dass ich eine gute Gastgeberin bin.«

»Sie müssen mir nichts zu essen anbieten. Schließlich habe ich mich mehr oder weniger selbst eingeladen ...«

»Um uns zu helfen. Diese ganze Zwölf-Hunde-Sache dient ja dem Tierheim. Da ist es das Mindeste, dass ich Ihnen etwas zu essen anbiete. Außerdem sind die Schinken-Käse-Sandwiches meiner Großmutter fantastisch. Ernsthaft, die sollten Sie sich nicht entgehen lassen.«

Ein Lächeln hob die eine Seite seines Bartes. »Na, wenn das so ist ...«

Ally trat zurück ins Büro, wo der Picknickkorb auf dem Schreibtisch stand, den ihre Großmutter ihr in die Hand gedrückt hatte. Gram hatte den Griff sogar mit einem leuchtend roten Band umwickelt. »Gram liebt Dekoration«, murmelte Ally, während sie das Essen auspackte.

Ben setzte sich auf die Couch, während Ally den Bürostuhl hinter dem Schreibtisch nahm. Colby trottete zu ihr hin und legte den Kopf auf ihren Schoß; als sie ihm nicht gleich etwas von ihrem Sandwich abgab, seufzte er dramatisch.

Ben deutete auf den Hund. »Der hat keine Box?«

»Er gehört mir.« Sie kraulte Colbys seidige Ohren. »Colby. Er ist sehr freundlich.«

»Er ist vor allem *sehr groß*.«

Ally grinste. »Das auch. Haben Sie schlechte Erfahrungen mit Hunden gemacht?«

»Nein, ich habe nur …« Er zuckte mit den Schultern. »Wir hatten nie einen, als ich ein Kind war. Hatten Sie immer Hunde?«

»Nee. Nicht in meiner Kindheit. Dabei habe ich mir sehnlichst einen gewünscht. Ich liebe Gram und Gramps, aber ich glaube, der Hauptgrund für meine Besuche hier, als ich klein war, waren ihre Hunde, mit denen ich spielen konnte. Damals hatten sie nur zwei, aber das war, bevor sie sich zur Ruhe gesetzt und das Hundasyl eröffnet haben.«

»Ihre Großmutter war Kunstlehrerin, oder?«

»Ja, hier an der Highschool.« Ally nahm eine Birne aus dem Korb und bot sie ihm an. Er lehnte mit einem Kopfschütteln ab. »Haben Sie nie Kunst gewählt?« Sie beschränkte sich auf höfliche Konversation.

»Nein, mir lagen eher Mathe und Naturwissenschaften.« Er hob sein Sandwich. »Das ist wirklich gut.«

»Nicht wahr? Ich kann sie nicht dazu bewegen, mir die Zutaten zu verraten. Dijon vielleicht?« Großartig. Jetzt redete sie schon über Senf. Weil das nicht verfänglich war.

»Fragen Sie mich nicht. Ich bin nutzlos in der Küche.«

Sie wusste nicht, weshalb sie sich in seiner Gegenwart derart unbehaglich fühlte. Vielleicht weil sie ein zu rasches Urteil über ihn gefällt hatte.

Dolce gab ein leises Jaulen in ihrer Box von sich; Ben erschrak angesichts dieser vermeintlichen Bedrohung. »Da ist etwas drin.«

»Das ist Dolce, unser Neuankömmling. Sie ist noch ein

bisschen nervös. Die Fahrt nach Burlington zum Tierarzt und zurück hat sicher auch nicht gerade geholfen.«

»Ach ja, das war der Hund, der erst auf der Website vorgestellt werden kann, wenn er gesund ist.« Ben beugte sich herunter und spähte vorsichtig in die Box. »Ist alles okay mit ihr?«

»Ja. In der Transportbox fühlt sie sich sicher. Sie ist vollkommen gesund. Schwanger. Aber sehr gesund.«

Er sah auf und verzog das Gesicht. »Glückwunsch?«

Sie lachte, und es klang sowohl gequält als auch amüsiert. »Ja. Nicht ideal.« Sie stand auf, verfütterte den Rest ihres Sandwiches an Colby und klopfte sich die Hände ab. »Sind Sie bereit für die Hunde? Keine Sorge, einzeln sind sie viel umgänglicher. Und sie mögen Sie bereits.«

Er hob skeptisch die Brauen. »Tun sie das?«

»Absolut. Geben Sie ihnen ein Leckerli, und sie werden Sie auf ewig lieben.« Sie nahm eine Tüte mit Leckerli vom Schreibtisch und warf sie ihm zu. Ben fing sie auf, sah jedoch nach wie vor skeptisch aus.

Ally ging voran zu den Zwingern, begrüßte jeden Hund mit Namen und gab Ben Informationen zu jedem Tier, während sie den Gang entlanggingen.

»Sicher erinnern Sie sich noch an Harry, Kurzform für Harriet. Oder besser Houdini.« Sie zeigte auf den süßen Australian Shepherd, der gerade durch die Hundeluke hinaus in den Außenbereich seiner Box und wieder hineinrannte, über den erhöht stehenden Napf sprang und sich buchstäblich von der Wand abstieß, um eine neue Runde zu beginnen. »Sie war schon zweimal vermittelt und wurde wieder in anderen Tierheimen abgegeben. Wir bekamen sie vor etwa einer

Woche. Und gestern … na, Sie haben es ja selbst erlebt.« Ally deutete auf den Riegel an Harrys Box. »Wir glauben, sie jetzt sicher verwahrt zu haben. Sie ist vielleicht der klügste Hund hier und sehr süß, doch sie braucht jemanden, der nichts gegen eine Herausforderung hat. Und über viel Energie verfügt.«

Ally ging zur nächsten Box und vermied es, Ben direkt anzusehen, während acht kleine Pfoten angetrippelt kamen, um sie zu begrüßen. »Fred und Ginger – total lieb und komplett voneinander abhängig. Wenn wir versuchen, sie zu trennen, fressen beide nicht mehr. Sie sind schon älter. Sie kamen zu uns, nachdem ihr Besitzer unerwartet verstorben ist. Ginger hat Rückenprobleme, daher kann sie keine Treppen steigen, und um auf die Couch zu gelangen, braucht sie eine Rampe. Fred ist Epileptiker. Er bekommt Medikamente, die allerdings nicht ganz billig sind. Bei der großen Auswahl nehmen die meisten Leute lieber einen unkomplizierteren Hund.«

In der Box neben Ginger und Fred drückte sich ein riesiger zotteliger Kopf gegen die Gitterstäbe. »Maximus – halb Irischer Wolfshund, halb Dänische Dogge. Vermuten wir zumindest. Und nur halbwegs erzogen. Aber herzensgut. Er hat als Welpe keine Manieren gelernt, und er ist so groß, dass er schwer in den Griff zu bekommen ist. Wir haben mit ihm gearbeitet, aber er kennt seine eigene Kraft nicht und braucht jemanden, der ein Pony beherrschen kann, das sich für ein Schoßhündchen hält.«

Nächster Käfig, nächste Geschichte. Peanut, der Chihuahua, der taub war. Trapper, der einäugige Jack Russell. Und die arme Daisy, die jedes Mal in einer Unterwürfigkeitsgeste lospinkelte, sobald ein Fremder sie zu berühren versuchte.

Keiner von ihnen gehörte hierher, und doch gab es einen Grund, weshalb sie hier waren. Und daher machte Ally sich wenig Hoffnung, dass sie innerhalb der nächsten vier Wochen für alle ein neues Zuhause finden würden. Die Tierheime in der Umgebung waren genauso überfüllt wie dieses, besonders an Weihnachten, also konnte Ally die Hunde nicht einfach irgendwo anders unterbringen.

Sie erreichten das Ende des Ganges, und sie blieb vor dem letzten Käfig stehen. »Und zu guter Letzt: Partridge.«

Die Bulldogge watschelte zur Käfigtür, hechelnd und mit Sabberfäden an beiden Seiten seines Mauls.

»Was fehlt ihm?«

»Nichts fehlt ihm.« Ally schob den Riegel zurück und ging in die Hocke, um die Hautfalten des Hundes zu kraulen. »Er hat einfach noch nicht seine Leute gefunden. Stimmts, Euer Sabberhoheit?«

Partridge himmelte sie an und lehnte sich zur Seite, während sie ihn weiter kraulte.

»Ich habe mir überlegt, wir könnten doch mit ihm anfangen, weil er bestens in das Thema der Zwölf Weihnachtshunde passt«, schlug Ben vor, der in gebührendem Abstand von der geöffneten Käfigtür stand.

Ally sah über ihre Schulter zu ihm. »Kennen Sie jemanden, der sich für ihn interessieren könnte?«

»Nicht auf Anhieb. Aber wenn wir ihn entsprechend präsentieren und die Gemeinde gleichzeitig darüber in Kenntnis setzen, dass das Tierheim schließt, finden wir bestimmt jemanden.«

Mittlerweile stand er so weit entfernt von Partridges Box, wie es möglich war, ohne das Gebäude zu verlassen. Es hatte etwas Rührendes, wie dieser brummige Mann mit dem struppigen Bart sich ängstlich von den Hunden fernhielt. Er schien entschlossen, keinen der Vierbeiner in sein Herz zu lassen.

Partridge schnaubte und schnupperte an ihrer Hand. Ally konzentrierte sich wieder darauf, ihn hinter den Ohren zu kraulen. »Was brauchen Sie, um ihn zu präsentieren?«

Ben trat einen Schritt näher. »Jede Information, die bei den Leuten den Wunsch wecken könnte, ihn zu adoptieren. Und ein paar weihnachtliche Fotos.«

»Klar.« Sie richtete sich auf und betrachtete den am wenigsten fotogenen Hund dieses Planeten. »Ich habe eine Auswahl an Kostümen im Büro. Bin gleich wieder da.«

9. Kapitel

Ben sah Ally hinterher, wie sie den Flur entlanglief, und ein warmer Klumpen sank gegen seinen Fußknöchel. Erschrocken sah er nach unten, wo Partridge sich gegen ihn lehnte.

Sie hatte ihn mit dem Hund allein gelassen. Die Käfigtür stand offen, und von einer Leine war nirgendwo etwas zu sehen. Glücklicherweise schien Partridge nicht allzu sehr an Flucht interessiert zu sein. Er saß halb auf Bens Schuh, schaute zu ihm auf und leckte sich – sehr feucht – das Maul.

»Hi.« Ben versuchte, den Schuh unter dem Hund herauszuziehen, doch Partridge rutschte nur näher an ihn heran und setzte sich wieder darauf, nah genug, um einen Sabberstreifen auf Bens Jeans zu hinterlassen. »Danke«, sagte er trocken, und Partridge schnaubte, während er weiterhin zu ihm aufschaute, als wäre das ein Wettbewerb.

Ben sah zum Eingang des Tierheims, doch Ally war nirgends zu sehen. Er konnte sich nicht erinnern, jemals mit einem Hund allein gewesen zu sein. Schon gar nicht mit einem, der ihm mit Hundepsychopower seinen Willen aufzuzwingen versuchte.

»Kann ich dir helfen?«, fragte er den Hund.

Partridge grunzte und lehnte sich mit seinem ganzen Gewicht müde seufzend an Bens Bein, als wäre er von dessen Beschränktheit erschöpft.

»Sorry. Ich bin kein Hundetyp«, gestand Ben und beugte sich herunter, um der Bulldogge unbeholfen den Kopf zu tätscheln. Sofort war Partridge hellwach und schoss hoch; Ben zuckte zurück, in der Erwartung eines Bisses – oder zumindest einer sehr nassen Hundezunge. Doch alles, was er spürte, war ein warmes Schnüffeln an seinen Fingerspitzen. Zögernd kraulte er Partridge hinter dem Ohr, und der Hund seufzte, während er begeistert aufschaute … zu der Tüte in Bens anderer Hand.

Die Leckerlis. Der Hund hatte den dummen Menschen dazu bringen wollen, ihm ein Leckerli zu geben. Ben beugte sich herunter und hielt die Tüte dicht vor das Gesicht des armen Kerls. »Ist es das, was du willst?«, fragte er, griff in die Tüte und nahm einen getrockneten braunen Würfel heraus, der stark nach Leber roch.

Partridge wurde regungslos und konzentrierte sich ausschließlich auf das Leckerli. Seine einzige Bewegung war das nasse Schlabbern seiner Zunge.

Ben warf ihm das Leckerli zu, weil er Angst hatte, die Hand zu verlieren, wenn er den Hund daraus fressen ließ. Das Bröckchen prallte von Partridges Nase ab, aber der Hund hatte es blitzschnell vom Boden aufgeschlabbert – nur um sich gleich wieder in die Fütter-mich-Position an Bens Bein zu lehnen.

»Tut mir leid, Kumpel. Ich weiß nicht, ob du mehr als eines haben darfst.« Er verschloss die Tüte und steckte sie in die Tasche. Partridge versuchte weiterhin, ihn per Gedankenübertragung zur Fütterung zu verleiten. Ben beugte sich herunter und betrachtete den Hund genauer, um sicherzugehen, dass er auch wirklich keinen Finger verlieren würde – erst dann tätschelte er ihm vorsichtig ein weiteres Mal den Kopf. Der Hund schmiegte sich an seine Hand, stöhnte leise und schloss die Augen halb.

Als Ben sich wieder aufrichtete, winselte Partridge sanft, an sein Bein gelehnt, und sabberte noch mehr auf Bens Schuhe.

»Was? Was willst du denn jetzt?«

»Sie haben Leckerlis.«

Ben erschrak. Er hatte nicht gehört, dass Ally zurückgekommen war, weil er so auf Partridge und dessen beeindruckende Speichelproduktion konzentriert gewesen war. Sie war noch gut zwei Meter entfernt und kam den Gang entlang, die Arme voll Weihnachtsdeko samt teuer aussehender Kamera. Der riesige, schlappe Bernhardiner folgte ihr.

»Ich habe ihm schon eins gegeben«, gestand Ben.

»Für ihn ist eines gefühlt keins. Partridge ist sehr futtermotiviert.« Sie blieb ein paar Schritte vor ihm stehen, doch der Bernhardiner ging einfach weiter, auf Ben zu.

»He, halt!« Ben stolperte rückwärts; prompt kippte Partridge um, weil er Bens Schienbein nicht mehr als Stütze hatte. Irgendwie schaffte er es, diese Landung auf dem zerschrammten Holzfußboden wie in Zeitlupe aussehen zu lassen.

»Keine Angst vor Colby«, sagte Ally. »Der will nur Partridge hallo sagen. Na los, leg dich hin, Colby.«

Das musste man dem Bernhardiner nicht zweimal sagen. Er war stehen geblieben, um Partridge zu beschnuppern, doch nach dieser Aufforderung drehte er sich um und sank seufzend zu Boden, als wäre er vom Leben völlig erschöpft.

Ben betrachtete den Hund einen Moment lang, ob er auch wirklich liegen blieb. Als er den Blick wieder hob, musterte Ally ihn.

»Sie fühlen sich in Gegenwart von Hunden wirklich nicht wohl, oder?«

»Ach, ich bin nur vorsichtig.«

Ihr Lächeln bildete ein kleines Grübchen in ihrer linken Wange. »Na ja, keine Sorge. Partridge ist umgänglich. Der besteht nur aus Liebe und Hunger.«

»Und Sabber.«

»Das auch.« Die Worte kamen halb lachend aus ihr heraus. Sie hielt die Weihnachtssachen hoch, die sie mitgebracht hatte. »Was meinen Sie? Können wir ihn festlich aussehen lassen? Ich habe mir gedacht, wir fotografieren ihn auf seinem Lager, damit es irgendwie gemütlich aussieht. Da wird die Beleuchtung auch besser sein. Oder wir nehmen ihn mit ins Haus und setzen ihn vor den Weihnachtsbaum …«

»Nein, hier ist es gut.« Ben nahm ihr ein paar Geschenkbänder ab; dabei fiel ihm erneut die Kamera auf. Es war die gleiche, die sie neulich dabeigehabt hatte, nur dass diesmal Zubehör daran war, wie für ein professionelles Fotoshooting. »Tolle Kamera.«

Ally schaute auf, während sie die Weihnachtssachen auf einen Haufen legte. »Wenn wir das schon machen, dann auch richtig, meinen Sie nicht?« Sie holte einen Hundekuchen aus der Tasche und lockte Partridge damit zurück in seinen Käfig und zu seinem Lager. Der Hund ließ sich mit einem Schnaufen darauf nieder. Ally ging vor ihm in die Hocke und setzte ihm eine Schleife auf den großen Kopf. »Ich kann die Übung mit lebendigen Models ohnehin gut gebrauchen. Seit ich hierhergekommen bin, habe ich hauptsächlich Landschaftsaufnahmen gemacht oder Bilder von Leuten, die auf dem Marktplatz den Baum aufstellen. Sorry übrigens noch mal. Ich werde die Reinigung für Ihr Hemd wirklich bezahlen.«

»Machen Sie sich deswegen keine Gedanken. Tut mir leid, dass ich überreagiert habe. Es lag am Koffeinentzug.« Er schaute sich um, darauf bedacht, das Thema zu wechseln. »Sie sind Fotografin?«

Sie bewegte sich weit genug rückwärts, um die Kamera hochzuhalten, kam jedoch nicht aus der Hocke; der Verschluss klickte. »Hm? Oh, ja. Ich arbeite freiberuflich für einige Zeitschriften in New York.«

»Ich habe gehört, Sie waren eine große Nummer in der Modebranche.«

Das lenkte ihre Aufmerksamkeit vom Sucher der Kamera ab. Sie sah auf und hob eine Braue. »Das haben Sie gehört?«

»Kleinstadtklatsch.«

Die Schleife auf Partridges Kopf begann zu verrutschen, daher konzentrierte Ally sich wieder auf ihr Model. »Und was genau haben Sie über mich gehört?«, fragte sie, ohne den Blick von der Linse zu nehmen.

»Nicht viel. Nur dass Sie Hals und Ritas Enkelin aus der Großstadt sind, wo Sie eine steile Karriere in der Modebranche gemacht haben.«

»So steil war die Karriere nun auch wieder nicht. Ich habe nie für die Vogue fotografiert, wenn es das ist, was Sie sich vorstellen.«

»Immerhin haben Sie Ihren Lebensunterhalt damit verdient.«

»Ja, das habe ich hinbekommen.« Partridge nieste; die Schleife rutschte ihm vom Kopf und landete auf seinen Pfoten. Prompt versuchte er sie zu fressen, und Ally schoss noch ein weiteres Foto, bevor sie die Schleife aus seinem Sabbermaul befreite. Sie warf die Schleife zurück auf den Haufen und wählte ein langes rotes Samtband. »Ich habe keine Weihnachtsmannmütze gefunden. Glauben Sie, wir könnten dieses Band um sein Halsband wickeln, ohne dass es albern aussieht?«

»Moment, lassen Sie mich mal.« Er nahm das Band und kniete sich neben Partridge, der sofort anfing, an seiner Tasche zu schnüffeln, in der sich die Leckerlis befanden. »Sei brav, und du bekommst noch eines«, versprach er dem Hund, wickelte ihm das Band um den Hals und machte eine ordentliche kleine Schleife.

»Das machen Sie gut«, lobte sie ihn, als er zurücktrat.

»Geschenke einpacken ist meine einzige nützliche Feiertagsfähigkeit.« Für einen Moment schwieg sie, und nur das Klicken der Kamera war zu hören. »Vermissen Sie es? New York?«

Sie hielt inne, nicht einmal der Verschluss der Kamera war mehr zu hören. »Ich vermisse das Gefühl, zu wissen, was ich tue«, antwortete sie schließlich, und das gleichmäßige Klicken der Kamera setzte wieder ein.

»Das verstehe ich.« Seit er Astrids Vormund war, hatte er nie das Gefühl gehabt, zu wissen, was er tat. Alle Gewissheiten, die er vermeintlich im Leben gehabt hatte, lösten sich auf. »Dieses Selbstbewusstsein macht schon viel aus.«

»Ganz genau. Ich war an dem Punkt, an dem ich wusste, dass ich gut bin. Das gefiel mir. Auch wenn sich das nur auf die Arbeit bezogen hat.«

Ben beobachtete, wie Partridge herauszufinden versuchte, wie er auf dem Band an seinem Halsband herumkauen konnte. Im Stillen stimmte Ben ihr in allem zu. Es bedeutete viel, dieses Gefühl bei der Arbeit, zu wissen, was man tat. Wenn es ein Computerproblem gab oder ein Programmfehler behoben werden musste, konnte er sich darum kümmern. Es gab Tage, an denen schien die Arbeit das Einzige in seinem Leben zu sein, über das er noch die Kontrolle hatte. »Was machen Sie dann hier?«

Wieder hörte das Verschlussklicken auf, auch wenn Ally die Kamera nicht sinken ließ. »Meine Großeltern brauchten mich – es schien ein Zeichen zu sein. Das Universum sagte mir, ich solle hierbleiben und helfen.«

»Ich hab mit dem Universum noch nie viel am Hut gehabt.«

Sie warf ihm über die Kamera hinweg einen Blick zu. »Irgendwie überrascht es mich nicht, dass Sie nicht an Zeichen glauben. Aber haben Sie denn nie dieses Gefühl, vom Leben in eine bestimmte Richtung geleitet zu werden?«

»Doch, schon.« Er hätte sich dieses Dasein eines alleinerziehenden Vaters nicht ausgesucht, wenn er die Wahl gehabt hätte, aber das Leben hatte ihn einfach damit überrascht. Jetzt würde er Astrid bei niemand anderem wissen wollen oder seine Beziehung zu ihr eintauschen. Doch als Katie und Paul starben, war es ihm vorgekommen, als wären mit ihnen auch eine ganze Menge Möglichkeiten gestorben. Inzwischen hangelte er sich von Tag zu Tag und versuchte, mit den Optionen zurechtzukommen, die ihm das Leben zugespielt hatte.

Partridge hatte keine Lust mehr, Model zu spielen und erhob sich von seinem Lager. Er trottete zu Ally und versuchte, auf sie draufzuklettern. Sie raufte ihm die Ohren, bevor sie sich aufrichtete, um die Kamera vor seinem Sabber zu retten. Schweigend studierte sie das Display der Kamera und schaute die Aufnahmen durch, bis sie bei einem Foto anhielt.

Sie grinste und hielt Ben die Kamera so hin, dass er das Display sehen konnte. »Was meinen Sie? Haben wir einen Gewinner?«

Es war eines der Fotos, die Partridge mit der Schleife auf dem Kopf zeigten. Die Schleife neigte sich leicht zur Seite, was das schiefe Hundegesicht noch liebenswerter machte.

»Das ist echt gut.« Kaum war ihm dieser Satz entschlüpft, wurde ihm klar, dass er beleidigend überrascht klang, wo sie doch ein Profi war. Schnell versuchte er das zu überspielen. »Also, damit findet er ganz bestimmt ein neues Zuhause. Er sieht enorm adoptierbar aus. Perfekt für die Rubrik im Newsletter.«

Ally grinste, amüsiert von seinem Gestammel. »Na schön. Ich maile Ihnen das Bild heute Nachmittag zu. Und ich werde die anderen noch mal in Ruhe durchsehen, ob es noch weitere brauchbare gibt.«

»Okay. Tja, ich sollte dann wohl mal wieder zur Arbeit.« Er sah auf seine zwei Jahre alte Smart-Uhr und fluchte leise. »Ich muss dringend wieder los.«

»Ben … ich bin Ihnen wirklich dankbar dafür, dass Sie das machen. Die zwölf Weinachtshunde.«

Er wich ihrem Blick aus, da ihre Dankbarkeit ihm unangenehm war. »Ach, nicht der Rede wert.«

»Oh, das ist es doch.« Sie sammelte ihre Sachen ein und stieg aus dem Käfig. Ben warf Partridge das Leckerli zu, das er ihm versprochen hatte, und folgte ihr hinaus.

Colby hatte sanft im Gang geschnarcht, hob jedoch den Kopf, als Ally die Käfigtür schloss. Allerdings stand er nicht auf, um ihnen zu folgen, als sie und Ben zum Eingang gingen.

»Kann ich mich für diesen Gefallen irgendwie revanchieren? Möchten Sie irgendetwas fotografiert haben?«

»Wissen Sie zufällig, wie man Lebkuchen backt?« Er hatte keine Ahnung, warum er das fragte. Es lag in seiner Verantwortung, diesen Lebkuchen zu backen, und normalerweise schob er seine Verpflichtungen nicht anderen zu. Er erledigte sie einfach. Ganz gleich, wie schwierig sie waren.

»Ehrlich gesagt ...« Für einen kurzen Moment keimte Hoffnung in ihm auf, aber dann verzog sie das Gesicht. »Überhaupt nicht.«

Er imitierte ihre Miene. »Tja, ich auch nicht.«

»Aber ich wette, meine Gram kennt sich damit aus«, sagte Ally plötzlich. »Sie backt liebend gern, und sie würde sicher gern helfen.«

»Nein. Nein, das ist schon okay. Ich werde es herausfinden.« Im Internet würde er alles finden, was er wissen musste.

Sie erreichten den Eingangsbereich der Scheune, und Ally öffnete mit einer Hand die Tür, wobei sie die Kamera im anderen Arm hielt. »Falls Sie Ihre Meinung ändern – das Angebot steht.«

»Sie müssen nichts tun. Konzentrieren Sie sich einfach darauf, für die Hunde ein neues Zuhause zu finden.« Denn wenn sie ein Zuhause für die Hunde fanden, musste er kein schlechtes Gewissen mehr haben, weil er dem Tierheim die finanziellen Mittel gestrichen hatte.

»Mach ich. Danke, Ben.«

»Ally.« Er nickte ihr zu und schloss seinen Mantel.

Er war schon eine Viertelmeile die Straße entlanggegangen, als er merkte, dass er immer noch eine Tüte mit Leber-Leckerlis in der Tasche hatte.

10. Kapitel

Am Freitagmorgen betrat Ally das historische Rathausgebäude mit Friedensangebotskaffee und Schmetterlingen im Bauch. Sie und Ben hatten einen unerwarteten Waffenstillstand, trotzdem fühlte sie sich schlecht, weil sie ihn vorverurteilt hatte … und weil sie Kaffee über ihn geschüttet hatte. Wenn seine Kaffeemaschine kaputt war, schien dies die perfekte Geste für einen Neuanfang zu sein und um ihm für seine Hilfe im Tierheim zu danken.

Doch als sie zu dem Schreibtisch kam, an dem er neulich gesessen hatte, saß dort eine Frau mittleren Alters.

»Hi.« Ally behielt ihr entschlossenes Lächeln im Gesicht, während sie sich dem Schreibtisch näherte. »Ich bin auf der Suche nach Ben West.«

Die Miene der Frau hellte sich auf, und ihre Augen funkelten neugierig. »Zweiter Stock, zweite Tür links.«

»Großartig. Danke.«

Ally stieg die Treppe hinauf und spürte den Blick der Frau, bis sie um die Ecke und außer Sicht war. Die Stufen knarrten unter ihren Füßen und verstärkten ihr Unbehagen, und als sie im zweiten Stock ankam, fragte sie sich ernsthaft, ob es eine gute Idee gewesen war, hierherzukommen. Die zweite Tür auf der linken Seite war nur angelehnt, und Ally schlich sich dorthin.

Bens kleines Büro war unaufgeräumt; vor allem elektronische Geräte lagen herum, aber auch wacklig aussehende Papierstapel auf verschiedenen flachen Oberflächen einschließlich dem einzigen Besucherstuhl im Raum. Bens Schreibtisch war der Tür zugewandt, doch er war so sehr auf seinen Bildschirm konzentriert, dass Ally die Gelegenheit nutzte, um ihn in Ruhe zu betrachten. Seine zusammengezogenen dunklen Brauen verrieten seine Konzentration. Er rieb sich die eine Braue, so wie sie es ihn schon neulich hatte tun sehen, dann tippte er wild los. Seine langen Finger attackierten die Tastatur.

Ally räusperte sich, und seine Hände hielten abrupt inne, sein Blick ging zu ihr.

»Hey.«

»Hallo.« *Zu fröhlich. Viel zu fröhlich.* Ally bremste sich. »Ich habe Ihnen Kaffee mitgebracht. Ich finde, wir haben einen schlechten Start gehabt, und Sie erwähnten, Ihre Maschine sei kaputt – obwohl mir erst jetzt klar wird, dass es hier ja wahrscheinlich auch Kaffee gibt.«

»Tatsächlich gibt es keinen«, gestand er und sah sie mit gerunzelter Stirn an. »Letztes Jahr gab es einen Vorfall mit einer heißen Herdplatte im Pausenraum … alte Drähte. Tja, und seitdem bringen die Mitarbeiter ihren eigenen Kaffee mit.«

Ally hielt den Becher hoch. »Heißt das, ›yeah, Kaffee‹? Oder hatten Sie schon …?«

»Oh, definitiv ›yeah, Kaffee‹«, antwortete er und richtete sich hinter seinem Schreibtisch auf. »Danke. Und sorry. Ich bin es nicht gewohnt, dass jemand mir Koffein bringt.«

Sie hielt ihm einen der Becher hin. »Er ist schwarz, aber ich habe Milch- und Zuckerpäckchen dabei. Ich wusste nicht, wie Sie ihn trinken.«

»Schwarz ist großartig. Perfekt.«

»Gut.« Er nahm ihr den Becher ab, und Ally merkte, wie sie errötete. Dabei hatte sie gehofft, das hier würde sie in seiner Gegenwart weniger befangen sein lassen als mehr. »Ich sollte dann wohl besser …« Sie deutete zur Tür.

»Ach, wenn Sie schon hier sind, könnte ich Ihre Hilfe gebrauchen. Ich habe am Newsletter gearbeitet, der Rubrik *Die zwölf Weihnachtshunde*, und ich bräuchte eine Beschreibung von Partridge. Bis jetzt ist mir nur ›beeindruckend feucht‹ eingefallen.«

Ally lachte überrascht. »Wahrscheinlich nicht seine attraktivste Eigenschaft.«

Ben zeigte mit einer Armbewegung zu seinem Computer. »Haben Sie eine Minute?«

»Ja, klar.«

Er stellte seinen Kaffee ab und räumte rasch den Papierstapel vom Besucherstuhl. Dann hob er den Stuhl über den Schreibtisch und stellte ihn neben seinen eigenen. Er winkte Ally zu sich und setzte sich wieder. Ally ging um den Schreibtisch herum und setzte sich auf die Kante des Stuhls, wobei sie sich unauffällig in Bens Büro umschaute. Ein paar Fotos lagen verstreut herum. Eines zeigte ein älteres Paar, vermutlich seine Eltern. Ein anderes Astrid mit einem lächelnden Pärchen, bei dem es sich wohl um ihre Mom und ihren Dad handelte.

Auf dem Computerbildschirm sah sie einen Entwurf des Newsletters, außerdem das Foto, das sie ihm gestern per

E-Mail geschickt hatte. Das Kästchen für den Text darunter war leer, bis auf die Worte »Hierhin etwas Cleveres«.

Ally grinste. »Wie wäre es mit: ›Loyale, gutmütige Bulldogge sucht liebevolle Familie zum Kuscheln‹ – oder sollte es weihnachtlicher klingen? Zum Beispiel: ›Jingle Bells, Jingle Bells, Partridge all the way …‹«

Ben grinste, seine Zähne hoben sich weiß von seinem Bart ab. »Nicht schlecht, aber Ihre erste Idee ist wohl besser. Wir erzählen lieber davon, wie es wäre, eine Bulldogge wie ihn zu besitzen. Dann können die Leute es sich vielleicht besser vorstellen. Was mag er denn noch?«

»Leckerlis. Nickerchen. Bauchkraulen. Partridge liebt es, am Bauch gekrault zu werden.«

Bens Finger flogen über die Tastatur. »Das ist gut.«

»Wir sollten wohl auch sein Alter erwähnen. Und dass er kastriert, stubenrein und geimpft ist.«

Ben schüttelte den Kopf. »Das kommt erst, wenn Interessenten da sind.«

»Ich glaube aber, die Leute wollen wissen, dass er ihnen nicht überall auf den Teppich pinkelt.«

Er verzog das Gesicht. »Die Freuden der Haustierbesitzer.«

»Wollen Sie deshalb keinen Hund?«

»Wer sagt, dass ich keinen will?«, fragte er zurück.

»Sie selbst. Neulich. Als ich Sie fragte, ob Sie einen adoptieren wollen.«

»Stimmt. Sorry. Heikles Thema. Ich habe einfach keinen Platz für einen Hund.«

»Nicht alle Hunde brauchen viel Platz.«

»Und nicht jeder braucht einen Hund.« Er zuckte mit den Schultern. »Ich hab es nie so recht verstanden.«

»Jemanden zu haben, der einen bedingungslos liebt und sich jedes Mal wie verrückt freut, wenn man nach Hause kommt? Ja, klingt schrecklich.«

Er schnaubte. »Die lieben einen bloß, weil man sie füttert. Das kann man wohl kaum bedingungslose Liebe nennen.«

»Na ja, füttern hilft definitiv«, räumte sie ein. »Aber das ist nicht der einzige Grund, weshalb sie einen lieben.«

Er lehnte sich in seinem Bürostuhl zurück und nahm den Kaffee, den sie ihm mitgebracht hatte. »Klären Sie mich auf.«

»Sie sind die Bezugsperson«, sagte sie. »Hunde sind voller Liebe, die sie jemandem geben wollen. Warum sollte man das nicht in seinem Leben wollen?«

»Weil sie chaotisch sind, ständig irgendetwas brauchen und viel zu schnell sterben.«

»Wow. Ganz schön negativ.«

»Haben Sie nie das Gefühl, sich dem Kummer ins Haus zu holen? Indem Sie Ihr Herz an ein Tier verschenken, das höchstens ein oder zwei Jahrzehnte lebt?«

»Zu wissen, dass es ein Ende gibt, macht es doch nicht weniger wundervoll, solange es dauert. Im Gegenteil, dadurch wird es erst recht zu etwas Besonderem.«

Er sah sie skeptisch an. »Lassen Sie mich raten – Sie gehören zu diesen Leuten, die finden, es sei besser, geliebt und verloren zu haben, als die Liebe nie kennengelernt zu haben.«

»Absolut.« Natürlich, was sonst. Schließlich hatte sie Menschen verloren, die sie sehr geliebt hatte. »Sie nicht?«

»Ich bin noch unentschlossen.«

»Sie könnten sich immer noch einen Hund zulegen«, schlug sie vor. »Partridge ist sehr liebevoll, und er ist erst fünf, er hat also noch viele gute Jahre vor sich.«

»Ich bin zufrieden so, wie es ist. Danke.« Er richtete den Blick wieder auf den Bildschirm. »Vielleicht sollten wir das hinzufügen: ›Hat mindestens noch ein oder zwei gute Jahre vor sich.‹«

»Sind Sie schon immer Pessimist gewesen? Oder ist das nur eine Seite von Ihnen, die stets zu Weihnachten zum Vorschein kommt?«

Ben sah sie beleidigt an. »Ich bin kein Pessimist.«

»Was Sie nicht sagen«, erwiderte sie spöttisch.

»Ich bin Realist. Die Leute bedenken selten die Konsequenzen Ihrer Entscheidungen. Alles hat Auswirkungen.«

»Aber nur, weil etwas Konsequenzen hat, heißt das nicht, dass man nicht handeln sollte. Im Leben geht es nicht darum, Ursache und Wirkung auszuweichen. Manchmal ist die Belohnung das Risiko wert. Bei Hunden, zum Beispiel.«

»Sie lieben sie wirklich, was?«

»Überrascht Sie das?«

»Wahrscheinlich dachte ich, Sie nehmen das alles wegen Ihrer Großeltern auf sich. Aber Sie gehen ja selbst darin auf.«

»Ist wohl so«, gestand sie und grinste ein wenig verlegen. »Hunde machen Menschen glücklich, da liegt das doch nahe. Ursprünglich wollte ich meinen Großeltern dabei helfen, das Tierheim moderner zu präsentieren. Aber dann kam die Deadline – die Streichung der Subventionen.«

Er sah geknickt aus. »Ja, tut mir leid.«

»Nicht Ihre Schuld. Und möglicherweise hilft diese Rubrik ja.«

Er deutete mit einer Kopfbewegung auf den Text auf dem Bildschirm. »Was meinen Sie? Reicht das?«

Ally überflog die Sätze und lächelte. »Das ist perfekt.« Partridge klang nach einem sehr charmanten Hund. Irgendwer würde sich bestimmt in ihn verlieben. »Danke, Ben.«

»Danke für den Kaffee.« Er prostete ihr mit seinem Becher zu.

»Dort, wo der herkommt, gibt es noch mehr, wenn es uns gelingt, diese Hunde zu vermitteln.« Ally stand auf und nahm ihren zur Hälfte getrunkenen Kaffee und ihre Handtasche. »Wann wollen Sie die nächsten Fotos?«

»Sobald Sie sie haben. Ich stelle bis Weihnachten alle paar Tage einen Hund vor und versuche, Interesse zu wecken. Wollen Sie Hilfe bei den Fotoshootings?«

»Hm, ja, wenn Sie helfen möchten. Vielleicht bei den größeren Hunden.«

Sie wusste nicht, warum sie Ja gesagt hatte. Sie brauchte keine Hilfe. Sie war Profi. Sie kam allein zurecht, außerdem konnte sie auf die Hilfe ihres Großvaters zurückgreifen. Trotzdem nahm sie es nicht zurück, als Ben nickte.

»Ich schreibe Ihnen, um einen Termin zu vereinbaren.«

»Okay.« Sie schrieb ihre Nummer auf ein Post-it und reichte es Ben. »Bis dann also.«

Ally lächelte, als sie das Rathaus durch den Haupteingang verließ. Operation Neuanfang war ein Erfolg auf ganzer Linie gewesen.

11. Kapitel

Der Newsletter mit dem ersten Artikel über *Die zwölf Weihnachtshunde* kam Freitagnachmittag heraus. Das ganze Wochenende horchte Ally, ob draußen auf dem Kies der Auffahrt Autoreifen knirschten.

Es würde funktionieren. Sie wusste es.

Sie und Ben hatten sich ein paarmal geschrieben und Ideen für die Hunde ausgetauscht. *Ich sehe mir ständig diese Fotos von den Hunden an*, hatte Ben Freitagabend geschrieben. *Sie sollten die an den Nachrichtensender in Burlington schicken, vielleicht übernehmen die unsere* Zwölf Weihnachtshunde-*Rubrik*.

Ally hatte ihm sofort geantwortet und sich für die Idee bedankt. Aber warum sich auf Burlington beschränken? Eine Menge Morgensendungen brachten Beiträge über Haustieradoptionen, und sie hatte angefangen, über alle zu recherchieren, um herauszufinden, wie sie die Hunde präsentieren könnte.

Am nächsten Morgen sprachen ihre Großeltern über die Weihnachtsparade, als ihr eine Idee kam. Sie wusste, ihre Großeltern würden ihr nur sagen, sie solle sich keine Sorgen machen und die Feiertage genießen, aber Ben würde es sich anhören.

Glauben Sie, wir könnten einige der Hunde auf einem der Festwagen bei der Weihnachtsparade präsentieren?, hatte sie geschrieben. Ihr war klar, dass er viel zu tun hatte. Sie hatte keine schnelle Antwort erwartet, trotzdem kam sie innerhalb von Sekunden.

Gute Idee. Ich werde mit den Organisatoren sprechen.

Sie grinste ihr Handy an wie blöde, übertrieben begeistert, ihn auf ihrer Seite zu wissen. Ihre Großmutter bemerkte das Grinsen und fragte prompt, ob sie irgendeinem Liebhaber schreibe. Ally errötete, während sie verneinte. Da war nichts Romantisches im Gange. Sicher, objektiv betrachtet konnte man ihn als attraktiv bezeichnen, aber sie erinnerte sich daran, dass Gram seine Verlobte erwähnt hatte. Dies war also eine rein freundschaftliche Angelegenheit. Aber dennoch nett. Besser als nett. Es fühlte sich für sie an, als hätte sie einen Partner, jemanden, der zusammen mit ihr an dem Problem arbeitete. Das machte den Unterschied.

Sie schrieb ihm, um ihre Begeisterung zu teilen, als sie entzückende Halstücher mit der Aufschrift ADOPTIERT MICH im Lagerraum gefunden hatte, die die Hunde bei der Parade tragen konnten. Und Ben stieß auf eine alte Weihnachtsmannmütze bei den Weihnachtssachen der Stadt und schickte ihr ein Foto davon. Die konnten sie für die Aufnahmen mit Jelly verwenden, die sie später am Nachmittag machen wollten.

Allys Großeltern schienen sich nach wie vor keine Sorgen wegen der gestrichenen Gelder zu machen; sie schienen zu glauben, dass sich alles zum Guten wenden würde. Und vielleicht würde es ja tatsächlich so kommen, weil Ben und Ally sich der Sache angenommen hatten.

Astrid und Kimber waren in der vergangenen Woche jeden Tag nach der Schule aufgetaucht und hatten ein paar Stunden lang mit den Hunden gespielt, sie ausgeführt und gefüttert und Kommandos mit ihnen geübt. Ihre Eltern hatten sich nach wie vor nicht im Tierheim blicken lassen, daher nahm Ally an, dass die Mädchen bei ihrer Überzeugungsarbeit, ihnen endlich einen Hund zu kaufen, nicht weitergekommen waren. Zumindest gingen die zwei großartig mit den Tieren um. Die Hunde schienen die Mädchen allesamt zu lieben – was möglicherweise auch daran lag, dass Astrid und Kimber sehr freizügig mit den Leckerlis waren. Ally konnte es ihnen jedoch nicht verübeln. Alle Hunde verdienten jemanden, der sie mit Milk-Bones und Leberhäppchen überschütten wollte.

Dolce hatte ihre Jungen noch nicht bekommen, besetzte das Hundebett in der dunkelsten Ecke des Büros jedoch allein. Wann immer Colby neugierig auftauchte, knurrte sie leise. Bei Gram, die sich permanent um sie kümmerte, schmolz sie jedoch dahin.

Am Dienstagmorgen ging Ally zum x-ten Mal die Finanzen des Tierheims durch, um herauszufinden, wie hoch oder niedrig die Vermittlungsgebühr sein musste, damit es einerseits für Interessenten noch attraktiv wäre und sie andererseits am Ende des Jahres trotzdem eine ausgeglichene Bilanz hätten. Sie horchte auf, als draußen in der Auffahrt eine Wagentür zugeworfen wurde. Auch Colby hob den Kopf bei diesem Geräusch, und in den Käfigen erhob sich Gebell. »Vielleicht wird das unsere erste Erfolgsstory«, sagte sie zu Colby und wuschelte ihm durchs Fell, während sie an ihm vorbei zur Eingangstür ging.

Vor einigen Tagen war es wärmer geworden. Der Schnee hatte zu schmelzen begonnen, und Wasser tropfte aus den Dachrinnen der Scheune. Ally trat hinaus auf den feuchten Kies und lächelte die Frau an, die aus einem taubenblauen Oldtimer-VW-Bus stieg. »Guten Morgen!«

»Hi!« Die Frau strahlte beim Näherkommen, und ihr Lächeln wirkte energiegeladen. Sie musste in den Zwanzigern sein und besaß jenen flippigen, funky Modestil, der sie in Brooklyn zum Hit gemacht hätte. Ihre blonden Haare mit den pinkfarbenen Strähnen waren kaum lang genug für den Pferdeschwanz, zu dem sie sie oben auf dem Kopf zusammengebunden hatten. Ihre schlanken Beine steckten in limonengrünen Leggins, die unterhalb des Saumes ihres übergroßen Wintermantels hervorschauten und in flaumigen schwarzen Stiefeln verschwanden. »Sie müssen Ally sein. Ich bin Deenie.«

»Freut mich, Sie kennenzulernen.« Ally schüttelte ihr die Hand und überlegte sofort, welcher der Hunde für diese Frau der perfekte Begleiter sein könnte. Beim näheren Hinsehen erkannte sie eine Schicht Glitzer auf den Wangenknochen und der Nase der Frau. Vielleicht die kleine JoJo? Der Papillon mit den süßen Federbauschohren würde perfekt zum flippigen Stil dieser Frau passen. »Sind Sie auf der Suche nach einem Hund?«

Deenie krauste die mit Glitzer bedeckte Nase. »Ich habe meine Wohnung untervermietet, deshalb kann ich keinen Hund halten. Außerdem reise ich zu gerne spontan, um eine gute Hundehalterin zu sein. Aber ich hatte gehofft, Sie könnten mich als freiwillige Helferin gebrauchen. Ich liebe Tiere und habe Hal und Rita ein paarmal geholfen. Expertin im Gassigehen, stehe zu Diensten.« Ihre Mundwinkel zuckten. »Sogar Maximus hört auf mich.«

»Im Ernst?« Ally hielt die Tür auf, damit sie beide in die Wärme der Scheune konnten.

Deenie streckte die Hand aus, um den riesigen Wolfshundmischling im nächstgelegenen Käfig zu begrüßen. »Er ist nur ein großer Teddybär. Nicht wahr, Schätzchen? Ja, das bist du«, schwärmte sie mit hoher Stimme, ehe sie sich in normalem Ton wieder an Ally wandte. »Ich wusste nicht, dass ihr hier in Schwierigkeiten steckt, bis ich im Newsletter las, dass ihr eure Subventionen verliert. Müsst ihr wirklich schließen?«

Ally verzog das Gesicht. »Ich arbeite daran, aus anderen Quellen Geld zu beschaffen. Momentan müssen wir allerdings davon ausgehen, dass wir es nicht schaffen. Deshalb müssen wir für alle Hunde ein neues Zuhause finden.«

»Das ist vielleicht ein Mist. Verdammter Stadtrat. Wir sollten eine Online-Petition starten, um das Tierheim zu retten.«

»Ich werde alles versuchen«, erklärte Ally. »Obwohl ich mir nicht sicher bin, ob das hilft. Ich habe den Eindruck, dass dem Stadtrat schlicht das Geld fehlt. Hat mit dem Dach des Gemeindezentrums zu tun.«

Deenie ging zum nächsten Käfig, um weitere pelzige Bewohner zu begrüßen. »Es kann nicht schaden, Aufmerksamkeit zu erregen. Die Leute motivieren und dazu bewegen, ihr Scheckbuch zu zücken. Ich würde ja selbst Geld spenden, aber ich bin ständig pleite.« Sie sagte das ganz beiläufig; offenbar war sie so sehr mit sich im Einklang, dass es ihr überhaupt nicht in den Sinn kam, sich wegen ihrer chronischen Geldnot zu schämen.

Ally wünschte, sie könnte solche Dinge ebenso gelassen sagen. Sie fühlte sich, als hätte sie das letzte Jahrzehnt damit zugebracht, so zu tun, als hätte sie ihr Leben besser im Griff, als es tatsächlich der Fall war. »Ich werde jede Hilfe annehmen, die ich bekommen kann.«

Deenie, die in die Hocke gegangen war, um Ginger und Fred anzulocken, richtete sich auf. Sie klopfte sich die Hände ab und verzog das Gesicht. »Sorry, ich habe überall Glitzer. Ich komme gerade von einem Auftritt.«

»Sind Sie Musikerin?« Das würde zu ihrem Stil passen – und zu ihrem Selbstbewusstsein.

»Nein, ich bin eine Prinzessin.«

Eine Prinzessin.

Deenie lachte über Allys verblüffte Miene. »Ich veranstalte Prinzessinnen-Partys für kleine Kinder. Außerdem entwerfe und fabriziere ich maßgeschneiderte Prinzessinnen-Outfits für Kinder jeden Alters. Ehrlich gesagt bringen mir die Kleider das meiste Geld ein, aber die Partys machen viel mehr Spaß. Da verkleide ich mich als Cinderella oder die kleine Meerjungfrau und spiele den ganzen Nachmittag mit den Kindern. Natürlich nur die Prinzessinnen ohne Copyright, damit ich keinen Ärger mit der Großen Bösen Maus kriege.«

Deenie schilderte das alles so anschaulich, dass Ally es vor sich sah – die Energie, die Begeisterung; mit der pinkfarbenen Punk-Frisur schien sie selbst eine Disney-Prinzessin zu sein. Ihr strahlendes Lächeln war wie der Sonnenschein; sie wirkte wie jemand, auf den sogar die Kreaturen des Waldes hörten. »Wie kommt man zu so etwas?«

»Ich habe Theater für die ganz Kleinen gelernt, was toll war. Aber wie sich herausstellte, ist die Nachfrage nach dieser

Art von Kunst für Vorschulkinder nicht sehr hoch. Sollte sie aber sein. Wir fördern die Fantasie der Kinder, ihr Selbstbewusstsein und ihr Mitgefühl. Laut Studien hat das Theaterspielen alle möglichen positiven Wirkungen auf Kinder. Dennoch sind wir in der gleichen Situation wie Sie. Wir sind immer die Ersten, denen das Geld gestrichen wird. Also habe ich angefangen, alles anzunehmen, was ich kriegen konnte, und bin schließlich bei diesem Prinzessinnen-Ding gelandet. Zum Glück liebe ich es. Hallo!« Colby kam neugierig aus dem Büro, und Deenie beugte sich hinunter, um ihn zu begrüßen, während sie fröhlich weiter plapperte. »Das Beste ist jedoch, dass ich mir meine Zeit selbst einteilen kann. Das Leben ist zu kurz, um sich nach den Regeln anderer zu richten. Nicht wahr, Baby?«

Die letzten Worte schienen Colby zu gelten, deshalb antwortete Ally nicht darauf. »Wenn Sie schon mal hier gearbeitet haben, kennen Sie die meisten Hunde, oder?«

»Nur die Langzeitbewohner. Ich komme gerade von einer dreimonatigen Rucksacktour durch Neuseeland zurück, daher habe ich die Neuankömmlinge noch nicht kennengelernt. Du bist neu, was, Baby?«

Colby legte sich auf den Rücken und bot ihr seinen Bauch dar. »Das ist Colby. Er gehört mir.«

»Er ist ein Süßer.« Deenie kraulte ihm pflichtbewusst den Bauch. »Wo soll ich anfangen?«

Ally musterte sie. Deenie war gut über zehn Zentimeter größer als sie, aber sie war dünn, ihre Handgelenke zart. »Kommen Sie wirklich mit Maximus klar?« Der Hund sah aus, als könnte er sie ohne Weiteres umwerfen.

Deenie grinste. »Sehen Sie es sich an.«

Deenie war eine verdammte Hundeflüsterin.

Als sie zwei Stunden später abfuhr, benahm sich jeder Hund im Tierheim besser als zuvor. Ally überlegte, wie sie Deenie auf den Festwagen beim Weihnachtsumzug bekommen konnte. Offenbar hatte die Prinzessin es ernst gemeint, als sie sagte, sie halte nichts von festen Zeitplänen, daher wusste Ally nicht, wann sie wiederkommen würde. Eines war jedoch sicher: Ally würde ihre Hilfe annehmen, wann immer sie konnte.

Sie saß im Büro und überprüfte, ob sie auch wirklich keine neue Anfrage übersehen hatte, als Astrid und Kimber um Viertel vor vier eintrafen, ganz atemlos, weil sie den ganzen Weg von der Schule gerannt waren. Kimber rief »Hi!« Richtung Büro, ehe sie weiterrannte, um Captain America zu begrüßen, den Golden Retriever, der schon vor Freude in seinem Käfig herumsprang.

»Ich glaube, Kimber hat ihren Liebling gefunden«, bemerkte Ally und trat zu Astrid, die ihren Mantel an einem der Haken aufhängte, der nicht mit Leinen besetzt war.

»Hast du einen Liebling?«, wollte Astrid wissen.

»Von den Hunden, die vermittelt werden sollen? Besser nicht. Die sind alle wunderbar, jeder auf seine Art.« Ally grinste. »Aber ich gebe zu, dass ich eine Schwäche für Partridge habe.«

Astrid lächelte ebenfalls. »Der ist so knuddelig.«

»Ja, das ist er.«

»Kann ich heute mit Cap Gassi gehen?«, rief Kimber, die zu ihnen zurückgerannt kam.

»Klar. Du kannst mit ihm ›Bei Fuß‹ üben. Erinnerst du dich an die Trainingskommandos, über die wir gesprochen haben?«

»Sitz, Platz, sieh mich an …«, zählte Kimber auf. »Er wird der gehorsamste Hund von allen sein.«

»Durchaus möglich.« Ally wandte sich an Astrid. »Möchtest du zusammen mit Kimber Cap ausführen oder deinen eigenen Schützling?«

»Kann ich einen eigenen haben?«

»Na klar. Wen hättest du gerne?«

»Partridge?« Astrid lächelte schüchtern, und Ally grinste. »Ausgezeichnete Wahl.«

Nach einer kleinen Verzögerung, während der Astrid und Kimber jeden Hund im Heim begrüßt und allen Hunden versichert hatten, wie brav sie seien – einschließlich Dolce, die sich nach wie vor im Büro verkrochen hatte –, brachte Ally die Mädchen mit den Hunden ihrer Wahl in den leeren Vorratsraum, wo sie mit ihnen Gehorsamstraining machen konnten. Ally schaute einige Minuten zu, bis sie überzeugt davon war, dass alles gutgehen würde. Cap und Partridge waren so liebe Hunde; allerdings lernte Cap schneller. Sie hoffte, dass Partridge durch beständige Wiederholung ein paar Dinge übernehmen würde, da jeden Moment irgendwer auftauchen konnte, um ihn zu adoptieren, nachdem er in *Die zwölf Weihnachtshunde* vorgestellt worden war.

Der Newsletter musste einfach helfen. Ben wollte nach der Arbeit vorbeikommen, um ihr beim Fotoshooting für Jelly zu assistieren. Sie würden für alle Hunde ein neues Zuhause finden.

Dann musste sie nur noch herausfinden, was sie mit sich selbst anfangen wollte. Aber dieser Frage würde sie sich ein andermal stellen.

Ally hatte sich für die Veranda des Hauses entschieden, um das Fotoshooting mit Jelly zu machen, also ging sie hinaus, um alles vorzubereiten. Zum Glück war es nicht so kalt wie noch einige Tage zuvor, aber trotzdem hatte sie steife Finger in den Handschuhen, während sie die Girlanden am Geländer arrangierte. Sie stellte sich Jelly auf der Schaukel vor, mit der Weihnachtsmannmütze geschmückt.

Ehe sie sich versah, bog Bens SUV in die Auffahrt ein. Er stieg aus und hatte eine Santa-Claus-Mütze auf dem Kopf. Ally musste lachen. »Ich dachte, die Mütze sei für die Hunde.«

»Ich versuche, mich von meinem Scrooge-Image zu befreien«, rief er, während er auf sie zuging.

»Es funktioniert. Sehr festlich.«

»Allerdings.« Er stieg die Stufen zur Veranda hinauf und begutachtete ihre Arbeit. »Hier siehts aus wie auf einer Weihnachtskarte.«

Ally verbeugte sich übertrieben. »Danke, Sir.« Dann wurde sie ernst und sah zum bereits dunkel werdenden Himmel. »Aber wir müssen uns beeilen, bevor wir kein Licht mehr haben. Ich hatte vergessen, wie früh im Dezember die Sonne hinter den Bergen verschwindet.«

Sie machte sich auf den Weg zur Scheune, und er blieb an ihrer Seite. »Wer ist heute dran?«

»Ich wollte gern Jelly fotografieren. Er ist ein Bündel aus reinster beflissener Liebe. Die Leute hören Pitbull-Mischling und denken, er sei aggressiv. Aber Jelly hat keinen einzigen Funken Bösartigkeit im Leib.«

»Haben Sie davon gehört, dass man Hunde im Studio vorstellen kann, bei diesem Nachrichtensender in Burlington?«

»Ja, habe ich. Ich dachte da an Fred und Ginger und einige ältere, ruhigere Hunde, die wegen der Scheinwerfer, Kameras und fremden Leute nicht gleich in Aufregung geraten.«

»Nachdem Sie die Parade erwähnt haben, dachte ich, wir könnten ein paar zur Einweihung des Weihnachtsbaumes auf dem Marktplatz am Freitag mitnehmen. Der ganze Ort wird versammelt sein, also ist das die perfekte Gelegenheit, um die Hunde so vielen Leuten wie möglich vorzustellen. Außerdem können Interessenten so eher Kontakt zu den Tieren aufnehmen, als wenn sie auf dem Festwagen bei der Parade sind.«

»Die Idee gefällt mir sehr gut.« Erneut verspürte Ally Zuversicht. Wie sollte sich irgendwer nicht in die Hunde verlieben, wenn er sie erst einmal aus der Nähe erlebt hatte?

Ben hielt die Scheunentür auf und ließ Ally vorangehen. Sie betrat das warme Gebäude und wurde von aufgeregtem Hundegebell begrüßt.

»Hallo, Jungs und Mädels!« Sie ging zu Jellys Käfig, Ben folgte ihr.

»Ally!«, rief Astrid aus dem hinteren Bereich der Zwinger. »Sieh mal, was ich Partridge beigebracht habe!«

Die Mädchen kamen um die Ecke, Partridge brav an der Leine zwischen ihnen, während Cap gehorsam bei Fuß lief. Astrid blieb erschrocken stehen und sah mit großen Augen an Ally vorbei. Kimber blieb ebenfalls abrupt stehen und wirkte geschockt.

Ally drehte sich um. Auch Ben war wie erstarrt.

Die plötzliche Spannung in der Luft erinnerte Ally in rascher Reihenfolge an zwei Tatsachen: dass ihre Großmutter neulich erwähnt hatte, Astrid sei Bens Nichte, und dass sie immer noch nicht sicher war, ob Astrids Eltern von ihrer Arbeit hier wussten.

Ally hatte die Familienverbindung komplett vergessen gehabt. Ben und Astrid sahen sich überhaupt nicht ähnlich und schienen auch keine nichtphysischen Ähnlichkeiten zu haben. Astrid konnte gar nicht aufhören, davon zu erzählen, wie sehr sie sich einen Hund wünschte und wie sehr sie sich auf Weihnachten freute – was beides so gar nicht zu Bens Ruf als Griesgram passte.

Ihre Großmutter hatte Ally versichert, es sei in Ordnung, wenn die Mädchen hier freiwillig halfen, und Gram kannte die Stadt besser als Ally. Dennoch war Ally klar, dass sie zu Kimbers und Astrids Eltern Kontakt hätte aufnehmen sollen, um sich zu vergewissern, dass es in Ordnung war. Sie hatte dies auch vorgehabt, nur standen noch so viele andere Dinge auf ihrer Liste, und wenn dann eine gute Zeit für einen Anruf gewesen wäre, hatte sie nicht daran gedacht. Ein bisschen war sie davon ausgegangen, die Eltern der Mädchen wüssten inzwischen Bescheid. Doch der entsetzten Miene nach zu urteilen, mit der Astrid Ben jetzt anstarrte, war das nicht der Fall.

»Onkel Ben«, sagte sie mit erstickter Stimme. »Was machst du denn hier?«

Bens Gesicht unterhalb der Weihnachtsmannmütze verfinsterte sich, wodurch die Mütze noch deplatzierter wirkte. »Was *ich* hier mache?«

12. Kapitel

Ben hatte Astrid noch nie zusammengestaucht. Zum Glück war sie ein gutes Mädchen. Wollte es jedem recht machen. Er hatte sich bisher nie Sorgen darüber machen müssen, dass sie gegen die Regeln verstieß.

Zumindest hatte er das geglaubt. Jetzt kamen ihm Zweifel an seiner Fähigkeit als Elternersatz, denn er war fest davon überzeugt gewesen, dass sie nach der Schule am Umzugswagen der Pine-Hollow-Grundschule für die Weihnachtsparade bastelte. Er war davon ausgegangen, dass sie bestens beaufsichtigt war, ausgestattet mit Kleber und Pappmaché.

Sie hatte gelogen.

Sie hatte ihn rundheraus angelogen. Wenn das kein Grund war, um sie zusammenzustauchen. Bei ihm hatte es allerdings nie etwas genutzt, wenn seine Eltern ihm eine Standpauke gehalten hatten. Aber er hatte keine Ahnung, wie er ansonsten auf ihr Verhalten reagieren sollte. Er versagte als Erziehungsberechtigter. Wieder einmal.

»Möchtest du mir vielleicht verraten, was du hier machst?«

Astrid stand gut fünf Meter von ihm entfernt wie angewurzelt da und bewegte sich keinen Millimeter. Kimber Kwan, deren Eltern vermutlich ebenso wenig wussten, wo sie sich aufhielt, stand ebenfalls zur Salzsäule erstarrt da, den Golden Retriever neben sich. Partridge hingegen zerrte an seiner Leine und versuchte, näher an Ben heranzukommen. Niemand schenkte ihm Beachtung.

»Ich wollte dich überraschen«, murmelte Astrid kaum hörbar. »Wir haben hier gelernt, wie man sich um Hunde kümmert. Wie man sie erzieht und so. Ich dachte, wenn du siehst, dass ich mich wirklich um einen Hund kümmern kann …«

»Wir haben bereits darüber gesprochen.«

Seine Stimme musste strenger geklungen haben als beabsichtigt, denn Ally trat zwischen ihn und die Mädchen. »Ben …«

»Das geht Sie nichts an.« Erst jetzt merkte er, dass er immer noch die Weihnachtsmannmütze trug. Er riss sie sich vom Kopf und drückte sie Ally in die Hand, während er auf Astrid zuging.

»Aber es ist doch ebenso wenig *Ihre* Angelegenheit«, gab Ally zurück, doch er war schon an ihr vorbei und näherte sich Astrid. Partridge brachte ihn mit seiner Begrüßung beinah ins Stolpern, aber Bens Blick war weiterhin auf Astrid gerichtet.

»Als du mir erzählt hast, dass du am Umzugswagen für die Parade arbeitest, war das also eine Lüge?«

»Ich habe wirklich am Umzugswagen gearbeitet«, protestierte sie, wich jedoch seinem Blick aus und fügte leise hinzu: »Anfangs jedenfalls. Ich hab es bloß nicht erzählt, als wir fertig waren …«

Die Kids mussten sich abgemeldet haben. In Pine Hollow herrschte militärische Strenge in solchen Dingen. »Hat Tante

Elinor euch dabei geholfen? Hast du sie gebeten, für dich zu lügen?«

Astrid scharrte mit einem Schuh auf dem Holzboden. »Wir haben ihr erzählt, dass wir nach Hause gehen.«

»Dann habt ihr sie also auch angelogen.«

Astrid hob den Kopf, sah ihn jedoch nach wie vor nicht an. »Technisch gesehen, sind wir wirklich nach Hause gegangen. Wir sind dort nur nicht geblieben.«

»Astrid.« Enttäuschung schwang in seiner Stimme mit.

Astrid senkte erneut den Blick. »Ich wollte dir doch nur zeigen …«

»Hol deine Sachen. Ich bringe dich nach Hause.«

»Ben, kommen Sie …«, meldete Ally sich hinter ihm zu Wort, doch er würdigte sie keines Blickes.

»Jetzt, Astrid.« Ben sah zu Kimber, die versucht hatte, unsichtbar zu sein. »Wissen deine Eltern, wo du bist?« Sie machte den Mund auf, und ihre Augen hinter den Brillengläsern wurden groß, aber es kam kein Ton aus ihr heraus. Ben verzog das Gesicht. Bis eben war er der coole Onkel gewesen. Jetzt war er der Böse. »Hol du auch deine Sachen.«

Die Mädchen gingen mit gesenkten Köpfen in den hinteren Teil des Zwingerganges. Astrid zog sanft an der Leine der Bulldogge. »Komm, Partridge.«

Die Mädchen und die Hunde verschwanden um die Ecke, und Ben zwang sich, nicht die Frau anzufahren, die ihm verschwiegen hatte, dass sich seine Nichte hinter seinem Rücken im Tierheim herumtrieb. Er musste noch für ein paar Minuten Ruhe bewahren.

»Ich werde Ihnen heute beim Fotoshooting doch nicht helfen können.« Sein Ton war ruppig, aber er gab sich keine

Mühe, freundlicher zu klingen. »Sie können mir die Fotos für den nächsten Hund schicken, dann stelle ich sie in den Newsletter.«

»Ich verstehe nicht, weshalb Sie so aufgebracht sind.« Allys Stimme klang näher, neben seiner rechten Schulter, aber er sah nicht hin. »Sie hat doch nur geholfen. Sehr sogar, und sehr verantwortungsbewusst ...«

»Sie hat gelogen.«

Sie trat in sein Blickfeld, sodass er es nicht länger vermeiden konnte, sie anzusehen. »Okay, das ist falsch, aber eigentlich eine Sache zwischen ihr und ihren Eltern, oder?«

»Ich *bin* ihre Eltern«, fuhr er sie jetzt doch an und sprach gleich wieder leiser, damit Astrid ihn nicht hörte. »Oder zumindest ihr Vormund. Ihre Eltern sind vor zwei Jahren bei einem Autounfall ums Leben gekommen. Es gibt nur uns beide. Und ich habe ihr gesagt, dass sie keinen Hund haben kann.«

Allys selbstgerechter Gesichtsausdruck zerfiel bei seinem zweiten Satz. »Ben, das tut mir schrecklich leid. Ich wusste nicht ...«

»Ist schon in Ordnung«, sagte er – was wahrscheinlich die größte Lüge seines Lebens war. Es war nie in Ordnung gewesen. Es war absolut unfair und falsch, nur durfte er sich seinen Kummer und seinen Frust zu keinem Zeitpunkt anmerken lassen, damit Astrid nicht glaubte, er sei nicht vorbehaltlos glücklich, mit ihr zusammenzuleben. Er musste stark sein für sie. Er musste ihr zeigen, dass sie zurechtkamen, nur sie beide. Also musste er dafür sorgen, dass es auch so *war*. Auch wenn er keine Ahnung davon hatte, wie man ein Dad war. Angefangen mit einer Situation wie dieser.

Sie hatte ihn noch nie zuvor angelogen. Jedenfalls glaubte er das. Wie sollte er damit umgehen? Wie sollte er sie bestrafen, ohne dass ihr Zweifel an seiner bedingungslosen Liebe kamen? Er konnte sich die Elternratgeber-Podcasts Tag und Nacht anhören, leichter wurde es dadurch nie.

»Sie ist ein wirklich gutes Kind«, sagte Ally.

»Ich weiß«, erwiderte Ben und klang dabei noch immer ein wenig schroffer als beabsichtigt. »Trotzdem darf sie mich nicht einfach anlügen und hinter meinem Rücken etwas tun, was ich ihr verboten habe.«

»Stimmt. Natürlich nicht.« Sie legte ihre Hand auf seinen Arm, und er unterdrückte den Impuls, ihn abzuschütteln. »Wenn ich irgendwie helfen kann …«

»Schicken Sie mir die Fotos«, unterbrach er sie. Er wollte keine Hilfe. Das alles lag in seiner Verantwortung.

Ally zog die Hand zurück. Astrid und Kimber kamen wieder um die Ecke, in ihren Mänteln und mit den Ranzen auf dem Rücken – und wieder einmal zog sich seine Brust zusammen angesichts des schon vertrauten Drucks, die richtige Antwort unter vielen finden zu müssen.

»Warum hast du mir nicht erzählt, dass Ben West Astrids Vormund ist?«

»Habe ich nicht?« Gram blieb auf der Türschwelle stehen, wo Ally ihre Großeltern abgefangen hatte, kaum dass sie zur Tür des Farmhauses hereingekommen waren.

Die zwei zogen ihre Jacken aus, während Copper an Ally vorbeiflitzte, um zu überprüfen, ob alles noch so war, wie er es zurückgelassen hatte. Ally blieb geduldig und versuchte, ihren Ärger über sich selbst nicht an ihnen auszulassen.

»Das wäre wichtig zu wissen gewesen. Ben hatte keine Ahnung, dass Astrid im Tierheim aushilft, und als er heute aufgetaucht ist, waren sie und Kimber hier. Keine von beiden hatte die Erlaubnis dazu.«

Worum sie sich selbst hätte kümmern müssen. Nicht zu fassen, dass sie Gram einfach geglaubt hatte, es sei in Ordnung. Dabei wusste sie es doch besser. Ganz egal, wie überzeugt Gram auch klang, letztlich machte sie ständig ihre eigenen Regeln.

»War er wütend?«, wollte ihre Großmutter wissen, als sei das eine verblüffende Vorstellung.

»Selbstverständlich war er wütend. Es sah aus, als ließen wir Kinder hier arbeiten, ohne das vorher mit den Eltern zu klären – und so war es ja auch.«

»Mach dir keine Gedanken wegen Ben«, beruhigte Gram sie. »Er scheint immer wütend zu sein. So ist er eben.«

»Nein, ist er nicht«, widersprach Ally. »Die ganze Woche über war er großartig.« Keine seiner Textnachrichten oder E-Mails waren ruppig oder wütend gewesen. Im Gegenteil, sie waren amüsant und freundlich. Sie hatte angefangen, sich auf das Summen ihres Handys zu freuen. »Er hat mir geholfen, einen Beitrag bei den Lokalnachrichten in Burlington zu platzieren und hat vorgeschlagen, einige der Hunde zur Einweihung des Weihnachtsbaumes im Ort mitzunehmen.«

Gram horchte auf. »Das ist eine gute Idee. Die Organisatoren der Weihnachtsparade haben uns angeboten, mit einem eigenen Umzugswagen mitzumachen, mit allen Hunden, die wir dabeihaben wollen. Dein Großvater und ich finden, wir sollten einen Haustiermarkt in den Estates veranstalten – nur mit Hunden unter fünfzehn Kilo, weil es in den Estates diese blöden Größenbegrenzungen gibt. Aber wir haben vier oder fünf kleinere Hunde, die passen würden. Wie macht sich Dolce eigentlich?« Gram warf ihren Schal von sich. »Meinst du, wir sollten sie ins Haus holen?«

»Nein«, meldete Gramps sich mit Bestimmtheit zu Wort. »Wir werden sie nicht behalten.«

»Es geht ihr gut«, sagte Ally.

Sie war versucht, die Unterhaltung wieder auf Astrid und Ben zu lenken, doch sie hatte längst begriffen, dass es nutzlos war.

Ihr ganzer früherer Optimismus hatte sie verlassen, als sie Ben mit Astrid und Kimber hatte wegfahren sehen. Sie hatte sogar das Licht verpasst für die Fotos von Jelly auf der Veranda. Und ohne jemanden, der die Leine hielt, würde sie sich mit deutlich weniger pittoresken Motiven in seinem Käfig begnügen müssen.

Sie versuchte ein falsches Lächeln aufzusetzen, damit ihre Großeltern sich keine Sorgen machten. Aber sie musste dauernd an Ben und Astrid denken. Ständig durchlebte sie den Nachmittag noch einmal, erinnerte sich an Bens harte Miene und überlegte, wie sie alles wieder in Ordnung bringen konnte.

13. Kapitel

»Du hast doch auch geholfen. Ich verstehe nicht, weshalb das so eine große Sache ist.«

Ben rang um Geduld, während er sich noch mehr Penne auf den Teller häufte. Er und Astrid saßen sich am Küchentisch gegenüber und aßen Reste. Und falls er geglaubt hatte, das Abendessen würde friedlich verlaufen, nachdem sie Kimber zu Hause abgesetzt hatten, hatte er sich getäuscht. »Es geht nicht ums Helfen. Es geht um die Lüge.«

»Ich habe nicht gelogen. Ich habe es dir nur nicht erzählt.«

Geduld. »Das ist exakt die Definition einer Lüge durch Verschweigen.«

»Wenn ich dich gefragt hätte, hättest du Nein gesagt.«

»Deshalb hättest du wissen müssen, dass du es nicht tun sollst.«

»Warum nicht? Du nennst mir keinen vernünftigen Grund.«

Die Versuchung war sehr groß, *einfach weil ich es gesagt habe* zu antworten. Aber natürlich hatte sie recht, das war ein blöder Grund. »Wir haben keinen Platz für einen Hund im

Haus, und ich will nicht, dass du dein Herz an ein Tier hängst, das bald jemand anderem gehören wird.«

»Du hast auch im Tierheim geholfen«, wiederholte sie ihr anderes Argument.

»Aber ich habe mein Herz an nichts gehängt.«

Sie kniff die Augen zusammen, spießte eine Nudel auf und änderte die Taktik. »Wenn du Zeit für Hunde im Tierheim hast, warum haben wir dann keine für einen Hund bei uns zu Hause?«

»Einen Hund aufzunehmen ist für immer. Freiwillig im Tierheim zu helfen dauert höchstens vier Wochen.«

Ihm dämmerte sein Fehler, als Astrid stutzte. »Warum nur vier Wochen?«

Oh Mist.

Sie würde es herausfinden. Im Grunde war es ein Wunder, dass Ally es ihr nicht längst erzählt hatte. Doch dies war nicht der Moment, den er für diese Neuigkeit gewählt hätte, wenn er bei Sinnen gewesen wäre. Und, ja, auch er hatte durch Verschweigen gelogen, aber sie jetzt direkt anzulügen, fühlte sich weitaus schlimmer an. Er wollte sich mit dieser Doppelmoral lieber nicht näher auseinandersetzen. Stattdessen erklärte er: »Das Tierheim macht Ende des Monats zu.«

»Was?«, rief Astrid und ließ ihre Gabel fallen. »Warum?«

»Die Sache ist kompliziert, deshalb helfe ich Ally auch. Weil es eine Sache von begrenzter Dauer ist, keine lebenslange Verpflichtung.« Und er sich schuldig fühlte, weil er zum Teil dafür verantwortlich war. Allerdings würde er Astrid diese Munition ganz sicher nicht liefern. »Wir sind keine Hundeleute, Astrid.«

»*Ich* schon. Und wenn du es nur versuchen würdest …«

»Astrid …« Er holte tief Luft. »Du hast bereits gegen die Regeln verstoßen. Du hast mich angelogen. Und jetzt willst du was? Mit einem Hund belohnt werden?«

»Ich wollte nicht gegen die Regeln verstoßen, sondern dir zeigen, dass ich es kann. Ich bin verantwortungsbewusst!«

Die letzten Worte hatte sie geschrien, trotzdem antwortete er ruhig. »Verantwortungsbewusste Kinder müssen nicht lügen.«

»Das ist so unfair! Du hörst mir nie zu. Nie!« Sie stieß sich vom Tisch ab und rannte aus dem Zimmer.

»Astrid!«

Ihre einzige Reaktion bestand darin, mit den Füßen zu stampfen, als sie die Treppe hinauflief.

Ben fluchte und betrachtete die Essensreste auf dem Tisch. »Toll gemacht, West«, murmelte er. »Du vermurkst dieses Elternding gründlich.«

Dabei hatten sie es noch nicht einmal ins Teenageralter geschafft.

Wenn Katie ihn jetzt sehen würde, würde sie ihre Wahl dann bereuen? Als sie und Paul ihr Testament gemacht hatten, war er ein anderer Mensch gewesen. Engagiert. Anscheinend auf der gleichen Schiene wie sie, nur einige Jahre jünger. Als sie ihn fragten, war es ihm leichtgefallen, Ja zu sagen. Natürlich. Aber er hatte nie damit gerechnet, dass es passieren würde. Oder dass Isabelle das Weite suchen würde, kaum dass er das Sorgerecht erhielt. Oder dass er den Verstand verlieren würde bei dem Versuch, Astrid alles zu bieten, was sie brauchte, wenn sie doch eigentlich nur ihre Mom und ihren Dad zurückhaben wollte.

Er starrte die Tür an, durch die Astrid geflohen war, und fragte sich, ob er ihr folgen oder es lieber sein lassen sollte. Gedankenverloren begann er, die Essensreste in Plastikbehälter zu verstauen. Er war gerade schwer mit Mac's Penne zum Mitnehmen beschäftigt, als sein Handy klingelte.

Er schaute aufs Display und stöhnte, denn es würde wohl unausweichlich sein, auch die nächste Person zu enttäuschen. Er nahm den Anruf entgegen, bevor der Anrufbeantworter ansprang. »Hey, Levi.«

»Hey, Mann, tut mir leid, dass ich so spät noch anrufe.«

Es war halb acht, doch in den vergangenen zwei Jahren hatte er seinen ältesten Freund unbeabsichtigt darauf trainiert, sich jedes Mal zu entschuldigen, wenn der etwas von ihm wollte. Was für ein Erfolg. »Ist okay. Ich bin gerade dabei, den Abendbrottisch abzuräumen. Was gibts denn?«

»Es geht um das Spiel morgen. Connor schafft es nicht, eine Geschäftsreise ist ihm im letzten Moment dazwischengekommen.«

Ben war erleichtert und bekam sofort ein schlechtes Gewissen, weil er froh war, seine Freunde nicht sehen zu müssen.

Bevor er Astrids Vormund geworden war, hatte er jeden Mittwochabend einen festen Pokertermin mit seinen drei besten Freunden gehabt. Aber in den vergangenen zwei Jahren hatte er öfter abgesagt als tatsächlich gespielt.

Bei den wenigen Gelegenheiten, an denen er es schaffte, eine Pokerrunde zusammenzubekommen, empfing er seine Freunde in Katies und Pauls halbfertigem Keller. Hier fehlte es zwar an gewissen Annehmlichkeiten wie zum Beispiel Wänden, aber wenigstens konnte Astrid so zu ihm kommen, wenn sie etwas brauchte. Und er gönnte sich nie mehr als ein

Bier, für den Fall, dass sie sich zum Beispiel in den Finger schnitt und er schnell ins Krankenhaus musste. Das war zwar noch nie vorgekommen, aber er musste vorbereitet sein.

Was bedeutete, dass es nicht mehr wie früher war, mit seinen Freunden zusammen zu sein. Er war nie ganz entspannt. Allerdings war ohnehin nichts mehr wie früher, seit Katie und Paul verunglückt waren.

Der Pokerabend war einfach zu einem weiteren Termin geworden, den er irgendwie unterbringen musste, und er war stets erleichtert, wenn er nicht derjenige war, der absagte.

»Mac und ich können trotzdem«, fuhr Levi fort, und Ben grauste ein wenig davor, doch noch einen gemeinsamen Abend verbringen zu müssen. Aber dann sagte sein Freund: »Allerdings ist es wegen der Feiertage und so wohl besser, wir verschieben es auf nächste Woche.«

Und der Termin würde wahrscheinlich weiter auf die Woche danach verschoben werden … und so weiter, bis es Januar war. »Ja, das ist vermutlich das Beste.«

Eine kurze Pause folgte diesen Worten, dann räusperte Levi sich. »Kommst du zur Einweihung des Weihnachtsbaumes auf dem Marktplatz?«

»Wahrscheinlich. Astrid hat Hausarrest, aber für Freitag werde ich eine Ausnahme machen, weil ich für den Stadtrat hinmuss.«

»Du hast Astrid Hausarrest gegeben? Ich dachte, sie sei das bravste Kind auf dem Planeten. Was hat sie angestellt?«

»Lange Geschichte. Erzähle ich dir nächste Woche.«

»Gut.« Ben versuchte, die Zweifel in Levis Stimme zu überhören. »Na ja, sag mir Bescheid, wenn ich sie für ein paar Tage in eine Zelle werfen soll.«

»Das ist wohl eher nicht nötig.«

»Das Angebot steht. Stets zu Diensten. Bis bald, Ben.«

»Bis bald.«

Als er das Gespräch beendete, hatte er drei neue Textbotschaften von seinen Eltern in Arizona.

Na toll, das hatte ihm noch gefehlt.

Astrids Hausarrest beinhaltete, dass sie keine elektronischen Geräte benutzen durfte, es sei denn für die Hausaufgaben oder um mit der Familie zu kommunizieren. Also hatte sie mit seinen Eltern geskyped. Natürlich hatte sie das.

Seine und Pauls Eltern wollten ständig helfen, nur waren sie noch nicht im Ruhestand und hatten ihre eigenen Leben in Arizona und DC.

Außerdem hatte er ihnen immer wieder erklärt, dass er zurechtkomme und alles im Griff habe. Dass Astrid in guten Händen sei. Katie und Paul hatten Astrid *ihm* anvertraut; sie hatten sich darauf verlassen, dass er das Leben des Mädchens so normal wie möglich gestalten konnte.

Er wusste, seine Eltern wollten nur helfen, doch jedes Mal, wenn sie einen Vorschlag machten, fühlte es sich für Ben so an, als würde ihm schon wieder jemand sagen, er bekomme die Sache nicht hin. Er verbocke es. Er sei kein guter Vaterersatz für Astrid – was für ihn das Schlimmste war.

Ben schaltete sein Handy stumm und schob es in die Tasche. Sie versuchten nur zu helfen, sagte er sich. Sie wollten ja gar nicht andeuten, er sei ein uneinsichtiges Ungeheuer, weil er Astrid keinen Hund erlaubte.

Es fühlte sich nur so an.

Er schleppte sich die Treppe hoch, völlig erschöpft, obwohl es noch nicht einmal acht Uhr war. Die Tür zu Astrids

Zimmer war angelehnt und öffnete sich knarrend nach innen, als er sanft anklopfte. »Astrid?«

Vom Bett kam ein Schniefen. Sie lag zusammengerollt auf der Seite, das Gesicht von ihm abgewandt. Das Wandbild des purpurnen Drachens, den ihre Mutter über ihr Bett gemalt hatte, schwebte schützend über ihr, als würde Katie selbst ihn beobachten und über ihn richten, weil er ihre Tochter zum Weinen brachte.

»Hey«, murmelte er. Er setzte sich ans Fußende des Bettes und legte die Hand auf Astrids Knöchel. Sie zog den Fuß weg, und er seufzte und fühlte sich mies. »Willst du bis Weihnachten auf mich wütend sein?«

»Vielleicht«, sagte sie ins Kissen, ohne sich umzudrehen.

Er nickte, faltete die Hände über dem Knie und schaute sich im Zimmer um. Der Therapeut, zu dem er mit ihr nach dem Unfall gegangen war, hatte ihm erklärt, es sei ein gutes Zeichen, dass sie sich bei ihm geborgen genug fühlte, um wütend auf ihn zu werden. Es hieß, sie vertraute ihm, dass er für sie da war – nur machte das die Sache nicht einfacher. »Du kannst mich nicht einfach so anlügen, Astrid. Dir hätte etwas passieren können, und ich hätte nicht gewusst, wo du bist. Ich muss wissen, wo du dich aufhältst, damit ich für deine Sicherheit sorgen kann.«

»Das Tierheim ist nicht gefährlich. Ally ist supervorsichtig, was die Hunde angeht, die sie uns anvertraut. Wir sind da immer sicher.«

»Selbst wenn dem so ist, könnte ein Meteoroid die Erde treffen oder die Zombie-Apokalypse ausbrechen. Dann muss ich wissen, wo du bist, damit ich dich schnell in einen Bunker bringen kann, bevor du dich ansteckst und auch ein Zombie wirst.«

Sie sah ihn voller Teenagerverachtung an; fast glaubte er, sie sei in den letzten zehn Minuten um drei Jahre gealtert. »Solche Sachen passieren nicht.«

»Mag sein. Aber ich mache mir trotzdem Sorgen um dich. Das gehört nun mal zu meiner Jobbeschreibung. Auch wenn ich andererseits stolz auf dich bin, dass du die Initiative ergriffen und dir einen Job dort besorgt hast.«

Sie setzte sich auf und sah ihn mit rot geränderten Augen an. »Warum habe ich dann Hausarrest?«

»Weil du es mir verheimlicht hast. Weil du das hinter meinem Rücken gemacht hast. Wir müssen einander vertrauen können.«

Sie senkte den Blick auf die Tagesdecke. »Es tut mir leid.«

»Danke. Und mir tut es leid, dass ich dir das Gefühl gegeben habe, du könntest darüber nicht mit mir reden. Als würde ich dir nicht zuhören. Ich höre dir immer zu. Du bist für mich das Wichtigste auf der Welt. Das weißt du, oder?«

Sie nickte und zupfte an einem losen Faden an der Tagesdecke. Eine Pause entstand, dann sah sie ihn von unten herauf an. »Habe ich immer noch Hausarrest?«

Ben presste die Lippen zusammen. Jetzt zu lachen hätte die Autorität, um die er sich bemühte, komplett untergraben. »Ja«, sagte er daher bestimmt. »Fürs Erste. Aber das heißt ja nicht, dass wir nichts zusammen machen können. Zum Beispiel müssen wir an diesem Wochenende Lebkuchen backen …«

»Oh.« Erneut wich sie seinem Blick aus.

»Was?«

»Ich habe uns stattdessen für Brownies eingetragen.«

Ben stutzte. Er versuchte, nicht an die Stunden zu denken,

die er bereits mit der Online-Suche nach Rezepten verbracht hatte. »Tatsächlich?«

Sie zuckte mit den Schultern. »Ich dachte, die sind leichter zu machen.«

Er atmete tief ein. Sie hatte nicht unrecht. »Okay, dann Brownies.« Immerhin hatte er noch nicht tonnenweise Melasse gekauft.

Astrid zeichnete ein Muster auf die Tagesdecke. »Onkel Ben …«

»Ja?«

»Ich möchte Ally wirklich gern im Tierheim helfen.«

Er verspürte ein Ziehen in der Brust. »Ich weiß. Ich auch.«

»Meinst du, wir könnten wenigstens ein bisschen helfen?«, fragte sie. »Nur bis sie zumachen?«

Sie war ein so gutes Kind. Er wollte ihr Lügen nicht auch noch belohnen, aber sie fragte wenigstens nicht nach einem Hund. Stattdessen bat sie, Ally helfen zu dürfen. Wie konnte er da Nein sagen? »Ich werde darüber nachdenken.«

Offenbar war sie klug genug, nicht weiter zu drängen; stattdessen rutschte sie zu ihm und umarmte ihn, als wäre es genau das, worauf sie die ganze Zeit gehofft hatte. »Danke, Onkel Ben.«

»Keine Versprechungen«, warnte er sie streng, auch wenn er gerade dahinschmolz. Sie durfte um Himmels willen nie herausfinden, wie sehr sie ihn längst um den kleinen Finger gewickelt hatte.

14. Kapitel

Zum zweiten Mal in ebenso vielen Wochen betrat Ally das Rathaus mit einem Becher Kaffee in jeder Hand. Glücklicherweise war die Dame vom Empfang diesmal nicht auf ihrem Posten, sodass Ally unentdeckt nach oben gehen konnte. Wieder stand Bens Tür offen, und Ally klopfte mit dem Ellbogen an.

»Kaffee?«, fragte sie und hielt die beiden Becher in die Höhe, als Ben aufsah.

»Danke.« Er stand von seinem Schreibtisch auf. Wenigstens wirkte er über ihre Anwesenheit nicht sofort verärgert. Sie war unsicher gewesen, wie er auf ihren Versöhnungsversuch reagieren würde. »Das ist eine Überraschung.«

»Ein schwarzer Kaffee.« Sie reichte ihm einen der Becher und hielt den anderen anschließend mit beiden Händen. »Ich wollte mich für gestern entschuldigen.«

Er verzog das Gesicht und schüttelte den Kopf. »Ich hätte Sie nicht derartig anfahren dürfen.«

»Nein, das war durchaus verständlich. Mir war nicht klar, dass Sie … Ich hätte Astrid nicht im Tierheim helfen lassen dürfen, ohne mich zu vergewissern, dass sie die elterliche

Zustimmung hat. Oder die ihres Vormunds.« Sie stolperte verlegen über die Worte, doch Ben schien es nichts auszumachen.

»Jetzt hat sie sie«, bestätigte er. »Meine Erlaubnis, Ihnen nach der Schule zu helfen.«

»Hat sie?« Allys Stimme klang ein wenig zu hoch.

»Ja, sobald ich ihren Hausarrest aufgehoben habe.« Er trank einen Schluck Kaffee und starrte den Becher an, als befände sich Gift darin. »Was ist das? Schmeckt ja wie flüssiger Zucker.«

»Hoppla.« Ally tauschte rasch die Becher um. »Das ist dann wohl meiner. Pfefferminz Mokka. Ich war mir nicht sicher, ob Sie mich hassen würden, daher habe ich mir zum Trost vorsorglich etwas mit Schokolade bestellt.«

»Ich hasse Sie nicht. Es ging doch gar nicht um Sie oder das Tierheim.« Er setzte sich auf die Schreibtischkante und brachte dadurch einen Stapel Papiere bedenklich ins Wanken. »Es ging um die Lüge. Das darf ich ihr nicht durchgehen lassen. Allerdings bin ich mir nicht sicher, ob Hausarrest das geeignete Mittel ist. Ich glaube, es ist für mich schwerer als für sie.«

Ally verstand nichts davon, versuchte jedoch offen und verständnisvoll auszusehen, damit er weitersprach.

»Ich fühle mich wie ein Gefängniswärter«, gestand er. »Ich hole sie nach der Schule ab und arbeite heute Nachmittag von zu Hause aus, damit ich sie beaufsichtigen kann. Um sie davon abzuhalten, sich zu Ihnen zu schleichen und zu helfen. Und wie könnte ich dafür wütend auf sie sein? Darauf, dass sie freiwillig im Tierheim gearbeitet hat. Na schön, sie macht das nicht ohne Hintergedanken, und sie bekommt vorerst definitiv keinen Hund, aber ich hasse das. Ich komme mir verlogen vor. Schließlich höre ich mir ständig Podcasts an und lese Artikel darüber, dass man Kinder zu Selbstständigkeit und Verantwortungsbewusstsein ermutigen soll. Da sprechen sie von ›freilaufenden Kindern‹ im Gegensatz zu den Kindern von Helikopter-Eltern, die den Alltag ihres Kindes genauestens überwachen. Ich will, dass Astrid das Gefühl hat, Dinge allein tun zu dürfen. Aber kaum erfahre ich, dass ich nicht wusste, wo sie gewesen ist, drehe ich durch. Das Lügen machte die Sache nicht besser.«

»Das ist verständlich. Sie machen sich Sorgen um sie.«

»Ja.« Er hielt den Blick auf seinen Kaffeebecher gerichtet und die Stimme gesenkt. »Ich versuche nur, es nicht zu verbocken. Dieses Elternding … es ist schwerer als es aussieht. Man will zwar, dass sie ruhig mal etwas Riskantes machen, damit sie keine Angst vor dem Leben haben, doch wie kann man dabei einfach zusehen? Und welcher Moment ist der richtige, um lockerzulassen?«

»Ich würde ihr nie einen Hund anvertrauen, mit dem sie überfordert wäre …«

»Ich weiß. Darum geht es auch nicht.« Einen Augenblick lang glaubte sie, er würde nichts mehr sagen, doch dann überraschte er sie. »Es geht um Katie und Paul. Astrids Eltern. Meine Ansprüche sind besonders hoch, weil ich es für sie beide gut hinbekommen muss. Denn die zwei würden es perfekt machen.« Ihm versagte die Stimme, und er musste sich räuspern. »Obwohl es vermutlich immer sehr schwierig ist mit Kindern. Vermutlich hätte ich mir ohnehin jede Menge Sorgen gemacht und Angst, es zu vermasseln. Vielleicht gehört das zum Elternsein dazu.«

»Ehrlich gesagt finde ich, Sie machen Ihre Sache toll. Sie ist ein wunderbares Kind.«

»Ja, nur ist das wohl kaum mir zuzuschreiben. Das ist alles Katies Verdienst.«

»Das bezweifle ich.«

Es war offensichtlich, wie sehr er Astrid liebte, sein Gesichtsausdruck spiegelte seine ganze Zuneigung wider, sobald er von ihr sprach und man sah auch, wie sehr er sich damit quälte, nur ja das Richtige zu tun.

»Ich weiß jetzt, welche Hunde wir zur Einweihung des Weihnachtsbaumes am Freitag mitnehmen«, sagte Ally, als die Atmosphäre zu gedrückt wurde. »Deenie Mitchell hilft mit, aber wenn Sie und Astrid uns begleiten wollen …«

Ben verzog das Gesicht. »Mal sehen, wie diese Woche läuft. Astrid wäre begeistert, aber ich versuche immer noch, mir klar darüber zu werden, wie lange sie Hausarrest haben sollte. Falls es überhaupt etwas nutzt.« Er sah zu seinem Computer hinüber, und Ally deutete das als Wink, zu gehen.

»Ich sollte Sie weiterarbeiten lassen, da Sie ja später auch noch im Homeoffice arbeiten.«

Er musterte sie skeptisch. »Ich wollte Ihnen bei den Fotos für *Die zwölf Weihnachtshunde* helfen.«

»Ach, keine Sorge. Ich kann meinen Großvater bitten, mir zu helfen. Ich werde Ihnen die Fotos am späten Nachmittag schicken.«

»Perfekt.« Sein Blick begegnete ihrem. »Danke für den Kaffee. Sie müssen das aber wirklich nicht regelmäßig machen.«

»Vielleicht gefällt es mir einfach, ein Lächeln auf ihrem Gesicht zu sehen.«

Ben lachte, als hätte sie einen Scherz gemacht, und Ally lächelte, um die Tatsache zu überspielen, dass es nicht nur ein Scherz gewesen war. Sie sah ihn wirklich gern. Wahrscheinlich lieber, als sie sollte, wo er doch verlobt war.

Aber es ging ja nur um Kaffee. Kaffee und vielleicht Freundschaft. Es gab Schlimmeres auf der Welt.

Am Freitagnachmittag lud Ally gerade die Beute von ihrem jüngsten Besuch beim Großhandel in den Vorratsraum der Scheune, als Deenie hereingestürmt kam.

Heute trug sie kleine Glöckchen, die bei jeder Bewegung bimmelten, und den hässlichsten Pullover der Welt – der aus irgendeinem Grund modisch an ihr aussah. Sie nahm eine Pose an der Tür ein, die Arme über den Kopf erhoben. »Hört! Hört alle! Wir haben – Trommelwirbel bitte – eine Bewerbung!«

Ally hätte beinah das Trockenfutter fallenlassen und stellte den Sack mühsam ab. »Im Ernst?«

Deenie war in den vergangenen Tagen regelmäßig aufgetaucht, um zu helfen, und Ally hatte ihr den Zugang zum E-Mail-Account des Tierheims gegeben, damit sie das Erscheinen der Hunde bei verschiedenen Veranstaltungen im Ort arrangieren konnte. Deenie kannte die Leute hier besser als Ally und konnte sie daher vermutlich eher bequatschen.

Jetzt hüpfte sie zu Ally, packte ihre Arme und drehte sie im Kreis. »Eine Adoptionsbewerbung!«

»Für wen?«

»Captain America«, verkündete Deenie.

»Sind es die Kwans? Oder jemand, der den Hund bei *Die zwölf Weihnachtshunde* gesehen hat?« Der Golden-Retriever-Mischling war am Tag zuvor im Newsletter vorgestellt worden.

»Keiner von denen. Die Leute sind aus Burlington. Anscheinend haben sie ihn in den Nachrichten gesehen, und sie sind große Avengers-Fans, da konnten sie nicht widerstehen. Wir sollten die anderen Hunde umbenennen, mal sehen, ob jemand einen Iron Man oder einen Hulk will.«

Ally grinste über Deenies Begeisterung. »Sorgen wir erst einmal dafür, dass es gute Kandidaten sind.«

Deenie tänzelte zum Ausgang. »Es ist ein Anfang!«

»Ja, es ist ein Anfang«, stimmte Ally ihr zu.

Die Rubrik schien zu funktionieren – auch wenn es vorerst nur diese eine Bewerbung war, es fehlten also noch einige. Sie wollte Ben davon erzählen, aber seit sie ihm am Mittwoch Kaffee gebracht hatte, war sie ihm nicht mehr begegnet. Er hatte geantwortet, als sie ihm die letzten Fotos für den nächsten Beitrag für *Die zwölf Weihnachtshunde* geschickt hatte, aber mehr hatten sie seither nicht ausgetauscht. Offenbar hatte er mit Astrid zu tun, und Ally ermahnte sich, dass es albern sei, seine Botschaften per SMS zu vermissen.

Sie wusste immer noch nicht, ob er an diesem Abend zur Einweihung des Tannenbaumes kommen würde.

Als sie mit dem Ausladen der Vorräte fertig war, ging Ally zu Deenie in den leeren Lagerraum, der eine Art Trainingsraum geworden war. Hier machte Deenie die Hunde, die sie beide für die Einweihung des Weihnachtsbaumes ausgesucht hatten, für das Scheinwerferlicht präsentabel. Fred und Ginger sausten umher, entzückende Halsbänder mit der Aufschrift ADOPTIERT MICH um den Hals, während Deenie JoJo bürstete.

Gram und Gramps hatten zuvor geholfen, waren jetzt aber ins Haus gegangen, um Colby und Copper zu füttern, bevor es an der Zeit war, mit den adoptierbaren Hunden zum Marktplatz im Ort zu fahren.

Ally verspürte eine unerklärliche Nervosität wegen des bevorstehenden Abends. Es ging doch nur um die Einweihung des Weihnachtsbaumes. Aber es war auch die erste große Veranstaltung im Ort seit ihrer Ankunft. Und nun, da die Hunde ein neues Zuhause brauchten, schien es wichtiger denn je, dass sie einen guten Eindruck machte.

Noch immer weihnachtsverrückt, hatte Gram Glöckchen über die Tür des Tierheims gehängt, die jetzt bimmelten, als die Tür geöffnet wurde. Sofort erhob sich das Begrüßungsgebell der Hunde.

»Wir sind hier hinten!«, rief Ally ihren Großeltern zu.

Aber es waren nicht Hal und Rita, die im Türrahmen erschienen.

»Ben. Astrid.« Ally richtete sich so abrupt auf, dass sie Partridge erschreckte, der sich an ihr Knie gelehnt hatte. Er plumpste wie in Zeitlupe auf die Seite.

Astrid strahlte und konnte ihre Aufregung kaum im Zaum halten. Ben hatte den Arm um die Schulter seiner Nichte gelegt und die Andeutung eines Lächelns im Gesicht, als sie eintraten. »Kommen wir zu spät, um zu helfen?«

Ally schaute sie an; ihr Herz pochte viel zu sehr für einen Mann, den sie kaum kannte.

»Onkel Ben meinte, du könntest uns vielleicht gebrauchen«, meinte Astrid.

»Natürlich«, erwiderte Ally und riss sich von Bens Augen los, als sie merkte, dass sie schon viel zu lange gar nichts gesagt hatte. »Ein paar zusätzliche helfende Hände sind immer gut.«

Ben lächelte, und sie hätte beinah schwören können, dass seine Augen funkelten, ehe er an ihr vorbeisah und munter nickte. »Hallo, Deenie.«

»Hey, Ben. Astrid.«

Partridge rappelte sich hoch und trottete zu den Neuankömmlingen, um sie zu begrüßen; seine Masse schwang pendelartig hin und her, und er schnaufte glücklich. »Sabber mich bloß nicht voll«, warnte Ben ihn, während er ihm vorsichtig den Kopf tätschelte. Astrid kniete bereits auf dem Boden und sprach liebevoll auf den Hund ein, während er an ihren Fingern schnupperte.

»Möchtest du Partridge übernehmen?«, fragte Ally. »Wo er sich so freut, euch zu sehen.«

»Er freut sich, die Leckerlis zu sehen, die er in meiner Tasche vermutet«, korrigierte Ben, hob aber die Leine auf, die Partridge hinter sich herzog.

»Hey. Das ist wahre Liebe«, meinte Deenie von ihrem Platz auf dem Boden aus, wo JoJo sich auf ihrem Schoß rekelte. »Die Liebe eines Mannes geht durch den Magen.«

Ally hatte eigentlich nicht vorgehabt, den kleinen Papillon zur Einweihung des Weihnachtsbaumes mitzunehmen. Sie hatte ihn schon als perfekten Kandidaten für die Estates vorgemerkt, aber dann war ihr aufgefallen, dass Deenie, die Hundeflüsterin, von der lebhaften kleinen Hundedame mit den Federbüschelohren ganz besonders angetan war und sie »Prinzessin« nannte. Außerdem hatte sie ihr kleine Schleifen auf dem Kopf befestigt. Wenn es Deenie gelang, von ihrem Vermieter die Erlaubnis zu bekommen, einen Hund zu halten, dann würde sie höchstwahrscheinlich einen wie JoJo nehmen, der in ihre Handtasche passte.

Ally war nicht sicher, ob sie zu viele Hunde mitnehmen würden, immerhin JoJo, Fred und Ginger, Partridge, Biscuit und Captain America – den besten Hundebotschafter der Gruppe, denn er war offen, gelassen und lieb. Obwohl es bereits eine Bewerbung für ihn gab, würde er vielleicht weitere Leute ins Tierheim locken.

»Ich freue mich, dass ihr gekommen seid.« Ally war sehr froh, die beiden zu sehen. Vielleicht zu froh.

»Ich auch!«, rief Astrid.

Ben wollte etwas sagen, aber da bimmelten abermals die Glöckchen über der Tür.

»Fröhliche Weihnachten! Ho-ho-ho!«, donnerte Allys Großvater, und sie musste grinsen.

»Merken Sie sich, was Sie sagen wollten«, murmelte sie in Bens Richtung und ging an ihm vorbei, um Gramps zu begrüßen, der den Gang entlangkam. »Alles in Ordnung zu Hause?«

»Jap. Deine Großmutter schaut wieder nach dem schwangeren Hund.« Er legte Ally den Arm um die Schulter, und sie schmiegte sich an seinen dicken Wintermantel. »Sie ist schon ganz verliebt. Wenn wir nicht aufpassen, endet es damit, dass wir hier die Hündin mit ihren Welpen herumflitzen haben – dauerhaft.«

»Vielleicht sollten wir sie doch bei *Die zwölf Weihnachtshunde* vorstellen«, schlug Ally vor. »Um eine Familie für sie zu finden, wenn sie so weit ist. Dann kann Gram ihr Herz nicht zu sehr an sie hängen.«

»An wen hänge ich mein Herz?«, wollte Gram wissen, die gerade um die Ecke kam. »Ich liebe alle meine Hunde gleichermaßen und will, dass jeder einzelne von ihnen ein glückliches Zuhause findet.« Erneut hatte sie auf ihre Armschlinge verzichtet, und Ally widerstand dem Impuls, sie zu ermahnen, die Schlinge anzuziehen, wenigstens als Erinnerung daran, ihren Arm nicht zu sehr zu strapazieren. »Apropos, ich hatte eine großartige Idee, als dein Gramps und ich zum Bingoabend in den Estates waren – wo ich übrigens fünfhundert Dollar gewonnen habe.«

Ally staunte. »Du hast fünfhundert Dollar beim Bingo gewonnen?«

»Bingo ist eine ernste Angelegenheit in den Estates. Es ist eine riesige Tombola – genau deshalb sollten wir den Haustiermarkt auch an einem Bingotag veranstalten. Die Bewohner aller Appartements kommen, um mitzuspielen.« Sie hielt inne. »Andererseits sind die Verlierer hinterher total geknickt. Vielleicht sollten wir es doch lieber an einem der Weihnachtskonzerte machen. Weniger deprimierend. Hallo, ihr Süßen!«

Sie kniete sich hin, um die Hunde zu begrüßen – und dann Ben, Astrid und Deenie. Ally blieb mit ihrem Großvater zurück und senkte die Stimme. »Sollte sie nicht ihre Armschlinge tragen?« Gram war nie sonderlich vorsichtig gewesen, aber vielleicht konnte Gramps sie überzeugen.

»Sie meint, die sei zu eng über ihrem Wintermantel. Keine Sorge, wir werden dafür sorgen, dass sie es nicht übertreibt.«

Ally bezwang ihre Besorgnis, als sie sich zu den anderen gesellten, doch ganz los wurde sie sie nicht. Gram saß auf dem Boden mit Astrid; die zwei spielten mit Fred und Ginger. Gramps ging zu ihr, ohne Eile, und bot an, ihr aufzuhelfen. Manchmal waren sie so verschieden, dass man schwer nachvollziehen konnte, warum sie sich ineinander verliebt hatten.

Aber dann sah Gram ihn an, legte ihre Hand in seine, und ihre Gesichter sagten, dass alles bestens war. Stets waren sie füreinander da.

Ally empfand so etwas wie Neid und Sehnsucht. Ihre Eltern waren auch so miteinander umgegangen, während von Allys Beziehungen keine auch nur annähernd so gewesen war. Lag es an ihr? Machte sie etwas falsch? Oder hatte sie einfach noch nicht den richtigen Mann gefunden?

»Hey.« Ben erschien an ihrer Seite, wie als Antwort auf ihre Gedanken. Prompt errötete sie und verdrängte rasch den Wunsch, ihn zu berühren.

Verlobt, schon vergessen? Sie beide waren *Freunde*. Sehr platonische Freunde.

»Hey«, erwiderte sie wenig clever, und war erleichtert, als sie die Stimme ihres Großvaters vernahm, der diesen Moment beendete.

»Wollen wir loslegen?«

15. Kapitel

Eis knirschte unter ihren Stiefeln, und die Hunde stolzierten an ihren Leinen und schnüffelten an allem, woran sie vorbeikamen. Pine Hollow war das ganze Jahr über bezaubernd, doch heute Abend, als sie sich dem Marktplatz näherten, schien eine ganz besondere Atmosphäre in der frischen, kalten Luft zu liegen.

Blinkende Lichter waren über die Zäune drapiert und umrahmten sämtliche Dachtraufen der Häuser, an denen sie vorbeikamen. An jeder Tür schien ein Kranz zu hängen. Das Städtchen verströmte eine geradezu magische Weihnachtsstimmung, und Ally musste über die lebhaften Kommentare lächeln, die Deenie und Gram über alles von sich gaben.

Genau deshalb wollte sie die Feiertage in Pine Hollow verbringen. Wegen Augenblicken wie diesen. Gefühlen wie diesen.

»Bist du sauer auf mich?« Astrid erschien neben ihr, ihre Stimme klang leise und zögernd. Sie ließ den Blick auf ihre Hände geheftet, mit denen sie Biscuits Leine hielt.

Ally war gerührt. »Ach, Schätzchen, nein. Natürlich nicht.«

»Onkel Ben meint, ich muss mich bei dir entschuldigen. Weil ich dich in dem Glauben gelassen habe, es wäre okay für meine Eltern.«

Wie das meistens bei Entschuldigungen der Fall ist, ließ auch diese etwas zu wünschen übrig. Aber für Ally zählte mehr der Grund, als eine brave Bitte um Vergebung. »Dachtest du, du könntest es mir nicht sagen?«

Astrid zuckte mit den Schultern. »Jeder hier weiß es. Ich glaube … keine Ahnung. Es war irgendwie schön, für eine Weile so zu tun, es wäre wie früher.«

»Das verstehe ich.« Ally zog leicht an der Leine, damit Cap Schritt hielt, der wegen irgendeiner Duftmarke zurückblieb. »Meine Eltern sind bei einem Autounfall ums Leben gekommen, als ich achtzehn war. Ich erzähle das auch nicht jedem. Wenn die Leute es nicht wissen, ist es manchmal, als wäre es nicht wahr.«

Jetzt schaute Astrid auf und sah sie zum ersten Mal seit Beginn der Unterhaltung an. »War jemand Schuld, der am Steuer sein Handy benutzt hat?«

»Nein, nur schlechte Straßenverhältnisse und Pech.«

Astrid senkte den Blick wieder, und als sie sprach, kamen die Worte so leise heraus, dass Ally sie kaum hören konnte. »Vermisst du sie immer noch?«

»Jeden Tag.«

Astrid nickte. Eine Weile gingen sie schweigend, dann sah Astrid sie erneut an, diesmal mit einem besorgten Ausdruck in den Augen. »Ich habe Onkel Ben lieb.«

»Ich weiß. Ich liebe meine Großeltern.« Cap blieb erneut zurück, deshalb schüttelte Ally leicht die Leine. »Aber es ist nicht dasselbe.«

»Ja«, murmelte Astrid. Biscuit vollführte ein kleines Tänzchen und wickelte sich dabei in seine Leine. Astrid lächelte ein bisschen, doch es verschwand gleich wieder. »Sie haben gesagt, ich kann einen Hund haben, wenn ich zehn bin«, sagte sie leise. »Meine Mom und mein Dad.«

Ally fühlte mit ihr. All die Versprechen, die ihre Eltern nun nicht mehr halten konnten. Noch etwas, das ihr genommen worden war.

»Kommt, ihr zwei«, rief Gram. »Nicht bummeln!«

Ben schaute über die Schulter; er und Allys Großvater waren in eine Unterhaltung vertieft. Partridge trottete neben ihnen her. Ben runzelte die Stirn, und Ally setzte ein Lächeln auf.

Sie erreichten das Ortszentrum, wo sich die Bewohner schon für die Zeremonie versammelt hatten. Ally nahm Captain America kürzer an die Leine, damit er näher bei ihr blieb, und Astrid tat dasselbe, ihre Bewegungen nachahmend. Biscuit gehörte zu den gutmütigeren Hunden des Tierheims und machte in Punkto Faulheit sogar Colby Konkurrenz. Doch angesichts der vielen neuen Leute um ihn herum war sogar er aufmerksam und hellwach.

Auf einer Seite des Marktplatzes war eine Bühne aufgebaut worden. Gegenüber stand der Pavillon, der so über und über mit weißen blinkenden Lichtern geschmückt war, dass er wie ein Sternbild leuchtete. Eine Band spielte auf der Bühne bekannte Weihnachtslieder. Dutzende Stände boten alles Mögliche an, von Kakao bis Weihnachtsbasteleien. Und alles wurde überragt von dem dunkelgrünen Tannenbaum.

Der Platz war bereits voller Menschen, aber die Weihnachtsbaumbeleuchtung würde erst in einer Stunde eingeschaltet werden. Ally wurde ein wenig nervös beim Anblick der vielen fremden Menschen. In New York beeindruckten Menschenaufläufe sie nie, aber das hier war anders. Diese Leute hier kannten einander alle, und sie war die Fremde. Plötzlich wünschte sie, sie hätte ihre Kamera dabei, als Puffer zwischen ihr und der Welt.

»Warte hier«, wies Deenie sie an und hob JoJo hoch, um sich leichter einen Weg durch die Menge bahnen zu können. »Die Freunde der Bibliothek meinten, wir könnten neben ihnen stehen. Ich werde mal nachsehen, ob der Platz reicht.«

Deenie tauchte im Gewühl unter. Sekunden später horchte Gram auf und zupfte ihren Mann am Arm. »Oh, sieh nur, da ist Peg. Peg!« Sie winkte und drängte sich ebenfalls in die Menge, mit Gramps und Fred und Ginger im Schlepptau.

»Kann ich Neesha hallo sagen?«, fragte Astrid. »Sie glaubt, sie kann ihre Eltern dazu überreden, ihr einen weiteren Hund zu schenken, und vielleicht mag sie Biscuit.« Ben blickte skeptisch in die Richtung, in die sie zeigte. Die zwei begannen eine Diskussion darüber, ob Astrid den Hund allein an der Leine halten könne, während Ally mit zunehmender Unsicherheit die Festivitäten beobachtete.

Überall lachten und begrüßten sich Leute, die Ally nicht kannte. Sie war jetzt seit einem Monat hier, doch sie fühlte sich noch genauso fremd wie bei ihren früheren Weihnachtsbesuchen, wenn sie nur für ein paar Tage geblieben war.

Kein Wunder, dass sie für die Hunde kein neues Zuhause fand. Sie gehörte einfach nicht zur Gemeinschaft dazu …

»Alles in Ordnung?«

Ally zuckte zusammen, als sie Bens Stimme dicht an ihrem Ohr hörte. Astrid stand ein paar Schritte weiter weg und stellte Biscuit ihren Freunden vor. »Was? Natürlich. Alles bestens.«

Partridge und Captain America saßen gehorsam zu ihren Füßen. Cap beobachtete aufmerksam die Leute, während Partridge aufmerksam Bens Taschen im Auge behielt, ob vielleicht weitere Leckerlis daraus auftauchten.

»Sie sehen aus, als würden Sie sich unwohl fühlen«, stellte Ben fest. »Ich schwöre, es gibt kein Menschenopfer, bevor die Lichter des Weihnachtsbaumes feierlich eingeschaltet werden. Sie sind also sicher.«

»Sagt der Mann, der schon sein ganzes Leben hier wohnt.« Sie sah sich nervös um, als jemand »fröhliche Weihnachten« rief. »Ich kenne niemanden. Weiß nicht, mit wem man reden soll und wem man besser aus dem Weg geht.«

»Fragen Sie mich. Ich kenne alle.« Er wackelte mit den Brauen, und da musste sie grinsen. »Allwissenheit ist einer der Vorteile, wenn man immer am selben Ort lebt. Das habe ich aus dem Film *Und täglich grüßt das Murmeltier*.«

Sie zeigte wahllos auf den Kakao-Stand in der Nähe. »Wer ist das?«

»Das?« Er schaute in die Richtung. »Mac, der Besitzer von The Cup, dem besten Restaurant der Stadt. Momentan im Streit mit Magda, der Inhaberin der Bäckerei. Es geht um ein geheimes Kuchenrezept der Familie. Die Frontlinien sind gezogen, die Stellungen eingenommen. Macs Kaffee ist besser, aber Magdas Gebäck ist himmlisch, also Gleichstand, mehr oder weniger.«

Ally verkniff sich ein Lächeln. »Und auf wessen Seite stehen Sie?«

»Na ja, ich kenne Mac seit dem Kindergarten, und wir

haben heute noch eine Pokerrunde, falls mal gerade keiner den Termin verschieben muss. Also gehöre ich zum Team Cup.«

»Moment mal.« Ally hob die Hand, als ihr etwas klar wurde. »Sie mögen den Kaffee in The Cup lieber? Die ganze Zeit habe ich ihn von Magdas Bäckerei geholt, weil Sie Ihren dort an dem Morgen gekauft hatten, als ich mit Ihnen zusammengestoßen bin. Warum haben Sie nichts gesagt?«

»Ich bin der festen Überzeugung, dass man sich über Gratis-Kaffee-Service nicht beschweren sollte. Außerdem ist Magdas Kaffee auch gut. Macs ist nur eben fantastisch. Aber man ist bei The Cup nie sicher vor Klatsch und Tratsch.«

»Möchte Mac einen Hund?«

Ben grinste. »Hm, möglicherweise. Er ist selbst so eine Art liebenswerter Goofy. Ich habe ihn noch nie wütend auf jemanden erlebt, außer auf Magda. Vielleicht borge ich mir einen Hund für den nächsten Pokerabend aus.«

»Was ist mit dem Pokerabend?«, fragte eine tiefe Stimme, die zu einem großen Mann in einem dunklen Wollmantel gehörte. »Findet er diese Woche statt?«

»Hoffentlich«, erwiderte Ben und schüttelte dem Mann die Hand, dessen Mantel allein mehr gekostet zu haben schien, als Ally im Monat verdiente. »Ally Gilmore, darf ich Ihnen Connor Wyeth vorstellen? Connor ist ein weiterer meiner Kindheitsfreunde und Pokeropfer.«

Der große, gepflegte Mann grinste breit, sodass sich seine weißen Zähne von seiner tiefbraunen Haut abhoben. »Ich bezweifle, dass ich mich als Opfer betrachten sollte, wenn ich derjenige bin, der dir dein ganzes Geld abnimmt.«

»Seltsam, das habe ich ganz anders in Erinnerung. Wenn

ich mich recht entsinne, warst du beim letzten Mal derjenige, der in sein Bier geweint hat.«

Connor wandte sich an Ally und nahm mit charmantem Lächeln ihre Hand. »Willkommen in Pine Hollow, Ally. Lassen Sie sich von dem nicht an der Nase herumführen«, sagte er, Ben ignorierend. »Er ist der Schlimmste von uns. Kann kaum seine Karten halten. Traurig.«

»Besser, Sie lassen meinen Großvater nichts von Ihrer Pokerrunde hören«, warnte Ally ihn. »Er nimmt die Bewohner der Summerland Estates aus, seit ich hier bin. Sicher wäre er sofort bei Ihrer Runde dabei, und dann bekäme Ihr Ego einen Knacks, weil Sie all Ihr Geld an einen zweiundachtzigjährigen Ruheständler verlieren würden.«

Connor hob die Brauen. »Was glauben Sie denn, wer uns das Spiel beigebracht hat?«

Ally sah fragend zu Ben, der grinste. »Im Ernst? Sie haben nie erwähnt, dass Gramps Ihnen Poker beigebracht hat.«

»Er hat es uns allen beigebracht. Als wir jünger waren, steckte Levi ständig in Schwierigkeiten, und seine Mom wusste nicht mehr weiter. Ich weiß nicht mehr, wie es letztlich dazu kam, aber irgendwann landeten wir alle im Elks, wo wir Poker und Blackjack lernten – sogar Bridge. Das hat Levi wahrscheinlich davor bewahrt, auf die schiefe Bahn zu geraten.«

»Was wirklich schade ist«, bemerkte Connor trocken. »Der einzige Grund, weshalb ich Jura studiert habe, war der, dass ich dachte, ich würde ihn eines Tages verteidigen müssen. All diese verschwendeten Jahre.«

Ben schnaubte. »Ja, es ist eine Schande, dass ein Jurastudium zu nichts nutze ist.«

»Und wo ist dieser Levi heute?«, unterbrach Ally die beiden, ehe sie wieder anfangen konnten, schlecht übereinander zu reden. »Bei einem Pokerturnier in Vegas?«

»Nee.« Ben deutete mit einer Kopfbewegung zur Bühne. »Er ist der Polizeichef. Er steht da drüben an dem Stand mit den selbstgestrickten Strümpfen und sorgt für Recht und Ordnung.«

»Sie machen Witze.« Ally schaute in die Richtung, und tatsächlich stand in etwa fünf Metern Entfernung ein Mann mit einem Polizeiabzeichen auf dem Mantel und unterhielt sich mit einer kurvigen Brünetten.

»Willkommen in Pine Hollow. Es hat uns alle wieder an sich gebunden. Warten Sie nur ab. Wenn Sie lange genug hierbleiben, wird es Ihnen ebenso ergehen. Es ist wie Treibsand.«

Ally grinste über Bens Worte, sogar ein Lachen stieg in ihr auf. Weniger weil etwas von dem, was er gesagt hatte, sie besonders amüsiert hätte, sondern er weckte einfach eine unbeschwerte Fröhlichkeit in ihr. Bei ihm fühlte sie sich so leicht, als würde sie schweben.

Sie flirtete nicht. Definitiv nicht. Schließlich waren sie nur Freunde. Doch ihr gefiel es, dass sie sich ein wenig mehr zugehörig fühlte. Als hätte er ein Fenster zu seiner Welt geöffnet.

Allerdings fand sie, dass sie nun langsam mal seine Verlobte kennenlernen musste. Die Frau, die bisher nur in der Theorie existierte. Ally musste erleben, dass diese Frau real war.

Nicht, dass Ben etwas Unpassendes getan hätte. Er hatte Ally ja nicht einmal berührt. Es war alles absolut freundschaftlich zwischen ihnen. Trotzdem meldete sich unsinnigerweise das schlechte Gewissen, weil sie sich in seiner Gegenwart zu wohl fühlte. Wenn sie seine Verlobte kennenlernte, würde es sich vielleicht nicht mehr so falsch anfühlen, seine Gegenwart so zu genießen, wie es inzwischen der Fall war.

»Hey.« Deenie erschien an ihrer Seite, sah kurz zu Connor und wandte sich dann ganz Ally zu. »Wir sind neben dem Stand der Bibliothek. Kommt ihr?«

»Bis Mittwoch, Ben. Hat mich gefreut, Sie kennenzulernen, Ally.« Connor nickte und verschwand in der Menge.

Ben zeigte zur Pavillon-Seite des Marktplatzes, wohin Deenie unterwegs war. »Sollen wir?«

»Nach Ihnen.« Ally nahm Captain Americas Leine kürzer und riss sich selbst am Riemen, was ihre alberne Schwärmerei für Ben betraf. Sie hatte hier einen Job zu erledigen, nämlich ein Zuhause für die Hunde zu finden, und davon würde sie sich nicht ablenken lassen. Dafür war sie viel zu reif.

Klar, und deshalb betrachtete sie auch ausgiebig seinen Po, während sie hinter ihm ging. Sehr reif, wirklich.

16. Kapitel

Die Idee, die Hunde zur Einweihung des Weihnachtsbaumes mitzunehmen, war aus einer Laune heraus entstanden. Ein spontaner Einfall. Ben hatte nicht damit gerechnet, dass daraus eine solche Inszenierung werden würde. Und ein derartiger Erfolg.

Von irgendwoher hatte Deenie eine Plane organisiert und auf den Boden gelegt, damit die Leute mit den Hunden spielen konnten, ohne überall Schnee zu haben. Diese kleine Fläche verwandelte sich rasch zum Mittelpunkt der Aufmerksamkeit.

Die Hunde waren der Hit. Jeder wollte die »berühmten« Hunde von *Die zwölf Weihnachtshunde* streicheln. Captain America genoss die Aufmerksamkeit, während Partridge nah bei Ben blieb, sein hellblaues ADOPTIERT-MICH-Halstuch vollsabberte und optimistisch Bens Taschen im Auge behielt.

Die halbe Stadt schien vorbeizuschauen, angelockt vom Rufen und Lachen von Astrid und ihren Freunden, die mit Biscuit und JoJo spielten und dabei von Deenie angespornt wurden, der es nichts ausmachte, sich wie die Kids auf dem Boden zu wälzen. Ben machte Ally mit dem Metzger bekannt, dem Bäcker und mit Joanie Pounds, die Duftkerzen herstellte. Dann nahm Mrs. Gilmore ihre Enkelin beiseite, um sie ihren Freunden aus den Estates vorzustellen.

Ben beobachtete sie, ihr entspanntes, natürliches Lächeln, das ihre angespannte Miene bei der Ankunft auf dem Marktplatz vertrieben hatte. Ihm war nicht in den Sinn gekommen, das alles hier könnte für einen Außenstehenden ein bisschen überwältigend sein – bis er ihr erstarrtes Gesicht gesehen hatte. Jetzt aber schien sie sich wie zu Hause zu fühlen. Wenn sie nach New York zurückkehrte, würde sie mindestens so gut über sämtlichen Klatsch und Tratsch Bescheid wissen wie Linda Hilson.

Der Gedanke daran versetzte ihm einen kleinen Stich, doch er verdrängte ihn rasch. Ally war nur hier, um ihren Großeltern mit dem Tierheim zu helfen. Sobald ihre Arbeit getan wäre, würde sie in die Großstadt zurückkehren, wo sie eine angesehene Fotografin war.

»Offenbar ist das hier der angesagteste Platz.«

Ben riss sich von Allys Anblick los, als Delia Winter vor ihm auftauchte. Die Bürgermeisterin war etwa im Alter seiner Mutter, mit sorgfältig gestylten weißblonden Haaren, einem braunen faltenlosen Gesicht und starken Ansichten. Zu den Dingen, die ihm in den vergangenen zwei Jahren die Arbeit im Stadtrat erträglich gemacht hatten, gehörte ihr Sinn für Humor. »Wir sind sehr populär«, gab er zu und registrierte, dass die Zuschauermenge noch angewachsen war.

Delia ging in die Hocke, um Partridge zu streicheln. »Ich war begeistert davon, was du im Newsletter für diese Tiere getan hast.«

»In gewisser Weise sind wir dafür verantwortlich, dass das

Tierheim schließen muss. Da fand ich, wir sind es den Hunden schuldig.«

»Eine schlaue Lösung. Kostet die Stadt nichts, hilft aber, dass sich die Schließung des Tierheims und die Suche für die Hunde nach einem neuen Zuhause herumspricht.« Sie richtete sich auf und klopfte ihre Hände ab. »Und genau deshalb wollte ich mit dir sprechen.«

Ben machte sich instinktiv auf schlechte Nachrichten gefasst. Seiner Erfahrung nach wollten die Leute einen nur dann sprechen, wenn sie etwas von einem erwarteten. Und in dieser Hinsicht befand er sich momentan am Limit.

»Du weißt, dass meine Amtszeit nächstes Jahr endet«, sagte Delia. »Wir brauchen also einen neuen Bürgermeister …«

Er benötigte einen Augenblick, bis er begriff, worauf sie hinauswollte. Entsetzt schüttelte er den Kopf. »Nein. Ganz bestimmt nicht.«

»Es wäre nicht viel mehr Arbeit als der Sitz im Stadtrat – und du würdest sogar ein Gehalt dafür bekommen, müsstest also nicht mehr parallel noch Vollzeit arbeiten. Du weißt, wie die Stadtregierung funktioniert, und außerdem bist du der Einzige im Rat, bei dem ich mir sicher sein kann, dass er stets alle Seiten berücksichtigt und Win-Win-Lösungen zu finden versucht.«

Ben schüttelte den Kopf. »Ich kann nicht, Delia. Ich zähle bereits die Tage bis zum Ende meiner Amtszeit im Stadtrat, denn dann habe ich endlich eine Aufgabe weniger auf dem Zettel.«

»Okay.« Sie schien völlig unbeirrt zu sein. »Denk einfach darüber nach. Die Wahl ist ja erst in ein paar Monaten.«

Er musste nicht darüber nachdenken. Er wusste, dass keine

Macht der Erde ihn dazu bringen würde, als Bürgermeister zu kandidieren. Aber er mochte Delia zu sehr, um es ihr ins Gesicht zu sagen. Daher nickte er nur unverbindlich und wünschte ihr frohe Weihnachten, als sie ihre Frau beim Arm nahm und mit ihr zum Podest ging, damit die Einweihung des Baumes beginnen konnte.

»Alles in Ordnung? Sie sehen aus, als wollten Sie den Baum mit Blicken töten.«

Bens finsterer Blick verwandelte sich in ein Lächeln, als er zu Ally hinunterschaute. Ihre Ausstrahlung ließ ihn oft vergessen, wie klein sie war, bis sie dann neben ihm stand. »Mir gehts gut. Musste mich nur mit den üblichen albernen Pine-Hollow-Ideen auseinandersetzen.«

»Möchten Sie ein paar gute Neuigkeiten hören? Astrid meint, die Familie ihrer Freundin überlegt, sich für Biscuit zu bewerben. Zusammen mit der für Captain America sind das schon zwei Erfolgsgeschichten. Und wir sind erst seit einer Woche dabei. Jetzt müssen wir nur noch ein Zuhause für die anderen elf Hunde finden. Und für die Welpen.« Sie lachte stöhnend. »In meinem Kopf klang das irgendwie optimistischer.«

»Wir werden das schon hinbekommen«, versprach er. »Haben Sie sich bereits überlegt, welchen Hund Sie als Nächstes vorstellen wollen?«

»Ich dachte an Maximus. Er ist so groß, da wird es sicher schwierig, ihn unterzubringen. Und Gramps und ich sind auch der Meinung, wir sollten Dolce bald vorstellen, um Interesse an ihr und ihren Welpen zu wecken. Wahrscheinlich ist es aber sinnvoller, erst den Wurf abzuwarten, um zu sehen, wie viele Welpen es sind.«

»Maximus ist zunächst besser. Astrid und ich haben für morgen einen Backmarathon geplant, aber ich könnte anschließend vorbeikommen und ihn für die Fotos festhalten, wenn Sie wollen.«

»Eigentlich hatte ich vor, Deenie um Hilfe zu bitten. Sie scheint magische Kräfte bei ihm zu haben. Wenn sie doch nur eine Wohnung hätte, in der Hunde erlaubt sind.«

»Er ist schrecklich groß für eine Wohnung.«

Ally zuckte mit den Schultern. »Ich hatte Colby in New York, und meine Wohnung war kaum größer als ein Schrank.«

Er sah sie erstaunt an. »Sie haben einen Bernhardiner in der Stadt gehalten?«

»Tatsächlich eignet er sich ausgezeichnet zur Haltung in der Wohnung, weil er nur herumliegt wie ein Teppich.«

Ben lachte über die treffende Beschreibung.

»Ein echt fauler Hund. Obwohl Partridge ihm heute Abend reichlich Konkurrenz macht.«

Ben schaute hinunter und sah, dass die Bulldogge auf dem Rücken lag, alle vier Beine in die Höhe gereckt, tief schlafend und schnarchend. »Sehr würdevoll.«

»Das ist seine Gabe.« Ally sah zu Astrid und ihren Freunden. »Ein Backmarathon also? Ist das eine Familientradition?«

»Eher eine Zwangsarbeit, die uns von der Stadt auferlegt wurde. Es ist für den jährlichen Weihnachtsmarkt der Grundschule. Alle Kinder sollen reichlich Kuchen und Plätzchen mitbringen. Dann verkaufen sie sich den Kram gegenseitig und ihren Eltern. Von dem Erlös werden dann die Freizeitaktivitäten der Schülerinnen und Schüler übers Jahr finanziert. Dieses Mal haben wir uns für Brownies gemeldet.«

Ally legte den Kopf schief und musterte ihn. »Warum habe ich den Eindruck, dass Sie nicht gerade begeistert sind vom Brownie-Dienst?«

Er verzog das Gesicht. »Meine Schwester war eine Supermom. Sie hätte etwas gebacken, was reißenden Absatz gefunden hätte. Ich habe Astrid gesagt, wir könnten auch ganz vornehm Lebkuchen oder so etwas machen, aber ich fürchte, das hat sie mir nicht zugetraut, und deshalb hat sie uns für Brownies eingetragen.«

»Man kann sehr viel mit Brownies machen. Ich wette, die werden sich auch gut verkaufen.«

Ben blieb skeptisch. »Na ja … möglicherweise sind Astrids Sorgen über meine kulinarischen Fähigkeiten berechtigt. Ich bin am besten, wenn ich mich genauestens an die Anleitung auf der Packung halte.«

»Ich könnte Ihnen helfen«, bot sie an. »Nach allem, was Sie für das Tierheim getan haben, schulde ich Ihnen einfach ein paar Stunden Browniebacken.«

Ben wollte schon ablehnen, doch da tauchte Astrid wie aus dem Nichts auf, hüpfend vom Zuckerschub durch ihren Kakao. »Du machst Brownies mit uns?«, rief sie. »Das ist super!«

»Das müssen Sie nicht«, versicherte Ben ihr. »Und Sie sind mir gar nichts schuldig.«

»Bitte«, bettelte Astrid. »Wir brauchen deine Hilfe. Du hast ja keine Ahnung, wie sehr wir deine Hilfe brauchen. Onkel Ben ist echt der *schlechteste* Koch der Welt.«

»Hey, ich stehe hier und höre dich.«

»Ich möchte mich nicht aufdrängen.« Ally sah ihn unsicher an. »Sie haben sicher jemanden, dessen Hilfe passender ist.«

»Jemanden wie Martha Stewart? Normalerweise kommt sie vorbei, um zu helfen, aber um diese Zeit im Jahr hat sie viel um die Ohren.«

»Nein, ich meinte …« Ein durch Rückkopplung erzeugtes Knistern der Lautsprecheranlage unterbrach sie, als die Bürgermeisterin ans Mikrofon trat.

»Fröhliche Weihnachten, Pine Hollow!«, schallte Delias Stimme über den ganzen Platz, und alle riefen »Fröhliche Weihnachten!« zurück.

Ally wandte sich zur Bühne um und sah dann zum Baum hoch. Ben hatte das traditionelle Einschalten der Weihnachtsbaumbeleuchtung bestimmt schon zwanzigmal gesehen, und es stets albern gefunden – all die Leute, die sich um den Baum versammeln, um zu erleben, wie die Bürgermeisterin einen Schalter betätigte. Als wäre daran nun etwas magisch. Vermutlich war Ally noch weniger beeindruckt als er, wo sie doch aus New York kam, in dem jedes Jahr ein gigantischer Baum am Rockefeller Center leuchtete. Dagegen wirkten Pine Hollows Weihnachtstraditionen wohl eher erbärmlich.

Doch dann warf sie ihm einen Blick über die Schulter zu, wippte auf den Absätzen und grinste, während die Bürgermeisterin ihre Rede hielt, und ihm wurde klar, dass sie begeistert war.

»Ich wünschte, ich hätte meine Kamera mitgebracht«, flüsterte sie und sah wieder zum Baum.

Er konnte sich nicht vorstellen, wovon sie Fotos hätte machen wollen. Es handelte sich hier doch nur um den Marktplatz einer Kleinstadt, voller Kleinstadtbewohner, die aus etwas Gewöhnlichem ein Spektakel machten.

Aber dann wurden sämtliche Lichter rund um den Platz gedimmt, ein Chor stand auf der Bühne und stimmte mit der Band *Home for the Holidays* an, und die Leute wurden still. Alle Blicke waren auf diesen einen Punkt gerichtet, als die Bürgermeisterin den Schalter betätigte.

Ein Raunen ging durch die Menge, gefolgt von Jubel. Tausende funkelnde Lichter in jeder Farbe leuchteten am Baum und warfen ihren Schein auf die Gesichter der Zuschauer. Ben beobachtete, wie Ally seufzte und sich auf die Unterlippe biss, und als er danach wieder zum Baum sah, strahlte dieser tatsächlich einen gewissen Zauber aus. Bisher war Ben von der Einweihung des Weihnachtsbaumes noch nie gebannt gewesen, doch jetzt schnürte es ihm sogar den Hals zu. Er legte den Arm um Astrids Schultern und drückte sie an sich. Sie lehnte sich an ihn, und das berührte ihn genauso wie der warme Schein des Baumes.

Dabei hatte er noch überlegt, diese Veranstaltung sausen zu lassen, um sich um die Wäsche zu kümmern. Er musste sie noch immer in der Spüle waschen, da die Waschmaschine nach wie vor kaputt war. Doch nun war er froh, hier zu sein.

Der Chor beendete das Lied und begann *Rudolph the Red-Nosed-Reindeer*, nachdem der Applaus verklungen war. Astrid löste sich von ihm, und der besondere Moment war vorbei. Aber dann bemerkte er, dass Ally ihn anlächelte, und plötzlich schien da etwas zwischen ihnen zu knistern …

»Tante Elinor!«

Ally zuckte zusammen, als hätte sie Bekanntschaft mit einem Elektroschocker gemacht, und sah zu Astrid hinüber. Ben begrüßte die beste Freundin seiner Schwester, die ihn umarmte. »Hey, E.«

»Hi. Wer ist das?« Sie deutete lächelnd auf Ally.

»Ally Gilmore!« Ihre Stimme war fast zu laut, ihr Lächeln übertrieben breit. »Ich leite das Tierheim. Ben und Astrid haben mir geholfen. Freut mich sehr, Sie kennenzulernen!«

»Ganz meinerseits«, erwiderte Elinor, deren Lächeln jedoch misstrauisch war. »Ich bin Elinor, wie die aus Jane Austens Roman *Verstand und Gefühl*, weshalb mir wohl gar nichts anderes übrigblieb, als bibliophil zu werden.«

Ally lachte, als handelte es sich bei dieser Bemerkung um einen fantastischen Witz. »Kennen Sie beide sich schon länger?«, fragte sie fröhlich.

Elinor deutete mit einer Kopfbewegung auf Ben, als versuchte sie sich weit zurückzuerinnern. »Seit dem Kindergarten, oder?«

»Ja. Elinor und ich waren auch in der Grundschule in derselben Klasse, bis sie anfing, Klassen zu überspringen und uns im Staub zurückließ.«

»Wow! Das ist beeindruckend!«, schwärmte Ally.

Ben beobachtete diese übertriebene Begeisterung skeptisch.

»Danke.« Elinor legte Astrid den Arm um die Schultern. »Na, seid ihr bereit für den Weihnachtsbasar?«

»Wir haben noch nicht einmal angefangen zu backen«, erwiderte Astrid stöhnend; im nächsten Moment strahlte sie aber wieder. »Ally kommt morgen vorbei und hilft uns. Stimmt doch, oder, Ally?«

»Ich …« Ally erstarrte und sah erschrocken aus. Ihr Blick sprang zwischen Astrid, Elinor und Ben hin und her. »Ich, äh … ich könnte … es sei denn, Sie möchten stattdessen lieber helfen?«

»Ich?« Elinor lachte. »Ich bin gewiss keine Hilfe in der Küche. Aber ich freue mich, dass die beiden Hilfe haben. Wir alle mussten letztes Jahr Bens Scones erleiden.«

»Hey, so schlecht waren die gar nicht.« Elinor hob eine Braue, und er relativierte seinen Protest: »Okay, waren sie. Aber zu meiner Verteidigung muss ich anmerken, dass das Quinoa-Mehl direkt neben dem herkömmlichen Mehl stand.«

Elinor lachte. »Retten Sie sie, Ally«, sagte sie. »Sie sind ihre einzige Hoffnung.«

»Das müssen Sie wirklich nicht«, versicherte Ben ihr. »Lassen Sie sich nicht emotional erpressen.«

Ally wirkte plötzlich angespannt. »Ich meine, ich …«

»Möchtest du JoJo kennenlernen, Tante Elinor?«, unterbrach Astrid sie. »Die ist so süß!«

Elinor schenkte dem Mädchen ein Lächeln. »Unbedingt.«

Die zwei gingen auf die andere Seite der Fläche, die Furry Friends beanspruchte, sodass Ben mit Ally allein war – zumindest so allein, wie zwei Leute inmitten einer Menschenmenge sein können.

»Es wäre okay, falls Sie nicht kommen wollen«, sagte Ben. »Astrid und ich würden uns natürlich freuen, wenn Sie kämen, aber Sie schulden uns nichts.«

Ally sah ihn zweifelnd an. »Sie wollen immer noch, dass ich helfe?«

»Natürlich. Wenn Sie auch möchten. Sie müssen wirklich nicht …«

»Nein … ich würde gern. Falls es okay ist.«

»Ja, absolut. Sagen wir gegen drei? Nach den Nachmittagsstunden des Tierheims? Ich schicke Ihnen per SMS die Adresse.«

»Großartig«, sagte sie und sah dabei eher verwirrt als erfreut aus. Ben wurde nicht schlau daraus.

»Ist alles in Ordnung?« Er war überzeugt, irgendetwas in den letzten zehn Minuten verpasst zu haben, aber Ally nickte vehement.

»Ja, alles bestens. Bis morgen dann. Um drei.«

17. Kapitel

Bens Verlobte sah toll aus. Und ein Genie war sie offenbar auch, wenn sie wer weiß wie viele Klassen übersprungen hatte. Außerdem benahm sie sich Astrid gegenüber wundervoll, wenn die Baumeinweihung und die Tatsache, dass Astrid sie bereits Tante nannte, irgendeine Aussagekraft hatten. Elinor war verdammt vollkommen, und sie war *real*.

Weshalb Ally lediglich als Freundin zum Backen mit Astrid und Ben gehen würde. Denn genau das war sie. Männer und Frauen waren durchaus in der Lage, nur Freunde zu sein. Zudem hatte Bens attraktive Verlobte nichts gegen das Treffen einzuwenden gehabt. Weil sie sich offensichtlich nicht im Mindesten bedroht durch Ally fühlte und ihrem Verlobten komplett vertraute. Konnte sie ja auch, schließlich hatte dieser seit ihrem Kennenlernen keine einzige zweideutige Bemerkung ihr gegenüber gemacht.

Dieser Moment vor dem leuchtenden Weihnachtsbaum, als sie ihn angesehen hatte und er sie. Als sich alles scheinbar verlangsamt hatte, während die Tannenbaumlichter sein Gesicht anstrahlten und sich etwas in ihrem Inneren wie eine stille Erwartung angefühlt hatte … das war überhaupt nichts gewesen. Es war nicht real. Die Realität war diese perfekte Verlobte. Und dass sie und Ben einfach normale Freunde waren – was ihr gut gefiel, denn sie mochte ihn und Astrid. Nicht mehr und nicht weniger.

Außerdem war sie ihm für seine Hilfe bei den Hunden wirklich etwas schuldig.

Captain America war offiziell von der Familie in Burlington adoptiert, sobald sie die Gebühr überwiesen hatten. Außerdem waren in den letzten vierundzwanzig Stunden zwei weitere Bewerbungen eingegangen. Kimber Kwan hatte ihre Eltern davon überzeugen können, sich für einen von Dolces Welpen zu bewerben. Und eine Online-Bewerbung war für Daisy angekommen.

In den heutigen Besuchszeiten bei Furry Friends war so viel los gewesen, dass ihre Großeltern beschlossen hatten, sie in den Abend hinein auszudehnen, für den Fall, dass noch jemand nach Feierabend vorbeischauen wollte. Sie hatten Ally jedoch ermutigt, zu Ben und Astrid zu gehen, statt dazubleiben und ihnen zu helfen. Sogar Deenie hatte sie praktisch zur Tür hinausgeschoben, als sie von Allys Plänen gehört hatte, Ben und Astrid beim Backen beizustehen.

Bens kulinarische Versuche mussten ja wirklich legendär sein, wenn so viele Menschen im Ort Ally dazu drängten, ihn zu retten.

Die Stoffriemen gruben sich in ihre Finger, als sie die beiden vollen Einkaufstaschen zu dem gemütlich aussehenden kleinen Haus in der Main Street trug. Bevor sie von Astrid und seinen Lebensumständen erfahren hatte, hätte sie sich Ben nicht in einem Haus wie diesem vorgestellt – so heimelig und familientauglich, mit einer Hollywoodschaukel auf der kleinen Veranda und einem vernünftigen Crossover in der Auffahrt. Unwillkürlich fragte sie sich, wo er vorher gewohnt hatte, denn sie hatte das Gefühl, hier handelte es sich um das Haus seiner Schwester.

Ally nahm beide Taschen in eine Hand und drückte auf die Türklingel. Ihre Lippen zuckten, als drinnen ein Kreischen zu hören war, gefolgt von Getrampel, das viel zu laut klang, um von einer Zehnjährigen zu stammen.

Astrid riss die Tür auf und strahlte. »Du bist gekommen!«

»Natürlich.«

Ben erschien im Hausflur hinter Astrid und musterte die vollen Tragetaschen. »Ich habe Ihnen gesagt, dass ich die Backmischungen schon eingekauft habe, oder?«

»Ja, haben Sie«, bestätigte sie und trat ein. »Das sind keine Backmischungen. Es sind meine Geheimzutaten.«

Ben nahm ihr den Einkauf ab, damit sie den Mantel ausziehen konnte. Er betrachtete die Taschen. »Vanille? Meine Mom meint, die Zauberzutat ist immer Vanille. Allerdings fühlt sich das nach einer ganzen Menge Vanille an.« Er machte einen Bizeps-Curl mit den Taschen, und seine Muskeln wölbten sich unter dem weichen grauen Pullover.

Ally zwang sich, woanders hinzusehen – *verlobt, Dummchen* – und wandte sich ab, um ihren Mantel an den Haken zu hängen. »Geduld. Es wird alles offenbart.«

Ben schnaubte. »Kommen Sie. Zur Küche gehts hier entlang.«

»Ich bin *so* froh, dass du uns hilfst«, schwärmte Astrid und stürmte den schmalen Flur entlang voran.

Ally folgte Ben – und stolperte prompt, als sie mit dem Zeh an der Kante hängen blieb, wo der Boden von Holz zu Fliesen wechselte. Sie stieß gegen seinen festen Rücken, und er drehte sich reflexartig um und stützte sie. Ihr Gesicht glühte.

»Vorsichtig«, warnte er sie zu spät. »Ich hätte erwähnen sollen, dass der Boden hier ein wenig uneben ist.«

»Unsere Küche hat Charakter«, verkündete Astrid stolz.

»Den ausgeprägtesten Charakter in ganz Pine Hollow«, fügte Ben trocken hinzu.

Er hatte recht. Die Küche war klein und verströmte Siebzigerjahre-Charme. Die Geräte wirkten alle, als hätten sie schon bessere Tage gesehen, und die Kücheninsel schien sich irgendwie am falschen Ort zu befinden, was der ganzen Küche eine etwas schräge Atmosphäre verlieh. Andererseits herrschte ein fröhliches Durcheinander. Sie wirkte bewohnt. Ally lächelte. Es erinnerte sie an das Haus ihrer Großeltern – schwer renovierungsbedürftig, aber sehr charmant. »Ich bin begeistert!«

»Sie ist was für Heimwerker«, sagte Ben. »Und eines Tages werden wir auch wirklich Zeit dafür haben, sie instand zu setzen.«

»Mir gefällt sie, wie sie ist«, protestierte Astrid. Ben sagte nichts, doch die Art, wie er ihren Hinterkopf ansah, ließ Ally vermuten, dass die Küche genau aus dem Grund bisher noch nicht renoviert worden war.

»Also, was ist das alles?«, fragte Ben und hievte die Einkaufstaschen auf den Küchentisch.

Auf der Kücheninsel lagen bereits Packungen mit Backmischungen sowie alles andere, was man zur Zubereitung brauchte. Ben und Astrid hatten sich die Mühe gemacht, alles für sie vorzubereiten. Ally empfand leichtes Unbehagen, weil sie es vielleicht etwas übertrieben hatte. Sie erinnerte sich daran, was Ben gesagt hatte, nämlich dass Astrids Mom etwas gebacken hätte, was sich gut verkaufen ließ. Ally wollte unbedingt auch etwas Besonderes machen, vor allem weil Ben und Astrid ihr sehr geholfen hatten. Doch jetzt befürchtete sie, dass es so aussah, als wollte sie das Kommando an sich reißen.

Plötzlich unsicher, griff sie nach den Tüten. »Ich wusste, dass Sie die Brownie-Backmischungen besorgen wollten, aber ich dachte mir, ein paar spezielle Toppings verleihen ihnen das gewisse Etwas.« Sie begann, Sachen aus den Taschen zu holen. Brezeln, Marshmallows, Karamellbonbons, Milchschokolade, weiße Schokolade, Zuckerstangen, Streusel und Gummiwürmchen. »In New York habe ich neben einem Süßigkeitenladen gewohnt, und deren Brownies waren nie einfach nur Brownies. Ich dachte mir, wir klauen denen diese Idee …«

»Wow.« Ben betrachtete die auf der Arbeitsfläche verteilte Beute.

»Zu viel? Vielleicht hätte ich nicht …«

»Nein, das ist großartig«, unterbrach Ben sie.

»Das ist *super*!«, rief Astrid begeistert. »Das werden die besten Brownies in der Geschichte der Brownies!«

Astrid hüpfte in der Küche herum, und Ben warf Ally über den Kopf des Mädchens hinweg einen Blick zu. Er formte mit den Lippen lautlos das Wort *Danke*, und sie lächelte, bewegt und gerührt vom Glück dieses Augenblicks.

»Wollen wir anfangen?«

Drei Stunden später beugte Ally sich über das neueste Blech mit Brownies und drückte Zuckerstangenstückchen in die Glasur aus geschmolzener weißer Schokolade, ehe sie abkühlen und aushärten konnte. Ben stand neben ihr, seine Schulter berührte ihre, während er dasselbe mit den Brezeln und

Bonbons bei einem weiteren Blech Brownies machte. Astrid arbeitete unterdessen an der Kücheninsel, wo sie ihre eigene Kreation perfektionierte, zu der Schichten von Vollkorn-Crackern und klebrige Marshmallows gehörten. Ben hatte einen kleinen Mehlfleck am Hals, zu dem Ally ständig hinsah, ohne sich dazu durchringen zu können, ihn wegzuwischen.

»Wir müssen sie kosten«, verkündete Astrid.

Allys Lippen zuckten. »Qualitätskontrolle ist wichtig.«

»Nach dem Abendessen.« Ben sah nicht auf von seinem Blech.

»Wir könnten Brownies zum Abendbrot essen«, schlug Astrid hoffnungsvoll vor.

Ben schnaubte. »Netter Versuch.« Er sah zur Uhr, dann zu Ally. »Allerdings sollten wir Ihnen wohl auch etwas zu essen anbieten, nachdem Sie uns den ganzen Nachmittag geholfen haben. Wie stehen Sie zu einer Pizza?«

Prompt knurrte ihr Magen. »Absolut positiv.«

»Ich bestelle!«, rief Astrid, sprang vom Hocker, auf dem sie gesessen hatte, und schnappte sich Bens Handy. »Mögen Sie Peperoni und Ananas, Ally?«

»Äh … absolut.«

Ben beugte sich zu ihr hinüber und senkte die Stimme. »Sie dürfen durchaus Nein sagen. Wir können mehr als eine Sorte bestellen.«

Sein Gesicht war ihrem nah, und der Anblick seiner langen Wimpern verursachte ihr weiche Knie. Sie redete sich ein, das liege daran, dass sie schon zu lange stand. »Zufällig liebe ich Peperoni. Kann sein, dass ich sie noch nicht zusammen mit Ananas gegessen habe, aber ich probiere es gern mal.«

Ben blickte skeptisch. »Bestell auch Käsebaguette«, wandte

er sich an Astrid, lauter, ohne jedoch den Blickkontakt mit Ally zu unterbrechen.

»Glaubst du, wir haben genug?«, fragte Astrid, nachdem sie die Essenswünsche telefonisch durchgegeben hatte. Erneut hüpfte sie in der Küche herum und zählte die verschiedenen Sorten Brownies, die sie gebacken hatten. Nachdem die letzte Ladung abgekühlt war, wurden die Köstlichkeiten einzeln in Zellophan verpackt, mit rotem Band zugebunden und in den halb vollen Korb auf dem Tisch gelegt.

»Wir haben reichlich«, versicherte Ben ihr. »Es geht um die Qualität, nicht um die Menge. Und dank Ally ist unser Qualitätslevel hoch. Allerdings finde ich die mit Milchschokolade und Gummiwürmchen nach wie vor komisch.«

»Warten Sie's ab«, meinte Ally. »Die werden am beliebtesten sein. Sie werden sehen. Die sind köstlich.«

»Ich nehme Sie beim Wort.«

»Sie sind perfekt«, lobte Astrid, noch immer durch die Küche hüpfend, obwohl Ally sich ziemlich sicher war, dass das Mädchen nichts von dem Zucker zu sich genommen hatte. »Instagrammable.«

Ally hob eine Braue und sah Ben an, doch der verzog nur das Gesicht. »Eine der Moms postet bei Instagram das Essen ihrer Kids und verschickt die Fotos dann auch in der Facebook-Elterngruppe. Sobald man meint, Ednussbuttersandwiches mit Marmelade seien okay, fragt einen jemand aus der Gruppe, ob die Butter bio ist, und deutet an, das Kind bekäme sicher Diabetes, wenn die Marmelade mehr als zwei Mikrogramm Zucker enthält.«

Ally sah ihn mitfühlend an. »Autsch.«

»Elternsein ist eine mörderische Angelegenheit.«

Sie betrachtete ihre mitgebrachten Zutaten. »Ich bin mir sicher, dass nichts von dem Zeug bio ist, und alle enthalten genügend Zucker, dass die Kids bis an die Decke hüpfen.«

»Es ist schließlich Weihnachtsgebäck. An den anderen Ständen wird es genug vegane, glutenfreie und Bio-Sachen geben.« Er deutete mit einem Kopfnicken Richtung Ally. »Wir werden die dekadenten und sündigen Leute sein.«

Seine tiefe Stimme ließ diese Worte noch sinnlicher und dekadenter klingen. Ally konzentrierte sich auf ihre Hände und kämpfte dagegen an, zu erröten. *Verlobt. Vergeben.* Sie schloss die Augen und sah Elinor, die Großartige, vor sich.

»Als wir Kinder waren, haben wir ständig diesen Zuckermist gefuttert, und wir sind immer noch da.«

Kids. Konzentriere dich darauf. Das war platonisch. Sie machte die Augen wieder auf und drückte weitere Zuckerstangenbröckchen auf die weiße Schokolade. »Das klingt, als wären Sie ein Rebell gewesen in jungen Jahren.«

»Ich? Niemals. Ich wurde nur ständig in Levis Blödsinn mit hineingezogen. Er war der Rädelsführer. Aber irgendwie wurde er nie erwischt, wir anderen schon. Ich glaube, wenn Katie sich nicht für mich eingesetzt hätte, wäre ich alle zwei Wochen zu Hausarrest verdonnert worden.«

Ben hielt inne, und die Energie in dem Raum schien sich zu verändern. Er sah zu Astrid, die so tat, als wäre sie mit ihren Brownie-Kreationen beschäftigt. Dabei war nicht zu übersehen, dass sie jedem Wort lauschte.

»Wie war sie?«, erkundigte Ally sich leise. »Als Sie noch Kinder waren?«

»Lustig. Auf sehr sarkastische Weise. Klug und gut in der Schule – gut in allem. Was ich natürlich schrecklich fand, denn wer hätte da mithalten können? Aber sie konnte auch fies sein«, sagte er lachend. »Sie war manchmal richtig gemein, aber das passierte hauptsächlich, wenn sie hungrig war oder ich sie geärgert hatte. Wie Brüder das eben so machen. Sie las für ihr Leben gern, aber sie hasste es, im Beisein anderer zu lesen. Sie meinte, sie könne mich atmen hören, und das lenke sie ab. Tja, also erklärte ich ihr vorlaut, ich könne schlecht aufhören zu atmen, und da drohte sie mir, sie könne durchaus dafür sorgen …« Ben betrachtete seine Hände, die sanft die Brezeln an ihren Platz drückten. »Alle mochten sie. Mehr als mich, aber aus irgendeinem Grund machte mir das nichts aus. Vielleicht weil ich sie auch mochte. Es war komisch, als sie wegging, um das College zu besuchen. Sie gehörte nicht zu diesen Kids, die häufig nach Hause kamen oder jeden Tag schrieben. Wir bekamen hier und da eine E-Mail und ein paar Anrufe, aber zu Weihnachten kam sie nach Hause, und dann war sie voll da und machte alles Mögliche … Sie stürzte sich richtig hinein. Weihnachten war …« Er verstummte, schluckte und schüttelte heftig den Kopf. »Ach, ich habe keine Ahnung, warum ich davon angefangen habe.«

»Weil Sie sie vermissen?«, murmelte Ally.

»Ja.« Ben schluckte erneut und presste die Lippen zusammen.

Es klingelte an der Tür, und Ben hustete und nahm sich zusammen. »Das wird die Pizza sein.«

Im Nu war er aus der Küche verschwunden. Ally wischte sich Zuckerstangenkrümel von den Händen und sah zu Astrid. »Alles okay?«, erkundigte sie sich leise.

»Ich kann mich daran auch erinnern.« Sie sah Ally ins Gesicht und hatte sichtlich Mühe, ihre Gefühle zu beherrschen.

»Wie sie es hasste, wenn man irgendein Geräusch machte, während sie las. Ich hatte es schon vergessen, aber so war es. Einmal, da habe ich Kaugummi gekaut, und sie meinte: ›Ich habe dich auf diese Welt gebracht, und ich sorge dafür, dass du wieder verschwindest.‹ Aber man wusste immer, dass sie es nicht ernst meint. Sie sagte solche Sachen eben als Scherz. Und dann jagte sie mich aus dem Zimmer und kitzelte mich, bis ich keine Luft mehr bekam.«

»Ich wette, in Wirklichkeit hat sie es geliebt, dass du da warst, Kaugummi gekaut hast und alles.«

Ein schwaches, schiefes Lächeln erschien auf Astrids Gesicht. »Na ja.«

»Pizza!«, verkündete Ben, der mit dem Arm voller Kartons wieder in die Küche kam. »Platz da!«

Ally und Astrid räumten den Tisch ab, damit Ben die Pizzakartons abstellen konnte. Der Moment gerade war verflogen, doch die warme Erinnerung schien noch im Raum zu schweben.

18. Kapitel

»Ich bin froh, dass Sie heute Abend gekommen sind.« Ben vergrub die Hände wegen der Kälte tief in den Taschen. »Und nicht nur wegen der Brownies. Obwohl sie unendlich viel besser sind, als die gewesen wären, die wir mit unseren Mitteln hinbekommen hätten.«

Die Abendluft wehte ihm kalt ins Gesicht und kündigte Schnee an, als er Ally zurück zu Furry Friends begleitete. Nachdem sie die Pizza gegessen hatten, war ihm klargeworden, dass Ally den ganzen Weg vom Tierheim zu ihnen gelaufen war, mit zwei vollen Einkaufstaschen beladen. Also hatte er ihr angeboten, sie nach Hause zu begleiten, während Astrid sie anbettelte, noch zu bleiben. Keiner von beiden hatte gewollt, dass sie ging.

Nach dem Abendessen hatten sie sich *Buddy – Der Weihnachtself* angeschaut, während sie darauf warteten, dass die letzten Brownies abkühlten, um sie verpacken zu können. Ally war geblieben, bis Ben Astrid zum Lesen ins Bett geschickt hatte. Die Nachbarin, Mrs. Fincher, war da, falls Astrid etwas brauchte, solange er Ally nach Hause brachte.

Es war ein schöner Abend gewesen. Der beste Abend seit

Langem, wenn er ehrlich war. Es war schon eigenartig, er fühlte sich wieder wie er selbst. Als hätte der Stress ihn nicht länger im Würgegriff, und sei es nur auch für eine kurze Zeit.

»Ich hatte Spaß heute«, sagte Ally, während ihre Stiefel auf dem Schnee des Gehweges knirschten. »Außerdem war ich Ihnen wegen der Hilfe bei den Hunden wirklich etwas schuldig.«

Das schlechte Gewissen meldete sich. »Sie sind mir gar nichts schuldig.« Er spreizte die Hände in den Taschen. »Eher bin ich Ihnen etwas schuldig. Es hat wirklich Spaß gemacht. Ich glaube, ich hatte schon vergessen, wie das ist. Dass Weihnachten nicht nur Arbeit ist. Und Astrid war begeistert! Sie scheinen immer genau zu wissen, was Sie zu ihr sagen sollen.« Er verzog das Gesicht. »Im Gegensatz zu mir.«

»Hey.« Sie stupste ihren Ellbogen gegen seinen Arm. »Quälen Sie sich nicht so. Sie machen das viel besser, als Sie glauben.«

»Ja, aber das heute Abend mit Katie … Ich verstehe gar nicht, warum ich davon angefangen habe.« Sie kamen am Marktplatz vorbei, in dessen Mitte der Baum leuchtete. »Es ist leicht, nicht darüber zu reden, weil die meisten Leute die Geschichte ohnehin kennen. Das ist einer der Vorteile einer Kleinstadt. Jeder kannte Katie und Paul. Daher ist es komisch, mit jemandem darüber zu sprechen, der sie nicht gekannt hat. Angenehm komisch«, stellte er rasch klar. »Aber eben seltsam. Alle vermissen sie, doch wir reden nicht darüber. Ich bin mir nicht sicher, ob das die Sache leichter oder schwieriger macht.«

»Falls es Sie tröstet: Ich glaube, Astrid mochte es, Sie über ihre Mom reden zu hören.«

Ben zog die Schultern gegen den kalten Wind hoch. »Ich wünschte, es gäbe jemanden, der einem sagt, ob man etwas richtig macht oder falsch. Es gibt so viele Leute mit irgendwelchen Meinungen, und man hat keine Ahnung, ob man den Elternjob eigentlich ganz passabel hinbekommt oder nicht. Immer wieder hat man das Gefühl, etwas falsch zu machen und unzureichend zu sein.«

»Ben.« Sie hielt ihn am Arm fest. »Sie sind ein guter Vormund.«

»Bin ich das? Das Vermächtnis von Katie und Paul wiegt schwer. Alles wiegt schwer. Dauernd fühle ich mich überfordert. Ich schaffe es nicht einmal, eine Waschmaschine wieder zum Laufen zu bringen.«

»Ich bezweifle, dass kaputte Waschmaschinen als Beweis für eine schlechte Vormundschaft zählen.«

»Ich weiß. Aber früher war ich nur der lustige Onkel, der Astrid wie verrückt liebte, aber keine Ahnung von ihrem Alltag hatte. Ich wusste weder den Namen ihres Kinderarztes noch dass sie mit HopHop schläft oder dass Katie angefangen hatte, ihr *Harry Potter* vorzulesen …«

Nach dem Unfall hatte Astrid es nicht mit ihm zusammen weiterlesen wollen. Seitdem stand das Buch im Regal und verstaubte.

»Wie soll man wissen, ob man es richtig macht?«, fuhr er fort. »Elinor sagte neulich zu mir, Stress verändere die Gehirnfunktion, wenn er zu lange andauere. Ich habe das Gefühl, seit zwei Jahren ein Stresshirn zu haben.« Ally ließ seinen Arm los, und er sah sie stöhnend an. »Und jetzt belaste ich auch noch Sie damit. Tut mir leid. Luxusprobleme. Vielen Menschen geht es schlechter.«

»Nur weil es kein Worst-Case-Szenario ist, bedeutet es nicht, dass es nicht hart ist. Hart ist nicht relativ. Es wird nicht leichter, nur weil es jemand anderem schlechter geht. Es ist einfach trotzdem hart. Sie müssen das nicht kleinreden.« Sie sah ihn an und erhellte den Moment mit einem kurzen Lächeln. »Aber machen Sie es auch nicht größer.«

»Wie sehen denn Ihre Probleme aus?«, fragte er aus einem Impuls heraus und bereute es gleich. »Sorry. Ich wollte nicht neugierig sein.«

»Nein, das ist schon in Ordnung. Mein Problem ist das Tierheim, würde ich sagen. Obwohl ich mir noch mehr Sorgen um meine Großeltern mache. Sie sind alles, was ich noch an Familie habe.«

Sie erreichten die Auffahrt, die zu Furry Friends und dem Wohnhaus führte. Ben verlangsamte seine Schritte; er wollte noch nicht, dass der gemeinsame Spaziergang endete. Vage hatte er gewusst, dass Rita und Hal eine Enkelin hatten, nur war ihm nie klar gewesen, dass Ally ihre einzige noch lebende Verwandte war. Und andersherum. »Ihre Eltern …«

»Autounfall. Als ich achtzehn war. Erstes Studienjahr auf dem College. Ich wohnte damals im Studentenwohnheim. Es hat sich angefühlt, als wären meine Wurzeln herausgerissen worden und als gehörte ich nirgendwo mehr hin. Aber ich wusste, ich habe noch meine Großeltern. Das bedeutete mir viel, einfach zu wissen, dass ich nicht allein war. Und es bedeutet Astrid auch viel. Sie zu haben.«

»Ich weiß nicht.«

»Tut es«, versicherte sie ihm. »Wohnen Ihre Eltern in der Nähe?«

»Arizona. Sie werden Weihnachten hier sein. Astrids andere Großeltern leben in Washington, DC. Sie helfen uns, wann immer sie können, aber der Alltag und die vielen täglichen Entscheidungen sind meine Aufgabe.«

»Das ist eine große Verantwortung.«

Er schüttelte den Kopf, wie um die Vorstellung zurückzuweisen, es könnte zu viel sein. »Ich wollte es. Ich wollte Astrid. Tue ich immer noch. Und in mancherlei Hinsicht ist es einfacher, wenn nur wir zwei da sind. Meine Eltern wollen helfen, wenn sie da sind, aber dann muss ich akzeptieren, dass sie dies auf ihre Weise tun. Und das ist manchmal mehr Arbeit, als wenn ich es selbst machen würde. Und wenn es wirklich hilfreich ist, fängt man an, sich darauf zu verlassen. Wenn es dann aufhört, ist es noch schwerer als vorher. Es ist besser …«

»Sich nicht auf andere Leute zu verlassen?«

»… es allein hinzubekommen.« Er sah sie an. »Aber ich mache mir ständig Sorgen. Ich versuche immer, die richtigen Entscheidungen für Astrid zu treffen. Mir ist schon klar, dass ich mir wahrscheinlich viel zu viele Gedanken über alles mache. Früher habe ich nicht jede Kleinigkeit analysiert, aber bei Astrid kann ich anscheinend nicht damit aufhören. Zum Beispiel Handys. Was ist das geeignete Alter für ein eigenes Handy? Einige ihrer Freundinnen haben bereits eines. Und Social Media – kann ich verhindern, dass sie Twitter, Instagram, TikTok und wer weiß was noch benutzt, bevor ich es für richtig halte? Unsere Eltern brauchten sich über Bildschirmzeit und Biolebensmittel keine Gedanken zu machen. Wenn man heute etwas in Plastik verpackt, versucht man dann, die Umwelt zu zerstören? Alles steht heute mit allem in Verbindung, und es gibt kein klassisches Wissen mehr. Es gibt keine richtige Antwort. Ich mache nun einfach nur Dinge auf ganz neue Art falsch.«

»Nein, machen Sie nicht. Selbst wenn Sie Fehler machen – und jeder tut das, man nennt es menschlich –, gibt es ebenso viele Dinge, die Sie richtig machen. Sie sind für Astrid da, und das weiß sie.«

Sie erreichten die Veranda, und Ally stieg auf die erste Stufe. Sie drehte sich zu ihm um, gerade als die ersten Schneeflocken wirbelnd fielen. Die funkelnden Lichter der Verandadekoration erzeugten ein warmes Licht an diesem verschneiten Abend, doch drinnen im Haus war es dunkel.

»Schlafen Ihre Großeltern bereits?«

»Ja, sie sind absolut keine Nachteulen.«

Er betrachtete ihr Gesicht, während sie zum Haus sah. »Machen Sie sich Sorgen um die beiden?«

»Dauernd«, gestand sie. »Mir ist schon klar, dass sie erwachsen sind und Jahrzehnte gut allein zurechtgekommen sind. Trotzdem hält es mich nicht davon ab, mich zu sorgen. Gram ist so unbesonnen; sie denkt nie an die Konsequenzen, wenn sie mit einem Hund Gassi geht, der zu viel Kraft für sie hat. Mit dem Ergebnis, dass ihre Schulter operiert werden musste. Maximus wollte einen Hasen jagen, während seine Leine noch um ihr Handgelenk gewickelt war – Schulter ausgerenkt und Bänder gerissen. Tja, und jetzt meint sie, dass war einfach Pech und passiert nicht wieder. Und dass sie den Arm nicht in der Schlinge tragen oder sich sorgen muss, die Verletzung könnte sich wiederholen. Gramps versucht mich zu beruhigen, aber wie soll ich da nicht beunruhigt sein? Sie sind über achtzig. Zumindest ihm scheint es gesundheitlich gut zu gehen, und geistig ist er auch fit. Aber jeden Tag könnte etwas passieren und … sie sind alles, was ich noch habe.«

Inzwischen schneite es richtig, was die ganze Welt gedämpft wirken ließ. »Deshalb sind Sie hierhergekommen.«

»Auch. Sie hatten mir von Grams Unfall nicht einmal erzählt, damit ich nicht besorgt bin. Eigentlich sollte ich zu einem Fotoshooting auf die Bahamas und hatte vorgehabt, Colby hierherzubringen, damit sie sich um ihn kümmern, während ich unterwegs bin. Aber dann wurde das Shooting abgesagt, und ich erfuhr von Grams Unfall, und da … Ich musste kommen. Ihnen beim Tierheim zu helfen war ein guter Vorwand, um ein Auge auf die beiden zu haben.«

»Was werden Sie tun, wenn das Tierheim geschlossen ist?«

Sie lachte freudlos. »Daran denke ich noch nicht. Ich lebe ganz in der Gegenwart. Ein Zuhause für die Hunde finden, mich um meine Großeltern kümmern. Der Zukunft stelle ich mich, wenn sie da ist.« Sie machte einen Schritt auf die Veranda; Ben blieb unten stehen und lehnte sich an das Geländer. Ally drehte sich um und war jetzt, auf der obersten Stufe stehend, auf Augenhöhe mit ihm. »Was meinten Sie eigentlich damit, dass Sie es nicht schaffen, die Waschmaschine wieder zum Laufen zu bringen?«

Er verzog das Gesicht. »Die ist seit Wochen kaputt. Vor einer Woche sollte ein Handwerker kommen und sie reparieren, aber er hat den Termin dauernd verschoben. Allmählich gehen uns die Klamotten aus.«

»Warum bringen Sie Ihre Sachen nicht einfach hierher? Wir haben eine Waschmaschine und einen Trockner. Die können Sie jederzeit benutzen.«

Er war skeptisch. »Ich bringe meine Wäsche nicht zu Ihnen.«

»Warum nicht? Wenn Sie ohnehin zum Tierheim kommen, können Sie ebenso gut eine Ladung Wäsche waschen, solange Sie hier sind. Dann bekommen Sie endlich diese Kaffeeflecken heraus. Kostet uns nichts …«

»Wasser, Strom.«

»Mit etwas zusätzlichem Wasserverbrauch in diesem Monat kommen wir klar. Und ich bin Ihnen mindestens eine Waschmaschinenladung schuldig, nachdem ich Sie in Kaffee gebadet habe.« Ally verschränkte die Arme vor der Brust. »Sind Sie sich zu fein für meine Waschmaschine? Oder zu stur?«

»Weder noch. Ich …«

Es war eine überraschend treffende Analyse für jemanden, der ihn erst seit wenigen Wochen kannte. Er fragte sich, wie leicht durchschaubar er eigentlich war.

»Sie machen sich Ihr Leben unnötig schwer«, ließ sie nicht locker.

»Ich mache überhaupt nichts damit.«

»Okay, hören Sie zu. Meine Großmutter möchte unbedingt eine Weihnachtsbeleuchtung an der Dachrinne der Scheune aufhängen. Ich habe mich um die an der Veranda hier gekümmert, aber die an der Scheune habe ich noch nicht geschafft. Jetzt befürchte ich natürlich, dass ich meine einundachtzigjährige Großmutter demnächst auf der Leiter überrasche, während sie mit einem Arm eine Lichterkette aufzuhängen versucht. Wenn Sie mir an einem Abend in dieser Woche dabei helfen, die Lichter anzubringen, können Sie in der Zeit Ihre Wäsche waschen. Win-win.«

Er betrachtete ihr Gesicht. »Ich habe das Gefühl, das haben Sie sich gerade ausgedacht.«

»Ich würde niemals auf so verrückten Ideen wie meine Großmutter kommen. Sind Sie dabei?«

»Klar, warum nicht? Freunde lassen Freunde nicht allein dekorieren.«

Etwas veränderte sich an ihrem Lächeln, und eine Distanz schien sich zwischen ihnen zu bilden, noch ehe sie einen weiteren Schritt zurücktrat. »Fein, dann sehe ich Sie diese Woche.«

»Gut.« Er stieß sich vom unteren Teil des Verandageländers ab und verließ das Vordach. Sofort bedeckte Schnee seine Schultern. »Gute Nacht, Ally. Danke für Ihre Hilfe heute Abend.«

»Ich danke Ihnen.«

Sie verschwand ohne ein weiteres Wort im Haus.

Den ganzen Rückweg durch die friedliche Stadt schneite es. Die ersten Weihnachtsbeleuchtungen wurden schon zur Nacht ausgeschaltet, dennoch sah die Stadt noch immer aus wie auf einer Postkarte. Ben verlangsamte seine Schritte auf dem Weg über den Platz. Wann hatte er das zuletzt getan? Einfach gehen, ohne sich darum zu kümmern, wann er wo ankam? Ohne an die vielen Dinge zu denken, die er noch zu erledigen hatte?

Hatte Ally das bei ihm ausgelöst? Oder lag es an dem Nachmittag, an den Stunden, in denen er Brownies verziert und die er mit Ally und Astrid verbracht hatte? War seine Sicht auf die Dinge dadurch eine andere geworden, weil es ihn daran erinnert hatte, dass es im Leben nicht darum ging, ständig zu hundert Prozent verantwortungsbewusst zu sein? Ja, manchmal durfte man sich einfach gut fühlen.

Er brauchte die Pokerabende wieder. Keine Ausreden mehr.

Er stieg die Stufen zu Katies und Pauls Haus hinauf und fragte sich, was Ally gesehen hatte, als sie eingetreten war. Keines der von Katies und Paul begonnenen Renovierungsprojekte hatte er bisher zu Ende geführt. Er hatte sich eingeredet, er habe keine Zeit dafür. Was auch stimmte. Doch wenn er ehrlich war, musste er zugeben, dass er sich auch davor fürchtete, die letzten Spuren ihrer Gegenwart zu beseitigen.

Dabei sah er sie gar nicht mehr, wenn sein Blick auf den unebenen Boden fiel. Irgendwann in den vergangenen zwei Jahren hatte er aufgehört, Katie und Paul in dem Haus zu sehen. Es war schwierig, nicht traurig darüber zu sein, obwohl Katie nicht gewollt hätte, dass er und Astrid in der Vergangenheit lebten. Sie hätte das große Haus mit dem Garten gewollt. Den Zweijahresplan.

Ein Lichtschimmer fiel unter Astrids Tür durch, als er oben am Ende der Treppe ankam, und Ben klopfte leise an. Als Astrid ihn hereinrief, öffnete er die Tür einen Spaltbreit und lehnte sich an den Türrahmen.

»Ich bin zurück.«

»Okay.« Sie saß im Pyjama auf dem Bett, ein Buch aus der Bibliothek auf dem Schoß.

Ben sah zum Bücherregal auf die ordentlich aufgereihten Harry-Potter-Bände. Er deutete zum Regal. »Hast die mal gelesen? Die Harry-Potter-Bände?«

Sie sah ebenfalls dorthin. »Noch nicht«, gestand sie. »Ich wollte sie nicht ohne meine Mom lesen. Ist das schräg?«

»Nein, Liebes, das ist nicht schräg.«

»Ich dachte, vielleicht fange ich an ... Meine Freunde lesen sie jetzt alle. Sie stehen auf der Liste von Battle of the Books.«

»Es ist okay, wenn du sie lesen willst«, murmelte er. »Und wenn nicht, ist es auch in Ordnung. Obwohl ich gehört habe, dass sie ziemlich gut sein sollen.«

Sie legte den Kopf schief. »Du hast sie auch nicht gelesen?«

»Nee. Ich habe nur die Filme gesehen.«

Sie verdrehte die Augen. »Das zählt überhaupt nicht.«

Er grinste. »Okay. Vielleicht schaue ich mal rein.«

Astrid sah wieder zum Bücherregal. »Vielleicht könnten wir sie zur gleichen Zeit lesen.«

Er konnte sich nicht erinnern, wann er zuletzt zum Vergnügen gelesen hatte. »Gerne.« Sie schaute auf das Buch auf ihrem Schoß, gefesselt von der Story, genau wie es bei ihrer Mom immer gewesen war, ungeduldig, weil sie wieder in die Welt zwischen diesen Seiten zurückwollte. »Lies nicht mehr so lange«, ermahnte er sie und wollte die Tür zumachen, bevor seine Augen feucht wurden.

»Onkel Ben?«

Er hielt inne. »Ja, Liebes?« Er räusperte sich.

»Danke für heute. Das war ein schöner Tag.«

»Das stimmt«, sagte er. »Ich hab dich lieb, weißt du das?«

»Ja. Ich hab dich auch lieb.«

Ben schloss die Tür mit einem Klick und musste vor Rührung schlucken.

Es fühlte sich falsch an, für irgendeinen Moment seit Pauls und Katies Tod Dankbarkeit zu empfinden. Doch für den heutigen Tag war er dankbar. Und für jeden anderen Tag, den er mit diesem Kind hatte. Auch wenn er häufig genug nicht wusste, was er tat und oft Todesängste ausstand – seit er Astrids Vormund war, zog sich manchmal etwas in seiner Brust zusammen, auf eine Weise, wie er es davor nie erlebt hatte. Dieses Gefühl – es war eine Liebe, so groß, dass es wehtat. Und solange sie das hatten, machte er seinen Job vielleicht doch gar nicht so schlecht. Vielleicht.

19. Kapitel

Frischer Pulverschnee wirbelte um Allys Knöchel, als sie auf dem Weg zur Scheune die Hunde rief, die in ihren Auslauf rannten, um sie zu begrüßen. Der gestrige Abend mit Ben und Astrid hatte ihr neue Zuversicht gegeben – und die zwei E-Mail-Bewerbungen, die heute Morgen gekommen waren, hatten das Gefühl noch verstärkt.

»Wir haben Interessenten für dich, Jelly!«, rief sie dem erdnussbutterfarbenen Labrador-Pitbull-Mischling zu, der zum Ende seines Geheges sprang, gefolgt von seinem Kumpel Biscuit, der Jellys Hundebett im Maul trug.

»Wie hast du das denn durch die Hundetür bekommen?«, fragte sie ihn. Das Hundebett war so groß wie er selbst und schleifte durch den Schnee, während er stolz damit auf sie zutrabte. Ally bückte sich, um die Hunde durch das Gitter hindurch zu streicheln, und Biscuit ließ Jellys Bett vor ihre Füße fallen. »Wenn du schon umräumst, hättest du ruhig dein eigenes Bett nehmen können.«

Biscuit schmiegte sich an ihre Hand und schaute mit hinreißendem Blick zu ihr auf, während Jelly sich vor Begeisterung über die Aufmerksamkeit gar nicht beruhigen konnte und sich wedelnd in alle Richtungen drehte. »Was meinst du? Wollt ihr in Massachusetts leben? Dort gibt es eine Familie mit einem riesigen eingezäunten Garten, in dem ihr herumtoben könnt. Klingt das gut?«

Sie deutete das aufgeregte Schwanzwedeln als ein Ja.

Der Schnee von gestern Abend bedeckte alles. Er war nur ein paar Zentimeter hoch, reichte ihr lediglich bis zu den Knöcheln. Zum Glück, denn nach dem letzten heftigen Schneefall taten ihr die Arme weh, weil sie die Auffahrt stundenlang mit einer alten Schneefräse rauf und runtergefahren war. Sie war nicht scharf darauf, erneut mit diesem Ding zu kämpfen.

Reifenspuren vom Subaru ihrer Großeltern waren zu sehen. Sie waren zu den Estates gefahren, für einen Brunch mit Freunden und um mit der Verwaltung über eine Hundeausstellung zu sprechen. Ally war dankbar für die Ruhe und die Gelegenheit, über ihre Unterhaltung mit Ben gestern Abend nachzudenken.

Sie betrat die Scheune für ihren morgendlichen Rundgang bei den Hunden, stellte sicher, dass alle ihr Futter und ausreichend Streicheleinheiten bekamen und ging dann ins Büro, um die Bewerbungen durchzusehen. Colby bettete seinen Kopf auf ihren Füßen.

Captain America würde morgen in sein neues Zuhause ziehen, und mittlerweile gab es Bewerbungen für vier weitere Hunde.

Sie wollte, dass alle Hunde ein neues Zuhause fanden, aber es musste ein gutes Zuhause sein. Daher las sie aufmerksam die ausführlichen Antworten zu den Fragen, wo die Hunde schlafen würden und wo sie bleiben konnten, wenn die Familie unterwegs war. Außerdem vereinbarte sie Besuchstermine bei den möglichen zukünftigen Hundebesitzern und fragte sich, ob sie gründlich genug vorging. Irgendwann tat ihr der Nacken weh von der gekrümmten Haltung vor dem Laptop, und vor ihren Augen verschwamm der Bildschirm. Die Weihnachtsglöckchen über der Tür bimmelten und lösten bei ihr einen Pawlowschen Reflex aus.

Eigentlich sollte sie darauf hoffen, mehr potenzielle Hundebesitzer zu sehen, doch wenn sie ehrlich war, hoffte sie auf Bens Besuch.

Als Freund. Sie waren Freunde, und das war der einzige Grund, weswegen sie sich freute, ihn zu sehen.

Ally stand vom Schreibtisch auf, und Colby hob träge den Kopf, um sie zu beobachten. »Was glaubst du, wer es ist?«, fragte sie ihn, als der Bernhardiner sich seufzend erhob. Sie öffnete die Tür, sah jedoch nicht gleich jemanden. »Ben?«

Sie betrat den Gang mit den Hundekäfigen, aus denen Gebell kam – und entdeckte Deenie, die auf dem Boden in JoJos Käfig saß und Fangen mit dem kleinen Papillon spielte. Deenie sah auf und strahlte, als Ally und Colby erschienen. »Hey! Ich habe dich gesucht.«

»In JoJos Käfig?«

»Wer ist ein braves Mädchen?«, gurrte sie dem Hund zu, der das Spielzeug brachte. »Sie hat verzweifelt nach jemandem Ausschau gehalten, der ihre Quietschmaus wirft. Wie konnte ich da widerstehen? Stimmts, Babylein?« Deenie stand auf und klopfte sich die Leggings ab. »Wolltet ihr zusammen gehen?«

»Gehen? Wohin denn?«

»Na zum Weihnachtmarkt. Sind deine Großeltern schon weg?« Deenie kam aus dem Käfig heraus.

»Die sind in den Estates.«

»Oh.« Deenie runzelte die Stirn. »Gehst du nicht zum Weihnachtsmarkt? Nachdem du zwei Millionen Brownies dafür gemacht hast, solltest du es dir wenigstens ansehen.«

»Ich dachte, das sei nur für Eltern und ihre Kinder. Wird das nicht komisch aussehen, wenn ich da auftauche?«

»Nee, das ist eine öffentliche Veranstaltung. Alle gehen hin. Komm schon. Ich lasse meinen Wagen hier stehen, dann können wir gemeinsam gehen. Du kannst dir nicht vorstellen, wie schwer es ist, einen Parkplatz zu bekommen. Sollte man nicht meinen, weil ja gar nicht so viele Menschen in Pine Hollow leben, aber wenn alle auf dem Schulparkplatz parken wollen – der reinste Albtraum. Wo ist dein Mantel?«

Ally ging ins Büro und holte ihren Mantel; Colby trottete an ihr vorbei, um sich mit einem Seufzer auf seinem Hundebett niederzulassen. Dolce fühlte sich inzwischen wohl genug in seiner Gegenwart, dass sie nicht einmal den Kopf hob. Ihre Füße zuckten von Welpenträumen. »Sollten wir Hunde mitnehmen?«

»Diesmal nicht. Es sind nur Diensthunde erlaubt.«

Ally nahm im Weggehen spontan die Kamera vom Schreibtisch. Sie hatte in der vergangenen Woche bis auf die Hunde nicht viel fotografiert. Sie verstaute die Kamera in ihrer Tasche, hängte sich diese über die Schulter, und dann folgte sie Deenie hinaus in den Schnee.

»Hast du von *My Forever Home* gehört? Der Teil in dieser einen Show? Der mit dem Typen?«

Ally verkniff sich ein Grinsen über Deenies ach-so-klare Beschreibung, während sie dem Pfad folgten, den Deenies Reifen im Schnee hinterlassen hatten. Sie liefen die lange Auffahrt hinunter zur Straße, wo die Gehsteige bereits geräumt waren. Es war das reinste Wintermärchenland. In New York gab es das höchstens für ein paar Stunden, ehe alles schmutziggrau wurde.

Ally holte die Kamera hervor, um die idyllischen Ansichten des verschneiten Städtchens festzuhalten. Der Schnee glitzerte in der Nachmittagssonne wie Kristall. Sie schoss Bilder, während Deenie weiter von ihren – aktuell gescheiterten – Versuchen plapperte, sie in einem weiteren Beitrag über Hunde in einer der landesweit ausgestrahlten Morgensendungen unterzubringen.

Als sie die Schule erreichten, fühlte Ally sich ganz bei sich, während sie Fotos vom Ort schoss. In dem Moment aber, als sich die Türen der Turnhalle öffneten, schlug ihnen eine Wand aus Geräuschen entgegen, und das Gefühl der Ruhe wurde durch einen akustischen Vorschlaghammer zunichte gemacht.

»Komm!«, rief Deenie durch den Lärm. »Fangen wir mit der Bude für heißen Apfelpunsch an!«

Ally behielt die Kamera in der Hand; sie klammerte sich regelrecht daran wie JoJo an seine Quietschmaus. Die Turnhalle war weihnachtlich geschmückt, mit langen Ketten aus rotem und grünem Bastelpapier, die von der hohen Decke hingen. Es gab dutzende Stände, an denen Kinder jeden Alters saßen. Ally suchte automatisch die Tische ab, aber erst, als sie Elinor entdeckte, wurde ihr erschrocken klar, dass sie nach Ben Ausschau gehalten hatte.

Sie hatte ja nichts Verbotenes getan, indem die gestern Zeit mit Astrid und Ben verbracht hatte. Elinor hatte Ally geradezu ermutigt. Trotzdem kam es ihr ein wenig unpassend vor. Denn wenn sie ganz ehrlich war, hatte sie sich gewünscht, dass etwas passierte. Was ihr ganz und gar nicht ähnlich sah. Sie verliebte sich eigentlich nicht in Männer, die schon vergeben waren.

Diesmal offenbar schon.

»Ally! Ich hatte gehofft, Sie hier zu treffen.«

Ally erschrak und begrüßte Elinor mit dem vermutlich falschesten Lächeln der Welt. »Elinor! Wie schön, Sie zu sehen!«

»Gleichfalls. Ich habe mir überlegt, gegen Ende der Woche mal zu Ihnen ins Tierheim zu kommen. Vielleicht möchte ich mir einen Hund zulegen.«

»Tatsächlich?« Ally stutzte. Ben war doch vehement gegen einen Hund. Wusste Elinor das nicht? Sollte Ally es ihr sagen? Wegen Ben hatte Ally darauf verzichtet, Elinor zur Adoption eines der Hunde aus dem Tierheim zu ermutigen.

»Sobald die Weihnachtsferien am Freitag beginnen, werde ich Zeit haben für die Erziehung eines Hundes. Dann kann er sich an mich und mein Haus gewöhnen. Also könnte ich Ende der Woche vorbeikommen?«

»Ich … ja. Klar, das passt gut.«

»Ausgezeichnet.« Elinor strahlte. »Und darf ich das sagen? Dickes Lob für die Brownies. Astrids Stand war der Anziehungspunkt heute, und wir wissen alle, dass das nicht Bens Verdienst ist.«

»Er hat sehr viel mitgeholfen«, protestierte Ally, und es kam ihr seltsam vor, ihn vor seiner Verlobten zu verteidigen. Elinor schien wirklich außergewöhnlich zu sein, doch hatte Ally immer größere Schwierigkeiten, sich die beiden als Paar vorzustellen.

»Davon bin ich überzeugt, aber wir sollten wohl vor allem Ihnen dankbar dafür sein, dass die Dinger köstlich geworden sind. Jeremiah, stell die Glasur hin.« Elinor eilte zu einem der Schüler, um ihn davor zu bewahren, von einem übereifrigen Mitschüler Glasur ins Haar geschmiert zu bekommen.

Deenie erschien kurz darauf mit zwei Bechern Apfelpunsch mit Schuss neben Ally. »Ich habe dich aus den Augen verloren.« Sie gab ihr einen der Becher. »Was ist passiert?«

»Ich bin Elinor begegnet«, sagte Ally, als sei es ganz normal, mit der Frau befreundet zu sein, für deren Verlobten sie gerade ziemlich problematische Gefühle entwickelte. »Anscheinend überlegt sie, einen Hund aufzunehmen.«

»Ja? Das ist doch toll! Bei dem Tempo haben wir sie alle bis Weihnachten untergebracht.«

Ally trank einen Schluck von ihrem Apfelpunsch; der Geschmack von Zimt und Gewürznelke vermischte sich süßlich auf ihrer Zunge. Nervosität meldete sich, als ihr Bens Frage von gestern Abend in den Sinn kam. Was würde sie tun?

Wenn es das Tierheim nicht mehr gab, würde sie einen neuen Grund brauchen, um hierzubleiben und sich um ihre Großeltern zu kümmern. Denn allmählich hatte sie das Gefühl, dass ihre Zukunft nicht mehr in New York lag.

»Komm mit. Ich will die berühmten Brownies sehen, von denen alle sprechen.« Deenie hakte sich bei ihr unter und zog sie durch die Menge. Ally zwang sich, sich auf ihren Becher zu konzentrieren, damit sie niemanden mit heißem Punsch bekleckerte – denn heiße Getränke zu verschütten, das war ihr Ding mit Ben.

Sie war so konzentriert auf ihren Becher, dass sie praktisch gegen Astrids Stand stieß, ehe sie aufblickte – und Ben entdeckte, der ein paar Schritte entfernt stand.

Er grinste, als er sie sah, und kam gleich zu ihr. »Sie hatten recht.«

Deenie hatte ihren Arm losgelassen und drängelte sich zwischen den Kids hindurch vor den Tisch, um zu sehen, was noch alles da war. Ally blieb mit Ben im Zentrum der überfüllten Turnhalle zurück.

Er sah fabelhaft aus in seinem engen grauen Pullover und dem rot-weiß gestreiften Zuckerstangenschal um den Hals, passend zur Jahreszeit. Mit seinem gepflegten Bart strahlte er einen gewissen Naturburschen-Chic aus, der ihm sehr gut stand. Am liebsten hätte sie die Kamera gehoben und ein Foto geschossen, nur kam ihr das irgendwie zu intim vor. »Hatte ich?«

Er zeigte zum Stand. »Die Gummiwurm-Brownies waren zuerst weg. Erinnern Sie mich daran, niemals gegen Sie zu wetten, wenn es ums Backen geht.«

»Mit solchen Sachen kenne ich mich eben aus.«

»Astrid bestand darauf, dass wir zur Qualitätskontrolle von jeder Sorte einen aufbewahren. Sie sollten vorbeikommen und uns bei der Verkostung helfen.«

Es war verlockend, einfach Ja zu sagen, doch erneut meldete sich ihr Gewissen, und prompt flocht sie den Namen seiner Verlobten in die Unterhaltung ein. »Ich habe gerade mit Elinor gesprochen. Sie überlegt, einen Hund aufzunehmen.«

»Tatsächlich? Das ist eine großartige Idee.«

Ally stutzte und überlegte, wie Ben in seinem eigenen Haus gegen einen Hund war, aber es guthieß, dass sich seine Verlobte einen zulegen wollte. Planten sie denn nicht zusammenzuwohnen, sobald sie verheiratet waren? Oder war die Verlobung eine langfristige Sache?

»Sie hat einen hübschen eingezäunten Garten, vielleicht will sie einen der größeren Hunde. Oder Harry? Kluger Hund für eine kluge Frau.« Er grinste. »Allmählich finde ich Gefallen an dieser Hundevermittlung.«

»Das ist … toll«, stammelte sie, unsicher, wie sie reagieren sollte. Sie freute sich über seine Hilfe – und über Deenies. Es war eine rein platonische Hilfe. Und wenn seine Verlobte einen Hund wollte und er keinen, ging sie das gar nichts an.

»Ich habe den letzten Karamel-Bretzel-Brownie erwischt!« Deenie tauchte so unvermittelt neben ihr auf, dass Ally zusammenzuckte und den warmen Punsch verschüttete. »Hoppla. Sorry. Ich wollte dich nicht erschrecken. Hey, Ben.«

»Hey, Deenie.«

»Sie sehen sehr festlich aus heute«, meinte Deenie und zupfte an seinem Schal.

Ben zog ein Gesicht. »Ach das ist nur mein Versuch, die Leute davon abzulenken, dass ich den Pullover zum dritten Mal trage, weil meine Waschmaschine kaputt ist.«

»Wann kommen Sie vorbei und benutzen Waschmaschine und Trockner bei mir?«, fragte Ally.

»Unsere soll am Mittwoch repariert werden, aber ich verspreche, dass ich auf Ihr Angebot zurückkomme, falls der Mechaniker den Termin schon wieder verschiebt. Ich helfe Ihnen außerdem gern beim Aufhängen der Lichter.«

»Onkel Ben! Wir haben kein Wechselgeld mehr!«, rief Astrid, und er grinste.

»Die Pflicht ruft.« Er nickte ihnen beiden zu und ging hinter den Tisch, um Astrid zu helfen.

Erst als Deenie sich räusperte, merkte Ally, dass sie die beiden beobachtete. »Tja … Ben wirkt viel entspannter.«

Allys Lächeln verschwand. »Was?«, fragte sie, als hätte sie nicht gerade den Verlobten einer anderen Frau angegafft.

»Nichts«, antwortete Deenie in einem Singsang. »Komm mit, ich habe gehört, die machen hier noch irgendwo Schokowaffeln auf Wunsch.«

»Hast du dir nicht gerade erst einen Brownie gekauft?«

»Der ist für später. Die Schokowaffeln sind für jetzt.«

Deenie hakte sich bei ihr unter, und Ally ließ sich von ihr führen, ohne noch einen Blick über die Schulter zu Astrid und Ben zu werfen.

20. Kapitel

»Endlich klappt es mal«, staunte Mac, während Connor geschickt die Karten auf dem Filz des Pokertisches austeilte. »Ich dachte schon, unser Pokerabend hätte sich erledigt.«

»So lange ist es ja nun auch nicht her«, protestierte Ben.

»Vier Monate«, brummte Levi, seine Karten mit der einen Hand abschirmend, während er mit den Fingern der anderen Hand die Ecken hochbog, um den Wert zu sehen.

Ben warf ihm einen Blick zu. »Es kann unmöglich so lange her sein.«

»Zuletzt im August«, bestätigte Connor. »Astrids Schule ging wieder los. Du hast dauernd gejammert, weil du so viel Zeug für den Schulbeginn kaufen musstest. Ich kann die Liste der Schulsachen immer noch auswendig.«

Da Connor dazu neigte, sich ohnehin alles zu merken, was er hörte, nahm Ben diese Bemerkung nicht persönlich – bis Levi erklärte: »Ich auch.«

»Es gab seitdem noch einen Pokerabend. Ich erinnere mich genau daran, dass wir für Oktober einen verabredet hatten. Ich hatte extra Bier besorgt …« Und dann hatte Astrid eine Erkältung bekommen und er absagen müssen, und das ganze

Bier stand immer noch im Kühlschrank im Keller. Neben dem Zwiebeldip, der mittlerweile vermutlich schlecht geworden war. Wurde Zwiebeldip schlecht?

Levi grinste boshaft. »Das Bier ist noch da, oder?« Er lehnte sich zurück und kippelte mit dem Stuhl, bis er den Kühlschrankgriff zu fassen bekam und die Tür öffnen konnte. »Wer will?«

Connor und Mac meldeten sich, und irgendwie gelang es Connor, beide Hände voll Bier zu laden, ohne umzukippen und auf dem Hintern zu landen. Als er die Kühlschranktür zuwarf und den Stuhl wieder auf allen vier Beinen landen ließ, stellte er vier Flaschen Bier auf den Tisch, eine vor jeden, einschließlich Ben.

»Ich sollte heute Abend lieber nichts trinken. Astrid …«

»Wenn du es nicht willst, trinkt Connor es. Aber ich bezweifle, dass es Astrid in irgendeiner Form schaden wird, wenn du dich mal entspannst und ein Bier am Abend trinkst. Es tut ihr vielleicht sogar ganz gut, wenn du lernst, auch mal lockerzulassen.«

»Willst du damit andeuten, ich sei verkrampft?«

»Ja«, antworteten alle gleichzeitig.

»Ich habe eben viel um die Ohren.« Er nahm sein Bier und trank trotzig einen Schluck. »Macht jetzt wer seinen Einsatz, oder was?«

Mac setzte, und für einige Minuten konzentrierten sich alle auf das Spiel. Poker war eine ernste Sache in dieser Gruppe – Blödsinn reden allerdings auch, daher überraschte es Ben nicht, als Levi ihn bald musterte und meinte: »Du verbringst ziemlich viel Zeit draußen beim Tierheim. Wie sieht Hals und Ritas Enkelin eigentlich heute aus?«

Ben kniff die Augen zu schmalen Schlitzen zusammen.

»Es ist nicht, was du denkst. Wir sind Freunde. Ich fühle mich verantwortlich für die Schließung des Tierheims, deshalb helfe ich ihr, ein neues Zuhause für die Hunde zu finden. Apropos, suchst du einen neuen Polizeihund? Da gibt es diesen großen Wolfshund-Mischling namens Maximus, der vermutlich jedem Kriminellen Angst einjagen würde.«

»Ich glaube, Pine Hollow ist zu klein für eine Hundestaffel. Außerdem haben wir doch niemanden für die Ausbildung.«

»Engagiere jemanden. Was ist mit dir, Mac?«

Mac tauschte zwei Karten. »Verstößt gegen die Gesundheitsverordnung. Magda würde jeder Anlass recht sein, um mir den Laden dichtzumachen.«

Connor sah ihn skeptisch an. »Du gestattest deinen Gästen, Hunde mit in dein Restaurant zu bringen.«

»Ja, aber nicht in den hinteren Bereich. Meine Küche ist steril wie ein OP-Saal. Wenn ich einen Hund da hineinlasse, informiert Magda das Gesundheitsamt, und dann hab ich die am Arsch.«

Ben schnaubte. Macs Sprache wurde deftiger, sobald er einen Schwips hatte; da er sehr dünn war, würde er nach dem nächsten Bier vermutlich anfangen zu singen.

»Du weißt, ich würde nicht zulassen, dass sie dir den Laden dichtmacht«, versicherte Connor ihm. »Ich könnte sie mit Klagen überziehen, bis sie nicht mehr niesen kann, ohne einen Anwalt zu konsultieren.«

»Entspann dich, Dirty Perry. Ich habs verstanden.«

Alle starrten Mac an. Schließlich sagte Levi: »Dirty *Perry*?«

»Wie Perry Mason? Dirty Perry Mason?« Da sie ihn nur verständnislos ansahen, verdrehte er die Augen. »Oh Mann, ich hasse euch.«

Ben lachte los, während Levi kippelte und Connor den Kopf schüttelte, beide kichernd. Sie hatten ja recht – es war viel zu lange her, seit sie das gemacht hatten.

Der unfertige Keller von Paul und Katies Haus war nicht annähernd so schön wie Connors palastartiges Haus mit Blick auf das Skihotel oder selbst Macs Apartment über The Cup. Doch was an Wänden und Fußböden fehlte, wurde durch andere Annehmlichkeiten ausgeglichen. Bens Sachen, die er nicht eingelagert hatte, waren hier unten gelandet: eine Dartscheibe, der große Kühlschrank mit dem Bier, dem Dip und Bens gar nicht so geheimen Vorrat an Junkfood, außerdem der tolle Pokertisch mit dem gebürsteten Filz sowie eine alte, dick gepolsterte Ledercouch. Mac war oft genug darauf eingeschlafen, nachdem er angefangen hatte zu singen und zu verkünden: »Ich liebe euch, Jungs.«

»Onkel Ben!« Astrid kam die Kellertreppe heruntergepoltert und aufgeregt hereingestürmt. »Dolce bekommt ihre Welpen! Kann ich zu Ally gehen? Mrs. Gilmore meint, ich könnte ruhig dabei sein.«

Ben schaute auf dem Display seines Handys nach der Uhrzeit: Es war erst acht. Der Pokerabend hatte früh begonnen, da alle morgen wieder zeitig rausmussten.

»Ich weiß nicht, Astrid. Du hast morgen Schule. Und ich will nicht, dass du im Dunkeln allein hingehst. Ich bringe dich morgen hin, dann kannst du sie dir ansehen …«

»Deenie geht auch hin! Sie meint, sie könnte mich abholen. Bitte, Onkel Ben! Ich werde nie mehr im Leben die Chance bekommen, neu geborene Welpen zu sehen, und es könnte eine prägende Erfahrung für mich sein. Ich könnte es in meine College-Bewerbungen aufnehmen …«

Connor prustete, und Ben warf ihm einen *Das-ist-nicht-hilfreich, Armleuchter*-Blick zu. »Du hast Schule morgen ...«

»Ich werde vor neun zurück sein! Versprochen! Falls nicht, kannst du alle meine Weihnachtsgeschenke behalten und mir Hausarrest geben, bis ich alt bin. Bitte! *Bittebittebitte!*« Sie klatschte in die Hände und sah rührend dabei aus.

Ben sah seine ältesten Freunde an und fragte sich, was sie von dieser Show hielten, und was sie wohl denken würden, wenn er nachgab. Denn er merkte, dass er genau das tun würde. »Okay«, sagte er schließlich. »Aber ich will dich vor neun wieder im Haus sehen. Du hast morgen Schule.«

»Ja!« Astrid sprang in die Luft und klatschte wieder in die Hände. Dann rannte sie um den Tisch herum zu Ben und schlang die Arme um ihn. »Danke, danke, danke! Du bist der Beste, Onkel Ben!«

Im nächsten Moment polterte sie die Treppe wieder hinauf.

»Ich mag dieses Mädchen«, bemerkte Connor, nachdem sie weg war. »Ihre emotionale Erpressung ist erstklassig. Diese Sache mit den College-Bewerbungen.« Er drückte die Fingerspitzen zu einem Chefkoch-Kuss an die Lippen. »Superb!«

»Wer ist Deenie?«, wollte Levi wissen. »Ich dachte, ich kenne jeden in der Stadt.«

»Deenie Mitchell? Pinkfarbene Haare? Mitte zwanzig? Sie veranstaltet diese Prinzessinnen-Partys.«

»Bitte *was*?«, meldete Connor sich zu Wort.

»Prinzessinnen-Partys«, erklärte Ben. »Kleine Mädchen verkleiden sich als Prinzessin, und eine Frau, die aussieht wie aus einem Comic, feiert mit ihnen eine Teeparty. Astrid hat das vor einigen Sommern mit ihrer Clique auch gemacht, und

Deenie war *die* Frau dafür, wenn man eine erfolgreiche Prinzessinnenparty wollte.«

Connor sah leicht entsetzt aus. »Ich werde nie Kinder haben. Nichts für ungut.«

»Kein Problem. Du kannst dir stattdessen einen Hund anschaffen. Darf ich dir Partridge empfehlen?«

Mac reichte Connor sein leeres Bier und nahm ein neues von Levi; bald würde er anfangen zu singen. »Wie kommt es, dass du jeden in der Stadt kennst, wir aber nicht? Levi beaufsichtigt sie als Polizist, ich füttere sie. Man sollte doch meinen, wir kennen sie alle …«

»Ja, aber bei mir beschweren sie sich. Kommt in den Stadtrat. Ihr werdet sehen. Ihr werdet alle kennenlernen, wenn sie euch haarklein berichten, was ihr alles falsch macht.« Er erwähnte den Vorschlag der Bürgermeisterin nicht, für ihren Posten zu kandidieren. Er wusste nicht, was schlimmer wäre, die Überraschung seiner Freunde oder deren Unterstützung.

»Diese Beiträge über *Die zwölf Weihnachtshunde* sind cool«, sagte Connor und schob seinen Einsatz in die Mitte des Tisches. »Welchen nehmt ihr auf, du und Astrid?«

»Keinen«, erwiderte Ben. »Jedenfalls nicht, bevor ich dieses Haus renoviert und verkauft und ein anderes mit Garten bezogen habe.«

»Du hast uns also eingeladen, um uns Hunde anzudrehen, aber du selbst willst keinen?«

»Ich glaube einfach, die würden euch guttun«, verteidigte er sich.

Connor hob eine Braue. »Wo ich so viel unterwegs bin? Ich kann keinen Hund halten.«

»Es gibt da ganz erstaunliche Erfindungen. Eine davon sind Hundesitter.«

»Ha.«

Ben zuckte mit den Schultern. »Du warst derjenige, der gesagt hat, dein Haus sei zu ruhig. Wäre es da nicht großartig, jemanden zu haben, der sich jedes Mal freut, wenn du nach Hause kommst?«

»Im Gegensatz zu Monica?«, meinte Connor spöttisch, und Ben erkannte zu spät, dass er sich zu weit an dieses Tabuthema herangewagt hatte. Connors Ex war die weibliche Ausgabe von Connor gewesen – super erfolgreich, mit einem Fünfjahresplan und einer Schublade voller nach Farben sortierter Strümpfe. Zwei Wochen vor der Hochzeit hatte sie verkündet, nicht glücklich zu sein, und war nach Indien geflohen, um Yoga zu machen.

Daraufhin hatte Connor ihr Exemplar von *Eat, Pray, Love* verbrannt.

Jetzt wohnte er allein in einem riesigen, modernen Haus, das er für sie beide gekauft hatte, und litt unter der Leere darin.

»Ich dachte ja nur, ein Hund wäre ganz schön«, meinte Ben.

»Dachtest du, ja? Oder wolltest du bei der hübschen Tierheim-Lady punkten, indem du ihr dabei hilfst, für alle Hunde ein Zuhause zu finden?«

»Ich versuche nicht zu punkten. Das ist nicht wahr.« So hatte er noch nie über die Sache nachgedacht. Ja, er verbrachte gerne Zeit mit Ally, und ja, sie war süß. Aber es war, als würde sein Verstand diese Dinge registrieren und sie dann mit all den anderen Dingen abspeichern, für die er innerlich noch nicht bereit war.

»Nein?«, triezte Connor ihn ein bisschen. »Dann hättest du wohl auch nichts dagegen, wenn ich sie frage, ob sie mit mir ausgehen will?«

»Ich glaube nicht, dass sie dein Typ ist.«

»Vielleicht sollte ich mich mal mit jemandem treffen, der nicht mein Typ ist«, konterte Connor.

Ben wusste nicht, ob er das ernst meinte oder bloß dagegenhielt, um recht zu behalten. Ärgerlich war es trotzdem. »Lass sie in Ruhe.«

»Warum?«, ließ Connor nicht locker. »Weil du Ansprüche anmeldest?«

»Sie ist kein Stück Pizza. Man kann keine Ansprüche auf jemanden erheben.«

»Du weißt, was ich meine. Wenn du es auf sie abgesehen hast, halte ich mich zurück. Aber wenn nicht, gibt es doch keinen Grund, weshalb du nicht wollen solltest, dass deine neue Freundin und ich glücklich zusammen werden …«

»Vielleicht verdient sie etwas Besseres als dich.«

»Vielleicht«, räumte Connor ein. »Jemanden wie dich möglicherweise?«

»Sie zieht nach New York zurück«, blaffte Ben.

»Ich habe geschäftlich dauernd in New York zu tun …«

»Connor.« Levis Stimme war tief und schneidend.

Connor, stets streitlustig, zuckte die Schultern. »Ich meine ja nur.«

»Wisst ihr …« Mac wankte auf seinem Stuhl und fuchtelte mit einem der Pokerchips von seinem rapide schrumpfenden Vorrat herum. »Als ihr alle verlobt wart und ich nicht, dachte ich, ihr würdet fortgehen und mich allein lassen. Unser Pokerabend hätte sich damit erledigt. Aber seht uns an. Vier Singles.«

Betretenes Schweigen folgte, während alle Mac ansahen.

Mister Fettnäpfchen, das war Mac.

Er schien erneut etwas sagen zu wollen, doch diesmal kam stattdessen lautstark »Oh, What a Beautiful Mornin'« heraus.

Levi warf ihm einen leeren Bierflaschenkühler ins Gesicht. »Kein Singen am Tisch!«

Zwei Stunden später forderte Ben Mac erneut auf, still zu sein, als er sich den Arm seines Freundes um die Schulter legte und ihm die Kellertreppe hinaufhalf. Astrid war fünf Minuten vor neun nach Hause gekommen und hatte von den frisch geborenen Welpen geschwärmt. Im Augenblick befand sie sich zwei Stockwerke über ihnen, hoffentlich tief und fest schlafend, da morgen Schule war. Doch wenn Mac weiter sang, würde das mit dem Schlafen nicht mehr lange so bleiben.

»Ich bin froh, dass wir das gemacht haben«, lallte Mac glücklich, während sie treppauf taumelten. »Ich liebe euch, Jungs. Wisst ihr das?«, bellte er. Sie alle ermahnten ihn, leise zu sein. Er versuchte sich umzudrehen, obwohl Ben ihn festhielt; hinter ihnen gingen Connor und Levi, bereit, ihn aufzufangen, falls das nötig werden würde. »Ich liebe euch, Leute«, rief er, worauf alle Pst! machten, und er verständnisvoll nickte und im lauten Flüsterton wiederholte: »Ich liebe euch, Jungs!«

»Wir lieben dich auch«, versicherte Ben ihm.

»Wie kann jemand nach drei Bier derartig betrunken sein?«, staunte Connor.

»Früher dachte ich, er spielt uns was vor«, gestand Levi, der sich ganz hinten befand. »Aber dann müsste er das seit fünfzehn Jahren machen, und ich glaube nicht, dass Mac so viel Ausdauer hat.«

»Du solltest die Hunde-Lady daten«, lallte Mac und schwankte, während Ben oben am Ende der Treppe die Tür öffnete und ihn hindurchzubugsieren versuchte. »Wir merken doch alle, dass du sie magst. Es ist okay, jemanden zu mögen. Du musst einfach nur sagen: ›Hunde-Lady‹ ich mag dich. Und vielleicht mag sie dich ja auch.«

»Ich werde es mir merken«, versprach Ben. Im Erdgeschoss angekommen, hatten sie ein wenig mehr Platz. Connor erschien an Macs anderer Seite und stützte ihn ebenfalls.

»Das ist keine schlechte Idee«, meinte Connor hilfreich. »Obwohl du dir überlegen solltest, ob du sie nicht doch lieber Ally statt Hunde-Lady nennen willst. Nur so eine Idee.«

»Ich werde sie gar nicht nennen. Wir sind nur Freunde.«

»Klar«, sagte Connor skeptisch.

»Ich mag Freunde«, verkündete Mac mit betrunkener Ehrlichkeit.

»Stört es noch irgendwen außer mir, dass er nicht mal einen Kater bekommt, wenn er so ist?«, fragte Connor. »Das ist doch nicht fair. Die Freuden herrlichen Besoffenseins und keine Konsequenzen am Morgen danach? Wo bleibt da die kosmische Gerechtigkeit?«

»Genau«, pflichtete Levi ihm bei. »Das ist eine der Ungerechtigkeiten des Universums, die mir den Schlaf rauben.«

»Hey, das geht voll in Ordnung.«

»Wir sollten das wirklich öfter machen«, sagte Ben trocken, doch er meinte es ernst.

Levi schien die Wahrheit hinter dieser Bemerkung zu erahnen und sah ihn grinsend an. »Stimmt, ich habe euch Arschlöcher vermisst.«

»Ausdruck!«, ermahnte Connor ihn in gespieltem Entsetzen. »Die kleinen Ohren könnten noch wach sein.«

»Glaub mal nicht, ich hätte vergessen, wie du ihr das Fluchen beizubringen versucht hast«, knurrte Ben.

Connor zuckte mit den Schultern. »Das war britisches Fluchen. Die meisten Ausdrücke kennt man hierzulande gar nicht.« Ben sah Connor streng an, doch der grinste nur. »Du bist ja bloß neidisch, dass du selbst nicht darauf gekommen bist. Oder du würdest neidisch sein, wenn du etwas lockerer wärst. Sie ist ein gutes Kind, Ben.«

»Das ist sie«, bestätigte Levi. »Und du weißt, dass du uns jederzeit anrufen kannst, wenn du etwas brauchst.«

»Ja, klar weiß ich das.«

Nur tat er es nie. Er bat nicht um Hilfe. Und Levis Miene verriet, dass er das wusste.

»Idiot«, sagte Levi sanft, klopfte ihm auf die Schulter und trat hinaus in die kalte Nacht.

Ben schloss die Tür hinter den dreien, als Mac *Memory* anstimmte. Er ging in die Küche, um die leeren Flaschen für das Recycling auszuspülen, und merkte, dass er grinste.

Sie mussten das wirklich öfter machen. Wenn er Zeit schaffte für die Menschen, die ihn am besten kannten, fühlte er sich mehr wie er selbst – und als könnte er all die zehntausend Dinge schaffen, die noch auf ihn warteten. Eigentlich war das ein Widerspruch. Er hatte heute Abend drei Stunden mit Poker und Geplauder mit seinen Freunden vergeudet. Trotzdem fühlte es sich an, als hätte er Zeit zurückbekommen. Als hätte er zu sich selbst zurückgefunden.

Er wollte Ally davon erzählen.

Seine Hände hielten an den Flaschen inne. Hatte er wirklich Gefühle für sie, die mehr als freundschaftlich waren? Er hatte sich nicht gestattet, diese Möglichkeit auch nur in Betracht zu ziehen. Trotzdem war ihm die Vorstellung, Connor könnte sie um ein Date bitten, zuwider. Wohingegen ihm die Vorstellung, Connor könnte mit Elinor ausgehen, nicht das Geringste ausmachte. Elinor war eine Freundin. Ally war eine Freundin. Aber Ally war außerdem …

Er wusste es nicht. Er wusste nicht, was sie sonst noch war. Er wusste nur, dass sie nicht mehr sein durfte. Denn sie würde weggehen. Sie hatte ein Leben in New York. Das hier war nur vorübergehend, das Tierheim, die Weihnachtszeit. Und für etwas Vorübergehendes war er nicht zu haben. Wegen Astrid. Er musste klug handeln. Astrid kam an erster Stelle. Immer.

21. Kapitel

»Wer ist bereit für die Weihnachtsparade? Ist JoJo so weit? Ist das süßeste kleine Mädchen bereit, der Star der Parade zu sein?«

Ally beobachtete, wie Deenie den kleinen Hund umschmeichelte, während sie ihm winzige rote Schleifchen um die Ohren band. Sie hob eine Braue. »Du solltest sie wirklich adoptieren.«

Deenie sah auf und lachte über sich selbst. »Ich weiß. Aber ich kann in meiner Wohnung absolut keinen Hund halten. Außerdem weiß ich nie, wann mich die Wanderlust packt.«

Ally richtete ihre Aufmerksamkeit wieder auf Partridge, ernüchtert von der Tatsache, dass Deenie nicht immer hier sein würde. Die vergangenen anderthalb Wochen waren wundervoll gewesen. Aus dem Beitrag über die Hundeadoption in der landesweit ausgestrahlten Sendung war nichts geworden, doch mit Astrids, Bens und Deenies Einsatz sowie dem von Allys Großeltern brauchten sie das auch gar nicht.

In zwei Stunden würden Ally und Deenie die Hunde in den Pick-up von Furry Friends laden, der für die Parade weihnachtlich geschmückt worden war; jetzt banden sie Schleifen an den Tieren fest und überlegten, wer die Weihnachtsmannmütze und wer ein Rentiergeweih bekam.

Das Geweih hatte Ben beigesteuert. Noch immer war er nicht zum Wäschewaschen gekommen, dafür hatte er mehrmals in dieser Woche gemeinsam mit Astrid vorbeigeschaut und mit Ally im Büro geplaudert, während Astrid mit den Hunden spielte. Partridge lief ihm weiter hinterher wie ein Entenküken, und Ally vermutete allmählich, dass er nicht so unempfänglich für die Bulldogge war, wie er jeden glauben machen wollte.

»Kommt Ben auch zur Parade?«

Ally erschrak schuldbewusst. »Was?« Hatte Deenie ihr etwas angesehen? Hatte sie irgendwie gemerkt, dass Ally an ihn gedacht hatte? »Ich weiß nicht. Aber ist nicht die ganze Stadt dabei?«

»Hat er es dir nicht gesagt?«

»Warum sollte er?«

Deenie grinste. »Keine Ahnung. Ich dachte, ihr zwei habt euch öfter gesehen in letzter Zeit. Um ›Tierheimsachen‹ zu besprechen.« Ally wusste nicht, was die Anführungszeichen um »Tierheimsachen« zu bedeuten hatten, aber sie würde ganz bestimmt nicht fragen. »Letzte Woche beim Weihnachtsmarkt glaubte ich so Schwingungen gespürt zu haben.«

»Schwingungen?« Ally lachte und hoffte, dass es für Deenies Ohren nicht genauso gekünstelt klang wie für ihre eigenen. »Was denn für Schwingungen?«

»Du weißt schon: Du, er, Mistelzweig. So was eben.«

»Deenie! Da läuft nichts. Wir sind bloß Freunde. Er ist nett.«

»Ja, klar …«

»Was?«, wollte Ally wissen.

»Nichts.« Deenie winkte ab, doch angesichts von Allys Blick kapitulierte sie. »Na ja, er hat nicht gerade den Ruf, besonders nett zu sein. Er ist nett zu *dir*.«

Ally war es ein Rätsel, wie niemand sehen konnte, was für ein netter Kerl Ben war und wie vollkommen selbstlos. »Was für einen Ruf hat er denn?«

»Du weißt schon. Er gilt als mürrisch, ungeduldig, brüsk.« Deenie hielt mit dem Herausputzen der Hunde inne. »Ich liebe dieses Wort: brüsk.« Ihre Hände bewegten sich wieder. »Wir wissen natürlich alle wieso. Er hatte eine ganze Menge Kummer, den er noch nicht überwunden hat. Trotzdem ist er der Grumpus der Stadt.«

»Grumpus?«

»Grinch. Griesgram. Was auch immer. Ich weiß, ich verbringe zu viel Zeit mit Fünfjährigen, aber du weißt, was ich meine. Ich sage ja nur, dass Ben nicht gerade für seine Nettigkeit bekannt ist. Aber sobald er mit dir zusammen ist, benimmt er sich anders. Er wirkt glücklich. Tja, ich habe mich einfach gefragt, ob da was läuft.«

»Nein, absolut nicht. Unsere Freundschaft ist rein platonisch.« Wenn sie das nur oft genug behauptete, würde sie es am Ende selbst glauben.

»Das ist jammerschade.«

»Deenie! Er ist vergeben!«

Deenie stutzte und sah von JoJos Schleifen auf. »Tatsächlich?«

Ally warf ihr einen Blick zu. »Elinor? Seine Verlobte? Klingelt da nichts?«

»Elinor Rodriguez? *Die* Elinor?«

»Ja.«

Deenies Kinnlade klappte herunter. »Du denkst, die sei mit Ben West verlobt?«

»Nicht?« Angesichts Deenies Verblüffung war Ally sich nicht mehr so sicher, ob sie die ganze Sache richtig verstanden hatte. Aber ihre Großmutter hatte doch gesagt, Ben sei verlobt. Und Astrid nannte Elinor Tante. Die zwei schienen sich nahezustehen …

Deenie prustete. »Der ist vielleicht gut.«

Die Glöckchen über der Tür bimmelten, und Elinor trat ein, wie durch die Unterhaltung herbeigezaubert; tatsächlich hatte sie ja angekündigt, am Freitagnachmittag vorbeizukommen, sobald die Schule zu Ende war. Sie wollte entscheiden, welcher Hund am besten zu ihr passte.

Ally sprang auf. »Elinor!«

Die Bibliothekarin lächelte, wie immer ein wenig auf der Hut bei Allys überschwänglicher Begeisterung. »Hey.« Sie schaute auf die hübsch gemachten Hunde. »Komme ich ungelegen?«

»Nein! Ganz und gar nicht! Möchten Sie sich umsehen, ob ein Hund Ihnen ins Auge fällt?«

»Weißt du, das erklärt einiges«, meinte Deenie im Plauderton. Ally warf ihr einen Behalten-wir-doch-bitte-das-Gespräch-für-uns-Blick zu, doch ihre telepathischen Kräfte funktionierten offenbar nicht, denn Deenie redete munter weiter. »Ich habe mich nämlich schon gefragt, warum du dich in Elinors Gegenwart komisch benimmst, so überdreht. Ehrlich gesagt dachte ich insgeheim, du stehst vielleicht auf sie. Aber wenn du geglaubt hast, sie sei mit Ben zusammen, ergibt das natürlich alles Sinn.«

»Ben?«, wiederholte Elinor und unterbrach ihren Blick in einen der Hundekäfige. »Ben West?«

Ihre Überraschung beendete Allys Irrglauben endgültig. »Sie sind nicht verlobt?«

»Mit *Ben*? Um Himmels willen, nein. Nicht, dass er nicht liebenswert wäre …«

»Oh, das weiß sie«, erklärte Deenie sehr hilfreich. »Ally steht auf ihn.«

»Ehrlich?«

Elinor sah sie durchdringend an, und Ally wünschte, sie könnte im Boden versinken. »Nein, stimmt nicht.«

Aber Elinor schien sie gar nicht zu hören, denn ein langsames wissendes Lächeln breitete sich auf ihrem Gesicht aus. »Das erklärt einiges. Sie bekommen immer diesen manischen Ausdruck in den Augen, sobald Sie mit mir reden. Und ich dachte, sie seien verzweifelt auf der Suche nach Freundinnen. Irgendwie süß. Ein bisschen nervig, aber auch süß.«

»Oh nein«, meinte Ally stöhnend und verbarg das Gesicht in ihren Händen. »Es tut mir leid. Ich habe versucht, mich ganz normal zu verhalten.«

»Nun, da haben wir dein Problem«, zwitscherte Deenie. »Normal ist am schlimmsten.«

»Dachten Sie wirklich, ich sei mit Ben verlobt?«, fragte Elinor noch einmal.

Ally fühlte, wie ihr Gesicht glühte; vermutlich war sie inzwischen dunkelrot angelaufen. »Meine Großmutter hat erzählt, er sei verlobt, und dann nannte Astrid Sie Tante. Außerdem gingen Sie und Ben so natürlich miteinander um …«

Elinor machte ein Gesicht, als würde ihr alles klar werden, und sie lachte leise. »Astrid nennt mich Tante Elinor, weil ihre Mutter Katie meine allerbeste Freundin war. Ben und ich sind zusammen aufgewachsen. Dann beging ich den Fehler, auf der Highschool mit einem seiner engsten Freunde zu gehen, sodass wir uns zwangsläufig noch häufiger sahen. Aber es stimmt tatsächlich, Ben *war* verlobt. Aber das ist Vergangenheit. Isabelle hat ihn verlassen, als er das Sorgerecht für Astrid bekommen hat. Seither hat Ben keine Frau mehr angesehen. In letzter Zeit hat er sich allerdings sehr häufig in diesem Tierheim aufgehalten.«

»Er hilft mir mit den Hunden.«

Elinor nickte. »Ah-ha.«

»Es ist nicht, wie Sie denken«, beharrte Ally.

Doch eine Stimme in ihrem Hinterkopf flüsterte: *Ach nein?*

Sie hatte geglaubt, Ben sei vergeben. Sie war sich so sicher gewesen. Deshalb hatte sie sich die Überlegung, ob er vielleicht an ihr interessiert sein könnte, nicht gestattet. Jetzt aber erinnerte sie sich an alles, was sie in den vergangenen Wochen zusammen unternommen hatten, und kam nicht umhin, sich zu fragen, ob sie sich nicht nur in Bezug auf seinen Beziehungsstatus geirrt hatte.

Hatte er mit ihr geflirtet? An dem Abend, als er sie nach dem Brownie-Backen nach Hause begleitet und es um sie herum so friedvoll angefangen hatte zu schneien, als wären sie in einer Schneekugel gewesen – war das *ein Date* gewesen? Hatte er daran gedacht, sie zu küssen?

Hatten sie etwa Dates gehabt, ohne dass sie sich dessen bewusst gewesen war?

»O-oh. Offenbar nimmt gerade jemand seine Scheuklappen ab.« Deenie grinste schelmisch. »Na, wie steht es jetzt mit der platonischen Freundschaft?«

Ally schüttelte vehement den Kopf. »Er hat überhaupt nichts getan, weder meine Hand gehalten noch mich geküsst. Er hat keinen einzigen Versuch unternommen.« Auch wenn sie ihn vielleicht mehr als nur ein bisschen mochte, hieß das nicht automatisch, dass ihre Gefühle erwidert wurden.

»In Astrids Gegenwart ganz sicher nicht«, gab Elinor zu bedenken. »Ich bin mir nicht mal sicher, ob er auch nur ein einziges Date hatte, seit er ihr Vormund geworden ist.«

»Zwei Jahre?«, fragte Deenie ungläubig. »Der arme Kerl muss ja regelrecht blaue Bälle haben«

Ally prustete los; ihre Verwirrung war durch den trockenen Kommentar der Plapperprinzessin jäh beendet worden. Diese Frau, die stets irgendwo Glitzer an ihrem Körper zu haben schien. In dem Zwinger neben ihnen spitzte Harry die Ohren und lief an die Luke, wo sie sich brav hinsetzte, mit dem Schwanz wedelte und Deenie erwartungsvoll anschaute.

»Nicht die Art von Ball«, sagte Deenie zu dem Aussie, ihr Lieblingswort wiederholend, was den Hund dazu veranlasste, sich noch braver hinzusetzen. »Kein Ball, Harry. Sorry, Schätzchen.«

»Er kennt das Wort Ball?« Elinor musterte den schönen Aussie, der weiter gespannt dasaß, in der Erwartung, dass von irgendwoher etwas zum Fangen auftauchte.

»Es ist eine Sie. Harry steht für Harriet. Und ja, sie kennt eine Menge Worte, und wenn man sie lässt, bringt sie Bälle zurück, bis einem der Arm abfällt.«

Elinor betrachtete das komplizierte Riegelsystem an ihrem Käfig. »Was hat das zu bedeuten?«

Ally verzog das Gesicht. »Harry wird auch Houdini genannt. Sie kann Türen öffnen. Unsere kleine Entdeckerin.«

Elinor lachte in sich hinein. »Sollen wir dich Dora nennen, Süße?«

»Siehst du? Ich bin nicht die Einzige, die zu viel Zeit mit Kindern verbringt«, meinte Deenie, während Harry den Kopf schief legte, als Elinor mit ihr sprach.

»Wenn Sie sie adoptieren, können Sie sie nennen, wie Sie wollen. Wir haben herausgefunden, dass der Trick darin besteht, sie zurück in den Käfig zu locken, statt sie zu jagen. Wenn Sie versuchen, sie zu fangen, hält sie das für ein Spiel. Sobald Sie sie irgendwo in die Enge getrieben haben, springt sie über unmögliche Hindernisse, und alles fängt wieder von vorne an. Aber wenn Sie sie mit einem Stück Käse locken, wird Sie plötzlich ganz brav.«

»Sie ist hübsch«, bemerkte Elinor, den so markant gescheckten Aussie betrachtend, der sich immer noch von seiner besten Seite zeigte, als wüsste die Hündin, dass sie in der Bibliothekarin eine empfängliche Zuschauerin hatte. Und vielleicht wusste sie das wirklich. Die Hündin war beängstigend klug.

»Möchten Sie mit ihr spielen? Wir haben sie im größten Auslauf, trotzdem bringen wir sie mehrmals am Tag auf das eingezäunte Gelände, damit sie sich austoben kann. Sonst geht sie die Wände ihres Käfigs hoch.« Buchstäblich. Ally hatte noch nie gesehen, wie ein Hund über einen Zaun zu klettern versuchte, aber Harry tat viele Dinge, die normale Hunde nicht einmal versuchten. »Sie würden uns einen Gefallen tun.«

Elinor grinste, um Ally wissen zu lassen, dass sie ein wenig dick aufgetragen hatte, nickte aber doch. »Ja, ich würde gern helfen.«

Ally brachte Elinor und Harry in das Auslaufgelände, zusammen mit dem Quietschball des Hundes. Dann kehrte sie in die Hundekämmstation zurück, während Elinor über Harrys Späße lachte.

»Ich glaube, da haben wir ein Paar«, sagte sie leise und hob Peanut zum Kuscheln hoch. »Ben meinte, Harry könnte Elinor guttun.«

»So, meint er?«, fragte Deenie bedeutungsvoll. »Du und Ben, Ihr habt ja wirklich viel Zeit miteinander verbracht ...«

Ally stöhnte. »Weil wir Freunde sind«, stellte sie noch einmal klar. »Für ihn bin ich nichts anderes.«

»Könntest du aber, mit dem richtigen Anstoß«, schlug Deenie vor. »Männer sind manchmal blöd, und man muss ihnen direkt vor die Nase halten, was gut für sie ist, ehe sie begreifen, was alle anderen längst wissen. Sieh dir Maximus an.«

Ally schnaubte. »Vergleichst du Ben etwa mit Maximus?«

»Er ist ein lieber Hund mit einem großen Herzen, der es jedem recht machen will. Nur versteht er nicht, was man von ihm will, ehe man es ihm nicht direkt präsentiert. Das klingt sehr nach Ben.« Sie legte den Kopf schief. »Eigentlich hört sich das verdammt nach den meisten Männern an, mit denen ich Dates hatte.« Sie stutzte, dann erschien erneut ein sonniges Lächeln auf ihrem Gesicht. »Aber wenn ich es mir überlege, solltest du wohl besser keine Beziehungsratschläge von mir annehmen. Ich bin die reinste Katastrophe.«

Das sagte sie so fröhlich wie alles andere, ohne den Hauch eines negativen Gefühls. Inzwischen war Ally jedoch klar, dass es Deenies Art war, zu verhindern, dass irgendwer zu tief bohrte. Sie selbst hatte einige Erfahrung damit. »Es muss schwer sein, etwas Festes zu finden, wenn man ständig reist.«

»Stimmt«, gab Deenie heiter zu. »Zum Glück suche ich nichts Festes.« Sie hielt zwei verschiedene Bänder hoch. »Was passt besser zu Trapper, rot oder grün?«

Ally überlegte, ob sie nachhaken sollte, statt sie das Thema wechseln zu lassen, doch Deenie schien entschlossen zu sein, ihre Geheimnisse für sich zu behalten. Außerdem würde die Gelegenheit noch kommen. Zumindest hoffte Ally das. Sie genoss das Leben in Pine Hollow, das sie sich aufzubauen begonnen hatte. Mit Deenie und Astrid und Ben …

Ihre Gedanken schienen immer wieder auf ihn zurückzukommen. Wenn er nicht vergeben war, hatte er dann geglaubt, *ihr* ginge es nur um Freundschaft? Waren deshalb diese kleinen knisternden Momente zwischen ihnen gleich wieder verpufft? Weil sie ihm ein unsichtbares Stoppsignal gezeigt hatte? War da vielleicht wirklich etwas zwischen ihnen?

Er war ein großartiger Mann. Er liebte Astrid über alles. Er gab sein Bestes für diese Stadt, obwohl ihn alle für einen Grinch hielten. Er vermisste seine Schwester so sehr, dass er seine eigene Küche nicht modernisieren konnte. Und über all dem hatte er ein gutes Herz. Das machte es hart zu widerstehen.

Und wenn er nicht verlobt war …

»Ally?«

»Grün«, entschied sie, was die Bänder anging, und errötete wegen der Richtung, in die ihre Gedanken gedriftet waren, wieder einmal. »Eindeutig grün.«

Sie würde ihn bei der Parade sehen. Und es früh genug herausfinden.

22. Kapitel

Ben wusste, dass sich Klatsch schneller durch Pine Hollow bewegte als der Schlitten des Weihnachtsmannes an Heiligabend. Er wusste, wie rasch sich ein Gerücht verbreitete. Nur war er nicht daran gewöhnt, dass sich die Spekulationen um ihn drehten.

In der vergangenen Woche hatte sich nicht nur herumgesprochen, dass er und Astrid im Tierheim geholfen hatten und gemeinsam mit Ally zur Einweihung des Weihnachtsbaumes gegangen waren, sondern auch, dass sie ihm Kaffee zur Arbeit gebracht und beim Backen der Brownies geholfen hatte, die auf dem Weihnachtsmarkt ein solcher Erfolg gewesen waren. Offenbar kam das der Ankündigung einer Verlobung gleich. Die Stadt war in Aufruhr.

Ben war ja daran gewöhnt, dass Nachbarn ihn auf der Straße ansprachen, um sich bei ihm als Mitglied des Stadtrates über irgendetwas zu beschweren. Aber dass sie ihn jetzt anhielten, um ihn über sein Liebesleben auszufragen, war etwas Neues. Das Grinsen und Augenzwinkern, die freundschaftlichen Schulterklopfer – das alles machte ihn wahnsinnig.

Nach dem dritten »Ich habe gehört, du hast Zeit mit Hals

und Ritas Enkelin verbracht« und dem vierten »Hast du Ally heute schon gesehen?« war Ben so weit, den nächsten Menschen anzublaffen, der ihn vielsagend angrinste, während er und Astrid auf dem Weg zur Schule waren, wo sich die Umzugswagen für die Prozession durch die Stadt versammelten.

Glücklicherweise schien Astrid von alledem nichts mitzubekommen.

Das Letzte, wonach ihm der Sinn stand, war, mit Ally gesehen zu werden und auf diese Weise die Gerüchte weiter anzufachen. Aber Astrid und Kimber hatten gefragt, ob sie mit den Hunden auf dem Festwagen von Furry Friends mitfahren durften, statt auf dem Wagen der Pine Hollow Elementary. Also würden er und Ally zumindest so lange zusammengesehen werden, wie er brauchte, um seine Nichte abzugeben.

Astrid und Kimber hatten geholfen, den alten Pick-up des Tierheims zu schmücken, bis er weihnachtlich erstrahlte. Astrid kreischte vor Begeisterung, als sie den Wagen hinten in der Schlange entdeckte.

»Der sieht so super aus!«

Kimber war schon dort, und Astrid lief zu ihrer Freundin und den Hunden, die hinter dem Pick-up um sie herumsprangen.

»Ich hole dich nachher genau hier wieder ab«, rief Ben ihr zu, um schnell wegzukommen, bevor Ally auftauchte und der Tratsch neue Nahrung erhielt.

»Sie fahren nicht mit uns?«

Zu spät.

Ben drehte sich zu Ally um, während sich fünfundzwanzig Kilo Bulldogge auf seinem Fuß niederließen und sich gegen seine Schienbeine lehnten. »Hallo, Partridge.«

Ally stand ein paar Schritte entfernt von ihm und lächelte ihn an. Sein Verstand schlug Purzelbäume. Stand sie zu nah bei ihm? Lächelte sie zu sehr? War das womöglich der Grund, weshalb die ganze Stadt glaubte, sie seien zusammen? Lächelte sie gar mit Absicht? Glaubte *sie*, sie seien zusammen? Sie sah hinreißend aus in ihrem roten Mantel und dem weißen Schal – wie bei ihrer ersten Begegnung und an jenem verschneiten Abend, als er sie nach Hause gebracht hatte. Aber nur weil er sich stets daran erinnerte, was sie anhatte, hieß das noch lange nicht, dass er Gefühle für sie hatte. Dafür gab es gar keinen Platz in seinem Leben, ganz egal, was seine Pokerfreunde und die halbe Stadt denken mochten.

»Ben?«

»Nein«, platzte er heraus und begriff, dass er eine Frage nicht mitbekommen hatte. »Nein, ich dachte nur, äh, die Ladefläche des Pick-ups ist zu klein für all die Hunde und Sie und Ihre Großeltern und die Mädchen.«

»Nun, Gramps fährt schon mal, und ich glaube, nur Grams wird auf der Ladefläche mitfahren. Wir anderen gehen mit den Hunden neben dem Wagen her, damit die Zuschauer die Tiere besser in Augenschein nehmen können. Und wenn die Hunde müde werden – oder die Mädchen –, können sie mit Gram hinten auf dem Wagen fahren, bis sie wieder Kraft haben. Es ist also genügend Platz da, falls Sie nichts gegen einen sehr langsamen Spaziergang durch die Stadt einzuwenden haben.«

»Nein, ich, äh, habe Levi schon zugesagt, dass ich mir die Parade mit ihm ansehe.«

Es war eine Lüge, aber Ally lächelte. »Oh, na ja. Nächstes Mal vielleicht. Meine Großeltern sind entschlossen, daraus ein jährliches Ereignis für das Tierheim zu machen, sollten wir unsere Finanzierung irgendwie aufrechterhalten können.«

Ben runzelte die Stirn. Er hatte erwartet, dass sie quasi schon auf dem Sprung war. Ihm war klar gewesen, dass es ungünstig war, die Hunde so rasch unterbringen zu müssen, aber er hatte keine Ahnung gehabt, dass sie versuchten, das Tierheim weiter zu betreiben. »Sie sind auf der Suche nach neuen Geldern?«

»Wir probieren es überall. Wir haben eine Internetseite mit einem Spendenaufruf gebastelt, und Gramps und ich schreiben praktisch in jeder freien Minute Anträge für Zuschüsse. Kampflos gebe ich jedenfalls nicht auf.«

»Ich hätte gedacht, Sie können es gar nicht erwarten, wieder in Ihr altes Leben zurückzukehren.«

Sie zog die Brauen zusammen, doch bevor sie etwas erwidern konnte, unterbrach ein Schrei das Gespräch.

»Ally! Wir haben ein Problem!« Das war Deenies Stimme, und Ally verzog das Gesicht.

»Die Pflicht ruft. Wir sehen uns nach der Parade – es sei denn, Sie haben Ihre Meinung geändert?«

»Nein, ich … Levi, wissen Sie.«

»Stimmt. Na, amüsieren Sie sich gut. Winken Sie uns zu! Komm, Partridge!« Und dann war sie weg, zusammen mit der Fünfundzwanzig-Kilo-Bulldogge, um sich dem wie auch immer gearteten Notfall zu widmen, der sich beim Furry-Friends-Festwagen ereignet hatte.

Jetzt musste er nur noch Levi finden und ihn davon überzeugen, mit ihm gemeinsam die Parade anzuschauen.

Es fühlte sich eigenartig an, vom Festwagen wegzugehen. Aber das lag nur daran, dass Astrid dort war. Es war nicht so, als gehörte er dorthin. Er half ja auch nur, weil er sich schuldig fühlte. Nicht weil Ally zu sehen der beste Teil des Tages war.

Ein jährliches Ereignis …

Überlegte sie wirklich zu bleiben?

Er hatte nicht einmal in Erwägung gezogen, dass sie nicht wieder aufbrechen könnte. Genau deshalb war es ihm vermutlich auch leichtgefallen, mit ihr über seine Unzulänglichkeiten als Vaterersatz zu sprechen. Sie war nur vorübergehend da, und wenn sie ging, würde sie all seine geheimen Unsicherheiten mitnehmen. Wenn sie jedoch blieb …

Wow, die Gerüchteküche würde brodeln. Jeder würde denken, dass sie das seinetwegen tat. Die Stadt würde sie am Valentinstag verheiratet haben. Das hatte ihm noch gefehlt.

Auf halbem Weg zum Marktplatz, was in etwa der Hälfte der Paradestrecke entsprach, fiel ihm ein, dass er ja nach Levi suchen musste.

»Ben!« Delia winkte ihm zu, und Ben winkte zurück, bevor er die Tribüne erklomm, auf der die Bürgermeisterin und ihre Frau die Parade verfolgen würden, zusammen mit anderen Stadträten und deren Familien.

Ben begrüßte rasch jeden und wünschte frohe Weihnachten, während er sich bis zu Delia vorarbeitete. »Hast du Levi gesehen?«, erkundigte er sich, nachdem die Höflichkeiten ausgetauscht waren. »Ich wollte mir mit ihm die Parade ansehen.«

Auch wenn er gar nichts davon weiß.

Delia runzelte die Stirn. »Levi Jackson? Fährt er dieses Jahr nicht den Wagen des Weihnachtsmannes?«

»Stimmt.« *Verdammt.* »Da muss ich etwas missverstanden haben.«

»Schau es dir von hier oben aus an.« Sie klopfte auf den Platz neben sich auf der Bank. »Ich wollte ohnehin etwas mit dir besprechen, und die Show geht gleich los. Warte hier, während ich den Startschuss gebe.«

Delia begab sich mit klappernden Absätzen zu einem Podium samt Mikrofon. Sie hielt eine kurze Rede, hieß jeden bei der fünfunddreißigsten jährlichen Weihnachtsparade in Pine Hollow willkommen und verkündete offiziell den Start. Ihre Stimme hallte über den Marktplatz. Jubel erhob sich, und die Marschkapelle der Highschool begann eine etwas stümperhafte Version von *It's Beginning to Look a Lot Like Christmas* zu spielen, während sie auf den Platz marschierten.

Die Pine-Hollow-Weihnachtsparade war nicht vergleichbar mit der Macy's Thanksgiving Day Parade in New York City. Es gab keine Ballons, und die Umzugswagen waren mit wenig Geld geschmückt, doch der Jubel war dennoch genauso laut. Die diesjährige Miss Teen Maple Syrup fuhr hinter der Marschkapelle durch den Ort, auf der Rückbank eines roten Cabrios. Ihr folgte ein Festwagen des Zahnarztes, der – eher unpassend, wie Ben fand – Zuckerstangen in die Menge warf. Das wollte er Ally texten – und ärgerte sich sofort über diesen Impuls.

Kein Wunder, dass die halbe Stadt glaubte, sie seien zusammen.

Dem Zahnarzt folgte der Umzugswagen der Summerland Estates – der einzigen Gruppe, die sich vermutlich nicht am Motorengebrüll des lokalen Harley Clubs hinter ihnen störte. Es gab außerdem einen Festwagen vom Skihotel, eine weitere Schönheitskönigin, und dann kämpfte sich die Mittelschulkapelle durch *Santa Claus Is Comin' to Town*.

Dahinter folgte der Furry-Friends-Festwagen.

Der alte grüne Pick-up hatte nie besser ausgesehen, mit Girlanden und einem riesigen Furry Friends Banner geschmückt. Hal saß auf dem Fahrersitz. Er trug eine Weihnachtsmannmütze auf dem Kopf und winkte aus dem Fenster, während der Wagen langsam die Straße entlangrollte. Rita saß auf der Ladefläche wie eine der Schönheitsköniginnen; sie strahlte, winkte und hielt die Pfoten des Chihuahuas hoch, den sie auf dem Arm hielt, damit auch er winkte.

Auf der Ladefläche waren noch einige andere Hunde, einschließlich Partridge, der offenbar sein Limit für diesen Tag erreicht hatte, noch bevor sie am Marktplatz ankamen. Astrid, Ally, Deenie und Kimber gingen neben dem Wagen her und führten jede einen Hund an der Leine. Die Mädchen sahen sehr stolz aus. Deenie hatte Elfenohren und Glitzer im Gesicht und winkte der Menge wie ein Profi zu. Doch es war Ally, von deren Anblick Ben sich nicht losreißen konnte.

Sie lächelte schüchtern und winkte verhalten, die Frau aus der Großstadt, die ungern im Mittelpunkt stand, dafür aber gern ein Teil des Ganzen war. Sie war so voller Widersprüche, was ihn jedoch nur noch neugieriger machte. Sie schien sich nach Gemeinschaft zu sehnen, wirkte aber auf jeder größeren Veranstaltung nervös. Sie hatte ihm gesagt, er sei zu streng mit sich; sich selbst aber gönnte sie keine Pause. Ständig war sie für ihre Großeltern da, für das Tierheim und für Ben. Ihre eigenen Bedürfnisse stellte sie hintan. Sie brauchte jemanden, der ihr sagte, sie solle langsamer machen. Sie brauchte …

»Du und die Hundelady also, was?«

Ben drehte den Kopf erschrocken nach links; Delia beobachtete ihn mit einem wissenden Grinsen. »Fang du nicht auch noch an. Diese Stadt ist albern. Wir sind *nur* Freunde.«

»Na klar«, meinte Delia, hörte aber nicht auf zu grinsen. Sie reckte den Hals, um sehen zu können, wie der Furry-Friends-Festwagen um die Ecke verschwand. »Sie scheint nett zu sein und sich gut mit Astrid zu verstehen.«

»Ja, sehr. Und sie geht zurück nach New York.« Seit Isabelle fort war, hatte er kein Date mehr gehabt, und er wollte auch jetzt keins haben. Schon gar nicht mit jemandem, der nicht bleiben würde. Ganz gleich, was die übrigen Bewohner des Städtchens dachten.

»Das ist aber schade. Ihr beide wärt süß zusammen gewesen. Davis hat gehört, dass sie eine ziemlich bekannte Fotografin ist, und er wollte sie fragen, ob sie nicht ein paar Fotos für die Tourismus-Website schießen will.« Sie applaudierten, als der Festwagen der Bäckerei auftauchte.

Dieser Festwagen war stets einer der größten der Parade, dank Macs und Magdas Kuchen-Dauerfehde, die mittlerweile in sämtliche Bereiche des Stadtlebens ausstrahlte. Der Festwagen von The Cup würde mindestens ebenso spektakulär sein.

»Hast du noch mal über die Bürgermeisterwahl nachgedacht?«, fragte Delia in verräterisch unbeschwertem Ton. »Die Wahl findet nicht vor März statt, aber du müsstest die Formulare für deine Kandidatur bis Ende des Jahres ausfüllen …«

Ben stöhnte. Zumindest wusste er jetzt, weshalb sie gewollt hatte, dass er sich neben sie setzte. »Delia, ich werde nicht für das Bürgermeisteramt kandidieren. Ich kann diesen Stress nicht gebrauchen; mich würde ohnehin niemand wählen. Ich bin das am meisten verachtete Mitglied des Stadtrates.«

Sie wandte den Blick von der Parade ab und sah ihn direkt an. »Warum, um alles in der Welt, sagst du so etwas?«

Seine Brauen schossen in die Höhe; er war überrascht von ihrer Überraschung. »Ich bin derjenige, der in der Schlange bei The Cup angeschrien wird, weil wir das Budget für die Weihnachtsbaumbeleuchtung nicht erhöhen wollen. Außerdem bin ich der Computerexperte der Stadt, daher weiß ich, wer die meisten Mecker-Mails von allen Stadträten bekommt. Und das bist nicht du und auch niemand sonst. Ich bin es.«

»Was doch nur bedeutet, dass die Leute der Ansicht sind, *du* hörst ihnen wirklich zu. Denn genau das tust du. Die Hälfte der Stadtverordneten werden nie ihre Meinung über irgendetwas ändern; wozu also die eigene Zeit damit vergeuden, sie bei The Cup zu behelligen oder ihnen lange, tiefsinnige E-Mails zu schreiben, die sie niemals lesen werden? Du hingegen liest sie. Du schenkst ihnen Aufmerksamkeit.«

»Ich bin der Grinch der Stadt.«

Delia lachte. »Ben West, wenn du der Grinch bist, dann der mit Herz. Du kannst sehr schroff rüberkommen, aber wir alle wissen, dass du einen weichen Kern hast. Jeder, der dich mit Astrid erlebt hat, weiß es.«

Es klang nett, doch glaubte er ihr kein Wort. »Mit deinen Schmeicheleien bringst du mich auch nicht dazu, für das Bürgermeisteramt zu kandidieren, Delia.«

»Ich schmeichle dir nicht. Aber wenn du wirklich nicht kandidieren willst, werde ich dich damit in Ruhe lassen. Obwohl du der Beste wärst.«

Er musterte sie. »Du wirst nicht lockerlassen.«

Sie grinste schamlos. »Wahrscheinlich nicht. Fürs Erste aber werde ich das Thema fallen lassen – nachdem ich dir einen letzten Gedanken mit auf den Weg gegeben habe: Wenn du das Amt des Bürgermeisters nicht willst, überleg dir mal, wer es stattdessen machen wird und wie sehr du dich dann vier Jahre lang ärgern wirst.«

Ben schüttelte den Kopf. »Du bist gemein.«

»Ich tue, was ich tun muss.«

»Wir sollten darüber abstimmen, die Amtsperiode zu verlängern und dich weitermachen lassen.«

»Nee. Margaret möchte, dass ich mehr zu Hause bin. Und ich verspreche ihr schon seit zwei Jahren eine Reise nach Europa. Es wird Zeit, die Fackel weiterzureichen.« Sie stieß ihn mit dem Ellbogen an. »Überleg es dir. Du wärst ein guter Bürgermeister.«

»Da bin ich lieber der Grinch der Stadt.«

Sie lachte, und dann schauten sie beide wieder der Parade zu. Aber ihre Worte gingen ihm nicht mehr aus dem Kopf, genau, wie sie es beabsichtigt hatte. Ganz schön durchtrieben, seine Chefin. Aber vielleicht lag sie ja gar nicht komplett falsch … und nicht nur, was den Bürgermeisterposten betraf.

23. Kapitel

Als die Parade endete, taten Ally die Füße weh, und sie war kein Stück weitergekommen in der Frage, ob Ben nun meinte, dass mehr zwischen ihnen war oder nicht. Also nicht, dass sie während des Marsches viel darüber nachgegrübelt hätte. *Ha, schön wärs.*

Sie hatte ihn zunächst tatsächlich ganz gut aus ihren Gedanken verbannen können, bis Astrid sie direkt darauf angesprochen hatte. »Läuft da eigentlich was zwischen dir und Onkel Ben?«

Sie waren neben dem Festwagen von Furry Friends hergegangen, und Ally war bei dieser Frage beinah über ihre eigenen Füße gestolpert. Sie stammelte, sie und Ben seien nur Freunde, was, wie sie hoffte, überzeugend klang. Denn selbst wenn sich da etwas zwischen ihr und Ben entwickelte, war es nicht an ihr, mit Astrid darüber zu reden. Und ganz sicher würde sie nicht mit Bens Nichte darüber sprechen, bevor sie mit ihm geredet hatte.

Allerdings half Astrids Frage nicht gerade dabei, die ganze Angelegenheit aus dem Kopf zu bekommen. Schon gar nicht, da Astrid andeutete, dass sie *absolut* kein Problem damit habe, wenn da etwas zwischen Ally und Ben laufe. Glücklicherweise ließ sie sich durch die Hunde leicht wieder vom Thema ablenken.

Ally lief weiter verunsichert in der Parade mit, eine Fremde, von der die Leute sich vermutlich fragten, wer sie war und was sie da eigentlich zu suchen hatte. Sie versuchte sich wieder auf die Hunde und auf Astrid und Kimber zu konzentrieren, und im Nu war die Parade vorbei.

Am Zielpunkt herrschte ein großes Durcheinander, und die Kapellmitglieder rannten in alle möglichen Richtungen. Ally schrieb Ben und Kimbers Mutter, sie würde die Mädchen zurück zum Marktplatz bringen und sie am Pavillon treffen.

Astrid und Kimber liefen zwei Schritte vor ihr her und flüsterten den ganzen Weg über aufgeregt miteinander. Auf dem Marktplatz herrschte ebenfalls noch Betrieb, aber wenigstens liefen nicht mehr dutzende Teenager mit Blasinstrumenten umher. Ally fand Ben nicht gleich und folgte Astrid und Kimber in den Pavillon.

»Da drüben, Ally«, drängte Astrid. »Von dort können wir am besten sehen.«

Ally ging zu der Stelle, auf die Astrid zeigte, und beugte sich über das Geländer. Ben sah sie trotzdem noch nicht.

»Da sind meine Eltern.« Kimber winkte, machte jedoch keinerlei Anstalten, zu ihrer Mom und ihrem Dad zu laufen, die zurückwinkten und sich dann mit einem Paar weiter unterhielten, das Ally nicht kannte.

»Wo ist Onkel Ben?«, fragte Astrid, vor Ungeduld auf und ab hüpfend, als könnte sie es plötzlich nicht erwarten, endlich nach Hause zu kommen.

»Der wird gleich hier sein«, versicherte Kimber ihr, und

Ally stutzte angesichts dieses seltsamen Dialogs – dann entdeckte sie Ben, der sich halb joggend einen Weg durch die Menge über den Platz bahnte.

»Sorry. Ich war schon fast beim Imbiss, als ich Ihre Nachricht las«, erklärte er, die Stufen zum Pavillon erklimmend.

»Oh, tut mir leid.« Ally wollte vom Geländer zu ihm gehen, doch Kimber stellte sich ihr in den Weg. »Ich dachte, es sein einfacher, sich hier zu treffen.«

»Ja, das ist großartig.« Er war ein wenig außer Atem und legte Astrid lächelnd die Hand auf die Schulter. »Ich habe ganz vergessen, was für einen Tumult es am Ende jedes Mal gibt. Bist du bereit, Astrid?«

»Darf ich bei Kimber übernachten?«

Er sah sie überrascht an. »Habt ihr Kimbers Eltern gefragt?«

»Machen wir jetzt.« Astrid hob beide Hände als Stoppzeichen, als Ben den Pavillon wieder verlassen wollte. »Du bleibst hier. Wir sind gleich wieder zurück.«

Ben machte ein misstrauisches Gesicht, blieb jedoch stehen, während die zwei Mädchen losrannten. Ally lehnte sich an das Geländer hinter ihr. »Sie haben sich sehr gut benommen während der Parade.«

»Ich bin froh, dass sie Ihnen keinen Ärger gemacht haben.«

»Sie sind Engel. Obwohl ich Sie vermutlich warnen sollte. Astrid sprach davon, jeden Tag zum Tierheim zu kommen, solange keine Schule ist. Außerdem bin ich mir ziemlich sicher, dass Gram sie gefragt hat, ob sie morgen beim Haustiermarkt in den Estates mithelfen will.«

»Ist das morgen?«

»Um zwei.«

»Das können wir sicher einrichten. Wenn es Sie nicht stört …«

»Selbstverständlich nicht. Wir nehmen jede Hilfe dankbar an.« Sie verkniff sich das Lächeln, das sich auf ihrem Gesicht ausbreiten wollte. »Alles okay mit den Stadtangelegenheiten? Es machte den Eindruck, als hätten Sie und die Bürgermeisterin eine ziemlich ernste Unterhaltung geführt, als wir Sie oben auf der Tribüne gesehen haben.«

Ben war das sichtlich unangenehm. »Sie will, dass ich für das Bürgermeisteramt kandidiere. Was lächerlich ist. Ich habe keine Ahnung, warum sie mich ausgesucht hat. Ich kann nicht Bürgermeister werden.«

Ally legte den Kopf schief. »Warum nicht?«

»Ich bin nicht … Ich weiß nicht, es liegt mir nicht. Ich …« Er zuckte mit den Schultern und verschränkte die Arme vor der Brust – die Haltung eines Jungen in der Defensive. »Delia scheint mich für einen großartigen Menschen zu halten. Als wäre ich Bob Cratchit statt Ebenezer Scrooge.«

»Ben …« Ally schüttelte perplex den Kopf. Hatte er deshalb so empfindlich auf die Scrooge-Scherze reagiert? Weil er fürchtete, es könnte die Wahrheit sein? Sah er sich selbst wirklich nicht als guten Menschen? »Wie viele Leute sitzen im Stadtrat?«

»Sechs plus Bürgermeisterin.«

»Und wie viele von denen sind draußen im Tierheim und helfen mir, die Hunde im Newsletter der Stadt zu präsentieren, damit sie rasch ein neues Zuhause finden, bevor die Gelder versiegen?«

Er winkte ab. »Sie verstehen das nicht. Ich war die entscheidende Stimme. Es war meine Entscheidung.«

»Das spielt keine Rolle. Sie waren nicht allein verantwortlich, und sind trotzdem der Einzige, der bei uns aufgetaucht ist. Sie sind meinetwegen ins Tierheim gekommen. Und wegen Astrid. Sie legen sich für jeden in der Stadt mächtig ins Zeug. Also reden Sie sich nicht ein, Sie seien nicht gut genug für das Amt des Bürgermeisters. Ich kenne niemanden, der besser dafür geeignet wäre.«

Die Worte hallten nach, da sie leidenschaftlicher als beabsichtigt herausgekommen waren.

Aber er war nun einmal wirklich geeigneter als jeder andere.

Und sie hatte Gefühle für ihn. Sehr starke sogar. Tatsächlich war sie so verliebt, dass sich in ihr ein Druck aufbaute, der ihr das Atmen schwer machte.

»Seht mal, ihr zwei! Ihr steht unter dem Mistelzweig!«

Ally schaute hoch, nachdem Astrid gerufen hatte, und da war er – der Schicksalszweig genau über der Stelle, an die Astrid sie geführt hatte. Auch Ben sah nach oben, und Ally bekam Herzklopfen.

Das war er. Der Moment der Wahrheit.

Jetzt musste Ben sie nur noch küssen.

Ben starrte zu dem symbolträchtigen Zweig hinauf und wurde das Gefühl nicht los, Opfer einer Verschwörung zu sein.

Ja, er mochte Ally. Da die meisten Leute sie ohnehin schon für ein Paar hielten, konnte man ganz leicht auf den Gedanken kommen, dass sie es auch wirklich sein sollten. Sie war süß und klug und amüsant – und ihre sinnlichen Lippen weckten einige unkeusche Fantasien in ihm. Allerdings konnte er derlei Fantasien in der Nähe seiner Nichte überhaupt nicht gebrauchen.

Am besten ließ er solche Fantasien ganz sein.

Astrid hatte Ally ins Herz geschlossen. Und er wäre nicht überrascht zu erfahren, dass sie sich wünschte, er und Ally würden sich ineinander verlieben. Wahrscheinlich stellte sie sich schon ein Haus voller Hunde vor. Es war eine Sache, eine neue Beziehung anzufangen, wenn es dabei nur um ihn ging. Doch wenn Astrid sich Hoffnungen machte und ihr Herz an Ally hing, die Sache dann aber schiefging und Ally zurück nach New York zog …

Er musste in erster Linie an Astrid denken. Astrid kam stets an erster Stelle.

In einer anderen Welt hätte er Ally wohl geküsst. Sie hätten womöglich gut zusammengepasst. Aber sie lebten in dieser Welt. Dies war sein Leben.

Es spielte keine Rolle, wie perfekt dieser Augenblick war. Oder wie hübsch sie aussah, während sie fragend zu ihm aufsah. Oder wie gern er einfach die Arme um sie schließen würde und …

Ein Becken fiel einem der Kinder aus der Marschkapelle scheppernd zu Boden. Das Geräusch hallte über den Platz, riss Ben aus seinen Gedanken und rief ihm wieder ins Gedächtnis, wie sehr sie hier in der Öffentlichkeit standen.

»Nein.« Er wippte auf den Absätzen. Ally wandte sich ab und errötete. Er streckte die Hände aus; einerseits fürchtete er, sie zu berühren, andererseits wollte er unbedingt, dass sie verstand. »Es tut mir wirklich leid …«

Sie wich kopfschüttelnd zurück. »Nein, ist schon in Ordnung. Es war nur eine verrückte …«

»Das ist es nicht. Die Dinge sind kompliziert …«

»Nein, ich verstehe. Ich sollte …« Sie schlängelte sich an

ihm vorbei zum Ausgang des Pavillons. »Ich muss zu meinen Großeltern, bevor die einen Suchtrupp losschicken.«

»Ally …« Er streckte sinnlos die Hand nach ihr aus.

Sie lief bereits klappernd die Stufen des Pavillons hinunter, ein breites falsches Lächeln für die Mädchen im Gesicht. »Bis später!«, rief sie den beiden im Vorbeieilen zu.

Ben schaute ihr mit einem Gefühl der Leere hinterher. Er hatte nichts anfangen wollen, was keine Zukunft hatte. Schon gar nicht vor den Augen des ganzen Ortes. Aber er hatte ihr auch nicht wehtun wollen.

Na ganz toll, West. Der Ausdruck auf Astrids und Kimbers Gesicht, als er sie ansah, bestätigte nur, dass er wirklich der nutzloseste Kerl aller Zeiten war.

»Was hast du gemacht?«, wollte Astrid entsetzt von ihm wissen.

»Nichts. Gehen wir nach Hause.«

Er hatte das Richtige getan. Ally würde nach New York zurückkehren. Sein Leben war hier mit Astrid. Er durfte sich nicht mit ihr einlassen. Nur musste er sich immer wieder daran erinnern.

24. Kapitel

Öffentliche Demütigung: 1. Mistelzweig: 0.

Ally eilte durch die Menschenmenge auf dem Marktplatz und versuchte nicht darüber nachzudenken, wie viele Leute wohl die Zurückweisung durch Ben gesehen hatten.

Er hatte eine Erklärung gehabt – natürlich. Es war kompliziert. Sicher war es das. Nur wollte sie wirklich nicht mehr bleiben, um sich all die Gründe anzuhören, weshalb er sie zurückwies. Sie hätte nicht auf Deenie und Elinor hören sollen oder auf Astrid und alle, die anscheinend heimliche Spekulationen über Ally und Ben angestellt hatten.

Sie waren *Freunde*. Und falls sie gehofft hatte, es könnte mehr daraus werden, war dieser Wunsch ganz offensichtlich einseitig gewesen.

Das war alles. Keine große Sache.

Wahrscheinlich mochte sie ihn nicht einmal so sehr, wie sie glaubte. Es wäre nicht das erste Mal, dass sie sich an einen Kerl hängte, weil sie einsam und er verfügbar war. Dabei hatte sie sich fest vorgenommen, auf so etwas in Zukunft zu verzichten. Sie war in New York einsam gewesen, aber Pine Hollow mochte sie wirklich. Die Arbeit im Tierheim ebenso wie die Besuche der Veranstaltungen im Ort. Es fühlte sich gut an, Teil von etwas zu sein, und wahrscheinlich vermischte sie alle diese Empfindungen mit dem, was sie glaubte für Ben zu empfinden. Ja, so musste es sein.

Das Chaos um den Imbiss herum hatte sich gelegt, als sie zum Pick-up von Furry Friends zurückkam. Ihre Großeltern hatten sämtliche Hunde in ihre Boxen verfrachtet, und Ally joggte die letzten Meter. »Tut mir leid, dass es so lange gedauert hat!«

War damit beschäftigt, mein Selbstwertgefühl zu zerstören.

»Kein Grund zur Aufregung«, versicherte Gramps ihr. »Dein Timing ist perfekt. Der letzte Wagen, der uns blockiert hat, ist gerade erst weggefahren.«

»Hast du Ben gefunden?«, erkundigte Gram sich mit einem Funkeln in den Augen, das Ally geflissentlich ignorierte.

»Jap. Und Kimbers Eltern auch. Alles ist geklärt. Ist Deenie schon los?«

»Sie hatte noch eine andere Verpflichtung.«

»Großartig.« Ally klatschte in die Hände. »Dann lasst uns die Hunde nach Hause bringen.«

Die Hunde. Das Tierheim. Das waren die Dinge, auf die sie sich konzentrieren musste. Es gab Wichtigeres, als permanent an Ben West und den ausgefallenen Mistelzweigkuss zu denken.

»Ihr zwei gebt ein süßes Paar ab.«

Ben biss die Zähne zusammen und lächelte geduldig, die gleichen Worte murmelnd wie schon bei den vorangegangenen zwölf Malen: »Ally und ich sind kein Paar, Mrs. Kowalski.«

Aus dem Gemeinschaftsraum der Summerland Estates war Bellen zu hören, während die weißhaarige Achtzigjährige sich vorbeugte und eine Hand ans Ohr hob. »Hm?«

»Sie ist nur eine Freundin!«, rief Ben.

»Natürlich ist sie das, mein Lieber.« Mrs. Kowalski strahlte. »Und was für eine reizende Freundin!«

Ben gab es auf – wie bei jeder der anderen kurzen Unterhaltungen in den vergangenen zwanzig Minuten. Fast wäre er heute gar nicht hergekommen. Er hatte Ally und Astrid versprochen dabei zu sein, doch nach diesem vermurksten Mistelzweigmoment war es verlockend gewesen, den Heimtiermarkt ausfallen zu lassen.

Nicht, dass er es vermurkst hätte. Auf keinen Fall hätte er Ally auf dem Marktplatz küssen können. Aber womöglich hätte man die Zurückweisung eleganter hinbekommen können. Astrid hatte bei Kimber übernachtet, daher hatte er reichlich Zeit gehabt, darüber nachzudenken, was er hätte tun sollen. Er musste sich bei Ally entschuldigen, doch vorerst bemühte er sich, auf Distanz zu bleiben, soweit das im Gemeinschaftsraum der Summerland Estates möglich war. Was immer das auch nutzen sollte.

Jeder der Senioren, mit denen Ben sprach, gab einen Kommentar darüber ab, wie wundervoll es war, ihn und Ally zusammen zu sehen. Was für ein »charmantes Paar« sie seien. Er konnte sich heiser reden bei dem Versuch, dieses Missverständnis aufzuklären; die Summerland-Bewohner lächelten nur und tätschelten seine Hand – entweder hörten sie ihn nicht, oder sie glaubten ihm kein Wort.

Immerhin schien der Haustiermarkt ein voller Erfolg zu sein, obwohl ihm dafür kein Dank gebührte. Als er und

Astrid an diesem Nachmittag bei Furry Friends angekommen waren, hatten Deenie und die drei Gilmores bereits die Hunde in ihre Transportboxen geladen.

Sie hatten alle Hunde mitgenommen, die sich innerhalb des Gewichtslimits befanden: die Dackelmischlinge Fred und Ginger, den Papillon JoJo, den Chihuahua Peanut, den einäugigen Jack Russell-Terrier Trapper sowie eine kleine zerzauste schwarze Mischlingshündin unbestimmter Rassen namens Daisy, die vielleicht ein klein wenig mehr wog als fünfzehn Kilo. Aber es gab keine Waage, daher sahen sie darüber hinweg. Und selbst Daisy, die unglücklicherweise dazu neigte, loszupinkeln, sobald sie nervös war, schien unter den Summerland-Bewohnern einen regelrechten Fanclub gefunden zu haben.

Der allerdings kein Vergleich war zu Allys Fanclub.

Sie hatte ihre Kamera mitgenommen und fotografierte die Senioren zusammen mit den Hunden. Ben beobachtete sie dabei und bewunderte, wie mühelos sie alle von sich einnahm – so wie ihr schon die ganze Stadt zu Füßen lag.

»Lilian, sieh dir diesen kleinen Engel an!«, rief Mrs. Kowalski und hielt Peanut hoch, damit ihre Bekannte den Hund betrachten konnte. Ben nutzte die Gelegenheit, um sich zurückzuziehen, damit Peanut bei den Frauen seinen Charme ausspielen konnte. Der alte Chihuahua schien bei den Bewohnern am besten anzukommen, obwohl er vollkommen taub war. Er hatte riesige vorstehende Augen und schien immer zu zittern; trotzdem war er auf dem besten Weg, das inoffizielle Maskottchen der Summerland Estates zu werden.

Trapper hatte es sich im Korb von Mrs. Walkers Rollator gemütlich gemacht, drehte mit ihr die Runden und wurde überall begurrt. Deenie ließ JoJo alle Tricks vorführen, die sie dem kleinen Hund beigebracht hatte. Daisy blieb eng an Astrids Seite, spähte jedoch immer wieder hinter ihrem Bein hervor und wurde schließlich auf den Schoß einer Bewohnerin gelockt.

Da niemand auf ihn zu achten schien, näherte Ben sich im Getümmel vorsichtig Ally.

»Hey«, sagte er leise, als er neben ihr stand. »Werden die Fotos gut?«

Ally warf ihm einen Blick zu, ohne die Kamera sinken zu lassen. »Jap.«

Nicht gerade ermutigend. Aber er wusste nicht, ob er eine weitere Chance bekommen würde. »Ich wollte mich wegen gestern entschuldigen. Diese Sache mit dem … Sie wissen schon.«

Ihre Wangen färbten sich rot. »Ist schon in Ordnung. Wir müssen nicht …«

»Es ist nur so, dass Gerüchte kursieren, über uns beide. Sie und mich.«

Sie senkte die Lider. »Die sind mir auch schon zu Ohren gekommen.«

»Ich weiß, dass der Mistelzweig keine romantische Bedeutung hat, trotzdem wollte ich den Gerüchten keine weitere Nahrung geben. Ich hoffe, Sie waren nicht gekränkt …«

»Natürlich nicht. Ich habe vollstes Verständnis …«

»Ich muss schließlich auch an Astrid denken …«

»Richtig. Absolut.« Sie sprachen beide sehr schnell, sodass die Worte des einen sich mit denen des anderen überlappten – bis Rita Gilmore plötzlich zwischen ihnen auftauchte.

»Falls jemand fragt – Trapper ist jetzt Hemingway«, flüsterte sie drängend. »Bob Blake ist kurz davor, ihn zu nehmen, und er war früher Literaturprofessor, deshalb habe ich beim Namen ein wenig geschummelt, um die Sache voranzutreiben. Die beiden sind perfekt füreinander. Beide dermaßen mürrisch, dass man es kaum aushalten kann. Wie läuft es bei dir? Glück gehabt?«

Allys Gesicht war noch rosig, und sie wich Ritas Blick aus; trotzdem sprach sie mit ihrer Großmutter, als hätte sie mit ihm nicht eben gerade die unangenehmste Unterhaltung seines Lebens geführt. »Peanut begeistert alle.«

Mr. Gilmore tauchte auf, mit Ginger und Fred an der Leine. »Hat jemand eine Idee, zu wem diese beiden Turteltäubchen passen könnten?«, fragte er. »Alle sind ganz angetan von ihnen, aber niemand scheint zwei Hunde auf einmal nehmen zu wollen.«

Ally ging in die Hocke, um das Hundepärchen zu streicheln. »Wenn jeweils einer der beiden von jemandem hier adoptiert würde, könnten sie sich doch gegenseitig besuchen«, schlug sie vor.

»Probieren wir es mit Verna und Lyle Johnson«, sagte Mrs. Gilmore plötzlich und zupfte Ally am Arm, während sie auf ein Paar auf der anderen Seite des Raumes zeigte. Die beiden umringten die Hunde nicht, wie es die anderen Bewohner taten, sondern saßen ein wenig abseits und beobachteten das Treiben händchenhaltend. »Die zwei haben in fünfundsechzig Jahren keine Nacht getrennt verbracht. Wenn jemand versteht, warum Fred und Ginger zusammenbleiben müssen, dann diese beiden. Geht ihr beide mal hin.«

Ben blieb kaum Zeit zu reagieren, da ihm gleich eine Leine in die Hand gedrückt wurde. Außerdem schubste Rita ihn überraschend hart mit beiden Händen an seinem Rücken.

Ally beobachtete das mit skeptischer Miene, schien sich jedoch gegen einen Protest zu entscheiden. Sie sah Ben an. »Wollen wir?«

»Nach Ihnen.«

Während Ally den Raum durchquerte, war sie sich quälend des Mannes hinter ihr bewusst und versuchte, die bereits über sie beide kursierenden Gerüchte nicht zusätzlich anzufachen. Sie hatte gar nicht damit gerechnet, dass er heute kommen würde, aber sie hätte wissen müssen, dass Ben West nie ein Versprechen vergaß – selbst ein so beiläufig gegebenes, wie seine Hilfe bei der Haustierausstellung.

Sie nahm die Johnsons näher in Augenschein, entschlossen, ein perfektes neues Zuhause für Fred und Ginger zu finden. Genau wie die zwei Dackel, passten die Johnsons offenbar bestens zusammen. Beide waren eher klein, mit kurzen, weißen Haaren und Brillen. Und beide trugen Namensschilder auf der Brust, wie die meisten Bewohner der Seniorenanlage.

»Hallo«, begrüßte Ally sie fröhlich. »Ich bin Ally. Und das ist Ben.«

»Das wissen wir, meine Liebe.« Mrs. Johnson lächelte. »Sie sind Hals und Ritas Enkelin. Und Sie sind der Stadtverordnete, über den alle reden.«

»Ich bin mir nicht sicher, ob das etwas Gutes ist.« Ben schüttelte Mr. Johnson die Hand.

»Lyle und Verna Johnson«, stellte Mr. Johnson sich und seine Frau vor; dann beugte er sich herunter und streckte die Finger nach Fred aus. »Und wer sind diese kleinen süßen Hunde?«

»Das ist Fred, und das ist Ginger«, erklärte Ally. »Die beiden gehören zusammen. Wir glauben, dass er zwölf ist und sie dreizehn.«

»Sind die nicht süß?«, murmelte Mrs. Johnson.

»Mit Hunden haben wir gar nicht gerechnet«, sagte Mr. Johnson. »Wir sind wegen des Weihnachtskonzerts hier. Wir sind immer früh da, um gute Plätze zu ergattern.«

Seine Frau tätschelte seine Hand. »Aber wir freuen uns trotzdem, dass Sie die Hunde mitgebracht haben. Es ist so schön zu sehen, wie viel Freude alle an ihnen haben. Was für ein Spaß.«

Ben setzte sich in den Sessel neben Mr. Johnson. Ally ignorierte ihn und ging stattdessen in die Hocke, um Ginger zu streicheln. »Das war die Idee meiner Großmutter.«

»Rita ist ein Schatz. Sie passt schon richtig gut hierher.«

Ally lächelte über den allgemein verbreiteten Irrglauben. »Ja, die beiden sind oft hier, aber meine Großeltern wohnen nicht hier. Sie besuchen nur Freunde.«

»Natürlich, meine Liebe. Ich meinte ja auch nur, weil sie doch nächstes Jahr hier einziehen.«

»Sie ziehen nicht …« Ally verstummte und sah Hilfe suchend zu Ben.

Unterhaltungen nahmen oft unerwartete Wendungen, sobald Hörgeräte mit im Spiel waren. Ally wusste, dass Mrs. Johnson verwirrt war, doch glücklicherweise registrierte Ben ihren Blick. Er lehnte sich herüber und fragte laut und deutlich: »Wohnen Sie schon lange hier?«

»Fünfzehn Jahre.« Mr. Johnson setzte sich stolz ein wenig aufrechter hin. »Wir gehören zu den ersten Bewohnern der Anlage, noch bevor die Eigentumswohnungen dazu gebaut worden sind.«

»Und es gefällt Ihnen hier?«

»Wir *lieben* es hier.« Ginger lehnte sich gegen Mrs. Johnsons Knöchel, rhythmisch mit dem Schwanz gegen ihr Schienbein klopfend. Die alte Dame lächelte. »Bist du nicht entzückend?« Sie streichelte Ginger den Kopf. »Ich weiß, es gibt Leute, die sich nicht leicht eingewöhnen. Das sind diejenigen, die sich hierher abgeschoben fühlen und nicht freiwillig hier sind. Wie der arme Bob Blake. Aber für uns war das die Möglichkeit, unsere Freiheit zu behalten, statt sie aufzugeben. Hier bekommen wir die Hilfe, die wir brauchen und sind nicht auf unsere Kinder und Enkelkinder angewiesen, wenn wir nicht wollen.«

»Es ist eine Gemeinschaft«, fuhr Mr. Johnson fort, den Faden seiner Frau übergangslos aufnehmend. »Das Beste an den Summerland Estates, ach, an Pine Hollow überhaupt, ist die Gemeinschaft. Es ist ein Geben und Nehmen, und die Leute kümmern sich umeinander.«

Ally runzelte die Stirn. So hatte sie das noch nie gesehen. Vermutlich passte es für die einen und für die anderen eben nicht.

»Sie beide geben ein wundervolles Paar ab.«

Diese Worte holten sie ruckartig in die Situation zurück.

»Oh, nein«, protestierte Ally. »Wir sind nicht …«

»Ich helfe nur bei den Hunden, bis wir sie alle vermittelt haben«, erklärte Ben.

»Ah.« Mr. Johnson grinste. »Ich erinnere mich an diese Zeiten. Verna arbeitete in einer Eisdiele, und ich ging jeden Tag auf ein Malzbier hin, nur um sie zu sehen. Ich konnte froh sein, dass sie nicht beim Milchbauern gearbeitet hat, sonst wäre ich dorthin gegangen und hätte die Kühe gestört.«

Ally errötete und wechselte rasch das Thema. »Stimmt es, dass Sie in fünfundsechzig Jahren keine Nacht getrennt verbracht haben?«

»Sechsundsechzig. Nicht seit dem Tag, an dem wir geheiratet haben«, sagte Mrs. Johnson stolz. »Als Lyle diese Herz-OP hatte, wollten sie mich nicht in den Aufwachraum lassen …«

»Aber ich erklärte denen, dass mein Herz nicht richtig schlagen würde, wenn sie nicht bei mir ist.«

Mrs. Johnson sah ihren Mann an. »Danach brachte es keiner der Ärzte mehr fertig, Nein zu sagen.«

Ally war gerührt angesichts dieser tiefen Verbindung. Eine Verbindung, wie ihre Eltern und Großeltern sie gehabt hatten. Mit einem Menschen, der für einen da war, komme was wolle.

Sie beugte sich herunter und raufte Ginger sanft die Ohren. »Genau so ist es mit diesen beiden«, sagte sie. »Als sie zu uns kamen, haben wir versucht, sie zu trennen, aber sie haben nicht aufgehört zu jaulen. Ständig halten sie Körperkontakt.« Mrs. Johnsons Hand lag nach wie vor in der ihres Mannes. Ally versuchte nicht hinzusehen, um nicht zu dick aufzutragen. »Sie kuscheln gern unter Decken miteinander, deshalb haben wir eine über ihr Hundebett gespannt. Dort liegen sie die meiste Zeit aneinandergeschmiegt.«

»Sie erwähnten, die beiden sind zwölf?«

»Zwölf und dreizehn. Sie ist ein bisschen älter als er.«

»Wie alt ist das in Menschenjahren?«

»Die beiden müssten etwa in den Siebzigern sein, also im Rentenalter. Jedenfalls benehmen sie sich nicht mehr wie Welpen, obwohl sie immer noch Leckerlis mögen und Fred ein Kauspielzeug besitzt, das er gern stolz mit sich herumschleppt. Er bellt gern, sobald Besuch kommt, aber wir vermuten, dass sein früherer Besitzer mit ihm daran gearbeitet hat, denn wenn man ihn ermahnt, ist er still. Ginger hat gelegentlich Rückenprobleme, also wird sie am besten irgendwo ohne Treppen aufgehoben sein. Und falls sie auf die Sitzmöbel darf, sollte sie am besten eine Rampe haben, statt hinauf und hinunter springen zu müssen.«

»Mit Rückenschmerzen kennen wir uns ja alle aus.« Mr. Johnson lächelte. »Nicht wahr, kleine Lady?« Er beugte sich langsam herunter, um Ginger zu streicheln. Der kleine Hund leckte vorsichtig an seinen Fingerspitzen.

»Und wir haben keine Treppen …«, bemerkte Mrs. Johnson und warf ihrem Mann einen Blick von der Seite zu.

»Oh ho.« Mr. Johnson kicherte. »Anscheinend müssen wir uns bald eine Rampe für unser Sofa besorgen. Was immer meine Verna so zum Lächeln bringt.« Mrs. Johnson lächelte erneut, und er zwinkerte Ally und Ben zu.

Ally betrachtete die papierdünne Haut der ineinanderliegenden Hände der Johnsons – wie war das wohl, wenn man mit jemandem sechsundsechzig Jahre zusammen verbracht hatte und nach wie vor die Hand des anderen halten wollte? Wenn man diese tiefe Verbindung hatte? Diese vielen gemeinsamen Erinnerungen.

Und wenn man so sehr geliebt wurde.

Ally riss sich vom Anblick der Hände der beiden los und sprach mit Fred und Ginger, bis der Chor hereinströmte und es an der Zeit war, die Hunde zurückzubringen, damit sie nicht ihren eigenen Chor starteten, indem sie anfingen zu jaulen während des Gesangs.

Ally fing Bens Blick auf, und sie verabschiedeten sich von den Johnsons.

»Ich werde mich mal auf die Suche nach Astrid begeben«, sagte er, und kurz lag seine Hand auf ihrem Rücken, während sie den Raum durchquerten. Vielleicht hatte sie sich diese Berührung aber auch nur eingebildet, so leicht, wie sie gewesen war.

Gram nahm Freds und Gingers Leinen, damit Ally die Hände frei hatte und die um ihren Hals baumelnde Kamera benutzen konnte. Sobald sie die Kamera in den Händen hielt, fühlte sie sich wohler. An der Tür drehte sie sich für eine letzte Aufnahme des Raumes um. Lyle und Verna Johnson saßen aneinandergelehnt da. Sie flüsterten lächelnd miteinander und hielten nach wie vor Händchen.

»Kommst du?«, fragte Deenie neben ihr, als Ally das Foto schoss.

»Glaubst du, dass so etwas heute noch möglich ist?«, wollte sie wissen, während sie die Kamera sinken ließ. »Sechsundsechzig Jahre mit dem gleichen Menschen?«

»Wenn ich fünfundneunzig werde und mein Mann nicht vorher stirbt. Notiz an mich selbst: Füge *Langlebigkeits-DNA* deiner Dating-Wunschliste hinzu.«

Ally schüttelte den Kopf. »Du weißt, was ich meine. Glaubst du, dass es das in einer Welt der Apps und der sofortigen Erfüllung aller Bedürfnisse noch gibt? Haben wir die Fähigkeit verloren, es über sechzig Jahre miteinander auszuhalten und trotzdem noch Händchen halten zu wollen? Existieren überhaupt noch Männer, die einen solchen Wunsch hegen?«

Deenie schaute demonstrativ über die Schulter. »Ein oder zwei.«

Ally folgte ihrem Blick.

Ben. Er kniete auf dem Boden, um Peanut einen winzigen Hundepullover anzuziehen und ihn anschließend in seinen Mantel zu hüllen, damit dem Chihuahua draußen nicht kalt wurde.

Ally schmolz regelrecht dahin, aber sie verdrängte dieses Gefühl. Er hatte deutlich klargemacht, wie er empfand, obwohl sie nach wie vor den Eindruck hatte, als wäre da doch etwas, sobald er sie ansah. »Es ist unerheblich, wie sehr ich ihn will«, flüsterte sie Deenie zu. »Er muss mich auch wollen.«

In diesem Moment schaute Ben hoch und sah sie an.

»Klar …« Deenie grinste. »Irgendwie glaube ich nicht, dass das ein Problem sein dürfte.«

Ally wollte erwidern, dass glühende Blicke keine Garantie seien, schließlich hatte er sie unter dem Mistelzweig zurückgewiesen. Da mochte durchaus etwas sein zwischen ihnen, aber wenn er nicht bereit war, etwas zu riskieren, würde nichts passieren.

Sie wollte einen Partner. Sie wollte sechsundsechzig Jahre. Aber es war egal, wie gut sie sich das vorstellen konnte. Ben musste es sich ebenfalls vorstellen können. Und bis es so weit war, konnte sie nichts tun.

25. Kapitel

Astrid plapperte den ganzen Heimweg über von Hunden und bettelte dann, zurück zu Furry Friends zu dürfen, um mit den Hunden zu spielen, die nicht zur Haustierausstellung mitgekommen waren. Ben schrieb Ally, um ihre Zustimmung zu bekommen, dann setzte er Astrid dort ab und stieg nicht einmal aus.

In zwei Tagen kamen seine Eltern an, und der Waschmaschinenmonteur hatte den Termin schon wieder verschoben. Ben war einfach zu beschäftigt, um im Tierheim zu helfen. Zumindest redete er sich das ein.

Am nächsten Tag verschwand Astrid gleich wieder zu den Hunden, und er sah sie erst wieder, als es dunkel wurde. Dadurch bekam er wenigstens die Chance, einen Teil der Arbeit aufzuholen, die sich aufgetürmt hatte. Als die Haustür am Samstagabend aufging, was Astrids Rückkehr ankündigte, war er allmählich ein bisschen eifersüchtig auf Furry Friends.

Aber dann hörte er die andere Stimme neben ihrer im Flur. Er wusste, dass es besser wäre, wegzubleiben, trotzdem verließ er die Küche und sah Astrid und Ally, noch in ihren Mänteln.

»Wir brauchen immer noch ein neues Zuhause für die Welpen …« Ally verstummte mitten im Satz, als sie ihn sah. »Hey.«

»Hey«, erwiderte er geistreich.

»Es wurde dunkel, deshalb wollte ich Astrid nach Hause begleiten«, erklärte Ally, während sie an ihrem Schal herumfummelte.

Astrid sah zwischen Ben und Ally hin und her. »Tante Elinor hat Harry adoptiert. Sie hat mich eingeladen, ihr bei der Eingewöhnung zu helfen. Wenn das okay ist?«

»Äh …« Warum fiel ihm keine Antwort ein? »Hast du schon zu Abend gegessen?«

»Noch nicht. Mr. Gilmore hat uns diese superleckere Calzone zum Mittagessen gemacht, deshalb habe ich gar keinen richtigen Hunger.«

Ben deutete mit einer Kopfbewegung Richtung Küche. »Iss etwas. Danach unterhalten wir uns darüber, ob du deiner Tante helfen kannst.« *Nachdem er Elinor geschrieben haben würde, um sicherzugehen, dass die Hilfe auch willkommen war.*

Astrid schleuderte Mantel und Stiefel von sich und rannte an ihm vorbei in die Küche, steckte jedoch gleich wieder den Kopf heraus. »Danke für heute, Ally. Das war der beste Tag überhaupt.«

Sie verschwand in der Küche und ließ Ben und Ally mit der Verlegenheit zwischen ihnen zurück. »Der beste Tag überhaupt?«

»Ach, sie hat den ganzen Tag mit den Hunden gespielt.« Ally biss sich auf die Lippe und wandte den Blick ab. »Tja, ich sollte mich auf den Weg machen. Meine Großeltern …«

»Klar. Danke, dass Sie Astrid gebracht haben. Wenn Sie mir

schreiben, wann sie nach Hause soll, kann ich sie nächstes Mal auch abholen. Ich will Ihnen keine Umstände machen.«

»Kein Problem. Ich gehe gern mit ihr. Und es ist so ein schöner Abend.«

»Möchten Sie, dass ich Sie …?«

»Nein. Nein, natürlich nicht. Ich kenne den Weg. Wer weiß, was die Leute sonst denken, oder?« Sie lachte nervös. »Gute Nacht, Ben.«

»Gute Nacht, Ally.«

Sie schloss die Tür hinter sich, und Ben sank stöhnend gegen die Wand. »Klasse, West. Gut gemacht.«

»Du solltest hingehen.«

Ben erschrak beim Klang der Stimme neben ihm. »Astrid! Erschrick mich nicht so!«

»Hab ich doch gar nicht.« Sie sah ihn mit diesem neuen Teenagerblick an.

»Na schön. Was willst du? Abendessen?« Er scheuchte sie zurück in die Küche und versuchte, wieder klar zu denken.

»Ich kapiere nicht, weshalb du so tust, als würdest du Ally nicht mögen«, beklagte sie sich.

Bitte nicht jetzt diese Unterhaltung. »Natürlich mag ich Ally. Sie ist eine gute Freundin.«

»Ist es meinetwegen? Weil Isabelle dich meinetwegen verlassen hat?«

Ben blieb unvermittelt stehen. »Wer hat dir das gesagt?« Er sah ihr ins Gesicht. »Warum glaubst du das? Dass Isabelle gegangen ist, hatte nichts mit dir zu tun, Astrid.«

Sie zuckte mit den Schultern, und der eine Mundwinkel zuckte. »Na ja, irgendwie schon. Eigentlich hättet ihr zwei heiraten sollen, und dann …«

»Hey.« Er beugte sich hinunter und umfasste ihre schmalen Schultern. Sie benahm sich schon so erwachsen, dass es ihn manchmal irritierte, wie klein sie noch war. »Dass Isabelle gegangen ist, hatte mit ihr und mit mir zu tun. Es ging nicht um dich. Du bist das Beste in meinem Leben.«

Sie sah ihm in die Augen. »Ich habe gehört, wie du Ally gesagt hast, du müsstest auch an mich denken …«

Mist. »Das heißt, du kommst an erster Stelle, und ich will nichts Dummes machen, was irgendwelche Auswirkungen auf dein Leben hat.«

»Wäre es denn dumm, mit Ally zusammen zu sein?«

»Sie bleibt nicht in Pine Hollow, Astrid. Ich weiß, dass du sie magst. Ich mag sie auch. Aber wenn wir uns zu sehr aufeinander einlassen, wird es umso mehr wehtun, wenn sie wieder in ihr normales Leben zurückkehrt.« Er drückte sanft ihre Schultern. »Du und ich. Wir kommen doch bestens zurecht, oder? Ich weiß, dass ich das mit den Kuchenbasaren und den instagramtauglichen Mittagessen nicht immer so toll hinkriege, aber wir verstehen uns doch gut, oder?«

Sie biss sich auf die Unterlippe. »Ja.«

»Gut.« Er umarmte sie kurz und ging dann zum Kühlschrank, um nachzusehen, was er für das Abendessen noch finden konnte. Dabei wiederholte er noch einmal: »Ally und ich, wir sind nur Freunde.«

»Wenn du es sagst.«

Er warf ihr einen Blick über die Schulter zu. »Was heißt das denn?« Er war nicht sicher, ob er eine Antwort darauf wollte.

»Nur dass du ganz schön viel Angst davor hast, mit ihr gesehen zu werden, wo ihr doch nur Freunde seid.«

»Es liegt an dieser kleinen Stadt. Glaub mir. Eines Tages wirst du das verstehen.«

»Ja, ja.«

Er schüttelte den Kopf. Kamen Frauen eigentlich schon mit dem Wissen zur Welt, wie man ein Gespräch mit einem trockenen »Ja, ja« abwürgte?

Er machte rasch ein paar Sandwiches, schrieb Elinor, um sich zu vergewissern, dass sie Astrids »Hilfe« auch wollte, und zog seine Jacke an, um seine Nichte zu Elinors hübschem kleinen Craftsman-Bungalow mit dem großen Garten zu begleiten. Als Elinor die Tür öffnete, schoss Harry sofort hinaus, doch nach einer schnellen Runde über die Veranda flitzte sie wieder ins Haus. Das Geräusch ihrer Pfoten verhallte in den Tiefen des Hauses. Astrid stürmte ihr hinterher.

»Schuhe!«, rief Ben und verzog das Gesicht wegen der Schneespur, die Astrid im Flur hinterließ. »Tut mir leid.«

»Ich lasse sie das sauber machen«, versprach Elinor ihm. »Ich arbeite daran, Harry dazu zu bringen, lange genug stillzuhalten, dass ich ihr die Pfoten abtrocknen kann, daher ist mein Fußboden eh dauernd schmutzig.«

»Danke, dass Astrid herkommen darf. Sie war so aufgeregt.«

»Das ist vielleicht ein hundeverrücktes Kind. Du besitzt eindeutig mehr Willenskraft als ich – ich hätte schon vor Monaten nachgegeben und ihr einen Hund gekauft.«

Ben wurde starr und fühlte sich verurteilt, was Elinor, der nie etwas entging, natürlich bemerkte. »Ben, ich wollte damit nicht sagen …«

»Nein, du hast ja recht. Sie sollte einen Hund haben. Und ein Haus mit einem Garten und einer Reifenschaukel. Katie hatte das alles schon geplant. Hast du gewusst, dass sie eine Pinnwand hatte für all ihre Ideen? Den Zweijahresplan? All das, was Astrid jetzt längst haben sollte.«

Elinor winkte ab. »Katie hat mir diese Pinnwand gezeigt, aber niemand erwartet von dir …«

»… in der Lage zu sein, das zu tun, was Katie geschafft hätte? Weil sie Supermom war und ich Ebenezer bin?«

Elinor schnaubte. »Katie hat sich selbst nie als Supermom gesehen.«

»Wir alle wissen, wie toll sie war …«

»Sie war auch nur ein Mensch«, wandte Elinor ein. »Du weißt, dass sie diesen Zweijahresplan erstellt haben, als sie in das Haus eingezogen sind, oder? Als Katie noch schwanger war mit Astrid. Sie scherzte darüber, die zwei Jahre würden sich ziemlich in die Länge ziehen.«

Ben stutzte und schüttelte den Kopf. Das konnte nicht sein.

»Sie war nicht perfekt. Sie hat improvisiert und sich den Problemen gestellt, wenn sie akut waren. Genau wie wir alle. Wusstest du, dass sie mich weinend angerufen hat, weil sie fürchtete, eine schlechte Mom zu sein?«

Ben zuckte erschrocken zusammen. »Was? Warum hätte sie …«

»Und hast du gewusst, dass Astrid genäht werden musste, als sie zwei war? Sie war über etwas gestolpert, was Katie auf dem Boden hatte herumliegen lassen, und mit dem Kopf voran in den Kamin gestürzt. Ich glaube, Katie hat heftiger geweint als Astrid selbst. Sie war überzeugt davon, dass es ihre Schuld war.«

Ben war perplex. »Davon hat sie mir nie erzählt.«

»Warum hätte sie das auch tun sollen? Sie war deine große

Schwester. Sie wollte stets deiner Vorstellung von ihr gerecht werden. Dabei musste sie gar nicht perfekt sein, um ein gutes Elternteil abzugeben. Und das Gleiche gilt für dich. Du musst nicht im Schulelternrat sein oder ihr zu Ehren der engagierteste Stadtverordnete. Und du brauchst auch kein Haus mit einem Garten, um zu beweisen, dass du für Astrids Erziehung die geeignete Person bist.«

Ben betrachtete Elinors Haus mit dem großen eingezäunten Garten. »Wolltest du nie diejenige sein, die sie großzieht?«

»Natürlich wollte ich das.« Elinor lächelte, aber ihre Augen blickten traurig. »Aber Katies Wahl ist auf dich gefallen, und ich wusste, dass Astrid umgeben von Liebe aufwachsen würde, egal wer von uns beiden sie hat. Allerdings könntest du sie ruhig ab und zu hier übernachten lassen. Ich habe ein sehr schönes Gästezimmer.«

Es war nicht das erste Mal, dass Elinor dieses Angebot machte. Bisher hatte er stets Nein gesagt. Er hatte geglaubt, sie biete es nur deshalb an, weil sie ihm die Rolle des Alleinerziehenden nicht so ganz zutraute. Jetzt aber fragte er sich, ob er vielleicht zu sehr damit beschäftigt gewesen war, zu beweisen, dass er der Beste für Astrid war und dadurch übersehen hatte, was wirklich am besten für sie war.

»Wir haben keinen Pyjama und keine Zahnbürste mitgebracht, aber wenn du willst, kann sie heute hier übernachten«, bot er spontan an.

»Ja?« Elinor grinste, und die Traurigkeit wich aus ihren Augen. »Das wäre ja toll. Ich habe Sachen, die ich ihr leihen kann.«

»Jetzt, wo du einen Hund hast, wird sie ständig bei dir sein wollen.«

Elinor fröstelte und wandte sich zur Tür um. »Ich sollte lieber reingehen, bevor Dora durchdreht.«

»Dora?«

»Dora the *Explorer*. Ich probiere es aus. Ally meint, sie ist schlau genug, um sich wahrscheinlich an jeden Namen zu gewöhnen, mit dem ich sie rufe. Aber ich habe mich noch nicht entschieden.«

Bei der Erwähnung von Ally wich Ben zurück. »Tja, dann lasse ich dich damit jetzt mal allein. Gute Nacht, Elinor.«

»Gute Nacht. Und Ben … danke.«

Er nickte, obwohl er vermutlich ihr hätte danken sollen. Er schob die Hände tiefer in die Taschen und zog die Schultern hoch wegen der Kälte, als er sich auf den Heimweg machte.

Paul und Katies Haus war ungewöhnlich ruhig, nachdem er eingetreten war. Er blieb einen Moment im Flur stehen und ging in Gedanken sämtliche Projekte durch, die er längst hatte angehen wollen. Dieselben, die Katie auch nie fertig bekommen hatte.

Die unebene Treppe. Der Riss im Fußboden. Die alte Küche.

Vielleicht versagte er doch nicht so sehr, wie er geglaubt hatte. Er fing gerade an, sich einzureden, dass er ganz gut zurechtkam – bis er den Hauswirtschaftsraum betrat und die kaputte Waschmaschine sah. Wut packte ihn, nicht nur auf die Waschmaschine, sondern auf die ganze verdammte Stadt.

Er hatte es satt, unter den permanent urteilenden Blicken jedes Einzelnen in Pine Hollow zu stehen und sich ständig zu sorgen, ob er auch alles richtig machte. Warum sollte er Ally aus dem Weg gehen, damit die Leute nichts zum Tratschen hatten? Warum sollte er sie nicht nach Hause begleiten, ohne dass jeder im Ort Spekulationen über sie beide anstellte?

Es reichte ihm dermaßen, nichts ganz allein für sich tun zu können.

Zehn Minuten später war der Wagen beladen, und weitere fünf Minuten später bog er in die Auffahrt der Gilmores ein; erst da fiel ihm ein, dass er vielleicht vorher hätte anrufen sollen. Aber jetzt war er eben da.

Es war erst kurz nach sieben, doch das Haus war komplett dunkel; nur die kleinen Weihnachtslämpchen leuchteten am Verandageländer. Das Außenlicht vor der Scheune brannte noch. Ben ging in die Richtung und zog sein Telefon aus der Tasche, um Ally, wenn auch verspätet, eine Nachricht zu schicken. Er beugte sich beim Gehen über sein Handy und überlegte, wie er seinen Spontanbesuch erklären sollte, als er eine Stimme hinter sich hörte.

»Ben. Ist alles okay?«

Er drehte sich um und sah Ally samt ihrem Bernhardiner am Rand der Auffahrt durch den Schnee stapfen. »Ja. Sorry. Mir ist gerade eingefallen, dass ich hätte anrufen sollen.«

»Kein Problem. Ich war mit Colby Gassi. Meine Großeltern sind in den Estates auf einer Weihnachtsfeier. Ist alles in Ordnung bei Ihnen? Wo ist Astrid?«

»Sie ist bei Elinor und hilft ihr, Harry einzugewöhnen. Vielleicht sehe ich sie nie wieder.«

»Ja, sie liebt Hunde wirklich.« Ally lächelte sanft, während sie und Colby einige Schritte vor ihm zum Stehen kamen. Eine sichere Distanz. Eine unnatürliche Distanz.

Er selbst war für diese Distanz verantwortlich.

Er wollte, dass sie wieder Freunde waren, wurde jedoch das Gefühl nicht los, es gründlich vermasselt zu haben mit seiner Überreaktion wegen des Mistelzweigs. Um wieder auf freundschaftliche Pfade mit ihr zu gelangen, schaute er über die Schulter zur Scheune und sagte: »Brauchen Sie immer noch Hilfe mit diesen Lichtern?«

Sie hob skeptisch die Brauen, als er sie wieder ansah. »Wollen Sie wirklich, dass Ihr Wagen vor meinem Haus gesehen wird?«

Er zuckte mit den Schultern und schob die Hände wieder in die Taschen. »Die Leute reden eh.« Und er wollte nicht mehr länger das Gefühl haben, etwas beweisen zu müssen. Hier empfand er das nie.

Sie sah zu seinem Wagen und entdeckte die überquellenden Wäschekörbe auf der Rückbank. »Sie sind nur hier, weil der Waschmaschinenmechaniker nicht aufgetaucht ist, oder?«

»Kann sein«, räumte er gut gelaunt ein; dann nahm er sich zusammen und antwortete ehrlich: »Oder weil mir Ihre Gesellschaft fehlte.«

Ein Lächeln breitete sich langsam auf ihrem Gesicht aus, und sie schüttelte den Kopf. »Alles klar, Ebenezer. Bringen wir die erste Ladung rein, und dann zeige ich Ihnen, wo die Lichter sind.«

26. Kapitel

»Haben Sie die mal getestet?«

Ally verzog das Gesicht und warf eine weitere kaputte Lichterkette in die Wie-sollen-wir-das-ganze-Zeug-bloß-recyclen-Box. Dann nahm sie die nächste. Sie und Ben saßen nebeneinander auf dem Fußboden im Wohnzimmer und versuchten ausreichend funktionierende Lichterketten zu finden, um damit die Scheune zu schmücken. Unterdessen rumpelte Bens Wäsche in der Maschine.

Nach zwei Tagen des Aus-dem-Weg-Gehens und der Verlegenheit waren sie wieder zurück in der Freundeszone, und da wollte Ally auch bleiben. Sie hatte es vermisst, mit ihm zu reden. Es fühlte sich gut an, wieder mit ihm zusammen zu sein und diese Lichterketten durchzusehen. Dummerweise hatten sie bis jetzt nur eine gefunden, die noch funktionierte, und selbst die flackerte verdächtig.

»Gramps meinte, das sind die, die er immer benutzt hat. Allerdings bin ich mir nicht sicher, ob er in den letzten zwei Jahren überhaupt Lichter an der Scheune aufgehängt hat.«

»Oder in den vergangenen zehn Jahren.« Ben hielt einen Strang hoch und betrachtete die alten Kabel. »Wie dringend wünscht Ihre Großmutter sich denn Lichterketten an der Scheune?«

»Schwer zu sagen«, gestand Ally und steckte den Stecker der nächsten in die Steckdosenleiste. »Sie ist ständig von allem begeistert, da verliert man mal den Durchblick. Jedenfalls dreht sich dieses Jahr wirklich alles um Weihnachten.« Die Lämpchen leuchteten kurz auf, dann machten sie ein knisterndes Geräusch und knallten; Ben und Ally stürzten sich auf den Stecker.

»Begeistert genug, dass wir beide einen Stromschlag riskieren wollen?«, fragte er und hielt das verschmorte Kabel in die Höhe.

»Es ist wohl besser, das Haus nicht niederzubrennen«, räumte sie ein.

»Oder die Scheune«, fügte Ben hinzu und wickelte die Lichterkette auf, um sie in die Entsorgungsbox zu werfen.

»Nicht mit den Hunden drin. Wenn wir die vorher in Sicherheit bringen können, würde ich es vielleicht riskieren«, scherzte sie. »Wir könnten die Versicherungssumme gut gebrauchen. Mittlerweile würde ich fast alles versuchen, um dieses Tierheim zu erhalten.«

Er griff nach dem nächsten verwickelten Strang. »Ich dachte, Sie würden sich schon auf Ihre Rückkehr nach New York freuen. Da so viele Hunde schon ein neues Zuhause gefunden haben, brauchen Sie sich doch wegen des Tierheims keine Sorgen mehr zu machen und können beruhigt in Ihr altes Leben zurückkehren.«

Ally zuckte mit den Schultern und hielt den Blick auf die verknotete Lichterkette in ihren Händen gerichtet. »Ich bin mir gar nicht sicher, ob ich zurückgehe.«

Er hielt inne. »Nein?«

»Ich weiß nicht. Alle reden von meinem Leben in New York, als sei es glamourös und perfekt. Als würde ich ein großes Opfer bringen, indem ich hier bin. Dabei hatte ich schon ein bisschen nach einem Grund gesucht, von dort wegzugehen. Deshalb habe ich meinen Mietvertrag auch nicht verlängert.«

Ben schien verblüfft zu sein. »Ich dachte, Sie wollten unbedingt zurück. Sie haben doch gesagt, es fehle Ihnen …«

»Ich sagte, mir fehlt das Gefühl, zu wissen, was ich tue. Als ich hergekommen bin, hatte ich keine Ahnung davon, wie man ein Tierheim leitet. Aber jetzt … keine Ahnung. Allmählich habe ich den Bogen raus. Ausgerechnet jetzt, wo wir dichtmachen.«

Er sah sie an und hatte die Lichterkette in seinen Händen ganz vergessen. »Ich dachte, Sie lieben Ihren Job als Fotografin.«

»Tue ich auch. Aber es ist …« Sie spielte mit den Lämpchen und wich seinem Blick aus. »Es ist einsam. Ich arbeite freiberuflich und reise ständig herum. Jeden Tag treffe ich andere Leute. Und selbst die Leute, mit denen ich regelmäßig zusammenarbeite, sehe ich nur alle paar Monate. Daher habe ich mich bei diesem Unternehmen beworben, das als einer der besten Arbeitgeber der Stadt gilt – Spectrum. Das wäre ein fester Arbeitsplatz innerhalb eines Teams. Aber bisher bin ich nicht mal zu einem Vorstellungsgespräch eingeladen worden.«

»Vielleicht haben die Ihre Bewerbung noch gar nicht gelesen.«

»Kann sein.« Sie warf ihm einen kurzen Blick zu. »Ich habe dort einfach noch keine Freundschaften geschlossen, verstehen Sie? Es fühlt sich an, als würde ich seit dem Tod meiner Eltern danach suchen. Als hätte ich Heimweh, ohne ein echtes Zuhause zu haben, in das ich zurückkehren könnte. Es war nicht nur das Haus. Meine Eltern waren die Menschen, die mich am besten gekannt haben. *Das* war das Zuhause. Meinen Freunden ist es schwergefallen, das zu verstehen, also habe ich angefangen, mich zurückzuziehen. Fotografie war das Einzige, was sich richtig anfühlte. Und es war gut. Ich habe während der Feiertage gearbeitet und ein tolles Praktikum bekommen, das mir Jobs beschert hat, von denen ich nie geträumt hätte. Ich war so damit beschäftigt, dem Erfolg hinterherzujagen, dass es eine Weile gedauert hat, bis ich merkte, wie einsam ich dadurch geworden war.«

Ben schwieg zunächst, dann sagte er: »Mir ist es genauso ergangen. Wenn auch nicht aus den gleichen Gründen.«

Ally betrachtete sein Gesicht. »Tatsächlich?«

»Gleich nach dem College. Ich habe für ein Start-up-Unternehmen im Silicon Valley gearbeitet.«

»Echt?«

»Sie müssen nicht so überrascht klingen. Ich bin nicht immer Pine Hollows berüchtigster Stadtverordneter gewesen. Meine Schwester und ich haben beide in einem anderen Bundesstaat ein College besucht, und dann sind meine Eltern nach Arizona gezogen. Ich habe nie damit gerechnet, hierher zurückzukehren. Als ich den Job bekam, dachte ich, das sei es. Dass das mein Leben ist. Doch dann zogen Katie und Paul hierher. Sie wollten, dass ihre Kinder so aufwachsen, wie wir aufgewachsen sind, mit dieser Gemeinschaft. Zwei Jahre nach Astrids Geburt bin ich zu Besuch gekommen. Nur zufällig. Hatte Urlaub aufgespart. Ich hatte irrsinnig viele Überstunden gemacht und war völlig ausgebrannt. Ich glaube, die ersten zwei Tage hier habe ich nur geschlafen. Aber dann fing ich an, mich mit Katie zu unterhalten und mit Astrid zu spielen. Ich nahm wieder Kontakt zu Connor und Levi auf. Da ist mir klargeworden, dass ich nur noch meine Arbeit gehabt hatte. Das war es nicht, was ich wollte.«

»Genau.« Ally nickte, ohne den Blickkontakt zu unterbrechen. »Ich weiß nicht einmal, was ich tun soll, falls ich hierbleibe, besonders wenn das Tierheim geschlossen ist. Aber momentan kann ich mir nicht vorstellen, nach New York zurückzukehren. Dort habe ich mir nie ein richtiges Leben aufgebaut. Einmal habe ich es versucht ... ich war mit diesem Typen zusammen, Matthew. Klug, erfolgreich, alles okay. Aber ich glaube, ich hatte eine solche Angst vor dem Alleinsein, dass ich mich an den erstbesten halbwegs anständigen Mann gehängt und mich reingekniet habe, damit es funktionierte. Ich habe viel zu lange gebraucht, um mir einzugestehen, dass wir völlig unterschiedliche Ziele im Leben verfolgten. Ist das zu fassen? Er liebte New York. Er wollte Penthouses mit Blick auf den Park, und ich redete mir ein, dass ich das auch wollte. Aber sobald ich meine Augen schloss und von meiner Zukunft träumte, sah ich eine Hollywoodschaukel auf einer Veranda und einen großen alten Hund, der auf meinen Füßen liegt.«

Colby wedelte im Schlaf mit dem Schwanz, als wüsste er, dass die Rede von ihm war, und sie beugte sich über ihn, um ihm den Kopf zu streicheln. »Und dann ist mir aufgefallen, dass in meinen Zukunftsvisionen Matthew fehlte. Der gehörte nie mit auf diese Veranda. Ich glaube, er hat nicht einmal gewusst, dass ich mich danach sehnte. Ich habe es ihm nie gesagt. Ich habe ihm nie widersprochen. Das bedeutete, dass ich bei jeder Meinungsverschiedenheit nachgab, weil ich ihn nicht verlieren wollte. Das Einzige, worüber ich jemals mit ihm gestritten habe, war Colby. Er wollte keinen Hund, und ich wollte den Hund nicht abgeben. Ich glaube, es hat ihn überrascht, dass ich standhaft geblieben bin. Er hat mir ständig gesagt, er liebe mich und dass ich genau das sei, wonach er gesucht habe, sein Einhorn. Aber ich war dieser Mensch nur, weil ich ihn stets gewinnen ließ … Und genauso hat es sich auch angefühlt – wie gewinnen und verlieren. Nicht, als wären wir ein Team mit dem gleichen Ziel. Meine Großeltern, die sind Partner, verstehen Sie? Es spielt keine Rolle, wie verschieden sie sind. Sie sind beste Freunde, denen das Glück des anderen ebenso am Herzen liegt wie ihr eigenes. Das ist es, was ich will.«

Sie sah auf und ertappte ihn dabei, wie er sie beobachtete; beim Blick in seine winterblauen Augen beschleunigte sich plötzlich ihr Herzschlag.

Ben sah Ally in die Augen und versuchte sich an all die Gründe zu erinnern, weshalb es eine schlechte Idee war, sich mit ihr einzulassen. Ihm fiel keiner mehr ein.

»Ja, ich … äh, hatte das auch nicht«, gestand er, als das Schweigen sich zu sehr in die Länge zog. »Mit meiner Ex.« Für gewöhnlich sprach er nicht über Isabelle. Aber die üblichen Regeln schienen bei Ally nicht zu gelten. »Es fühlte sich immer an, als wäre sie eine weitere Aufgabe, die ich zu bewältigen hatte.« Er verzog das Gesicht. »Astrid hat mich heute gefragt, ob es ihre Schuld sei, dass Isabelle gegangen ist.«

Ally zuckte zusammen. »Autsch.«

»Allerdings. War es aber nicht. Es fiel natürlich zeitlich alles zusammen, und vielleicht habe ich meine Beziehung zu Isabelle durch Paul und Katies Tod und die plötzliche Verantwortung für Astrid in einem neuen Licht gesehen. Ich weiß es nicht. Es war nur – wie Sie es formuliert haben, wir waren kein Team. Es war gut, dass es da geendet ist.«

»Und Sie waren seitdem mit niemandem zusammen?«

»Nein. Ich hatte einfach zu viel um die Ohren.« Er gestikulierte. »Verraten Sie das niemandem. Ich will nicht, dass die Leute denken …«

»Sie sind im Grunde ein alleinerziehender Vater. Es ist okay, um Hilfe zu bitten.«

»Darin war ich nie besonders gut. Und jetzt … Ich will nicht, dass irgendwer denkt, ich sei nicht geeignet, mich um Astrid zu kümmern. Anfangs hatte ich diese wiederkehrenden Albträume von einem Sozialarbeiter mit Klemmbrett, der vor meiner Tür auftaucht und mir erklärt, ich hätte als Vormund versagt und sie würden Astrid deshalb mitnehmen.«

»Ben.« Ally legte ihm die Hand auf den Arm; er spürte ihre Wärme durch den Pullover hindurch. »Sie sind ein großartiger Onkel. Ein großartiger *Dad*. Aber Sie dürfen ruhig um Hilfe bitten. Sie müssen nicht alles alleine machen.«

»Ich weiß«, räumte er ein, aber die Worte klangen falsch. »Elinor hat mir heute erzählt, Katie sei auch nicht perfekt gewesen. Aber ich möchte an ihrer Stelle perfekt sein. Ich möchte in der Lage sein, Astrid all das zu bieten, wovon Katie geträumt hat. Sie hatten diesen Zweijahresplan – der, glaube ich, eigentlich ein Zehnjahresplan war. Trotzdem habe ich das Gefühl, Katie zu enttäuschen, weil ich das Haus noch immer nicht nach ihren Vorstellungen renoviert habe oder mit Astrid in ein größeres Haus mit riesigem Garten gezogen bin, wo sie einen Hund haben kann.«

Allys Hand lag nach wie vor auf seinem Arm, und sie drückte sanft zu. »Sie müssen doch nicht stellvertretend für Katie und Paul deren Leben leben.«

Seine Schultern spannten sich an. »Ich versuche auch gar nicht, deren Leben zu leben.« Obwohl er in ihr Haus gezogen war. Und Pauls Sitz im Stadtrat übernommen hatte. Und Katies Posten im Elternrat der Schule.

»Ich weiß, aber … sämtliche Fotos in Ihrem Haus sind von den beiden. Es ist ja fast, als würden Sie dort gar nicht wohnen.«

»Ich habe eben viel zu tun. Ich hatte noch keine Zeit, neue Fotos machen zu lassen.« Er bemerkte selbst den rechtfertigenden Unterton. Denn es stimmte, was sie sagte. Es war nicht sein Haus. Er war ins Gästezimmer gezogen, statt ins Hauptschlafzimmer. Er stellte den Weihnachtsbaum an exakt der Stelle auf, die Paul und Katie stets gewählt hatten – und redete sich ein, er halte Astrid zuliebe an dieser Tradition fest.

»Natürlich.« Ally ließ die Hand sinken und gab ihn frei. »Ich weiß, wie das ist.«

Er konnte ihr nicht in die Augen sehen und schaute stattdessen zu den gerahmten Bildern über dem Kaminsims hinüber – nicht die dort klassischerweise aufgereihten Familienfotos, sondern spektakuläre Stadtansichten von New York. Central Park. Die Brooklyn Bridge. Doch sogar die Bilder von der Familie, die überall im Raum verteilt hingen, waren schwarzweiß und stilvoll. Er deutete mit einer Kopfbewegung zum Kaminsims. »Haben Sie die gemacht?«

Ally folgte seinem Blick, und die Andeutung eines Lächelns hob ihren Mundwinkel. »Ja, als ich damals in die Stadt gezogen bin. Ich habe lange Spaziergänge mit meiner Kamera unternommen und versucht, wirklich *alles* zu sehen. Durch meine Kameralinse ergab die Welt mehr Sinn.«

Er hörte die Wehmut in ihrer Stimme. Glaubte sie wirklich, ihr fehle das nicht?

»Sind Sie sicher, dass Sie nicht zurückwollen?«

»Ich weiß nicht«, gestand sie. »Ich habe hier keinen Beruf. Aber ich will für meine Großeltern da sein. Außerdem habe ich das Gefühl, ich bin hier meiner Verandaschaukel-Version von der Zukunft näher als in der Stadt.«

»Mag sein. Kann ja auch sein, dass Ihr Stadt-Typ irgendwann die Verandaschaukel gewollt hätte. Ich, zum Beispiel, hätte auch nie gedacht, dass ich die Dinge einmal wollen würde, die ich jetzt will. Leute ändern sich.«

»Wenn sie plötzlich der Vormund eines kleinen wundervollen Mädchens werden?«

»Oder wenn sie es einfach wollen. Die Leute tun immer so, als hätte ich meine großen Träume aufgegeben, um hierher zu ziehen. Dabei haben sich meine Träume einfach geändert.« Als er merkte, dass Ally ihn ansah, zuckte er mit den Schultern und richtete seine Aufmerksamkeit wieder auf die Lichter in seinen Händen. »Vielleicht hätte Ihr Freund sich auch geändert.«

»Kann sein«, räumte sie ein. »Vielleicht ist der Veranda-Mann aber schon hier.«

Ihre Blicke trafen sich, und der Moment schien sich zu dehnen. Die Luft knisterte plötzlich. Allys dunkle Augen schienen in sein Innerstes zu blicken. Er war sich so sicher gewesen, dass sie fortgehen würde. Wenn sie es nicht tat …

Bzzzzz …

Der Timer der Waschmaschine klang wie der Alarm eines Weckers und zerstörte den Zauber des Augenblicks.

Ally erschrak und wandte das Gesicht ab.

»Zeit, die Maschine neu zu befüllen«, sagte sie ein bisschen zu fröhlich und rappelte sich hoch.

Ben folgte ihr etwas langsamer. »Was ist mit den Lichtern?«

»Ich denke, die sind offiziell ein hoffnungsloser Fall. Ich werde Gram erklären, dass wir nicht genügend funktionierende Lichterketten haben.« Sie vermied es, ihn anzusehen. »Ich sollte mal nach den Hunden sehen. Es sei denn, Sie benötigen Hilfe bei der Wäsche?«

»Nein. Nein, das kriege ich hin. Danke.«

»Jederzeit«, erwiderte sie, schnappte sich ihren Mantel und lief zur Tür.

27. Kapitel

Um ein Haar hätte sie ihn geküsst.

Gleich nachdem sie ihm ihre gesamte Lebensgeschichte erzählt hatte und überdies auch noch, was sie sich am meisten auf der Welt wünschte.

Ally lief über die Auffahrt, dankbar für die wach machende Kälte. Sie versagte kläglich bei dem Versuch, die Sache zwischen ihr und Ben rein freundschaftlich zu halten. Dabei war alles so gut gelaufen. Sie hatten geplaudert, Lichterketten sortiert, und dann hatte sie auf einmal angefangen, ihm Dinge zu erzählen, die sie noch nie jemandem erzählt hatte. Es fiel ihr so leicht, ihm gegenüber offen zu sein. Sie hatte keine Ahnung, woher das Vertrauen kam, aber sie vertraute ihm nun einmal; offenbar galt das auch für ihre tiefsten Geheimnisse.

Und dann hatte er sie angesehen, und es war, als drehte sich die Welt plötzlich in Zeitlupe. Als wäre da etwas, was sie mit ihm verband und sie beide näher zusammenzog. Als würde die Verbindung zwischen ihnen sie auf einen Kuss zubewegen.

Wow, und wie gern sie ihn küssen wollte … Aber er hatte ja sehr deutlich gemacht, dass er das nicht wollte. Er hatte gesagt, er müsse an Astrid denken. Natürlich war Astrid nicht hier, aber trotzdem.

War es jetzt anders?

Die Hunde bellten zur Begrüßung, als sie die Scheune betrat; allerdings klang das Gebell dünner, nachdem es weniger Hunde waren als noch vor einer Woche. Es gab noch etliche zu vermitteln, aber der Plan für *Die zwölf Weihnachtshunde* funktionierte, und darüber war sie sehr froh. Froh über das neue Zuhause für die Tiere; obwohl sie Jellys Ausgelassenheit vermisste und Harrys Herumschwirren und Biscuits Versuche, alles umzudekorieren.

Ally schaute nach den Welpen und ging durch den Zwingerbereich, wobei sie sich für jeden Hund Zeit nahm. Alle bekamen die Aufmerksamkeit, nach der sie sich sehnten. Sie hielt sich gerade bei Partridge auf, der auf dem Rücken lag, alle viere in die Höhe gestreckt, um sich den Bauch kraulen zu lassen, als sich erneutes Gebell erhob, das Bens Ankunft verkündete.

»Ally?«

»Hier hinten«, rief sie.

Partridge drehte sich sofort um auf die Beine, watschelte zu seinem Hundebett und holte sein Lieblingsspielzeug, um es seinem Götterwesen anzubieten. Als Ben an der offenen Tür seines Käfigs erschien, stand Partridge sabbernd mit dem violetten Affen im Maul bereit. Das Quietschding darin hatte schon längst den Geist aufgegeben, doch das schien Partridge nichts auszumachen. Er ließ den feuchten Affen auf Bens Schuhe fallen.

»Charmant.« Ben schob das Spielzeug vorsichtig beiseite.

»Das ist wahre Liebe – er bringt Ihnen sein Lieblingsspielzeug.«

»Der liebt jeden«, meinte Ben, ging aber dennoch in die Hocke und streichelte Partridges Fellfalten.

»Stimmt auch wieder«, gab Ally ihm recht, während sie den Wassernapf auffüllte und den Käfig reinigte. »Ich bin erstaunt, dass ihn noch niemand adoptiert hat. Er war immer mein Liebling. Eine große alte sabbernde Liebesmaschine. Er ist übrigens auch Astrids Liebling.«

Bens erhobene Braue verriet, dass er wenig beeindruckt war. »Warum adoptieren Sie ihn dann nicht selbst?«

»Das ist heikel. Ich habe mir vorgenommen, sie nicht alle selbst retten zu wollen. Ganz schnell wird man da als verrückte Hundelady abgestempelt.«

Er kraulte Partridges Ohren. »Es muss verlockend sein.«

»Sie haben ja keine Ahnung. Ich habe diese Erfahrung bereits mit Colby gemacht. Der sollte auch nur vorübergehend bei mir sein, aber dann habe ich mich in ihn verliebt. Ich bin mir ziemlich sicher, dass Astrid darauf hofft, dass Sie nicht mehr widerstehen können, wenn sie Sie nur dazu bringt, genügend Zeit mit den Hunden zu verbringen.«

»Ja, das habe ich mir auch schon gedacht. Nur wird sie da eine unerfreuliche Überraschung erleben. Ich bin ein Meister darin, Versuchungen zu widerstehen.«

Die Worte klangen bedeutungsvoll nach.

Ally räusperte sich, ihr Gesicht glühte. »Haben Sie die nächste Wäsche gestartet?«

»Ja. Danke. Meine Eltern werden wenigstens in sauberer Bettwäsche schlafen können.«

Seine Eltern. Sicheres Thema. »Wann kommen sie?«

»Morgen Nachmittag.«

»Astrid freut sich bestimmt.«

»Und wie.«

Da das nicht sehr begeistert klang, sah Ally ihn wieder an. »Sie nicht?«

»Doch, schon. Zumindest würde ich es, wenn ich mit den Weihnachtsvorbereitungen nicht zwei Wochen hinterherhängen würde.« Ben rieb sich die Augenbrauen. »Ich hasse diesen Druck, etwas zu finden, das jedem gefällt.«

»Niemand wird Sie dafür bestrafen, wenn Sie nicht das perfekte Geschenk besorgt haben. Weihnachten sollte nicht stressig sein.«

Er lachte trocken. »Und doch ist es das jedes Mal.« Sie kam aus dem Käfig und ging zu Fred und Ginger hinüber. Ben folgte ihr. »Ich will einfach, dass alles perfekt ist. Damit Astrid nicht das Gefühl hat, ihr fehlte etwas. Ich habe noch immer keine Ahnung, was ich ihr zu Weihnachten schenken soll. Sie wünscht sich nur eines.«

»Das könnte sie immer noch bekommen«, schlug Ally vorsichtig vor.

Sie öffnete die Gittertür, und Ben kniete sich neben sie, um die Finger nach Fred und Ginger auszustrecken. »Sie sind noch hier.«

»Die Johnsons holen sie morgen ab. Und wir haben eine Bewerbung für Daisy. Hoffentlich klappt es diesmal.«

»Erfolgreiche Haustierausstellung.«

»Sehr.« Sie betrachtete ihn und kehrte zum früheren Thema zurück. »Astrid geht wirklich sehr gut mit den Hunden um, Ben. Ich glaube, sie würde sich um einen eigenen sehr gut kümmern.«

»Das weiß ich. Ich … wir haben keinen Garten. Das Ziel war, das Haus zu renovieren und es dann zu verkaufen, um ein größeres mit Garten zu beziehen – und *dann* einen Hund anzuschaffen. Ich bin einfach noch nicht so weit. Aber seit ihrem Geburtstag scheint sie nur noch an Hunde denken zu können.«

»Das ist doch nachvollziehbar.« Ally rollte Freds Ball, und der Hund rannte hinterher. »Schließlich haben ihre Eltern ihr versprochen, dass sie mit zehn einen bekommt.«

Ben hielt mit dem Streicheln von Ginger inne. »Was haben Sie da gesagt?«

Ally erschrak über Bens verblüffte Miene. »Sie hat es Ihnen nicht erzählt. Oh, Ben, es tut mir leid …«

»Katie und Paul haben ihr gesagt, dass sie einen Hund haben darf?«

»Sobald sie zehn ist. Offenbar dachten sie, in dem Alter wäre sie so weit, sich um einen kümmern zu können.«

Ben setzte sich aus der Hocke auf den Boden. Seinen Kummer spürend, kletterte Ginger auf seinen Schoß und leckte zum Trost an seinen Fingern. »Warum hat sie nichts gesagt? Dachte sie, sie könnte mir das nicht erzählen?«

»Vermutlich wollte sie nicht, dass Sie sich aufregen.« *Das habe ich nun hinbekommen, weil ich den Mund nicht halten kann.*

»Ich will nicht, dass sie denkt, sie könne mit mir nicht über Katie und Paul sprechen. Sie muss schon auf so vieles verzichten …«

»Ben.« Ally rutschte auf den Knien zu ihm hin und setzte sich neben ihn. »Weihnachten wird immer etwas fehlen, weil ihre Eltern nicht mehr da sind. Aber das bedeutet nicht, dass sie nicht glücklich ist. Und es heißt auch nicht, dass Sie nicht einen fantastischen Job machen. Ein Teil von ihr wird immer traurig sein, dass ihre Eltern fort sind, aber sie liebt Sie. Und ich glaube, in gewisser Hinsicht versucht sie Sie ebenso zu beschützen, wie Sie versuchen, Astrid zu beschützen. Sie ist ein großartiges Kind.«

»Das ist sie.« Er sah ihr aus wenigen Zentimetern Entfernung in die Augen.

Zum zweiten Mal an diesem Abend hing das Gesagte schwer zwischen ihnen – ebenso wie die Dinge, die bisher ungesagt geblieben waren. »Danke«, murmelte er. »Seit Sie hier sind …«

»Ich habe nichts gemacht …« Der Protest verstummte, als sein Blick auf ihre Lippen fiel.

»Doch, haben Sie. Tun Sie noch.« Im gedämpften Licht der Scheune schienen seine Pupillen ihre Größe verdoppelt zu haben.

Sie waren nur Freunde, natürlich, aber heute Abend fühlte es sich an wie ein Drahtseilakt, ständig sehr kurz vor einem Kuss. Wenn sie es doch nur durch reine Willenskraft geschehen lassen könnte …

Ben lehnte sich näher zu ihr, und sie sah seine Lippen dicht vor ihren. Er bewegte sich langsam; langsam genug, dass sie ihn hätte aufhalten können … nur war es das Letzte, was sie tun wollte. Eine große Hand umfasste ihr Kinn, und Allys Lider sanken herab, bevor seine Lippen die ihren berührten.

Ally hatte sich schon gefragt, ob sie deshalb nur Freunde waren, weil es zwischen ihnen nicht wirklich knisterte. Ob sie vielleicht gar nichts fühlen würde, wenn er sie küsste.

Wie sich zeigte, war das fehlende Knistern nicht das Problem.

Nach den ersten zögernden Berührungen gab Ben einen

sinnlich-heiseren Laut von sich und küsste sie leidenschaftlicher. Ally lehnte sich ihm entgegen, da nur der Druck seiner Lippen und ihr Griff an seinem Revers sie davon abhielt, nach hinten zu kippen. Sie spürte seinen Bart weich an ihrer Haut, und jede Zelle ihres Körpers erwachte zum Leben. Er legte den Arm um sie …

Kleine Pfoten tapsten auf ihren Schoß, und raue kleine Zungen leckten an ihrer Hand, die auf Bens Arm ruhte.

Sie lösten sich voneinander, und Ben lächelte über die Dackel, die auf ihnen herumkletterten. Ally strahlte, und ihr Bauch war voller Schmetterlinge.

»Wir sollten wohl besser …« Sie deutete mit dem Kopf zum Haus.

»Gute Idee.« Ben stand auf und bot ihr die Hand. Als Ally sich aufrichtete, stöhnte Maximus in dem Käfig daneben, doch sie wandte den Blick nicht von Ben ab …

Bis ein übler Geruch in ihre Richtung wehte.

»Uh.« Ally verzog das Gesicht und versuchte nicht zu atmen. »Maximus!«

»Wow.« Ben hielt sich die Hand vor Mund und Nase.

Da der romantische Augenblick zwischen ihnen damit offiziell beendet war, rannte Ally mit tränenden Augen zum Ausgang. »Die reinste Geheimwaffe.«

»Noch keine Bewerber für den großen Burschen?«, erkundigte Ben sich hinter seiner Hand, während sie die Geruchszone rasch verließen – und er Allys Hand in seiner hielt.

Ally versuchte, nicht abzuheben. *Bleib cool, Gilmore.*

»Noch nicht. Aber vielleicht entscheidet sich noch jemand, der sein Porträt bei *Die zwölf Weihnachtshunde* gesehen hat, vorbeizukommen.«

»Es scheint zu funktionieren mit der Rubrik.« Er deutete auf einen der leeren Käfige, an denen sie vorbeigingen.

»Ja, das tut es. Obwohl wir noch Arbeit vor uns haben. Und ich weiß immer noch nicht, was wir mit Dolce und ihren Welpen machen sollen. Gram versucht Gramps davon zu überzeugen, Dolce zu behalten. Aber wir müssen dann immer noch ein Zuhause für die Welpen finden, sobald sie entwöhnt sind.«

»Wie viele sind es denn?«

»Hat Astrid es dir nicht erzählt? Sie ist geradezu besessen von ihnen, besonders von der kleinen Lulu. Es sind vier – drei Jungs, ein Mädchen. Alle mit den süßesten Knautschgesichtern. Kimber möchte einen der Jungs haben, die anderen werde ich online per Petfinder anbieten müssen, zumal es wohl keine weihnachtlichen Veranstaltungen mehr in Pine Hollow gibt, wo wir den Leuten die Hunde unterjubeln können.«

Sie erreichten den vorderen Teil der Scheune, wo Ben ihre Hand losließ, damit sie sich ihren Mantel anziehen konnte, den sie an einen der Haken gehängt hatte.

»Da wäre noch das Krippenspiel an Heiligabend«, bemerkte er, während er seine Jacke anzog.

»Im Ernst?«

»Sag nicht, du warst mit deinen Großeltern nie dabei?«

»Kann ich nicht behaupten.«

»Es ist auch nicht direkt ein traditionelles Krippenspiel«, erklärte er. »Halb Talentshow, halb Weihnachtsgeschichte, die in einer sehr bizarren Geburt kulminiert. Es wird jedes Jahr ein bisschen schräger – ich glaube nicht, dass Hunde dabei noch groß für Erstaunen sorgen würden. Ich werde mit dem

Komitee sprechen, ob sie Hunde dabei dulden, die noch kein neues Zuhause gefunden haben.«

»Das wäre großartig.«

Aus Bens Tasche kam die Titelmusik von *Der Weiße Hai*, und er stöhnte. »Sorry«, sagte er, während er es hervorzog. »Ich würde es ja stumm schalten, aber ich möchte für Astrid erreichbar sein.«

»Die Musik von *Der Weiße Hai* ist dein Klingelton?«

»Genau genommen ist es das E-Mail-Signal für Stadtrat-Mails.«

»Echt?«

»Fällt dir eine unheilvollere Melodie ein? Der *Imperial March* aus Starwars ist zu lang.«

Sie musterte ihn, während sie das Licht in der Scheune dimmte; die Hunde lagen alle auf ihren Hundebetten. »Ich bin mir nicht sicher, ob du dein Amt im Stadtrat so sehr hasst, wie du alle ständig glauben machen willst.«

»Oh, ich hasse es sogar noch mehr.«

»Nein …« Ally schüttelte den Kopf. »Du hättest es abgeben können. Hast du aber nicht.«

»Zu stur.« Er hielt ihr die Tür auf, doch Ally sah ihn wissend an.

»Unsinn. Ich glaube, du hilfst Leuten gern. Ich glaube, dass du, Ebenezer, heimlich ein echter Softie bist. Die Leute in diesem Städtchen reden, weißt du? Ich habe von einigen Initiativen gehört, die du vorangebracht hast. Programme im Gemeindezentrum …«

»Es können ja nicht immer nur schließende Tierheime und zerstörte Träume sein.«

Sie lachte und trat in den winterlichen Abend hinaus. Dann

drehte sie sich zu ihm um und hakte den Zeigefinger in sein Revers. »Du kannst so griesgrämig tun, wie du willst. Ich habe dich durchschaut, Ben West.«

Er sah ihr in die Augen, und wieder erwachte diese Sache zwischen ihnen zum Leben. Da war dieser Funke, der darauf zu warten schien, zu einem Feuer entfacht zu werden. »Ich dich auch.«

In der kalten Abendluft fühlte sie jeden Zentimeter ihrer Haut, während ihr Gesicht sich erhitzte. Erneut ruhte sein Blick auf ihren Lippen, doch sie sah ihm weiterhin in die Augen, eine stumme Aufforderung. Er senkte das Kinn, seine Lider sanken herab.

Dann streifte Scheinwerferlicht sie beide. Hastig wich Ben zurück, und Ally verkniff sich ein lautes Stöhnen. »Das werden meine Großeltern sein.«

Wenigstens hatten sie ihn und Ally nicht küssend in der Auffahrt erwischt. Diese Sache zwischen ihnen, was immer es war, fühlte sich noch viel zu zerbrechlich an, um die Gerüchteküche von Pine Hollow zu überstehen.

»Ben!«, rief Gram fröhlich. »Wir hatten gar nicht erwartet, Sie heute Abend hier zu sehen!«

»Seine Waschmaschine ist kaputt, deshalb habe ich ihm angeboten, unsere zu benutzen«, rief Ally, als ihre Großeltern mit knirschenden Schritten über die verschneite Auffahrt kamen.

»Natürlich, das ist gut.« Gramps klopfte Ben auf die Schulter, als sie sich an der Verandatreppe trafen. Ben blieb vorsichtig auf Distanz zu Ally, obwohl ihre Großeltern von der knisternden Atmosphäre nichts zu bemerken schienen. »Unsere Waschmaschine gehört Ihnen. Möchten Sie

Früchtebrot? Rita hat eins gewonnen, und ich mag das Zeug nicht.«

Gramps bugsierte Ben ins Haus, und Gram folgte den beiden, Ally herbeiwinkend. »Beeil dich, Mädchen. Es ist kalt hier draußen.«

Fast zwei Stunden später half Ally Ben die Körbe voll sauberer, zusammengefalteter Wäsche zu seinem Wagen zu tragen. Ihre Großeltern waren schon vor einer Weile ins Bett gegangen – nachdem sie die beiden mit Früchtebrot vollgestopft hatten. Doch weder Ally noch Ben kamen auf den Kuss zu sprechen, auch nicht, als sie allein Seite an Seite Wäsche zusammenlegten. Die Distanz zwischen ihnen schien wieder größer zu werden, das Schweigen wurde drückend.

Er bereute den Kuss, das spürte sie.

Sie stellte den Korb neben die anderen auf die Rückbank seines Wagens und schlang anschließend die Arme um sich. Sie hatte sich keinen Mantel angezogen, daher konnte sie so tun, als wäre diese Geste der Kälte geschuldet und nicht der Furcht. »Tja, also …«

Ben sah ihr in die Augen. »Tja.«

Sie mochte ihn. Sie mochte ihn sehr. Doch wenn er es bereute, sie geküsst zu haben, wenn es nur ein Impuls aus einem Gefühl der Einsamkeit heraus gewesen war … dann verstand sie das. Sie hoffte wirklich, dass das nicht zutraf, aber er war so still gewesen …

»Ich kann nicht …« Bens Stimme war leise, obwohl sie allein auf der Auffahrt standen. »Ich glaube, ich habe gar nicht gemerkt, wie hart es Astrid getroffen hat, als Isabelle fortging.

Ich habe nicht erwartet, dass sie sich die Schuld dafür gibt. Und ich …«

Er räusperte sich, und Ally wartete, da sie ahnte, was folgen würde.

»Ich muss vorsichtig sein. Sie hat dich bereits ins Herz geschlossen. Das kann nicht … Ich mag dich, Ally, aber, äh …«

Aber du bereust es. »Ich verstehe. Du willst keine …«

»Keine Missverständnisse, genau. Wir müssen uns einig sein. Angesichts des Kleinstadttratsches … und du bist dir nicht einmal sicher, ob du bleiben wirst. Ich glaube einfach, es ist das Beste, wenn niemand weiß, dass wir … und wenn wir nicht …«

»Klar. Selbstverständlich.«

Ben zuckte zusammen. »Es tut mir wirklich leid. Ich hätte nicht …«

»Ach, sei nicht albern. Ich habs verstanden.« Es gefiel ihr nicht. Aber sie verstand. Er versuchte das Richtige zu tun für Astrid, wie immer. Und sie konnte nicht versprechen, dass Astrid nicht verletzt werden würde, sollten sie offiziell zusammen sein. Nicht, solange alles so unsicher war. Nicht, solange sie nicht einmal wusste, was sie tun würde, wenn das Hundeasyl geschlossen war.

Doch eine leise Stimme in ihr flüsterte, dass, wenn er sie genug gewollt hätte, es keine Rolle spielen würde. Wenn er sie wirklich ganz und gar gewollt hätte, wäre sie darauf eingegangen, ohne sich um die Konsequenzen zu scheren. Sie hätte sich mit ganzem Herzen darauf eingelassen, aber er fühlte eben nicht so. Ein Mensch konnte sich nicht allein verlieben.

»Freunde?« Er breitete die Arme aus.

»Natürlich.« Sie umarmte ihn, drückte ihn nicht zu fest und versuchte, seinen Duft nicht einzuatmen. Alles sollte freundschaftlich bleiben.

Freundschaft war gar nicht so schlecht. Sie mochte Ben, und er mochte sie. Das war doch schon etwas, auch wenn die Sehnsucht in ihr nicht erlosch.

Ach, Freunde war okay.

28. Kapitel

Ben verbrachte die nächsten vierundzwanzig Stunden damit, sich einzureden, er habe die richtige Entscheidung getroffen. Er hatte mit Ally gesprochen, und sie waren übereingekommen, Freunde zu sein, mehr nicht. Und das war auch gut so.

Am Nachmittag fuhr er mit Astrid zum Flughafen in Burlington, um seine Eltern abzuholen. Er versuchte – vergebens – die Unterhaltung vom Tierheim weg in eine andere Richtung zu lenken.

Auf der Heimfahrt begann es zu schneien, was einen guten Vorwand lieferte, um für den restlichen Abend drinnen zu bleiben und zuzuschauen, wie die dicken weißen Flocken die kleine Stadt bedeckten. Bei den Pancakes seines Vaters am nächsten Morgen plapperte Astrid dann unaufhörlich über das Tierheim und über Ally, bis seine Eltern ihm verstohlene Blicke zuwarfen und fragten, wann sie denn mal zu Furry Friends gehen könnten. Über Nacht hatte es weiter geschneit, sodass jetzt gut dreißig Zentimeter Schnee lagen. Ben floh nach draußen, um die Auffahrt freizuschaufeln und einen klaren Kopf zu bekommen.

Er wollte Ally eine Nachricht schreiben. Er wollte sich mit ihr über die anstrengenden Seiten von Familie auslassen und den Umstand, dass die ganze Stadt über sie beide spekulierte, aber er konnte es nicht.

Nicht, dass er ihren Kuss bedauert hätte. Er wollte nur nicht, dass irgendetwas außer Kontrolle geriet. Und genau das würde der Fall sein, sobald die Einwohner ihres Städtchens von ihm und Ally erfuhren. Er musste an Astrid denken. Ally war sich nicht sicher, ob sie bleiben würde, und daher hatte er sich klug verhalten. Warum machte ihm dann die Entscheidung, auf Abstand zu gehen, dermaßen zu schaffen?

Die Auffahrt und den Gehsteig vor seinem sowie Mrs. Finchers Haus freizuschaufeln, nahm nicht viel Zeit in Anspruch. Er war fast fertig, als sein Telefon klingelte.

Ben steckte die Schaufel in den Schnee, zog die Handschuhe aus und öffnete hastig den Reißverschluss seiner Jacke, um an die Innentasche zu kommen, bevor es aufhörte zu klingeln. Erst als er Deenies Namen auf dem Display las, wurde ihm klar, wie sehr er Allys Anruf erwartet hatte.

Skeptisch nahm er den Anruf entgegen, bevor der Anrufbeantworter ansprang. »Hallo?«

»Verfügt die Stadt über eine Schneefräse?«

Ben schnaubte. »Dir auch hallo.«

Deenie seufzte dramatisch. »Hallo. Frohe Weihnachten und so weiter. Hat die Stadt eine Schneefräse oder nicht?«

»Wir haben eine. Für die Gehsteige und den Marktplatz – die Bereiche, in denen der Schneepflug nichts ausrichten kann.«

»Kannst du sie zu Furry Friends schicken? Ally ist eingeschneit.«

Ben stützte sich auf den Schaufelgriff. »Sie hat festgelegte Routen, und bei dem vielen Schnee werden die mindestens einen Tag brauchen. Was ist denn mit Allys eigener Schneefräse passiert?«

»Anscheinend hat die den Geist aufgegeben«, berichtete Deenie. »Ich habe heute Morgen angerufen, um zu erfahren, wann sie aufmachen, und sie meinte, dass heute vielleicht gar nicht geöffnet wird, weil die Schneefräse kaputt ist und die Schneepflüge alle gebucht sind, also wollte sie sich nur vergraben, sich *Ist das Leben nicht schön?* ansehen und Früchtebrot essen, bis sie morgen jemand freischaufeln kann. Aber es sind ja nur noch ein paar Tage bis Weihnachten, also die heißeste Adoptionszeit des Jahres, daher hatte ich so gehofft, die Stadt könnte helfen.«

Ben überlegte. Er konnte die Schneefräsen der Stadt nicht befehligen, und die Auffahrt der Gilmores auf diese Weise vom Schnee zu befreien, kam nicht infrage. Pauls und Katies Auffahrt war gerade lang genug, dass sein Wagen darauf passte und entsprechend rasch mit dem Schneeschieber freizuschaufeln. Aber die Auffahrt der Gilmores war mindestens so groß wie ein halbes Fußballfeld.

Zwischen Ben und Ally sollte nur Freundschaft herrschen – aber Freunde halfen einander, oder?

»Ich habe keine Schneefräse, aber ich kenne jemanden, der eine hat. Ich melde mich wieder bei dir.«

Deenie versprach, selbst auch an dem Problem zu arbeiten, und Ben steckte das Handy wieder ein.

Er stellte die Schaufel in die winzige Garage, die so vollgestellt war mit Gartengeräten, dass sein Wagen keinen Platz darin fand. Dann lief er zur Haustür und klopfte sich den

Schnee von den Handschuhen. Ein Plan entstand in seinem Kopf und nahm allmählich Form an. Ein *freundschaftlicher* Plan. Etwas, was er für jeden tun würde, der eingeschneit war.

Ben öffnete die Haustür und trat gegen den Türrahmen, damit der Schnee von seinen Stiefeln fiel, zog sie aber nicht erst aus.

Seine Mutter erschien in der Tür zur Küche. »Das ging aber schnell. Astrid hat uns gerade von den Brownies erzählt, die ihr für den Weihnachtsbasar gebacken habt. Wir überlegen, ob wir heute auch ein Blech voll backen sollen.«

»Gute Idee. Könnt ihr euch eine Weile um sie kümmern? Ich muss los und etwas erledigen.«

Seine Mutter wirkte überrascht. »Selbstverständlich. Wir passen sehr gern auf sie auf.«

»Großartig. Danke. Viel Spaß.« Er schnappte sich seinen Schlüssel, war wieder zur Tür hinaus und lief zum Wagen, bevor seine Mutter ihren Mund zumachen konnte.

Ben klingelte gar nicht erst. Er kannte den Weg. Er betrat das große verglaste Foyer des Gebäudes und ging durch die hallende Stille im Erdgeschoss zum Büro im hinteren Teil, wo er die gesuchte Person am Computer finden würde.

»Jesus!« Connor sprang vor Schreck fast aus dem Sessel. »Was machst du hier?«

Ben grinste genauso belustigt, Connor zu erschrecken, wie damals, als er und Levi und Mac das dauernd getan hatten, um Connor von seinem Liebeskummer wegen Monica abzulenken. »Wenn du einen Hund hättest, könnte sich niemand anschleichen.«

»Die meisten Leute klopfen an.« Connor stand auf und umfasste die Rückenlehne seines Bürostuhls. »Was gibt es denn?«

»Du hast gesagt, ich könnte mir deine Schneefräse borgen, wann immer ich sie brauche.«

»Das stimmt, nur habe ich nie damit gerechnet, dass du das Angebot annehmen würdest. Du bittest nie um etwas.«

Ben stieß sich vom Türrahmen ab. »Ich muss sie mir ja nicht ausborgen. Ich kann auch …«

»Warte, ich hole den Schlüssel.« Connor ging bereits an ihm vorbei zur Küche, und Ben schrieb rasch Deenie eine Nachricht. »Warum brauchst du eine Schneefräse? Deine Auffahrt ist winzig. Geht es um eine Stadtsache?«

»So etwas in der Art.« Auf Connors Blick hin steckte er sein Handy ein und erklärte: »Ally ist eingeschneit, also will ich hin und sie befreien.«

Connor hielt mit dem Schlüssel in der Hand inne. »Ally, ja?«

»Fang nicht wieder damit an. Ich bin nur hilfsbereit.«

»Hm, weißt du was? Das bin ich auch. Ich sollte mitkommen. Mir ein bisschen freinehmen und mir die Lady vom Tierheim mal ansehen, von der alle reden.«

»Du könntest es natürlich auch sein lassen.«

»Aber wo bliebe da der Spaß?«

»Wenn du beim Tierheim auftauchst, hetze ich die Gilmores auf dich, und dann musst du mit einem der Hunde Gassi gehen.«

Connor verdrehte die Augen. »Du lässt nicht locker bei dieser Hundegeschichte, was?«

»Es ist schwer, eine Idee aufzugeben, wenn man so recht hat wie ich.« Es war nur halb im Scherz gemeint gewesen, als Ben gesagt hatte, Connor brauche einen Hund. Sie hatten nicht weiter darüber geredet, aber Connor kannte nur noch seine Arbeit, seit Monica fort war. Er verbrachte zu viel Zeit in seinem Arbeitszimmer, deshalb hätte Ben inzwischen alles versucht, um seinen Freund wieder mehr ins Leben zurückzuholen – sogar ein Hund war da eine Option.

Connor gab einen spöttischen Laut von sich und warf ihm den Schlüssel für die Schneefräse zu. »Ich will doch nur diese Frau sehen, für die du dich nicht im Geringsten interessierst.«

»Wenn du das sagst.« Bens Handy vibrierte, und er zog es aus der Tasche. Deenie hatte mit lauter Ausrufezeichen geantwortet. Er grinste, wirbelte den Schlüssel am Ring um seinen Finger und musterte Connor. »Hast du eigentlich noch diese Leiter?«

Connor blickte skeptisch. »Was für eine Auffahrt ist das eigentlich?«

»Warum bei der Auffahrt Halt machen?«

29. Kapitel

George Bailey rannte durch Bedford Falls, die Namen seiner Liebsten brüllend, während Gramps auf dem Fernsehsessel mit Copper auf dem Schoß schnarchte. Gram summte vor sich hin und flitzte ins Zimmer hinein und wieder hinaus, eine Frau auf einer unbekannten Weihnachtsmission. Ally saß auf dem Fußboden und packte das Geschenk für Deenie ein, während sie zum Fernseher sah und Colbys Schnarchen lauschte, das mit dem ihres Großvaters harmonierte. Es war nicht die schlechteste Art, einen Dezembernachmittag zu verbringen.

Draußen in den Zwingern fingen die Hunde an zu bellen. Colbys Schnarchen hörte auf, und er hob seinen massigen Kopf, gähnte und sank dann seufzend wieder auf sein Lager. Gramps bewegte sich in seinem Fernsehsessel, grunzte leise und kraulte Coppers Bauch, um zu kaschieren, dass er während des Films eingeschlafen war. *Das Leben ist schön* wurde von Werbung unterbrochen, aber draußen in den Zwingern wurde das Bellen wilder.

»Was haben die bloß?«, murmelte Ally und richtete sich auf, um nachzusehen.

»Wahrscheinlich ein Elch«, bemerkte Gramps, machte jedoch keine Anstalten, sich aus seinem Sessel zu erheben.

»Wahrscheinlich«, sagte sie.

Es klang, als würden die Hunde Besuch begrüßen, dabei sorgte ja eine fast fünfzig Zentimeter hohe Schneedecke in der Auffahrt dafür, dass niemand vorbeikommen konnte – zumindest nicht bis morgen Nachmittag, da standen sie nämlich auf der Liste der Schneeräumfirma des Ortes.

Da es sich also durchaus um einen Elch oder gar einen Bären handeln konnte, machte Ally einen Umweg über die Küche, um einen Metalltopf und einen Löffel zu holen, damit sie notfalls Lärm machen und so das Tier vertreiben konnte. Wie sie das anstellen sollte, wo es nicht einmal den Hunden gelang, wusste sie allerdings auch nicht.

Sie stieg in ihre Stiefel und zog den Mantel an. Da hörte sie ein Geräusch, das nach einem herannahenden Hubschrauber klang. Das Motorengebrumm wurde mit jeder Sekunde lauter.

Ally trat hinaus auf die Veranda und staunte nicht schlecht angesichts des Schauspiels, das sich ihr bot.

Es war kein Helikopter.

Eine Schneefräse rollte über die Auffahrt und warf Schnee in einem hohen weißen Bogen nach links. Der aufgeworfene Schnee versperrte ihr die Sicht auf den Fahrer, aber sie sah Deenie bei der Scheune, wie sie knietief im Schnee eine kleine Armee von Leuten aus dem Ort mit Schaufeln dirigierte. Ally entdeckte Astrid und Kimber, ebenso wie Elinor und einige andere Familien, die in den vergangenen drei Wochen Hunde adoptiert hatten.

Ally war schon geschafft gewesen, nachdem sie heute Morgen einen schmalen Weg vom Wohnhaus zur Scheune freigeschaufelt hatte, damit sie sich um die Hunde kümmern konnte. Doch nun waren ein Dutzend Hände mit dem Problem beschäftigt, verbreiterten den Weg und räumten auch den Bereich vor der Scheune, wo eine andere Gruppe mit einigen Leitern und Lichterketten zugange war.

Ally nahm jemanden neben sich war, drehte den Kopf und sah Gram, die nicht einmal einen Mantel trug. »Ist das dein Werk? Warst du deswegen den ganzen Morgen so aufgedreht, weil du das hier organisiert hast?«

»Ich habe nichts damit zu tun«, antwortete ihre Großmutter.

Gramps tauchte hinter seiner Frau auf und legte ihr den dicken Daunenmantel um die Schultern. Er sah an Ally vorbei und schob das Kinn vor. »Ich wette, das war er.«

Ally drehte sich um und sah in die Richtung, in die ihr Großvater gedeutet hatte. Die fahrende Schneefräse hatte gewendet, und der weiße Schneebogen versperrte ihr nicht länger die Sicht auf den Fahrer, der die Auffahrt räumte. Ben grinste hinter dem Steuer des Fahrzeugs und winkte. Sein Anblick traf Ally direkt ins Herz.

Er hatte die Kavallerie mitgebracht.

Als er nahe genug herangefahren war, stellte er den lauten Motor der Fräse aus und sprang herunter. Seine Beine versanken knietief im Schnee zwischen ihm und dem geräumten Weg. »Ich habe gehört, ihr seid eingeschneit«, rief er, während er auf sie zu stapfte.

Ally kam die Verandastufen herunter, um ihn zu begrüßen. Erst als Bens Blick darauf fiel, merkte sie, dass sie noch den Topf und den Löffel in den Händen hielt.

»Kochst du etwas?«

»Ich dachte, du wärst ein Elch«, erklärte sie dümmlich.

Er nickte, nahm seine Mütze vom Kopf und klopfte den Schnee ab. »Das höre ich häufig.«

Sie lachte etwas zu laut und unvermittelt auf. »Woher hast du … Ich dachte, deine Eltern sind zu Besuch …«

»Oh, das sind sie auch«, versicherte er ihr und deutete zu einem Paar in dicker Winterkleidung. Die beiden waren damit beschäftigt, diejenigen, die die Leitern zur Dachrinne der Scheune hinaufstiegen, mit Lichterketten zu versorgen. »Deenie hat mich angerufen.«

»Ich kann nicht glauben, dass du das alles arrangiert hast.«

»Hab ich ja auch nicht. Es war alles Deenies Idee. Bis auf die Lichterketten. Das war ich. Wenn du mich jetzt entschuldigen würdest …« Er setze seine Mütze wieder auf. »Ich habe einen Job zu erledigen.«

Er stapfte den Weg zurück, den er gekommen war, stieg wieder auf die Schneefräse und warf die lärmende Maschine an. Ally beobachtete die vielen Helfer. Ihre Großeltern waren ins Haus gegangen, wahrscheinlich, um sich Wintersachen anzuziehen und sich den Spaß in Ruhe anzusehen. Ally blieb jedoch, wo sie war, obwohl ihre Finger allmählich kalt wurden, weil sie immer noch den Topf und den Löffel hielt.

Das hier war es, was sie wollte. Teil einer Gemeinschaft sein, die zusammenhielt.

Nach dem Tod ihrer Eltern hatte sie eine Blase um sich herum gebildet, um eine Distanz zwischen sich und der Welt zu schaffen. Denn sie fürchtete, verletzt zu werden, sobald sie jemanden zu nah an sich herankommen ließ. Ihre Eltern waren alles für sie gewesen, und als Ally sie verlor, hatte sie sich innerlich verschlossen.

Ihre Einsamkeit hatte nichts mit New York zu tun. Oder mit zu viel Arbeit und zu vielen Reisen. Es hatte nur mit *ihr selbst* zu tun. Genau aus dem Grund war diese Einsamkeit auch nicht wundersamerweise einfach verschwunden, als sie nach Pine Hollow gezogen war. Denn auch hier hatte sie noch in ihrer Blase gelebt. Sie ging auf niemanden zu und war nicht offen. Stattdessen versteckte sie sich hier. Hinter den Hunden. Hinter ihren Großeltern. Hinter ihrer Kamera.

Nur vor Ben hatte sie sich nicht versteckt. Und dann hatte sie Deenie kennengelernt, und irgendwie hatten sich die Dinge ab da geändert. Die Stadt sah sie, und sie musste sich nicht mehr verstecken. Sie war genau dort, wohin sie gehörte.

Deenie kam angehüpft und strahlte übers ganze Gesicht. »Warst du überrascht? Wir wollten nämlich, dass du überrascht bist. Ich liebe Überraschungen.«

Ally grinste. »Ja, ich denke, man kann mit Fug und Recht behaupten, dass ich überrascht war.« Sie hielt Topf und Löffel in die Höhe. »Damit wollte ich den Elch vertreiben.«

Deenie prustete. »Schätzchen, für einen Elch brauchst du schon etwas Größeres.« Sie erklomm die Veranda, wobei sie mit den Füßen auf jeder Stufe trappelte. »Hast du die Bewerbung gesehen, die für JoJo hereingekommen ist?«

Ally machte ein mitfühlendes Gesicht. Eine der Seniorinnen aus den Summerland Estates hatte sich in die kleine JoJo verliebt. Ally hatte nicht gewusst, wie sie es Deenie beibringen sollte, und dabei ganz vergessen, dass diese ja selbst Zugang zum E-Mail-Account hatte. »Ja, hab ich. Tut mir leid.«

»Muss es nicht. Ich wünsche ihr ein gutes Zuhause. Besonders da ich sie nicht nehmen kann.«

Ally wollte eine Möglichkeit finden, wie Deenie doch noch einen kleinen Hund haben konnte. Sie wusste genau, wie es war, Dinge zu wollen, die man nicht haben konnte. Und damit war nicht nur Ben gemeint. Sie hatten auch kein Glück bei dem Versuch gehabt, neue Fördergelder zu bekommen oder genügend Spenden zusammenzubringen. Die Hunde würden alle adoptiert werden, und das Hundeheim würde schließen. Und was würde sie dann tun? Sie war so sehr mit den Hunden beschäftigt gewesen, dass sie noch gar nicht über ihre eigene Zukunft nachgedacht hatte. Jetzt konnte sie an nichts anderes mehr denken. Am liebsten wäre sie hiergeblieben, doch wie sollte sie in Pine Hollow ihren Lebensunterhalt verdienen?

»Kochen wir?«, fragte Elinor, die am Verandageländer erschien, zusammen mit Harry, die an der Leine zog.

Ally errötete, denn sie hielt immer noch Topf und Löffel in den Händen. Rasch ging sie ins Haus, um beides loszuwerden, während Deenie Elinor die Sache erklärte. Als Ally zurückkehrte, stand Elinor auf der Veranda, und Harry saß brav neben ihr. Allerdings sprang Letztere auf, als sie Ally sah.

»Wie läuft es mit ihr?«, erkundigte Ally sich und ging in die Hocke, um den Hund zu begrüßen, der aufgeregt mit dem Schwanz wedelte.

»Gut. Obwohl ich überlege, mit ihr nach Burlington zur Hundeschule zu fahren, und zwar möglichst bald. Sie ist der süßeste, knuddeligste Hund der Welt, aber ich war nicht vorbereitet auf eine Befreiungskünstlerin ihres Kalibers. Ich muss sie beschäftigen, während ich bei der Arbeit bin. Aber wir werden das schon hinbekommen.«

Der Motor der Schneefräse verstummte erneut, und Ally schaute automatisch in die Richtung. Ihr Blick fand Ben. Er sprang von dem Gefährt, um einen großen Mann in einem maßgeschneiderten Wintermantel zu begrüßen und ihm auf den Rücken zu klopfen. Dann zeigte er zur Veranda, und die beiden Männer kamen auf sie zu. Instinktiv nahm Ally eine gerade Haltung an.

»Will sie es sich noch immer nicht eingestehen?«, raunte Elinor Deenie zu.

»Offensichtlich«, flüsterte Deenie zurück.

Ally warf den beiden einen warnenden Blick zu und erhob sich, als Ben mit dem Mann, den sie jetzt als Connor identifizierte, bei ihnen ankam. Es war der so viel Mist redende Typ aus der Pokerrunde, den sie bei der Einweihung des Tannenbaums auf dem Marktplatz kennengelernt hatte.

»Hey«, rief Ben, als sie vor den Verandastufen standen. »Connor denkt darüber nach, sich einen Hund anzuschaffen. Er würde gern Maximus kennenlernen.«

»Maximus?«, meldete Deenie sich zu Wort, bevor Ally etwas sagen konnte, und sie klang sehr skeptisch. Gleichzeitig musterte sie Connor von seinen teuren Lederhandschuhen bis zu den perfekt polierten Stiefeln. »Der ist aber eine ganze Menge Hund.«

Connor betrachtete Deenie – mit dem Glitzer auf ihrem Gesicht und den pinkfarbenen Ohrenwärmern – ebenso skeptisch. »Wollen Sie damit andeuten, ich würde mit einer ganzen Menge Hund nicht fertig werden?«

Deenie zeigte sich unbeeindruckt und lächelte süßlich. »Ja?«

Ally meldete sich zu Wort, ehe Deenie ihn vertreiben konnte. »Ich bringe Sie zu ihm.«

»Nein, das mache ich«, versicherte Deenie ihr und hüpfte schon von der Veranda. »Kommen Sie, Princeton.«

»Ich war in Yale«, korrigierte Connor sie, und Seite an Seite machten sie sich auf den Weg zur Scheune. »Wenn Sie schon andeuten wollen, dass ich ein Snob bin, dann richtig.«

»Soll ich vorsichtshalber mitgehen?«, fragte Ally und schaute den beiden kritisch hinterher.

»Die kommen schon zurecht«, beruhigte Ben sie. »Deenie ist ihm gewachsen.«

»Um Deenie mache ich mir weniger Sorgen«, bemerkte Elinor trocken und sah an Ally vorbei. »Du liebe Zeit, anscheinend werden meine Lichterkettenentwirrungsfähigkeiten an der Scheune gebraucht. Viel Spaß noch, ihr zwei.« Sie lief mit Harry die Verandastufen hinunter und ließ Ally mit Ben allein zurück.

Oder so allein, wie sie auf der Veranda sein konnten, sichtbar für sämtliche Nachbarn.

Die Auffahrt war nun frei von Schnee – und von Autos, da alle unten an der Straße geparkt hatten, damit die Schneefräse rangieren konnte. Auch die Wege um das Tierheim hatte man bereits geräumt. Die Kinder waren schon drinnen verschwunden, um mit den noch verbliebenen Hunden zu spielen. Da fast alles freigeschaufelt war, standen die meisten Erwachsenen vor der Dachrinne der Scheune und riefen denjenigen auf den Leitern ungebeten Ratschläge zu. Allys Großeltern unterhielten sich angeregt und gut gelaunt mit den Nachbarn.

»Ist das alles in Ordnung?«, fragte Ben und trat zu ihr ans Geländer. »Wir haben hier ja ein wenig überfallartig losgelegt.«

»In Ordnung?« Ally sah ihn an. Auf seinen Schultern lag noch der von der Fräse hochgewirbelte Schnee. Er befeuchtete auch Bart und Wimpern, sodass sie noch dunkler wirkten. »Ich fühle mich wie George Bailey.«

Ben runzelte die Stirn. »Ich habe keine Ahnung, was das bedeutet.«

»Wir haben uns gerade *Ist das Leben nicht schön?* angesehen. Ich weiß, es klingt furchtbar kitschig, aber ich fühle mich genau wie George Bailey, als die ganze Stadt zusammenkommt, um ihn vor dem Bankrott zu retten.«

Ben verzog das Gesicht. »Okay, ich hoffe, du hasst mich nicht, aber ich kann mich an den Film kaum erinnern.«

»Im Ernst?«, rief sie. »Das ist ein Weihnachtsklassiker.«

Er schüttelte den Kopf. »Ich erinnere mich nur vage an den Mond, der vom Himmel geholt wurde.«

Ally lächelte. Jetzt gerade war sie überzeugt davon, dass er für sie den Mond vom Himmel hätte holen können. »Das ist nicht der schlechteste Teil des Films, um sich daran zu erinnern.« Drüben an der Scheune schwankte eine Leiter, und ein Raunen ging durch die Zuschauer, bis die Leiter wieder stabilisiert war. Ben schaute gebannt hin, dann entspannte er sich wieder. »Was sind deine Lieblings-Weihnachtsfilme?«, fragte sie, um ihn davon abzulenken, sich um irgendjemanden Sorgen zu machen.

»Astrid liebt *Buddy – Der Weihnachtself*«, antwortete er, ohne den Blick von den Lichterkettenaufhängern abzuwenden.

»Ich habe nach *deinen* Lieblingsfilmen gefragt.« Ben schien zu stutzen. »Du musst nicht jedes Mal zuerst an sie denken, weißt du?«

»Es ist eine Gewohnheit«, gestand er; dann, nach einer kurzen Pause: »*Die Geister, die ich rief.*«

Ally lachte überrascht. »Mit Bill Murray?«

»Der und *Stirb langsam*. Das sind die wahren Weihnachtsklassiker.«

Sie konnte nicht aufhören zu kichern. »Sehr gefühlvoll.«

Er zuckte grinsend mit den Schultern. »Ich bin ein Softie.«

»Ist mir auch schon aufgefallen.«

Er sah sie mit einem Glitzern in den Augen an, und die Welt um sie herum schien zu verschwinden. Ally fiel das Atmen schwer angesichts der Möglichkeit, die sich hier auftat. Es war dieses Gefühl, das sich seit ihrer ersten Begegnung zwischen ihnen aufgebaut hatte.

»Ben …«, flüsterte sie.

Doch gerade, als sie sich zu ihm hinüberbeugte und ihm ihre Hand auf den Arm legen wollte, erhob sich Jubel in der Gruppe vor der Scheune. Prompt schaute Ben wieder zu den Eiszapfen-Lichterketten hin, die jetzt an der Dachrinne der Scheune leuchteten.

»Wer möchte Kakao?«, rief Gram und winkte alle zum Haus.

Ally legte die Hand zurück aufs Verandageländer, und Ben räusperte sich. »Offenbar gibt es jetzt heiße Schokolade.«

30. Kapitel

Irgendwann zwischen dem Schneeräumen und dem Kakao verwandelte sich die Zusammenkunft in eine Party. Das Wohnzimmer der Gilmores war überfüllt mit Feiernden. Kimber und Astrid spielten mit den Hunden, während Elinor und Deenie gemeinsam Weihnachtslieder sangen und alle jede Menge Kakao tranken.

Ben nippte an einem Pfefferminzkakao und beobachtete, wie seine Eltern Geschichten vergangener Weihnachten mit ihren alten Nachbarn austauschten. Dass das Ganze zu einer Party ausarten würde, hatte er nicht im Sinn gehabt, als er sich bei Deenie erkundigte, ob sie jemanden mit überschüssigen Lichterketten kenne. Doch Astrid hatte bereits verkündet, dies sei schon jetzt die beste Weihnachtstradition überhaupt, und sie müssten sie unbedingt jedes Jahr wiederholen.

Es klang verlockend.

Ben sah zu Ally hinüber, die sich krümmte vor lachen über die von Deenie und Elinor selbst gedichtete Strophe von *Grandma Got Run Over by a Reindeer*.

Viele Dinge waren verlockend.

Um ein Haar hätte er sie auf der Veranda geküsst. Direkt vor den Augen seiner Eltern, Astrid und der halben Stadt.

Das wäre ein Riesenfehler gewesen.

Astrid hatte Ally ohnehin schon sehr ins Herz geschlossen. In dem Moment, in dem er ihr Anlass gäbe, zu glauben, sie seien zusammen, würde Astrid darauf anspringen. Und alle Einwohner der Stadt auch. Jeder würde erwarten, dass es die große Liebe sein würde zwischen ihm und Ally. Und das war das Letzte, was er gebrauchen konnte.

Er mochte Ally. Nur würde sie vielleicht nicht in Pine Hollow bleiben, und selbst wenn, wusste er nicht, ob diese Sache zwischen ihnen etwas für die Ewigkeit war.

Er musste alles in seiner Macht Stehende tun, um Astrid zu schützen; sein Liebesleben von ihr fernhalten, damit es keinerlei Auswirkungen auf sie hatte, wenn es den Bach hinunterging.

Daher vermied er zu große Nähe zu Ally. Er durfte nicht rücksichtslos handeln in dieser Sache. Wegen Astrid.

»Ally scheint nett zu sein.«

Ben hatte gar nicht bemerkt, dass seine Mutter neben ihm aufgetaucht war, sonst hätte er darauf geachtet, nicht die ganze Zeit Ally anzuschauen. Er sah demonstrativ zu Astrid hin. »Lass es«, warnte er seine Mutter leise. »Die ganze Stadt spekuliert schon darüber, da brauche ich das nicht auch noch von dir.«

»Wir wollen doch alle nur, dass du glücklich bist«, sagte seine Mutter ein wenig tadelnd.

»Bin ich«, versicherte er ihr.

Und das Verrückte war – es stimmte. Er hangelte sich nicht nur durch den Alltag und überstand irgendwie die Weihnachtsfeiertage. Er hatte nicht nur hin und wieder Momente der Freude während seines Normalzustands aus Überarbeitung und Panik. Nein, er war tatsächlich glücklich. Er hatte nach wie vor mehr um die Ohren, als irgendwer an einem Tag schaffen konnte, aber es kam ihm jetzt viel leichter zu bewältigen vor. Oder es lag daran, dass er lernte, sich von Kleinigkeiten nicht mehr zermürben zu lassen.

Astrid war glücklich. Sie war gesund. Wenn die anderen Eltern ihrer Schule meinten, er sei zu überfürsorglich oder zu wenig fürsorglich, oder was immer Eltern über andere Eltern dachten, würden sie jedenfalls keine Petition ins Leben rufen, um sie seiner Obhut zu entziehen. In jüngster Zeit hatte ihn dieser Albtraum kein einziges Mal mehr geplagt – der von der ihr Klemmbrett schwingenden Sozialarbeiterin, die ihm eröffnete, er habe offiziell versagt, Katies und Pauls Vermächtnis zu erfüllen.

»Wann habe ich dir eigentlich das letzte Mal gesagt, dass ich stolz auf dich bin?«

Ben sah seine Mutter überrascht an. Er hatte sich schon lange danach gesehnt, dass ihm jemand sagte, er mache einen guten Job, doch niemand außer Ally schien das registriert zu haben. Oder er war einfach nicht in der Lage gewesen, es von jemand anderem zu hören. Vielleicht hatte er nicht hingehört.

»Ich weiß nicht«, gestand er. »Ich bin mir nicht sicher, ob ich dich gehört hätte.«

Ein trauriger Ausdruck trat in die Augen seiner Mutter, und er wusste, sie dachte an Katie. An Paul. Und daran, dass die beiden hier sein sollten. Ben legte ihr den Arm um die Schultern und drückte sie an sich.

»Dein Vater und ich haben überlegt, mehr Zeit hier zu verbringen. Er will sich zur Ruhe setzen, und ich werde meine

Stunden reduzieren, damit wir öfter hier sein und mehr helfen können.«

Vor drei Wochen noch hätte er aus diesen Worten lediglich herausgehört, dass sie glaube, er schaffe es nicht allein. Jetzt aber nahm er die vorsichtige Hoffnung in ihrem Blick wahr – als wollte sie einfach nur sehr gerne helfen, fürchte aber, ihr Angebot könnte ihn wütend machen.

»Astrid würde sich freuen, euch häufiger zu sehen«, sagte er.

Sie wirkte erleichtert. »Ja?«

»Und ich mich auch.«

Seine Mutter schniefte, ihre Augen glänzten. »Nun. Gut.«

Connor trat vor sie, einen riesigen Becher Kakao in der Hand. »Ich bekomme einen Hund«, verkündete er mit Nachdruck.

Ben stutzte. »Tatsächlich.« Es war halb eine Frage.

»Maximus ist perfekt«, erklärte Connor. »Man kann nicht mehr bei mir einbrechen, wenn ich den größten und lautesten Wachhund der Welt habe.«

»Wenn du es Einbruch nennst, hättest du mir nicht den Türcode verraten dürfen.«

Bens Mutter lachte in sich hinein. »Ihr Jungs zieht euch gegenseitig auf, seit ihr fünf wart.« Sie hielt ihren leeren Kakaobecher hoch. »Ich brauche Nachschub.« Sie drückte Ben, bevor sie ihn losließ, und ihr Lächeln im Weggehen war ein bisschen rührselig.

»Morgen Abend Pokerrunde?«, fragte Connor. »Ich bin Gastgeber. Deine Eltern können Zeit mit Astrid verbringen, und du könntest dich zur Abwechslung mehr betrinken als Mac.«

Ben fluchte leise. »Ich hab vergessen, dass es Mittwoch stattfindet. Nachmittags soll ich zur Probe für das Krippenspiel, und du weißt ja, wie solche Sachen laufen. Wahrscheinlich werden wir den ganzen Abend dort sein.«

Connor hob eine Braue. »Du machst beim Krippenspiel mit?«

»Einige der Hunde werden dabei sein. Diejenigen, für die wir noch kein neues Zuhause gefunden haben. Partridge und Peanut …«

»Sag nichts mehr. Es hätte schon gereicht, wenn du erwähnt hättest, dass Ally dabei ist.«

Bens Kiefer mahlten. »Damit hat es nichts zu tun.« Tatsächlich musste er ihr noch von der Probe erzählen. Er hatte die SMS vom Vorsitzenden des Komitees erst vor einer halben Stunde bekommen.

»Natürlich nicht«, neckte Connor ihn. »Dann also nächste Woche …«

»Poker-Mittwoch. Absolut.«

»Wir müssen nicht Poker spielen«, schlug Connor vor. »Sag einfach was, dann helfen wir dir.«

»Wobei denn?«

»Beim Schmücken der Scheune. Oder, in deinem Fall, bei der Küchenrenovierung. Oder wir ziehen in deinem Keller Wände hoch, damit Mac nicht jedes Mal wegen der Spinnen kreischt.«

Ben runzelte die Stirn. »Ich glaube nicht …«

»Elinor erwähnte deinen Zweijahresplan, das Haus zu renovieren und auszuziehen. Wir haben darauf getippt, dass du nichts ändern willst, aber falls du doch etwas zu tun hast, musst du es nicht allein machen. Das weißt du, oder?«

Ben schnürte es die Kehle zu, er grinste jedoch und erwiderte trocken: »Ich dachte immer, du bist zu hübsch für handwerkliche Arbeit.«

»Oh, das bin ich auch«, versicherte Connor ihm. »Aber ich habe kein Problem damit, Levi und Mac arbeiten zu lassen. Ich würde das höchstens beaufsichtigen.«

»Ich werde es im Hinterkopf behalten.«

»Mach das.« Connor kehrte zu der Gruppe rund um das Klavier zurück, während Ben über das Angebot nachdachte.

Zum ersten Mal kam es ihm nicht wie das Eingeständnis einer Niederlage vor, um Hilfe zu bitten. Was war passiert, irgendwann zwischen der Einweihung des Baumes auf dem Marktplatz und dem Weihnachtsbasar?

Ben beobachtete, wie Ally etwas zu Deenie sagte und dann zur Hinterseite des Hauses ging. Er musste wegen des Krippenspiels mit ihr sprechen, und wenn er das tat, wo jeder sie beide sehen konnte, würde das nur die Gerüchte befeuern.

Er schaute sich um, doch niemand schien auf ihn zu achten, also schlich er sich davon und folgte Ally durch den Flur, weg vom Partylärm. Der Flur führte in einen Raum, der aussah wie ein Künstler-Atelier. Ben blieb im Türrahmen stehen. Ally stand über einen Tisch auf der anderen Seite gebeugt, aber sie drehte sich zu ihm um, die Kamera in den Händen.

»Hey.« Sie hob die Kamera. »Die hatte ich im Ladegerät gelassen. Alles okay?«

»Ja, ich wollte nur …« Jetzt, wo sie allein waren, kam es ihm zu intim vor. »Ich habe mit dem Festkomitee gesprochen, und die waren begeistert von der Idee, die Hunde mitmachen zu lassen. Wir müssen sie nur morgen Nachmittag hinbringen zur Generalprobe, dann bringen sie sie irgendwie unter.«

Ihr Lächeln hellte ihr Gesicht auf. »Das ist toll! Danke.«

Er zögerte. »Weißt du, neulich abends … es war nicht so, dass ich nicht wollte …«

»Ich verstehe«, murmelte sie und kam zu ihm.

Er konnte den Blick nicht von ihr abwenden. Wie immer, sobald sie allein waren, schien er alle Gründe vergessen zu haben, weshalb er sie nicht begehren sollte.

»Ich wollte dir danken. Für heute.«

Sie hob erstaunt die Brauen. »Du bist derjenige, der die Kavallerie mitgebracht und uns freigeschaufelt hat.«

»Stimmt, aber du …« Sie hatte es zu etwas Besonderem gemacht. Durch sie hatte es sich weihnachtlich angefühlt.

Ally musterte ihn lächelnd. »Glaubst du immer noch, du wärst ein schlechter Bürgermeister?«

»Was hat das denn damit zu tun?«

»Du liebst diese Stadt, auch wenn sie dich manchmal in den Wahnsinn treibt. Du bist hierhin zurückgezogen. Du nimmst dir Zeit für die Menschen, obwohl du nicht einmal Zeit für dich selbst hast. Denn es ist dir wichtig. Du musst nicht Bürgermeister oder Stadtverordneter sein. Du kannst einfach Astrids Dad sein. Aber ich glaube, es würde dir fehlen, derjenige zu sein, der von allen gebraucht wird, damit es in dieser Stadt läuft.«

»Aber der bin ich nicht.«

»Nein?«

Ein anderer Song drang jetzt über den Flur zu ihnen, und Ally lauschte, ihr Blick ging in die Ferne.

»Ally?«, fragte er leise. »Alles in Ordnung?«

»Ja …« Sie schüttelte den Kopf, als *I'll Be Home for Christmas* zu hören war. »Das war der Lieblingsweihnachtssong meiner Mom. Mein Dad pflegte ihn für sie anzumachen, und dann haben die beiden vor dem Kamin getanzt.« Sie sah ihn an, und ihre Augen wirkten in dem gedämpften Licht beinah schwarz. »Du glaubst immer noch nicht an Zeichen, oder?«

»Allmählich finde ich Gefallen an ihnen«, gestand er so leise, dass die Worte kaum hörbar waren, da er gleichzeitig einen Schritt näher trat und eine Hand auf ihre Hüfte legte. »Aber so wie du über Zeichen redest, scheinen sie für dich lediglich ein Vorwand zu sein, das zu tun, was du ohnehin tun willst.«

»Kann sein.« Allys Lächeln wurde sinnlich, ihre langen Wimpern umrahmten ihre Augen. Sie legte die Kamera auf den Tisch neben der Tür und schob sich näher an Ben heran. Eine ihrer Hände ruhte sanft auf seinem Oberarm, und Ben nahm die andere und hob sie an seine Brust. Ally reichte ihm knapp bis zum Kinn und legte den Kopf an sein Herz.

Sein Herzschlag schien sich zu verlangsamen und gleichzeitig zu beschleunigen, in einem schweren, prägnanten Rhythmus, als teilten sie einen Puls miteinander, der zwischen ihnen hin und her ging, wo immer sie sich an Ben schmiegte.

Er kannte diesen Song, musste ihn schon eine Million Mal gehört haben, aber er bezweifelte, dass er ihn je wieder würde hören können, ohne an diesen Moment zu denken. Die ganze Welt schien zu verschwinden, und nur sie beide waren noch da, umsponnen von der süßen Verheißung des Lieds.

Als es endete, löste Ally sich nur langsam von Ben, wobei sie das Kinn gesenkt hielt, sodass er ihr Gesicht nicht sehen konnte. »Fühlt sich an wie zu Hause, jedes Mal wieder, wenn ich den höre«, murmelte sie.

Er räusperte sich. »Es ist ein großartiger Song.«

Sie wies mit dem Kopf zum Flur und nahm ihre Kamera. »Wir sollten …«

»Ja.« Doch er wollte noch nicht, dass sie ging. Er war noch nicht bereit, zur Party zurückzukehren, wo er so tun musste, als verzehrte er sich nicht danach, sie zu berühren. »Ally …«

Sie sah ihn an, und ihre Blicke trafen sich zum ersten Mal, seit sie beide von der Musik verzaubert worden waren. »Ja?«

Er konnte sie nicht küssen. Nicht hier. Es war schon töricht genug gewesen, mit ihr zu tanzen, wenn jederzeit jemand den Flur entlangkommen und sie dabei beobachten konnte.

Sie sahen einander einen Tick zu lange in die Augen, und dann zwang Ben sich, den Blick abzuwenden. »Nichts.« Er schüttelte den Moment ab. »Geh ruhig schon«, schlug er vor. »Ich komme in ein paar Minuten nach.«

Sie nickte. »Einverstanden. Bis später, Ben.«

»Bis später, Ally.«

Er wartete, bis sie gegangen war, und versuchte herauszufinden, wie all die unausgesprochenen Botschaften zwischen ihnen zu deuten waren. Er mochte keine unausgesprochenen Dinge. Ihm war es lieber, wenn alles offen zutage lag und jeder wusste, um was genau es eigentlich ging. In diesem Fall war er derjenige gewesen, der für Unklarheit gesorgt hatte, weil er nicht wollte, dass die Geschichte zwischen ihm und Ally endete. Obwohl er wusste, dass er mit dem Feuer spielte.

Doch wie sich herausgestellt hatte, mochte er Feuer.

Und vielleicht musste er sich nicht zwangsläufig verbrennen. Ally hatte ihm gezeigt, dass er sich nicht selbst aufgeben musste, um Astrid ein guter Vormund zu sein.

Aber wenn er jetzt noch eine Sache in sein Leben hineinließ, würde dies nicht die Balance durcheinanderbringen, die er gefunden hatte? Konnte er wirklich mehr haben mit Ally? Denn allmählich wurde ihm klar, dass es das war, was er sich wirklich zu Weihnachten wünschte.

Dieser Tag war beinah perfekt gewesen. Weihnachtslieder und Lachen und Kakao und Gemeinschaft. Und dann noch dieser Tanz mit Ben in Grams Atelier …

Es war toll, und Ally wollte nicht, dass es endete. Sie wollte nicht, dass alle schon nach Hause gingen. Vielleicht wollte sie aber auch nur nicht, dass eine ganz bestimmte Familie ging. Ein ganz bestimmter Mann.

Sie stand in ihrer Jacke auf der Veranda und verabschiedete sich von jedem. Die Leute gingen den frisch frei geräumten Weg entlang. Deenie und Elinor machten sich Arm in Arm auf den Weg in den Ort, noch immer Weihnachtslieder singend. Musik drang aus dem Haus, während Ben auf der Veranda neben ihr umständlich den Reißverschluss seines Mantels hochzog.

»Es war großartig, Sie wiederzusehen, Ally«, sagte Connor und warf Ben einen Blick zu, den sie nicht deuten konnte. »Lassen Sie mich wissen, wenn Sie sich meine Bewerbung für Maximus vornehmen.«

»Das mache ich«, versprach sie ihm. Er hatte seine Bewerbung sofort abgegeben, doch Ally war wegen seiner Begeisterung ein wenig misstrauisch. Sobald Connor, der Deenie und Elinor hinterherlief, außer Hörweite war, sagte sie zu Ben: »Ich bin mir nicht sicher, ob die so gut zusammenpassen. Maximus ist eine ziemliche Herausforderung.«

»Unterschätze nicht Connors Sturheit«, riet Ben und setzte seine Mütze auf.

»Bist du dir sicher, dass Deenie ihn nicht dazu angespornt hat?«

»Es könnte etwas damit zu tun haben«, räumte Ben ein. »Aber Connor ist ein guter Kerl. Und er braucht momentan etwas in seinem Leben. Maximus könnte genau das Richtige sein.« Er zog seine Handschuhe an und schaute zur Scheune, wo die Lichterketten in der einsetzenden Dämmerung leuchteten. »Die Lichter sehen gut aus.«

Sie folgte seinem Blick. »Stimmt.«

»Ich bin nur froh, dass ich das nicht machen musste.«

Sie sah ihn unvermittelt wieder an. »Bist du? Neulich Abend hast du geradezu übereifrig gewirkt.«

»Ich habe ein klitzekleines Problem mit Höhen«, gestand er.

Ally war verblüfft. »Moment mal. Du hast Höhenangst und wolltest trotzdem auf die Scheune klettern, um meine Lichterketten anzubringen, als Dank fürs Wäschewaschen?«

»Unterschätze auch meine Sturheit nicht.« Er sah ihr in die Augen. »Du wolltest Lichter, da lasse ich mich doch nicht von dieser lächerlichen Angst, ich könnte zu Tode stürzen, aufhalten.«

Sie presste die Lippen zusammen und kämpfte gegen das Lächeln an, das direkt aus ihrer Seele zu strömen schien. Nie seine Sturheit unterschätzen ... oder seine Freundlichkeit. Warum konnte nicht jeder in der Stadt sehen, wie edel dieser Mann war?

Sie wollte ihn küssen und die Arme um ihn schlingen, ohne sich darum zu scheren, wer ihnen dabei zuschaute. Doch dann wurde die Haustür hinter ihnen geöffnet, und weitere Leute strömten hinaus auf die Veranda.

Ben wich zurück. »Ich sollte Astrid und meine Eltern nach Hause bringen.« Erneut trafen sich ihre Blicke, und er senkte das Kinn ein wenig. »Ally.«

»Ben.« Sie klang atemlos, alles in ihr war angespannt.

Er ging an ihr vorbei, streifte sanft ihren Arm, stieg die Stufen hinunter und machte sich daran, Astrid einzusammeln, die in der Scheune verschwunden war, um offenbar wieder einmal die Hunde zu besuchen.

»Es war sehr schön, Sie kennenzulernen, meine Liebe.«

Ally schrak zusammen und drehte sich schuldbewusst zu Bens Mutter um. »Hat mich auch sehr gefreut.«

Mrs. West hielt inne und sah zur Scheune, aus der Astrid aufgetaucht war und zu Ben lief. »Danke«, murmelte sie schließlich.

»Oh. Für …?«

Bens Mutter musterte sie eingehend. »Ich habe keine Ahnung, was zwischen Ihnen beiden läuft oder nicht, aber Sie tun ihm gut.«

In den winterblauen Augen der kleinen Frau lag ein wissender Ausdruck. »Ben lässt sich ungern helfen. Man kann ja sagen, was man will über genetische Veranlagung und soziale Prägung, aber dieser Junge kam auf die Welt mit dem Willen, alles allein hinzubekommen. Ich erinnere mich noch, wie er als Kleinkind nur einen einzigen Satz sprach, den aber ständig: ›Ich mach!‹ Nie wollte er Hilfe von irgendwem. Nicht einmal von uns. Doch bei Ihnen … Ich habe ihn jedenfalls seit Jahren nicht mehr so gelassen erlebt.«

»Ich denke nicht, dass ich etwas damit …«

»Sie müssen sich auch gar keine Gedanken darüber machen«, sagte seine Mutter ruhig. »Ich danke Ihnen trotzdem.«

Ben kam knirschenden Schrittes über den schneebedeckten Kies zurück. »Um was geht es da bei euch?«, rief er, als er die Verandastufen erreichte.

»Nichts, was dich kümmern müsste«, erwiderte seine Mutter, warf ihren Schal schwungvoll zurück und grinste Ally am. »Gute Nacht, Miss Gilmore.«

»Gute Nacht, Mrs. West.«

»Rachel. Bitte. Sie und ich, wir werden Freunde.«

Ben runzelte immer noch die Stirn, als seine Mutter die Stufen hinunterstieg und sich bei ihm einhakte. Kurz darauf kam auch sein Vater aus dem Haus.

Ally stand auf der Veranda, winkte den letzten Gästen zum Abschied und versuchte, den Moment noch ein wenig festzuhalten. Dieses Gefühl. Und nicht an die Zukunft zu denken. Sie schaute zu den leuchtenden Eiszapfen an der Scheune hinüber und hatte das Gefühl, genau dort zu sein, wo sie sein sollte.

31. Kapitel

Der dreiundzwanzigste Dezember brach klar und frostig an. Ein frischer Wind wirbelte den gefallenen Schnee umher und türmte ihn zu Verwehungen an den Häuserwänden und Zäunen in Pine Hollow auf. Auch der Schnee von den Bäumen war heruntergeweht worden, und die Verwehungen schienen die Kanten der Häuser abzurunden. Ally wollte mit ihrer Kamera in den Ort aufbrechen, sobald die Sonne aufgegangen war, doch vorher ging sie in die Scheune, in der es wegen der vielen leeren Käfige jetzt anders hallte, als die verbliebenen Hunde sie begrüßten.

Nachdem Connor Maximus abgeholt hatte und der neu getaufte Hemingway mit Mr. Blake nach Hause gefahren war, waren nur noch Partridge, Peanut sowie Dolce samt ihrer Welpen da.

An diesem Nachmittag sollte Ally mit ihren Hunden ins Gemeindehaus kommen für die Generalprobe des Krippenspiels. Bis dahin hatte sie Zeit – um einen klaren Kopf zu bekommen und sich einen Plan einfallen zu lassen.

Sie musste einen Weg finden, um das Tierheim offen zu halten. Endlich wusste sie, was sie wollte. Sie wusste, wo sie sein wollte. Aber sie brauchte ein Einkommen. Es würde ihr wohl gelingen, hin und wieder einen Auftrag zu ergattern, aber ihre Karriere würde zweifellos einen Knick bekommen, wenn sie in Pine Hollow blieb. Würde sie mit einem Halbtagsjob über die Runden kommen, der ihr Zeit für das Tierheim ließ? Vorausgesetzt natürlich, sie fand überhaupt einen Weg, es vor der Schließung zu bewahren.

Nachdem die Hunde ihre Streicheleinheiten bekommen hatten und gefüttert waren, nahm sie Peanut auf den Arm. Der kleine Chihuahua hatte noch immer keine Familie gefunden und schien besonders einsam zu sein, nachdem seine Zwingerfreunde alle vermittelt worden waren. Also steckte sie ihn in eine kleine Schlinge unter ihrer Jacke und nahm ihn mit auf ihrem Weg in den Ort.

Ally zermarterte sich immer noch das Hirn mit der Frage, was sie ihren Großeltern dieses Jahr schenken sollte. Was das perfekte Geschenk für Astrid und Ben war, hatte sie hingegen gleich gewusst.

Alle Fotos in ihrem Haus zeigten Astrid mit ihren Eltern, bevor Ben mit ihr zusammenlebte. In den vergangenen Wochen war es Ally gelungen, ein paar großartige Fotos von Astrid und Ben zusammen zu schießen, etwa beim Weihnachtsbasar und im Seniorenzentrum. Doch das echte Glanzstück war ihr gestern geglückt, mit einer Aufnahme von Ben und Astrid und Bens Eltern, wie sie alle zusammen lachten. Sie plante Schwarz-Weiß-Vergrößerungen der Fotos zu machen und wollte diese rahmen. Nur fehlten ihr noch die Rahmen.

Also begab sie sich in die eisige Kälte hinaus und lief zu dem kleinen Laden in der Maple Street, von dem Gram ihr erzählt hatte. Dort gab es zwar mehr Kunsthandwerkbedarf als

Bilderrahmen, doch kaum war sie zum Bimmeln der Glöckchen über der Tür eingetreten und nahm den Geruch von Entwicklerchemikalien war, wusste sie, dass sie hier richtig war.

»Kommen Sie nur und schauen Sie sich um!«, rief eine raue weibliche Stimme aus dem hinteren Bereich. »Ich bin gleich bei Ihnen.«

Ally bewegte sich durch das Sammelsurium im Laden, bis sie einen Tisch mit lauter verschiedenen selbst gemachten Holzrahmen entdeckte. Einige waren ungehobelt und splittrig, andere glatt und poliert; alle waren jedoch mit Sorgfalt und künstlerischem Blick gefertigt.

»Sie kommen zurecht?«

Ally sah eine Frau aus einem hinteren Raum kommen. Sie musste in den Siebzigern sein und hatte stachelige weiße Haare, eine Brille mit dicken Gläsern und tätowierte Arme.

»Die sind wunderbar«, sagte Ally und hielt einen der glatt geschmirgelten Rahmen aus Treibholz in die Höhe. »Haben Sie die gemacht?«

»Mm-hmm.« Der Blick der Frau fiel auf die Kamera in Allys Armbeuge. »Sind Sie Ritas Enkelin?«

»Ally Gilmore.« Sie hielt der Frau die Hand hin. »Sind Sie Peg?«

Eine ledrige Hand umfasste ihre. »Die bin ich.«

Eine winzige Schnauze lugte aus Allys Mantel, und Pegs Augen hinter den dicken Brillengläsern weiteten sich. »Und wer ist das?«

»Das ist Peanut. Sorry, ich hätte vorher fragen sollen – ist es in Ordnung, dass ich ihn mit hineingenommen habe?«

»Ich habe nicht viele Regeln hier. Peanut ist ebenso willkommen wie Sie.« Sie hielt dem kleinen Hund die Hand zum

Schnuppern hin. »Meinen Sie, er wird mich ihn halten lassen, während Sie sich aussuchen, was Sie wollen?«

»Es gibt nur eine Möglichkeit, das herauszufinden.« Ally hob Peanut vorsichtig aus seinem Tragriemen und setzte ihn auf Pegs Handflächen. Ihre Haut verströmte den Geruch von Entwicklerchemikalien. »Haben Sie eine Dunkelkammer dort hinten?«

Peg hob die Brauen, während sie Peanut vorsichtig an die Brust schmiegte. »Ja, habe ich tatsächlich. Die dürfen Sie gerne benutzen, wenn Sie möchten. Die meisten jungen Leute in Ihrem Alter machen ja eher Digitalfotos.«

»Digital ist angenehm, aber ich mag beides. Es ist irgendwie realer, dabei zuzusehen, wie ein Foto entwickelt wird.«

Peg grinste. »Eine Frau nach meinem Geschmack. Ich bin keine große Fotografin, aber hin und wieder spiele ich ein wenig damit herum. Mein Problem ist, dass ich nie bei einem Medium bleiben kann. So kam dieser Laden hier zustande.« Während sie Peanut weiterhin mit einem ihrer tätowierten Arme an ihre Brust schmiegte, deutete sie mit dem anderen Arm in einer ausladenden Geste auf den gesamten Laden. »Seht, all meine vielen Hobbys.«

Ally betrachtete alles – von Farben über Buntglas, Ton- und Holzskulpturen bis zu mundgeblasenem Glasschmuck. »Das ist unglaublich.«

»Kein Grund für Schmeicheleien. Ich weiß, dass Sie eine echte Künstlerin sind. Rita hat mir einige Ihrer Arbeiten gezeigt.«

»Das Fotografieren ist nur ein Job«, erwiderte Ally ausweichend, da sie plötzlich ein wenig verlegen war.

Peg schnaubte. »Ach, wir wissen doch beide, dass das nicht stimmt. Eine Leidenschaft ist eine Leidenschaft. Haben Sie mal daran gedacht, Ihre Sachen auf dem Bauernmarkt zu zeigen? Im Winter findet er nur einmal im Monat im Gemeindezentrum statt, aber wegen des eingestürzten Daches ist er abgesagt. Es wird demnächst repariert, also müsste es bald wieder einen Markt geben. Ich mache Ihnen ein gutes Angebot für die Rahmen, wenn Sie ein paar Bilder an meinem Stand anbieten wollen.«

»Das klingt aber sehr vorteilhaft für mich. Rahmen mit Preisnachlass und einen Platz auf dem Bauernmarkt?«

»Sie vergessen, dass ich Ihre Sachen gesehen habe. Ich werde mehr von meinen Rahmen mit Ihren Bildern drin verkaufen, als ich je allein verkaufen könnte. Und die anderen, die sich Ihre Bilder ansehen, kaufen vielleicht meinen sonstigen Schnickschnack. Win-win.« Sie zuckte mit den Schultern. »Außerdem wird es Spaß machen.«

Ally musterte Peg. »Hat meine Großmutter Ihnen diesen Floh ins Ohr gesetzt?«

»Rita?« Peg schnaubte. »Nee. Sie prahlt mit Ihnen, aber diese Frau hat nicht den geringsten Geschäftssinn. Auf so etwas würde sie nie kommen.« Sie hob Peanut ein bisschen höher, bis sein seidiges Köpfchen unter ihrem Kinn war. »Überlegen Sie es sich einfach und geben Sie mir Bescheid, falls Sie interessiert sind.«

»Mach ich«, versprach Ally. Es war ein gutes Angebot, das sie definitiv annehmen würde, falls sie blieb. Doch mit dem Verkauf von ein paar Fotos würde sie sich nicht über Wasser halten können.

»Sie dürfen sogar einige dieser kleinen Kerle mitbringen.«

Ally lächelte über das Angebot, Hunde mitzunehmen – aber zuerst musste sie einen Weg finden, das Hundeasyl vor der Schließung zu bewahren.

»Wie viele von diesen Rahmen brauchen Sie denn?«

Sie hatte vorgehabt, drei für Astrid und Ben zu kaufen.

Sie entschied sich für ein Dutzend.

Ally ging mit einer prallgefüllten Segeltuchtasche, die gegen ihre Beine schlug, nach Hause. Die Kamera hatte sie in der Armbeuge und Peanut wieder im Tragriemen unter ihrer Jacke. Etwa auf halbem Weg gab ihr Handy in der Tasche einen Ton von sich. Sie blieb vor der Bäckerei stehen und lächelte bei der Erinnerung an die erste Begegnung mit Ben – wie finster er sie wegen des Kaffeeflecks auf seinem Hemd angesehen hatte. Sie stellte die Tasche ab und schaute auf ihr Handy.

Sie hatte mit einer SMS von Deenie oder ihren Großeltern gerechnet, vielleicht auch von Ben. Aber es war eine E-Mail. Ally wollte das Handy schon wieder einstecken, als ihr die Betreff-Zeile ins Auge fiel.

Interview mit Spectrum Group.

Sie erschrak.

Der Job, für den sie sich vor ihrer Abreise aus New York beworben hatte. Gute Arbeitsbedingungen, gutes Geld, aber vor allem: Die Firma war ein Team. Eine Familie. Das berichteten alle Angestellten. Genau deshalb hatte sie den Job gewollt. Sie wollte jeden Tag die gleichen Leute sehen und Teil einer Gemeinschaft sein. Kein Reisen mehr. Keine Kontakte mehr aufbauen zu Leuten, die sie nie wiedersehen würde.

Vor zwei Monaten war die Stelle bei Spectrum ihr Traumjob gewesen, und selbst jetzt bekam sie noch Herzklopfen bei der Vorstellung, sich mit diesen Leuten zu treffen.

Doch die Wahrheit tönte wie ein Gong in ihr.

Sie wollte dieses Leben nicht mehr. Ihre Träume hatten sich verändert. Sie wollte Pine Hollow. Sie wollte das Tierheim. Sie wollte *ihn*.

Sie liebte Ben West.

Die Zukunft hier war nach wie vor ungeklärt, trotzdem konnte sie sich nicht mehr vorstellen, von hier wegzugehen.

»Hat Ihre Jacke gerade gewinselt?«

Ally schaute von ihrem Handy auf und die beiden Frauen an, die eben aus der Bäckerei getreten waren. Die eine war groß und dunkelhaarig, die andere trug eine entzückende kleine französische Bulldogge auf dem Arm. Beim Anblick des Hundes – und der potenziellen Mom für Peanut – setzte Ally ihr strahlendstes Lächeln auf. »Möglicherweise.« Sie öffnete ihre Jacke, um Peanut in seinem Tragriemen zu zeigen.

Die Frauen kamen näher und schmolzen dahin, wie es jedem passierte, der Peanut sah. »Das ist der winzigste Hund, den ich je gesehen habe. Ist es noch ein Welpe?«

»Nein, er ist etwa zehn Jahre alt. Und kann adoptiert werden, falls Sie interessiert sind.«

Die Augen der dunkelhaarigen Frau waren von einem so hellen Braun, dass sie fast golden wirkten, und sie weiteten sich, als sie Ally ansah. »Sie sind diejenige, von der wir schon so viel gehört haben.«

»Tatsächlich?«, erwiderte Ally.

»Sie leiten das Tierheim, nicht wahr? Ich bin Isabelle Scott.«

Ihr Lächeln war offen und freundlich, deshalb brauchte Ally einen Moment, bis sie schaltete. »Sie sind …«

»Ben Wests frühere Verlobte. Genau, die bin ich.«

Ehe Ally herausfinden konnte, was man Bens Ex über sie erzählt hatte und was man wohl am besten zur Ex-Verlobten des Mannes sagte, in den man verliebt war, stieß die andere Frau einen kurzen Begeisterungsschrei aus.

»Moment mal – Sie arbeiten im Tierheim? Dann müssen Sie ja wissen, wer diese wundervollen Fotos für *Die zwölf Weihnachtshunde* gemacht hat. Ich *liebe* sie nämlich.«

»Danke.« Ally hob die Kamera mit der linken Hand hoch. »Die sind von mir.«

»Oh mein Gott! Sie sind unfassbar talentiert. Ich bin Kaitlyn Murray, und das ist Romeo.« Sie deutete auf die kleine französische Bulldogge auf ihrem Arm, die zur Begrüßung schnaubte. »Ich mache Fotos von Romeo für seinen Instagram-Account, aber die sehen nie so gut aus wie Ihre. Wie viel nehmen Sie? Ich will unbedingt Fotos von Ihnen, egal, was es kostet.«

Ally riss die Augen auf. »Wie viel ich nehme?«

»Kaitlyn ist geradezu besessen von Romeo«, bemerkte Isabelle trocken.

»Er ist *Influencer*«, erklärte Kaitlyn und wandte sich dann wieder an Ally. »Haben Sie hier ein Studio? Oder machen Sie die Fotos woanders? Um diese Jahreszeit können Sie sich bestimmt kaum retten vor Anfragen von Leuten, die Weihnachtskarten mit ihren Babys wollen. Aber es ist *so* süß von Ihnen, dass Sie auch diese Wohltätigkeitssachen für das Tierheim machen. Bestimmt sind Sie bis nach Weihnachten ausgebucht, doch wann immer Sie uns dazwischenschieben können … Natürlich werde ich Sie taggen. Sie sind doch auf Instagram, oder?«

Ally war kurz überrumpelt gewesen, fing sich aber rasch wieder und lächelte. »Ach, ich bin noch dabei, mein Business hier in Pine Hollow aufzubauen. In den letzten Jahren habe ich von New York aus gearbeitet, dies ist jetzt ein neuer Standort. Fotos für Furry Friends zu machen war gute Werbung für das Hundeheim, das wirklich wichtig ist. Außerdem zeige ich damit den Leuten, was ich kann.«

»Wow, so smart.« Kaitlyn strahlte. »Ich hätte wissen müssen, dass Sie auch so einen neuen Standort profimäßig eröffnen. Diese Fotos sind einfach großartig.«

»Sie ziehen also hierher?«, erkundigte Isabelle sich. »Ich habe da alle möglichen widersprüchliche Aussagen gehört.«

Ally errötete und rief sich ins Gedächtnis, dass es sich immerhin um Bens Ex-Verlobte handelte. Sie kannte die Einzelheiten über das Ende der Beziehung nicht, nur dass es mit seiner Vormundschaft für Astrid zusammengefallen war. Wollte Isabelle ihn zurück? War sie deshalb wieder hier? Bei Ben wusste Ally nie genau, woran sie war. Konnte es denn sein, dass er Isabelle ebenfalls zurückhaben wollte? »Ich weiß ja nicht, was Sie gehört haben, aber Ben und ich sind nicht …«

»Oh, Schätzchen, nein. Ich bin nicht eifersüchtig. Das ist zwei Jahre her, und es war wohl gut, dass wir gemerkt haben, wie wenig wir zueinander passen. Ich kann nicht leugnen, dass ich eine Weile wütend auf ihn war, aber jetzt gönne ich ihm jedes Glück. Und wenn Sie ihn glücklich machen – falls er Sie lässt, heißt das –, dann nur zu!«

Ally wusste nicht recht, wie sie darauf reagieren sollte, dass sie den Segen bekam, mit einem Mann zusammen zu sein, der möglicherweise gar kein Interesse daran hatte. Sicher, sie empfand etwas für ihn, aber das durfte nicht einseitig sein.

»Wir sind nur Freunde«, erklärte sie. *Fürs Erste.* »Sie sind also zurück in Pine Hollow …?«

»Nur über die Feiertage. Meine Familie wohnt hier, daher bin ich zu Weihnachten immer hier. Werden wir Sie morgen beim Krippenspiel sehen?«

»Ja?« Eigentlich hatte sie bestimmt klingen wollen, aber es kam mehr wie eine Frage heraus.

Isabelle lächelte. »Ausgezeichnet.« Sie stieß Kaitlyn mit dem Ellbogen an. »Wir sollten uns wohl besser auf den Weg machen.« Sie hielt eine Schachtel in die Höhe. »Meine Geschwister warten auf diese Törtchen, und wenn ich nicht bald damit zurückkehre, könnte es einen offenen Krieg geben.«

Kaitlyn zückte eine Visitenkarte, auf der Romeos runzliges Hundegesicht abgebildet war. »Hier sind alle Informationen zu Romeo. Wann immer Sie uns zeitlich unterbringen können.«

Ally nahm die Karte und versuchte ihre unprofessionelle diebische Freude im Zaum zu halten. »Ich werde in meinen Terminkalender schauen.«

Sie hatte so das Gefühl, dass sich da in der nächsten Woche wundersamerweise ein freier Termin ergeben würde – sobald es ihr gelungen war, ein richtiges Studio einzurichten statt des provisorischen, das sie bisher für die Hunde genutzt hatte. Da war dieser leere Lagerraum. Oder sie wandelte eines der Gästezimmer im Farmhaus um.

»Frohe Weihnachten!«, riefen Kaitlyn und Isabelle, und Ally wünschte ihnen dasselbe und biss sich auf die Lippe, um nicht vor Freude zu hüpfen.

Sie bemerkte, wie einige Leute aus dem Ort sie beobachteten und war überzeugt, dass sich das Gespräch zwischen ihr und Bens Ex noch vor dem Abend überall herumgesprochen haben würde. Doch das war ihr egal. Sie hatte jetzt einen *Plan*.

Es konnte funktionieren. Sobald sie das Studio eingerichtet hatte, konnte sie es auch für Porträts von Menschen benutzen, hiesige Schauspieler und Models, zum Beispiel, oder für Familienporträts … die Möglichkeiten waren grenzenlos.

Kaitlyn war vielleicht die Frau, die das Essen ihrer Kinder auf Astrids Schule auf Instagram postete, aber das würde Ally ihr nachsehen. Schließlich hatte sie Ally gerade die Erleuchtung ihres Lebens beschert.

Es kam ihr vor wie ein Zeichen. Das Universum sagte ihr, dass sie in Pine Hollow bleiben konnte. Bei ihren Großeltern, ihren neuen Freunden … und bei Ben.

Raschen Schrittes machte sie sich auf den Weg zu Furry Friends, beschwingt und aufgewühlt durch ihre Gedanken.

Warum sich auf die Fotografie beschränken?

Kaum zu fassen, dass sie nicht schon vorher darauf gekommen war.

Was, wenn das Tierheim nicht bloß ein Tierheim war? Wenn sie nicht mehr auf finanzielle Unterstützung durch die Stadt angewiesen wären, weil sie Einnahmen mit Tierfotos und Hundetraining erzielten? Erst gestern hatte Elinor sich darüber beklagt, dass das nächstgelegene Gehorsamstraining und die nächste Hundebetreuung in Burlington waren. Was, wenn Ally jemanden engagierte, der einmal pro Woche zum Tierheim kam, um Hundehaltern Unterricht zu geben? Und wenn Boxen frei waren, konnte das Tierheim Tagesbetreuung für die Vierbeiner anbieten.

Noch wagte sie es nicht, ihren Großeltern davon zu erzählen. Sie wollte ihnen nicht zu viel Hoffnung machen, ehe sie nicht alle Details ausgearbeitet hatte. Doch Allys eigene Hoffnung war riesig.

Sie musste Ben davon erzählen.

Als sie um die Ecke bog, wäre sie beinah mit einem langsameren Paar zusammengestoßen, das mit einem Paar ebenso langsamer Hunde unterwegs war.

»Mr. und Mrs. Johnson!«

»Na, wenn das nicht die junge Miss Gilmore ist.«

Ally lächelte und ging mit ihrem Gepäck vorsichtig in die Hocke, um Fred und Ginger zu begrüßen. »Mit Ihnen hatte ich nicht gerechnet. Wie läuft es mit Fred und Ginger?«

»Sie sind uns eine große Freude.« Mrs. Johnson strahlte. »Wir haben gerade darüber gesprochen, was wir dem Tierheim als kleines Dankeschön bringen könnten.«

»Den Hunden ein gutes Zuhause zu geben, ist der schönste Dank.« Ally richtete sich wieder auf und bemerkte, dass die Johnsons wie beim letzten Mal Händchen hielten.

»Wo ist Ihr junger Mann heute Morgen?«, erkundigte sich Mr. Johnson.

Ally errötete. »Er ist nicht mein junger Mann.« Aber sie wollte, dass er es war. Unwillkürlich sah sie auf die ineinanderliegenden Hände der beiden. »Woher haben Sie gewusst, dass Sie den Rest Ihres Lebens zusammen verbringen wollen?«

Mr. Johnson lächelte. »Ich hatte das Gefühl, den Hauptgewinn gezogen zu haben. Als hätte das Schicksal mich begünstigt, indem ich mit Verna zusammen sein durfte.«

»Und ich habe genau dasselbe empfunden. Ich hielt mich für die Beschenkte.«

»Dann ist es das Richtige. Wenn beide glauben, sie hätten einen guten Fang gemacht«, fügte ihr Mann hinzu. »Wenn man sein Glück nicht fassen kann.«

»Natürlich möchte ich ihn die Hälfte der Zeit am liebsten

erwürgen, weil er ein tüdeliger alter Mann ist, der sich ständig auf seine Brille setzt, und diese Dinger mächtig teuer sind«, meinte Mrs. Johnson, und ihr Mann lächelte wieder.

»Denken Sie an Ihren jungen Mann?«, fragte er.

»Wir sind nur Freunde«, wiederholte Ally.

Mrs. Johnson strahlte. »Das ist die beste Sorte Mensch, um sich zu verlieben.«

Ihr Mann zwinkerte. »Bloß ein unaufgeforderter Rat eines neugierigen alten Paares.«

Sie setzten ihren Weg fort, und Ally schaute ihnen hinterher, hin- und hergerissen zwischen Nervosität und Aufregung. Ben war wieder und wieder auf die Bremse getreten. Er wollte nicht, dass die Leute in der Stadt über sie redeten. Er wollte Astrid nicht hineinziehen. Aber er hatte nie gesagt, dass er *Ally* nicht wollte.

Mit Matthew hatte sie sich eine Zukunft nie vorstellen können, doch wenn sie die Augen schloss und an Veranden vor dem Haus und Hunde dachte, waren stets Ben und Astrid dabei. Er würde ihr ein Partner sein. Er war derjenige, bei dem sie sich vorstellen konnte, dass sie auch mit neunzig noch Händchen halten würden, wenn sie wahrscheinlich blind wie eine Fledermaus war.

Und jetzt hatte sie einen Plan, einen Weg, diese Zukunftsvision wahr werden zu lassen. Sie hatte nie ein bestimmtes Ziel verfolgt, einfach, weil sie keines gehabt hatte. Aber jetzt …

War nicht gerade Weihnachten die Zeit, um zu verwirklichen, was man sich am meisten wünschte? War es nicht die Zeit für Wunder? Sie hatte ihren Platz in dieser Kleinstadt gefunden. Aber sie wollte mehr. Sie wollte Ben.

Energie durchströmte sie. Vor ihr lag eine Probe.

32. Kapitel

Im Bereich hinter der Bühne des Pine Hollow Community Theater herrschte ein Durcheinander von Requisiten für verschiedene Aufführungen. Astrid hatte Ally am Bühneneingang getroffen und Peanut sowie Partridge dem Regisseur vorgestellt, damit dieser sie mit den Schauspielern bekannt machte, mit denen sie im Rampenlicht stehen würden. Deenie war mit Maximus schon da. Connor hatte ihn noch nicht abgeholt, deshalb fand Deenie, er sei der perfekte Esel für die Geburtsszene im Stall. Maximus, nicht Connor.

Ben war offenbar zwangsverpflichtet worden, irgendeinen Defekt bei der Beleuchtung zu beheben, aber Ally musste ihn jetzt trotzdem finden. Sie hörte die Schauspieler auf der Bühne proben und ihren lauten Weihnachtsjubel. Doch während Ally sich ihren Weg durch das Labyrinth hinter der Bühne bahnte, sah sie nur die dunklen Umrisse der Requisitentische, Vorhänge und einen riesigen vergoldeten Thron, der jedoch aus nichts weiter als bemaltem Styropor bestand, wie sie feststellte.

»Ben?«, rief sie verhalten und zog einen schweren Samtvorhang zur Seite, hinter dem nur ein weiterer Samtvorhang zum Vorschein kam.

Ein gemurmelter Fluch lockte sie an einer Gerichtskulisse vorbei. Ally ging um einen Stapel Stühle herum und entdeckte schließlich ihr Ziel; Ben stand vorgebeugt vor einem Sicherungskasten und hielt eine Taschenlampe zwischen den Zähnen, während er arbeitete.

»Wie ich sehe, haben sie dich zur Arbeit herangezogen.«

Er richtete sich auf, nahm die Taschenlampe aus dem Mund und zog ein Gesicht. »Genau deshalb meide ich das Krippenspiel seit Jahren um jeden Preis. Irgendetwas geht immer in letzter Minute schief, und jedes Mal scheine ich derjenige zu sein, der es in Ordnung bringen muss.«

Ally trat näher und betrachtete skeptisch den Sicherungskasten. »Kennst du dich denn mit Theaterbeleuchtung aus?«

»Kein bisschen. Aber offenbar heißt ›IT‹, dass ich in allem gut sein muss, was mit Elektrik oder Technik zu tun hat.«

»Das sind ja auch breitgefächerte Fähigkeiten.«

»Unglücklicherweise glaube ich, das Problem gefunden zu haben, und wenn ich es behebe, wird es die anderen nur in der irrigen Annahme bestärken, dass sie mich in solchen Fällen um Hilfe bitten sollten.« Er legte einen Schalter auf dem Bedienfeld um, knipste die Taschenlampe aus und steckte sie ein. »Sind die Hunde da? Astrid hat es vor Ungeduld kaum ausgehalten.«

»Ich konnte keinen Parkplatz finden.« Um das Gemeindetheater herrschte an diesem Nachmittag Betrieb wie an der Grand Central Station. »Aber jetzt hat sie ja Partridge und Peanut.«

»Partridge hat immer noch keinen neuen Besitzer?« Ben sammelte das Werkzeug zu seinen Füßen ein, das sie gar nicht bemerkt hatte.

»Ich bin auch erstaunt.« Sie machte Small Talk. Plauderte mit ihm. Deshalb hatte sie ihn nicht gesucht. Er wollte zurück zur Bühne, daher streckte sie die Hand nach ihm aus. »Ben …«

Er hielt inne und zog die Brauen hoch. Das Licht war hier hinten gedämpft, aber sie erkannte klar den fragenden Ausdruck in seinen Augen. »Ja?«

»Ich …« Es gab eine Million Dinge, die sie sagen wollte, aber die Worte schwirrten ihr in einem einzigen Durcheinander im Kopf herum und ergaben partout keinen Sinn.

»Ist alles in Ordnung?«

»Sieh mal, die Sache ist die …« Sie sah zu ihm auf, während er mit gerunzelter Stirn darauf wartete, dass sie weitersprach. Der Chor sang *We Wish You a Merry Christmas* auf der Bühne und forderte einen Feigenpudding auf der Stelle – was dieses Lied wohl zu dem unhöflichsten Weihnachtslied in der Geschichte aller Weihnachtslieder machte; aber auf einmal verstand sie deren Ungeduld, denn sie selbst erlebte gerade einen Anfall von unverhoffter Kühnheit.

»Ich bin verrückt nach dir«, platzte sie heraus, und als sie erst einmal angefangen hatte, schienen die Worte nur so aus ihr herauszuströmen. »Und Astrid. Und ich weiß ja, wir haben uns darauf geeinigt, nur Freunde zu sein, wegen Astrid und dem Gerede im Ort, aber alle glauben ohnehin, dass wir zusammen sind, und ich will den Leuten nicht immer erklären, dass wir es nicht sind, denn ich *will* mit dir zusammen sein. Ich will hierbleiben. Ich will, dass wir ein Paar sind. Ich habe sogar einen Plan – ich mache Fotos von Hunden und biete Hundetraining und -betreuung an, damit Furry Friends nicht mehr vom Geld der Stadt abhängig ist. Ich habe das alles noch nicht gründlich durchdacht, aber ich will es versuchen, und du sagst gar nichts, was mich echt nervös macht, aber hoffentlich fühlst du dich so glücklich wie ich mich glücklich fühle, denn ich will zusammen mit dir auf der Veranda …« Sie schien ihren Redefluss nicht bremsen zu können, die Worte sprudelten einfach ungefiltert aus ihr heraus, aber zum Glück wusste Ben, wie man sie stoppte.

Er trat auf Ally zu, umfasste ihr Gesicht mit beiden Händen und presste seine Lippen sanft auf ihre. Sie hielt sich an seinen Unterarmen fest und stellte sich auf die Zehenspitzen. Erleichterung durchströmte sie.

Und dann schloss er seine Arme um sie und drückte sie fest an sich, bis ihre Zehen den Boden nicht mehr berührten. Ally bog sich ihm entgegen, schmiegte sich an ihn, und diese beschwingte Erleichterung wich heißer Begierde, während Bens Kuss leidenschaftlicher wurde.

Genau das! Kein Hin und Her mehr, kein Werden-sie-oder-werden-sie-nicht. Sie *würden*.

Ally krallte sich an seinem Pullover fest und spürte Bens Wärme, während seine Zunge ihre neckte. Das alles fühlte sich zutiefst richtig an. Es war, als würde sich ein Puzzleteil, das jahrelang nirgendwo gepasst hatte, perfekt an seinen Platz fügen. Ally verspürte seelentiefe Zufriedenheit. Familie, Gemeinschaft, Liebe – all die fehlenden Stücke fanden zueinander wie in einem Weihnachtswunder …

»Onkel Ben?«, rief eine hohe Stimme ganz in der Nähe.

Ben löste seine Lippen abrupt von Allys, wirbelte herum und ließ sie so schnell wieder hinunter auf den Boden, dass sie noch schwankte, als die schweren Samtvorhänge direkt vor ihr zugezogen wurden.

»Ich bin gleich da, Astrid!«, rief Ben, der sich jetzt auf der anderen Seite des Vorhangs befand.

Ally starrte den roten Samt an. Hatte Ben sie ernsthaft gerade hinter einem Vorhang versteckt?

»Da bist du ja«, sagte Astrid in der Nähe; ihre Stimme wurde durch den Vorhang gedämpft. »Hast du Ally gesehen?«

»Ich habe an der Beleuchtung gearbeitet«, sagte Ben schnell, ihrer Frage ausweichend. »Ich glaube, sie funktioniert jetzt. Ich muss nur noch eine Sache überprüfen, dann komme ich.«

»Okay.« Astrids Schritte entfernten sich, doch Ally hörte sie kaum. Sie war zu sehr damit beschäftigt, die letzten dreißig Sekunden in Gedanken zu rekapitulieren.

Sie hatte Ben gesagt, dass sie mit ihm zusammen sein wollte, und er hatte angefangen sie zu küssen, um sie anschließend regelrecht hinter einen Vorhang zu schubsen, damit Astrid sie beide nicht zusammen sah. Er hatte nicht nur verhindern wollen, dass Astrid den Kuss sah; ihn hatte schon die Vorstellung in Panik versetzt, seine Nichte könnte sie beide einfach nebeneinanderstehen sehen. Und seine Reaktion hatte darin bestanden, den Beweis ihres Zusammenseins schnellstmöglich zu entsorgen – nämlich Ally.

Nicht unbedingt das Verhalten eines schwer verliebten Mannes ... Unbehagen breitete sich in ihr aus, und noch etwas anderes, Düsteres.

Der Vorhang wurde wieder aufgezogen, und Ben fuhr sich durch die Haare. »Das war knapp.«

Allys Kiefer mahlten, aber es kamen keine Worte heraus. Sie schien nicht aussprechen zu können, was sich an den letzten zwei Minuten so falsch angefühlt hatte, denn plötzlich fühlte sich *alles* falsch an. Als würde etwas Schleimiges über ihre Haut kriechen. »Hast du mich gerade versteckt?«

»Astrid kam. Es geschah instinktiv.«

»Mich zu verstecken«, wiederholte sie. »Dein Instinkt hat dich veranlasst, mich zu verstecken.«

Bens Miene verfinsterte sich ein wenig. »Wir wollen doch nicht, dass sie das sieht.«

»Wollen wir nicht ...« Was genau meinte er eigentlich? Öffentliche Zuneigungsbekundungen? Oder versuchte er vor Astrid mehr zu verbergen?

Er beantwortete ihre Frage, ehe sie sie stellen konnte. »Es tut mir leid. Ich dachte, wir wären uns einig. Wir müssen immer noch vorsichtig sein ...«

Ally dämmerte allmählich, wie unterschiedlich ihre Erwartungen waren. Sie hatte geglaubt, die letzte Hürde mit ihrem Geständnis, hierbleiben zu wollen, genommen zu haben. Sie hatte gedacht, damit sei alles besiegelt. Sie sah ihn mit zusammengezogenen Brauen an. Glaubte er vielleicht, sie meine es nicht ernst? Hatte er nicht verstanden, was sie gesagt hatte?

»Ich habe heute Morgen eine E-Mail bekommen, eine Einladung zu einem Vorstellungsgespräch«, erklärte sie. »Auf die ich gewartet habe. Vor einem Monat noch war das mein Traumjob ...«

Seine Miene wurde undurchdringlich, und irgendwie entfernte er sich von ihr, ohne sich zu bewegen. »Nimmst du den Job an?«

»Nein, darum geht es ja. Ich habe es nicht einmal mehr in Erwägung gezogen und die E-Mail gar nicht geöffnet. Denn das hier ist es, was ich will. Nicht New York. Pine Hollow und dich und Astrid. Aber du musst es auch wollen.«

»Das tue ich«, versicherte er ihr. »Ich will nur nicht, dass Astrid eine Bindung aufbaut, bevor wir wissen, was das zwischen uns ist. Ich muss vorsichtig sein.«

Ally nickte, ohne recht zu wissen, wozu sie ihre Zustimmung gab. Ihre Gedanken wirbelten immer noch durcheinander.

Als sie damals mit Matthew zusammen gewesen war, hatte sie ihn über die Beziehung bestimmen lassen. Sie hatte sich nach seinen Wünschen gerichtet und sich nie gefragt, was sie selbst eigentlich wollte. Denn sie hatte gar nicht *gewusst*, was sie wollte. Aber das hier war etwas anderes. Das hier tat weh.

Sie war auf der Suche nach einem Partner gewesen, nach jenem Menschen, der fünfundsechzig Jahre mit ihr zusammen sein und immer noch den Wunsch haben würde, ihre Hand zu halten. Aber Ben versteckte sie hinter Vorhängen. Er ging auf Nummer sicher. Sie wusste besser als die meisten Leute, dass es auf die Zukunft keine Garantie gab, aber sie wollte jemanden an ihrer Seite, der es wenigstens versuchte. Plötzlich schien sich überhaupt nichts mehr so zusammenzufügen, wie sie geglaubt hatte.

»Nur ich habe mich verliebt, oder?«, flüsterte sie. Ben war gar nicht auf der Suche nach einer Partnerin. Er wollte stets alles allein machen. Es war ihr schon wieder passiert. Sie war einsam und verzweifelt gewesen und hatte sich an jemanden gehängt, der nicht das wollte, was sie wollte. Der *sie* nicht wollte. »Du hattest nie vor, mich hereinzulassen.«

Ben fuhr sich durch die Haare und fragte sich, wie es vom besten Kuss seines Lebens zu dieser völlig außer Kontrolle geratenen Unterhaltung hatte kommen können. »Darum geht es nicht«, wehrte er sich, und die Worte klangen schärfer, weil der Vorwurf unfair war. Er hatte sie bereits in sein Leben gelassen. Viel weiter als irgendwen zuvor. »Es geht allein um Astrid.«

»Nein.« Sie schüttelte weiter den Kopf. »Mach sie nicht dafür verantwortlich. *Du* bist derjenige mit der unrealistischen Vorstellung davon, wer du für sie sein solltest. Und *du* bist derjenige, der zu viel Angst hat, um etwas in dein Leben zu lassen, das du nicht kontrollieren kannst. Aber auf diese Weise *verpasst* du das Leben. Du brauchst keinen riesigen Garten, um einen Hund zu halten. Genauso wenig wie du eine Garantie für die Ewigkeit noch vor dem ersten Date brauchst. Astrid ist ein kluges Kind. Sie versteht das. Und wenn es mit uns nicht klappt, ja, dann wird sie sicher enttäuscht sein. Aber jemanden zu küssen ist kein Vertrag auf Lebenszeit, und das begreift sie bestimmt.« Ally verschränkte die Arme fest. »*Du* triffst diese Entscheidung.«

»Ich treffe überhaupt keine Entscheidung. Ich finde nur, Vorsicht kann nicht schaden.« Wenn sie ihren Traum für ihn aufgab und es sich nicht so entwickelte, wie sie wollte, würde sie ihm das ewig übelnehmen. »Vielleicht solltest du dieses Vorstellungsgespräch in New York führen.«

»Das ist nicht das, was ich will«, fuhr sie ihn an. »Hast du denn nicht zugehört?«

»Natürlich habe ich …«

Sie schnitt ihm das Wort ab. »Ich will das Tierheim leiten. Ich will das Gefühl haben, etwas Gutes zu tun, indem ich mich um die Hunde kümmere und ein neues Zuhause für sie finde. Ich will das Gefühl haben, dass ich Leuten ein wenig von ihrer Einsamkeit nehme. Ich habe dir nur deshalb von diesem

Vorstellungsgespräch erzählt, um dir zu zeigen, dass ich *das hier* will. Warum bist du so entschlossen, mich loszuwerden?«

»Das will ich doch gar nicht …«

»Ich will einen Partner. Ich will jemanden, der sich ganz darauf einlässt. Doch das hast du nie getan. Du zögerst und schützt dich selbst und findest lauter Gründe, weshalb es zwischen uns scheitern könnte und wie schrecklich das wäre, und deshalb lässt du dich nicht darauf ein. Aber es stimmt nun mal – es ist besser, jemanden geliebt und verloren als es überhaupt nie versucht zu haben, nur gestattest du es dir nicht.«

Allmählich wurde er gereizt. Sie sah ihn an, als wäre er egoistisch, wo er doch alles nur für andere tat. »Ich setzte Astrid an erster Stelle«, konterte er. »Ich muss zuerst an ihre Bedürfnisse denken, nicht an meine. Sie braucht Verlässlichkeit. Sie braucht Menschen, die für sie da sein werden.«

»Und dazu zähle ich nicht? Bin ich nicht die ganze Zeit für sie da gewesen? Habe ich nicht alles getan, um dir zu zeigen, wie wichtig du mir bist? Dass ich das mit uns will? Aber du kannst niemanden an dich heranlassen, stimmts? Du benutzt Astrid als Vorwand, nur ist nicht *sie* diejenige, die Mauern um sich errichtet und alles allein machen will. Es ist kein Zeichen der Schwäche, jemanden zu brauchen, Ben. Dadurch bist du nicht weniger ein Mann. Es macht dich nur menschlich. Und senkt vielleicht die Wahrscheinlichkeit, dass du dich selbst früh ins Grab bringst. Du kannst nicht alles allein machen. Niemand kann das. Selbst wenn du glaubst, es sei das, was deine Schwester von dir erwartet hat.«

»Halte sie da heraus.«

»Sie ist ja längst mit drin. Sie ist der Geist der vergangenen Weihnacht, Ebenezer Scrooge. Und du machst dich verrückt damit, diesem Bild einer Heiligen entsprechen zu wollen, die sie deiner Meinung nach geworden wäre, wenn sie weitergelebt hätte.«

»Diese Metapher ergibt überhaupt keinen Sinn.«

»Ich weiß!« Ally ballte die Fäuste und presste sie gegen ihren Kopf. »Es ist nur … Ich liebe dich, Ben.«

Die Worte trafen ihn wie ein arktischer Sturmwind und löste Entsetzen in ihm aus. Aber sie war noch nicht fertig.

Sie ließ die Hände sinken, mit geöffneten Handflächen. »Ich bin so unglaublich verrückt nach dir – und nach Astrid. Ich *will* das. Seit Jahren rede ich mir ein, ich wüsste nicht, was ich will, weil ich Angst hatte, es ohnehin nie zu bekommen. Dieses Gefühl, zu Hause zu sein. Das Gefühl, irgendwohin zu gehören und zu jemandem. Genau das will ich mit dir – aber was willst du? Abgesehen von dem, was du für das Beste für Astrid hältst oder was du glaubst, tun zu müssen oder zu sollen – was *willst du*?«

Diese unmögliche Frage frustrierte ihn. »Ich weiß es nicht! Es spielt auch keine Rolle!«

»Tut es doch! Denn ich will keine Beziehung mehr aus Angst vor dem Alleinsein. Ich werde nicht dein Geheimnis sein. Du kannst mich nicht in der einen Box unterbringen und Astrid und alles andere in deinem Leben in einer anderen. Mich hinter Vorhängen verstecken, wenn ich gerade nicht willkommen bin. Ich will jemanden, der sich glücklich schätzt, mich zu haben. Ich will teilhaben. Ich will an deinem Leben teilhaben, und ich will, dass du an meinem Leben teilhast. Aber wenn ich das nicht haben kann … dann weiß ich nicht, ob ich so weitermachen kann.«

»Ally …«

»Es tut mir leid. Ich … ich muss gehen.«

»Ally.« Ben streckte die Hand nach ihr aus, damit sie aufhörte, doch Ally schlängelte sich bereits zwischen den Requisiten hindurch, fort von ihm. Er konnte nur hilflos dastehen und ihr hinterhersehen. Er konnte ihr nicht nachlaufen. Es würde jemandem auffallen. Astrid könnte es sehen. Er konnte von Glück sagen, dass sie beide nicht entdeckt worden waren.

Was sie wollte …

Sie war unvernünftig. Etwas von ihm zu verlangen, was er ihr nicht geben konnte.

Aus ihrem Mund klang es tatsächlich, als hätte er eine Wahl, aber er musste nun mal an Astrid denken. Er musste sie schützen. Und wenn er sie vor einem gebrochenen Herzen nur schützen konnte, indem er sein eigenes Herz schützte, dann war es eben so. Sein Leben hatte sich vor zwei Jahren grundlegend geändert, und es gab kein Zurück.

33. Kapitel

Ally eilte dem Ausgang zu, während eine Mischung aus Frustration und Demütigung ihr den Magen zusammenzog. Sie hatte alles auf eine Karte gesetzt. Hatte ihren Gefühlen freien Lauf gelassen, während Bens Miene immer versteinerter geworden war und er sich mehr und mehr zurückgezogen hatte.

Eine Gruppe von Leuten aus dem Ort führte eine Tanznummer auf der Bühne auf, während Ally ein paar Stufen fand, die direkt zu dem roten Ausgang-Schild führten. Zum Glück hatte Astrid sie nicht gesehen.

Ally stürmte hinaus auf den winzigen Parkplatz hinter dem Theater. Der Schnee reflektierte das Sonnenlicht blendend grell und stoppte sie. In den dunklen Winkeln des Gebäudes hatte sie ganz vergessen, dass noch Tag war.

»Ally, hey!« Ein Stück weiter weg hielt Deenie Partridge an der Leine, der sich gerade frierend für sein Geschäft hinhockte.

Partridge, der Ben ebenso hoffnungslos liebte wie Ally. Nun verglich sie ihre unerwiderten Gefühle schon mit denen eines Hundes, der zu neunzig Prozent aus Sabber bestand. Wundervoll.

»Was ist los?«, fragte Deenie, nachdem Partridge sich erleichtert hatte, und führte ihn zurück zur Tür. »Brauchen die uns da drinnen?«

»Ich habe ihm gesagt, was ich für ihn empfinde.«

»Ben?« Ein Grinsen erschien auf Deenies Gesicht. »Das wurde aber auch Zeit! Ich dachte schon, wir müssten euch beiden eine Gebrauchsanweisung geben, damit ihr wisst, wie das geht.« Anscheinend bemerkte sie erst jetzt, dass Ally ihr Lächeln nicht erwiderte. Deenies Strahlen verschwand. »Oh nein …«

Ally presste die Lippen aufeinander und war unendlich froh, es nicht erklären zu müssen. »Ich muss mal für eine Minute raus. Macht es dir etwas aus, dich um die Hunde …«

»Soll ich sie zurück ins Hundeasyl bringen, wenn sie fertig sind?«, fragte Deenie verständnisvoll.

»Ich kann dich nicht bitten, den ganzen Nachmittag …«

»Machst du Witze? Ich wäre ohnehin hier. Hast du die Schminkabteilung gesehen? So viel Glitzer.«

»Danke«, flüsterte Ally und ergriff Deenies Hand. Deenie machte den Mund auf, als wollte sie noch etwas sagen, aber da ging hinter Ally die Tür auf, und jemand rief, sie seien jetzt bereit für Partridge. Deenie drückte ihre Hand, und ein strahlendes Lächeln vertrieb ihre besorgte Miene. Dann ging sie mit Partridge hinein.

Ally lief eilig über den kleinen Parkplatz und fand ihren Wagen komplett zugeparkt. Natürlich, was denn sonst. Das Theater lag vom Tierheim aus gesehen am anderen Ende der Stadt, aber es war ein herrlicher Dezembernachmittag, und Ally war fast gar nicht kalt. Frustration und Enttäuschung trieben sie voran, sodass sie schneller und schneller ging, bis der Boden unter ihren Füßen zu verschwinden schien.

Jeder hatte sie gewarnt, dass Ben niemanden an sich heranließ. Dass er mehr Scrooge als George Bailey sei. Sie hatte es also gewusst und dennoch geglaubt, bei ihr würde er anders sein. Was für ein schreckliches, romantisches Klischee.

Die ganze Zeit hatte sie sich geirrt. In all diesen Momenten, in denen sie geglaubt hatte, sie sprächen dieselbe Sprache, hatte er ihr in Gedanken bereits die Rückfahrkarte nach New York gekauft und sie innerlich auf Distanz gehalten.

Ally war sehr wohl bewusst, dass sie sich gedanklich immer weiter von jeglicher Logik fortbewegte, doch musste sie einfach ständig an diese Szene denken, in der Ben den Vorhang vor ihr zugezogen hatte, um sie vor Astrid zu verbergen. Natürlich hätte auch sie nicht dabei erwischt werden wollen, wie sie mit Astrids Onkel unter einem falschen Laternenmast wild herumknutschte. Aber er hätte doch wenigstens ihre Hand halten können. War das zu viel verlangt? Ein Mann, der ihre Hand halten wollte?

Der Ärger ließ sie diesen fünfundzwanzigminütigen Weg wie eine Sache von Sekunden empfinden. Sie marschierte über die Auffahrt ihrer Großeltern direkt auf das Farmhaus zu. In der Scheune waren im Augenblick eh keine Hunde.

Die Verandastufen hinauf und zur Haustür hinein, ohne einmal innezuhalten, zog Ally mit schnellen, ungeduldigen Bewegungen ihre Wintersachen aus, während ihre Großmutter von dem Geschenk aufblickte, das sie am Küchentisch einpackte, und ihr Großvater schnaufend in seinem Sessel erwachte.

»Schon zurück?«, fragte Gram. »Das Krippenspiel-Komitee scheint sich die Beschwerden über achtstündige Proben endlich mal zu Herzen genommen zu haben.«

»Die Proben laufen noch. Ich habe die Hunde bei Deenie gelassen.« Und den Wagen. Den Wagen hatte sie auch dort gelassen. Sie würde ihn noch holen müssen. Und die Hunde. Verdammt, was hatte sie sich dabei gedacht? Genau genommen hatte sie gar nichts gedacht. Sie hatte einfach nur weggewollt.

»Ist etwas passiert?«, erkundigte sich ihr Großvater.

War etwas passiert? *Ich habe Ben gesagt, dass ich ihn liebe. Ich habe ihn geküsst, und er hat mich hinter einem Vorhang versteckt.* Wow, hatte sie ihm tatsächlich ihre Liebe gestanden? Die Worte wirbelten in ihrem Kopf durcheinander. Sie hatte das nicht wirklich gesagt, oder? Plötzlich traf sie das volle Bewusstsein dessen, was sich in der letzten Stunde abgespielt hatte.

»Ich …« Was war geschehen? »Ich hatte einen Streit mit Ben.«

»Oh nein.« Gram ließ die Schere sinken und kam um den Tisch herum. »Was war denn los?«

»Ich habe ihm erzählt, dass ich zu einem Vorstellungsgespräch eingeladen bin, für einen Job in New York – meinen Traumjob –, den ich aber nicht annehmen will, weil meine Träume sich geändert haben. Ich möchte hierbleiben. Das Tierheim mit euch zusammen leiten. Vielleicht zusätzlich Tierfotografie oder Hundetraining anbieten, damit Furry Friends eine Art Hundezentrum in Pine Hollow wird. Aber Ben wollte, dass ich nach New York zurückkehre.«

»Oh, Liebes.« Ihre Großeltern tauschten einen Blick, den Ally nicht deuten konnte. »Vielleicht solltest du in Betracht ziehen, doch zu dem Vorstellungsgespräch zu gehen.«

Ally hielt beim Mantelaufhängen inne. »Was? Warum …«

Dann dämmerte es ihr mit Schrecken. »Ihr wartet auch darauf, dass ich abreise?«

»Nein, Schätzchen, natürlich nicht. Wir warten nicht darauf. Wir sind glücklich, dass du hier bist.«

Aber erneut tauschten sie einen Blick, und auf einmal hatte Ally das Gefühl, ihr wäre ein gigantisches Teil mitten im Puzzle entgangen. »Was verschweigt ihr mir?«

Gramps setzte sich auf und schob die Fußablage in den Sessel. »Wir wollen, dass du so lange bei uns bleibst, bis du wieder auf die Füße gekommen bist.«

Die Johnsons hatten ihr erzählt, ihre Großeltern wollten im neuen Jahr in die Summerland Estates ziehen. Ally war überzeugt gewesen, dass das alte Paar da etwas durcheinandergebracht hatte. Schließlich hatte Ihre Großmutter wieder und wieder erklärt, lieber sterben zu wollen als in ein Seniorenheim zu ziehen. Die Johnsons mussten es falsch verstanden haben. Sie hatten den Umstand falsch gedeutet, dass Allys Großeltern ständig Freunde dort besuchten. Und praktisch schon dort wohnten.

Sie wohnten praktisch schon dort.

»Ihr zieht in die Summerland Estates, oder?«

Und wieder tauschten sie einen Blick. Copper stolperte aus dem Weg, als Gramps sich aus dem Fernsehsessel erhob, die eine Hand auf den Rücken gelegt. »Wir haben eine Anzahlung für eine der Wohnungen dort geleistet, aber das war, bevor du gesagt hast, dass du herkommst.«

Ally wandte sich geschockt an ihre Großmutter. »Du hast gesagt, dass du nie an einem solchen Ort leben willst. Als die Kennedys dorthin gezogen sind, meintest du, man müsse dich aus diesem Haus direkt auf den Friedhof tragen. Dass du lieber sterben würdest, als an einem Ort zu leben, wo sie einem das Essen kleinschneiden.«

»Na ja, sie schneiden das Essen dort nicht klein, und es ist wirklich schön. Ich hatte keine Ahnung von den vielen Annehmlichkeiten – und dein Vater liebt die Pokerturniere. Alle seine Freunde von den Elks sind inzwischen auch dort.«

»Werdet ihr dieses Haus verkaufen?«

»Nun, wir wollten noch ein paar Sachen erledigt haben, bevor wir ausziehen. Darleen, die das Maklerbüro leitet, meinte, wir bekämen einen besseren Preis nach einer Renovierung. Aber die wollen wir nicht machen, solange wir hier noch wohnen. Lilian hat vorgeschlagen, wir sollten versuchen, in eine dieser *Property Brothers* Shows zu kommen, damit die unser Haus aufhübschen.«

Lilian. Darleen. Die Johnsons. Alle hatten es gewusst. Alle außer ihr.

Ein weiteres Puzzleteil fügte sich. »Deshalb wurden die Subventionen gestrichen. Die wussten, dass ihr das Tierheim ohnehin verkaufen wollt. Die ganze Stadt wusste es …«

»Na ja, nicht die ganze Stadt«, widersprach Gramps. »Wir haben es nur einer Handvoll Leuten erzählt.«

Und dann hatte es sich natürlich herumgesprochen. Wie immer in Pine Hollow. Sie war die Einzige, die nichts mitbekommen hatte. Weil sie nicht wirklich hierhergehörte. Sie war eine Außenstehende. Eine Fremde.

»Wann zieht ihr um?«

»Siehst du, das ist genau der Punkt«, sagte Gram eifrig. »Unsere Wohnung bleibt so lange reserviert, wie wir wollen, deshalb kannst du dir alle Zeit der Welt nehmen, um wieder auf die Beine zu kommen. Wir wollen absolut nicht, dass du dich gedrängt fühlst. Wir haben dich gern hier bei uns, Ally.«

Nur war ihnen nicht klar gewesen, dass sie bleiben wollte. »Ich dachte … ihr habt nie irgendetwas über meine Rückkehr nach New York gesagt.«

»Natürlich nicht. Wir wollten nicht, dass du denkst, wir wollen dich nicht hier haben oder drängen dich, zurückzugehen, ehe du bereit bist. Wir sind davon ausgegangen, dass du deine Entscheidung triffst, wenn du so weit bist. Vielleicht nach Weihnachten.«

Ally starrte ihre Großmutter an.

Die ganze Zeit, während sie geglaubt hatte, ihren Großeltern zu helfen, hatten die nur darauf gewartet, dass sie abreiste, damit sie ihre Plänen in die Tat umsetzen konnten. Und Ally hatte gedacht, sie bräuchten sie.

»Ich muss … ich muss nachdenken.« Sie nahm ihren Mantel wieder vom Haken und stieg in ihre Stiefel.

»Ally?« Besorgnis schwang in Grams Stimme mit.

»Es ist alles in Ordnung«, versicherte Ally ihr, obwohl sich kein Satz je weiter von der Wahrheit entfernt angefühlt hatte. Ihr war, als würde alles in sich zusammenfallen und sämtliche Gewissheiten würden sich auflösen.

Plötzlich zeigten alle Zeichen von Pine Hollow weg.

Dies war nicht ihr Zuhause. Sie gehörte nicht hierher. Es war das Haus ihrer Großeltern, und Ally war lediglich ein Parasit in deren Leben. Die Kontakte, die sie in der Gemeinde geknüpft hatte, waren nur sehr oberflächlich – und nur wegen ihrer Großeltern, Ben und dem Tierheim zustande gekommen. Denn wenn das Tierheim zumachte und alle Hunde fort waren – würde Deenie dann überhaupt noch herkommen? Allys Großeltern verkauften das Haus. Wo sollte sie wohnen?

»Es tut mir leid«, sagte sie und nahm Schal und Mütze. »Das alles tut mir leid.«

»Ally …«, wollte ihr Großvater sie aufhalten, und Colby hob neugierig den Kopf, doch Ally trat bereits hinaus in den eisigen Dezembernachmittag.

Sie war hierhergekommen, um der Einsamkeit zu entfliehen, doch nun fühlte sie sich einsamer denn je. Vorher hatte sie wenigstens einen Traum gehabt – den Traum von dieser Veranda in ferner Zukunft. Aber jetzt schien selbst das unerreichbar. Als hätte sie sich damit immer nur etwas vorgemacht. Es wurde Zeit, sich der Realität zu stellen.

34. Kapitel

Ben war nicht in Weihnachtsstimmung. Er kam aus dem hinteren Bühnenbereich, um dem Krippenspiel-Komitee das Okay für die Beleuchtung zu geben. Als die Bühne dann im hellen Licht erstrahlte, jubelte die ganze Gruppe, doch Ben brachte nicht einmal ein Lächeln zustande. Stattdessen suchte er das Theater nach Astrid ab und fragte sich, wie rasch sie beide von hier verschwinden konnten.

Seine Nichte entdeckte er nicht, aber dafür sah Partridge ihn. Die Bulldogge versuchte sofort, Deenie den Gang entlang zu Ben zu ziehen; ihr niedriger, massiger Körper stemmte sich gegen die Leine. Deenie warf Ben einen langen Blick zu und lächelte zum ersten Mal nicht.

Sie wusste es.

Scham stieg in ihm auf, dabei hatte er doch absolut nichts falsch gemacht. Er hatte Ally nichts vorgespielt. Er hatte ihr von Anfang an unmissverständlich zu verstehen gegeben, dass Astrid an erster Stelle kam. Er tat das Richtige, verdammt.

Was allerdings nicht erklärte, wieso er sich dann so mies vorkam, als Deenie sich umdrehte und sagte: »Komm,

Partridge.« Die Bulldogge winselte und ließ sich widerstrebend wegführen.

»Wo ist Ally?«

»Astrid! Herrje!« Ben legte die Hand auf die Brust und drehte sich zu seiner Nichte um, die sich angeschlichen hatte. Sie stand vor ihm, den winzigen Peanut an ihre Brust geschmiegt.

»Tante Elinor meint, du bist so schreckhaft, weil du viel zu angespannt bist, und wenn du dich etwas entspannen würdest, würdest du dich nicht dauernd so erschrecken.«

»Das ist sehr hilfreich von Tante Elinor«, brummte Ben.

»Hast du Ally gesehen?«, wiederholte Astrid ihre Frage. »Alle dachten, sie sucht dich, aber niemand hat sie gesehen.«

»Ich weiß nicht, wo sie ist.« Er vermied es tunlichst zu erwähnen, dass er sie gesehen hatte. Und geküsst. Und hinter dem Vorhang versteckt, damit Astrid sie nicht sah. »Vielleicht ist sie schon gegangen.«

»Ohne die Hunde?« Astrid sah ihn perplex an.

»Ich bin sicher, sie wird die Hunde noch abholen.«

Astrid musterte ihn, und ihre Augen sahen für eine Zehnjährige mehr, als ihm lieb war. »Du hättest sie unter dem Mistelzweig küssen sollen, als du die Gelegenheit dazu hattest.«

Ben hätte sich beinah verschluckt. »Wie bitte?«

»Der Mistelzweig? Im Pavillon?«, erklärte Astrid geduldig. »Ich dachte, wenn du Ally küsst, wärst du vielleicht nicht mehr dauernd so gestresst. Und wir könnten einen Hund bekommen. Deshalb haben Kimber und ich das arrangiert.«

Ben starrte seine Nichte an. Er hatte durchaus angenommen, dass sie darauf hoffte, er würde sich in Ally verlieben. Aber es wäre ihm nicht in den Sinn gekommen, dass sie aktiv versucht hatte, sie beide zu verkuppeln. »Hast du wirklich versucht, mich und Ally zusammenzubringen, damit du einen Hund haben kannst?«

»Nein. Hauptsächlich habe ich versucht, euch zusammenzubringen, weil ich Ally mag. Und du scheinst nicht glücklich zu sein.«

Die Worte trafen ihn wie ein Schlag in die Magengrube. »Astrid. Ich bin glücklich. Ich liebe dich, und ich bin sehr glücklich.«

»Ja, seit wir Ally kennengelernt haben«, betonte sie. »Vorher wollte Kimber nicht zu uns nach Hause kommen, weil du ständig so brummig warst. Ich habe ihr gesagt, du wärst nicht richtig böse, es sei eben nur so deine Art. Aber sie hatte Angst vor dir.«

Jesus. Und er hatte geglaubt, Elinor übertreibe, als sie ihm vorwarf, er jage den Kindern Angst ein. Dabei hatte sogar Astrids beste Freundin sich davor gefürchtet, sie zu Hause zu besuchen. »Es tut mir leid, Astrid. Ich werde mich bessern.«

»Du machst alles toll, Onkel Ben.« Sie tätschelte ihm den Arm, wie sie es vielleicht bei einem der Bewohner der Summerland Estates getan hätte. »Ich will nur, dass du glücklich bist.«

»Ich bin glücklich. Ich schwöre es, Liebes, ich bin glücklich.«

»Aber Ally hast du nicht gesehen?«

Erneut verspürte er Scham. »Nicht in den letzten paar Minuten.«

Astrid nickte und ging, offenbar um Ally weiter zu suchen. Ben hielt ebenfalls Ausschau nach ihr. Er hatte keine Ahnung, was er zu ihr sagen würde, aber er musste sie sehen – und sei es nur, um sich davon zu überzeugen, dass sie nicht mehr wütend war und ihm diesen dummen Moment hinter der Bühne vergeben würde.

»Benjamin West.«

Apropos peinliche Momente. Ben stöhnte innerlich, als er diese Stimme erkannte, und drehte sich zu der Frau um, von der er einst geglaubt hatte, er würde sie heiraten. »Isabelle. Frohe Weihnachten.«

»Frohe Weihnachten«, erwiderte sie und deutete eine Umarmung an – eher ein distanziertes Schultertätscheln als ein echter Körperkontakt. Zumindest signalisierte es ihm, dass sie sich beide einig darin waren, an diesen Feiertagen nichts wiederaufleben zu lassen. »Ich habe heute Morgen diese Frau kennengelernt, mit der du zusammen bist«, erzählte Isabelle, nachdem sie wieder einen angenehmeren Abstand zwischen ihnen hergestellt hatte.

»Wir sind nicht zusammen«, stellte Ben klar, schroffer als beabsichtigt.

Isabelle musterte ihn und schloss mit einem leisen Seufzer die Augen. »Oh, Ben.«

»Was?«, fuhr er sie an, während auf der Bühne der Weihnachtschor ein weiteres Mal *We Wish You a Merry Christmas* anstimmte. »Willst du mir erklären, wie ich mein Leben zu führen habe? Weil du dich mir moralisch überlegen fühlst? Du hast dich damals aus dem Staub gemacht, als die Situation schwierig wurde.«

»Wow, das nenne ich mal eine Geschichtsverfälschung«, entgegnete Isabelle, und mit einer eigenartigen Zufriedenheit registrierte er die Gereiztheit ihres Tons. »Ich bin monatelang geblieben – während der Beerdigung und der Testamentseröffnung –, aber sobald ich dir zu helfen versucht habe, hast du dich wie ein kompletter Idiot aufgeführt. Du warst ein verdammter Kontrollfreak. Wenn ich etwas für Astrid tun wollte, musste ich mir jedes Mal erst überlegen, wie ich an dir vorbeikomme. Es war, als hätte ich einen verbissenen Abwehrspieler beim Football zu umgehen.«

»Das ist nicht …«

»Du warst sogar wütend auf mich, weil ich sie *von der Schule abgeholt* habe.«

»Weil du mir nichts gesagt hast!«

»Dein Handy-Akku war leer. Ich habe dir eine SMS geschrieben!«, rief Isabelle; prompt drehten sich Köpfe in ihre Richtung, doch das nahm Isabelle gar nicht zur Kenntnis. Oder es interessierte sie nicht, weil sie zu sehr in Rage war. »Es war nicht meine Schuld, dass du dein verdammtes Handy nicht aufgeladen hattest …«

»Ich habe mir Sorgen gemacht. Ich wusste nicht, wo Astrid war …«

»Höchstens zwei Sekunden lang! Bis jemand dir gesagt hat, dass ich sie abgeholt habe. Aber anscheinend war das ja ein Verbrechen gegen die Menschlichkeit, und es war meine Schuld. *Alles* war meine Schuld. Jedes Mal, wenn ich helfen wollte, hast du mir irgendwelche Vorwürfe gemacht.« Sie hielt inne, holte Luft und schien zu bemerken, dass der Weihnachtschor verstummt war. »Sorry«, fuhr sie leiser fort. »Ich dachte, ich bin darüber hinweg, aber anscheinend bin ich wütender, als ich geglaubt habe.«

»Mir war gar nicht klar, dass du wütend warst«, gestand er. Damals war er komplett in seiner Trauer gefangen gewesen. Stück für Stück hatte er dann versucht, wieder auf die Füße zu kommen und das Beste für Astrid zu tun.

Isabelle lachte trocken. »Dachtest du etwa, nur du wärst traurig? Irgendwie überrascht mich das nicht. Du bist ein großartiger Kerl, Ben. Aber du machst es den Leuten nicht leicht, die dir helfen wollen.«

»Es war nie meine Absicht …«

»Ich weiß.« Sie seufzte und ließ den Blick durch das Theater wandern, in dem jeder sehr auffällig vorgab, nicht zu lauschen. »Ich habe dich geliebt und Astrid auch. Ich bin länger geblieben, als ich hätte bleiben sollen, denn ich dachte, du siehst, dass ich für dich da bin und beziehst mich mit ein. Doch du hast mich wieder und wieder weggestoßen und darauf bestanden, alles allein zu machen. So warst du schon immer. Du wolltest für jeden stets der Fels in der Brandung sein, und niemand durfte etwas für dich tun. Ich habe mir eingeredet, es würde besser werden, sobald wir verheiratet sind, aber es wurde schlimmer, als Katie …« Sie verstummte. »Das mit Katie tut mir wirklich schrecklich leid«, flüsterte sie mit erstickter Stimme.

»Mir auch.« Er räusperte sich, da seine Kehle plötzlich wie zugeschnürt war. »Und es tut mir leid, dass ich dich in eine Schublade gesteckt habe.«

Isabelle blickte überrascht. »Das trifft es tatsächlich ganz gut.«

»Geht es … geht es dir gut?«

»Ich komme zurecht«, versicherte sie ihm. »Sehr gut sogar. Ich habe jetzt einen Job in Boston. Ich liebe die Stadt. Ich dachte, der Verkehr würde mich verrückt machen, aber die Parks sind unglaublich. Allerdings ist es schön, wieder zu Hause zu sein. Über Weihnachten.« Sie lächelte wehmütig. »Es ist schön, dich zu sehen, Ben.« Sie verzog das Gesicht. »Tut mir leid, dass ich dich so angefahren habe.«

»Ich bin ehrlich gesagt froh, dass du es getan hast. Allerdings möchte ich mir lieber nicht ausmalen, wie viel Tratsch morgen die Runde macht.«

Isabelle pflichtete ihm bei: »Ja, das ist definitiv etwas, was ich nicht vermisse.« Sie sah zur Bühne, wo die Krippenspielkoordinatoren den Chor zu dirigieren versuchten. »Tut mir leid wegen der Lautstärke.«

»Du musst dich bei mir für nichts entschuldigen. Ich habs nicht anders verdient.«

Ben hatte es ohnehin nie geschafft, sein Privatleben vor den Leuten in der Kleinstadt geheim zu halten. Er hatte geglaubt, er bekäme es ganz gut hin, doch offensichtlich hatten sich Elinor und Astrid schon lange vor Weihnachten über seine Griesgrämigkeit à la Scrooge ausgetauscht. Er hatte geglaubt, seine Gefühle für Ally für sich behalten zu haben, dabei dachte jeder in der Stadt, sie seien bereits ein Paar. Und er hatte Ally hinter dem Vorhang versteckt, damit Astrid sie beide nicht zusammen sah, obwohl seine Nichte schon vorher versucht hatte, die zwei unter den Mistelzweig zu bekommen. Kein Wunder, dass er das Gefühl hatte, er kämpfe gegen Windmühlen – er versuchte, den Klatsch in Pine Hollow aufzuhalten, obgleich dieser die Macht einer Naturkatastrophe hatte. Da konnte man nichts tun, außer in Deckung zu gehen.

»Bella! Mein Schal!«, rief eine junge Stimme ungeduldig.

Isabell grinste. »Das ist mein Stichwort. Minnie ist dieses Jahr beim Krippenspiel dabei, und das macht mich zu ihrer Garderobensklavin.« Sie deutete zur einen Seite der Bühne, wo ihre jüngste Schwester ungeduldig stand.

»Sie ist groß geworden.«

»Nicht wahr? Jedes Mal, wenn ich für einen Monat weg gewesen bin, ist sie weitere zehn Zentimeter gewachsen. Wir sehen uns, Ben. Frohe Feiertage.«

Er schaute ihr hinterher und dachte über alles nach, was sie gesagt hatte. Es ließ die Schatten der Vergangenheit in einem ganz neuen Licht erscheinen und brachte ihn dazu, die Dinge anders zu betrachten. Vielleicht hatte er wirklich zu sehr versucht, alles unter Kontrolle zu haben. Vielleicht …

»Ben! Da bist du ja! Könntest du dir mal das Soundsystem ansehen? Ich fürchte, da ist etwas falsch verkabelt …«

Ben verdrängte die Vergangenheit aus seinen Gedanken und konzentrierte sich auf die Gegenwart – und eine weitere kleine Krippenspielkatastrophe, die ihn von dem Moment mit Ally hinter der Bühne ablenkte. Isabelle hatte ihm vorgeworfen, er stecke sie in eine Schublade. Aber so ging er mit allen Dingen in seinem Leben um, die ihn überforderten. Und so steckte er auch alle Gedanken an Ally in eine Schublade zurück und machte sich wieder an die Arbeit.

35. Kapitel

Ally schrieb Deenie, als sie unterwegs war, um das Auto zu holen, das sie auf dem Theaterparkplatz hatte stehen lassen. Deenie erwartete sie bereits mit den Hunden draußen, als Ally dort ankam, und half ihr, sie alle in den Wagen zu laden, ohne ein Wort über Ben zu verlieren. Ally vermied es tunlichst, zu Bens Wagen auf dem Parkplatz zu schauen und konzentrierte sich lieber auf die Tatsache, dass ihrer nicht mehr zugeparkt war, sie also unbemerkt fliehen konnte.

Allerdings hätte sie wissen müssen, dass sie nicht ohne ein Wort davonkam.

Sie hatte gerade Maximus in seine Box bei Furry Friends gebracht und ging wieder hinaus, um Partridge und Peanut zu holen, als Deenies taubenblauer Käfer in die Auffahrt bog. Colby, der auf der Veranda lag, raffte sich auf, um die Neuankömmlinge zu begrüßen, als Deenie, Elinor und die frisch umbenannte Dora ausstiegen.

»Ich habe Verstärkung mitgebracht«, verkündete Deenie.

Elinor hielt die Thermoskanne hoch. »Sie meint Eierpunsch.«

»Ihr müsst mir nicht helfen«, protestierte Ally und nahm Peanuts kleinen gepolsterten Carrier vom Vordersitz.

»Natürlich müssen wir das«, stellte Deenie klar und nahm ihr Peanut ab.

Dora/Harry zerrte Elinor zum Tierheim, offenbar begierig darauf, ihr altes Territorium wiederzusehen und zu erfahren, welche Gerüche sich geändert hatten. Elinor stolperte hinter ihr her, brachte die Hündin jedoch dazu, sich zu setzen, bevor sie die Tür öffnete. Als der Hund gehorchte, betätigte sie einen kleinen Klicker an ihrem Handgelenk.

»Ich habe mir Training-Videos im Netz angesehen«, erklärte sie. »Die nächsten Kurse in Burlington gehen erst in einigen Wochen los.«

Ally versetzte die Erinnerung an ihren Plan, das Tierheim unter anderem mit Hundetraining zu retten, einen kleinen Stich. »Ihr könntet eine Gruppe organisieren und eine Trainerin nach Pine Hollow holen.«

Deenies Augen leuchteten. »Das ist gar keine schlechte Idee. Wir könnten die Kurse hier abhalten …«

»Nein, könnt ihr nicht. Kommt mit.« Ally öffnete die Tür zum Büro und führte die anderen hinein.

Das Büro war winzig und bot nicht wirklich Platz für drei Frauen und einige Hunde, aber es war der einzige Ort mit Sitzmöglichkeiten, abgesehen vom Haus, und Ally wollte nicht, dass ihre Großeltern das Gespräch hörten. Gram hatte Dolce und die Welpen gestern Abend ohnehin ins Haus geholt, weil sie fand, sie seien zu einsam jetzt, nachdem viele der anderen Hunde fort waren.

Elinor nahm ein paar zusammenschiebbare Campingbecher aus ihrer Tasche. Deenie stellte Peanuts Transportbox auf den Boden und befreite den kleinen Kerl, während Dora neben Elinor auf das Zweiersofa sprang. Ally setzte sich hinter den Schreibtisch und nahm einen Becher Eierpunsch, während Partridge es sich auf ihrem Fuß bequem machte und Colby seinen riesigen Kopf auf ihren Schoß legte. Sie streichelte seine weichen Ohren und ließ seufzend den Blick durch den Raum wandern. Sie würde diesen Ort sehr vermissen.

Sie trank einen Schluck Eierpunsch – und hätte sich beinah verschluckt. Hustend hielt sie den Becher in beiden Händen.

»Sorry, ich hätte dich warnen sollen«, meinte Elinor. »Magdas Punsch ist wie Raketentreibstoff. Ich dachte, den können wir heute gebrauchen.«

»Warum können wir hier keine Kurse geben?«, wollte Deenie wissen und setzte sich auf eine Lehne des Zweiersofas. »Ich finde diese Idee großartig. Wir könnten einen Agility-Kurs geben und einen Hundefrisör holen …«

»Das alles habe ich heute Morgen auch noch gedacht«, gestand Ally. War es erst heute Morgen gewesen? »Ich hatte diesen tollen Plan, Furry Frieds mit einem Atelier für Tierfotografie und einer Hundepension zu retten. Doch wie sich herausgestellt hat, bin ich die Einzige, die das Tierheim retten will. Meine Großeltern verkaufen alles und ziehen in die Summerland Estates. Ich kann es mir nicht leisten, das Haus und das ganze Land von ihnen zu erwerben, und wenn die Hunde alle weg sind und sie mich nicht mehr brauchen, wozu soll ich dann noch hierbleiben? Abgesehen davon habe ich eine Einladung zu einem Vorstellungsgespräch für meinen Traumjob in New York bekommen. Offensichtlich will das Universum mir zu verstehen geben, dass ich zurückgehen soll.«

»Stresshirn«, erklärte Elinor kopfschüttelnd. »Da spricht deine Angst.«

»Da spricht meine Vernunft«, korrigierte Ally sie. »Ich gehöre nicht hierher. Vielleicht habe ich nie hierhergehört.«

Deenie rutschte auf der Sofalehne herum. »Ist es wegen Ben?«

»Nein.« Und es ging tatsächlich nicht um ihn. Jedenfalls nicht nur. »Es geht um meine Großeltern. Und das Tierheim. Und … um meine Eltern.« Sie blickte in die cremigen Tiefen ihres Eierpunsches, als läge darin die Lösung all ihrer Probleme. Sie hatte sich nach dieser Art von Verbundenheit gesehnt, nach diesem Familiensinn, seit sie ihre Eltern verloren hatte. Sie hatte eine solche Angst vor dem Alleinsein gehabt, davor, den Kontakt zu ihren letzten Angehörigen zu verlieren. Aber hierzubleiben war keine Option mehr. »Diese Sache mit Ben … das ist nur ein weiterer Punkt. Ein weiterer Grund zu gehen. Was habe ich denn hier noch?«

»Du hast mich«, sagte Deenie.

»Und mich«, fügte Elinor hinzu.

Colby bellte.

»Colby gefällt es hier anscheinend auch.« Deenie grinste. »Das sind doch ziemlich überzeugende Gründe, um zu bleiben.«

»Aber du bleibst doch auch nicht, oder?«

Deenie zögerte und atmete tief ein. »Wahrscheinlich nicht«, gab sie zu. »Zumindest nicht für immer. Sobald es nicht nach meinen Vorstellungen läuft, fliehe ich gern nach Rom.«

Elinor sah sie an. »Manchmal glaube ich, du bist verrückt. Und dann sagst du so etwas, und ich beginne mich zu fragen, ob ich nicht die Verrückte von uns beiden bin. Wir sollten alle nach Rom fliehen.«

Ally lächelte, nicht ganz sicher, ob die zwei es nicht ernst meinten. »Ich weiß nicht, was ich machen soll. Ich kam her, um mein Leben zu ordnen, und jetzt bin ich verwirrter denn je.«

»Ben ist ein Idiot«, verkündete Elinor. »Allerdings glaube ich, dass er wirklich etwas für dich empfindet. Ich habe noch nie erlebt, dass er jemanden so ansieht wie dich.«

»Spielt es denn eine Rolle, was er empfindet, wenn er mich partout nicht in sein Leben lässt?«

Das ließ alle verstummen – die Sache war einfach zu verzwickt.

»Ich wollte, dass er das mit uns will«, gestand Ally. »Aber er war nie wirklich dazu bereit.«

»Ich hoffe, du bleibst«, sagte Elinor schließlich. »Dein Platz ist hier, Ally Gilmore.«

Zu gern hätte sie das geglaubt. Doch hier war ihr Platz nur vorübergehend.

Ben hatte rasende Kopfschmerzen, als er und Astrid endlich der Krippenspielprobe entfliehen und sich auf den Heimweg machen konnten. Er hatte mehr als einen freiwilligen Helfer angeranzt und seinem Scrooge-Image wirklich alle Ehre gemacht. Aber dieses Gespräch mit Ally ging ihm einfach nicht aus dem Kopf.

Er hatte den Eindruck, mal wieder alles zu vermasseln. Es war dieses nur allzu vertraute Gefühl, jemanden im Stich zu lassen, das ihn den ganzen Nachmittag geplagt hatte. Warum musste Ally ihn um mehr bitten, als er ihr geben konnte? Sah sie denn nicht, dass er mit ihr zusammen sein wollte, es aber nun einmal nicht überstürzen durfte? Sie kannten einander doch erst seit ein paar Wochen. Er musste erst sein Leben in

Ordnung bringen, ehe Platz für einen weiteren Menschen darin war. Er hatte einen Plan, und wenn sie ihm zugehört hätte – hatte sie aber nicht. Mit finsterer Miene fuhr er durch das malerische Pine Hollow heim.

»Können wir uns *Die Muppets-Weihnachtsgeschichte* ansehen?«, fragte Astrid, als sie, nichts von seinen Kopfschmerzen ahnend, aus dem Auto kletterte.

»Nach dem Abendessen.« Sie zogen ihre Wintersachen aus und riefen seinen Eltern in der Küche ein »Hallo!« zu. Ben ging zurück in den Windfang, um die Werkzeugkiste zu verstauen, die er mitgenommen hatte – und stutzte angesichts des fremden Objekts, das nun an der Stelle stand, an der sich die kaputte Waschmaschine befunden hatte.

Es glänzte strahlend weiß und neu, mit einer dicken roten Schleife obendrauf.

Ben starrte die Waschmaschine an, während sich Ärger in ihm breitmachte. »Was habt ihr getan?«, bellte er.

Er hörte seine Familie hinter sich im Flur und drehte sich um. Seine Eltern strahlten und riefen im Chor: »Frohe Weihnachten!«

»Wo ist unsere Waschmaschine?«, rief er aufgebracht. »Ich war im Begriff, sie reparieren zu lassen.«

»Wir wollten das für dich tun.« Sein Vater trat lächelnd vor.

»Dein Vater hat heute sogar die Treppe repariert«, ergänzte seine Mutter.

Ben kochte.

Ja, sie wollten nur helfen. Das war ihm schon klar. Doch da war sie wieder, diese Stimme, die ihm einflüsterte, er sei ein Versager und seiner Verantwortung nicht nachgekommen. Prompt gelang es ihm nicht, seinem Ton die Schärfe zu nehmen.

»Ich hätte das auch noch gemacht.« Er brauchte keine Menschen, die sich in sein Leben drängten und Dinge für ihn erledigten. Er würde das Haus selbst renovieren. Er würde beweisen, dass er das konnte. Immer gab es so viel zu beweisen.

»Das wissen wir.« Die Miene seiner Mutter verriet, dass sie jetzt auf der Hut war.

Er benahm sich wie ein Idiot. Er hörte Allys Stimme, als sie ihm sagte, es sei kein Zeichen von Schwäche, Hilfe anzunehmen. Dass er der Einzige sei, der glaube, er müsse etwas beweisen. Trotzdem war dieses Gefühl wieder da. Dieses Gefühl zu versagen, und Katie und Paul und alle anderen könnten es sehen.

»Onkel Ben?«

Er blickte in Astrids besorgtes Gesicht und zwang sich, tief durchzuatmen. »Danke.«

Es klang nicht sanft, doch seine Mutter lächelte. »Gern geschehen. Komm, Astrid. Da sind neue Geschenke für dich unter dem Tannenbaum.«

Astrid rannte los, um nachzusehen. Ben und sein Vater blieben zurück.

»Alles okay mit dir?«, erkundigte sein Vater sich, und seine Augen sahen viel zu viel.

»Ich habe Isabelle heute getroffen«, berichtete Ben ihm nach kurzem Zögern – das war einfacher, als darüber zu sprechen, dass er es mit Ally vermutlich vermasselt hatte und sich damit quälte.

Sein Dad hob die Brauen. »Ach ja?«

Ben sah seinem Vater in die Augen. »Sie meinte, ich mache es den Leuten schwer, für mich da zu sein.«

Sein Vater lächelte. »Na ja, das ist nicht wirklich ein Geheimnis. Katie war die Einzige, von der du dir je hast helfen lassen.«

Ben betrachtete die neue Waschmaschine. Es war nie seine Absicht gewesen, jemanden wegzustoßen oder es den Leuten schwer zu machen, ihm zu helfen. Er hatte immer nur an seine Verantwortung gedacht. Es gab Dinge, die hingen von ihm ab, und die konnte er niemand anderem aufbürden. Er musste dafür sorgen, dass alles gut lief. Bei Katie jedoch …

Er hatte keine Ahnung, warum es ihm immer leichtgefallen war, ihr die Zügel zu überlassen. Aber so war es gewesen. Vielleicht, weil sie ihm die Zügel einfach seit er denken konnte aus der Hand genommen hatte. Sie war die große Schwester. Es war ihr Job. Jedenfalls hatte sie sich nie von ihm abweisen oder es ihn allein versuchen lassen. Sie war einfach da gewesen. Und ja, das fehlte ihm. *Sie* fehlte ihm, ihre Art, sich unmerklich in sein Leben hineinzuschieben und ihn zum Lachen zu bringen, wenn er eigentlich wütend sein wollte. Er würde nie aufhören, sie zu vermissen, und es würde immer eine Lücke da sein. Aber er musste lernen, jemand anderen in sein Leben zu lassen. Jemand anderen außer Astrid. Er durfte ihr das nicht aufbürden. Er brauchte …

Er brauchte eine Partnerin.

Prompt tauchte ein Bild von Ally in seinem Kopf auf.

»Falls es dir hilft, du besserst dich«, sagte sein Vater. »Deine Mutter und ich haben darüber gesprochen. Wie du uns darum gebeten hast, ein paar Dinge zu erledigen, und wie du dir die Schneefräse von Connor geliehen hast. Astrid erzählte, du hättest sogar Elinor in den letzten Wochen ein paarmal darum gebeten, auf sie aufzupassen.«

Allys wegen. Alles ihretwegen. Astrid wollte, dass er glücklich war, und sie hatte geglaubt, er sei es, seit er Ally kennengelernt hatte. Seine Eltern wollten, dass er lernte, Hilfe anzunehmen. Seit er Ally kannte, hatte er das auch getan. Die ganze Stadt wollte, dass er lockerer wurde und nicht mehr ein solcher Scrooge war … Auftritt Ally.

Erst als sie in seinem Leben aufgetaucht war, hatte das Gefühl zu ertrinken aufgehört. Innerhalb von Wochen war sie zu einer seiner besten Freundinnen geworden. Nur war sie auch mehr als das. Sie hatte ihn verändert, die verhärteten Stellen seines Herzens aufgebrochen und wieder Licht hineingelassen. In den vergangenen zwei Jahren hatte er sich vergraben und Mauern um sich herum errichtet. Er war tatsächlich mehr und mehr zu einem Scrooge geworden. Ally hatte ihn angerempelt und alles geändert.

Er war so lange auf Nummer sicher gegangen und hatte versucht, alles zu kontrollieren, sein Leben und seine Verantwortlichkeiten im Griff zu haben. Etwas anderes war nicht infrage gekommen. Aber im Leben ging es nicht um Sicherheit. Das wahre Leben fand statt, wenn man aufhörte, alles kontrollieren zu wollen. Wie zum Beispiel die Anschaffung eines Hundes, auch wenn er wusste, dass Astrid nicht immer diejenige sein würde, die ihn fütterte, und dass dieser Hund möglicherweise auf seinen Schuhen herumkauen würde.

Oder die Liebe zu Ally.

Er hatte versucht, alles zu kontrollieren und zu sortieren, bis er sie fast verloren hätte – falls er sie nicht schon verloren hatte. Er hatte ihr geraten, den Job in New York anzunehmen und dorthin zurückzugehen.

Ben sah seinen Vater an und verspürte eine plötzliche Dringlichkeit. »Ich muss los. Kannst du …«

Verständnis flackerte in den Augen seines Vaters auf. »Natürlich.«

»Danke.«

Jetzt musste er sich nur noch überlegen, was er sagen würde.

Das Hundeheim und das Wohnhaus waren dunkel, als Ben in die Auffahrt einbog. Erneut fiel ihm erst hier ein, dass er eine SMS hätte schreiben sollen. Er stellte die Automatikschaltung auf Parken, zog sein Handy aus der Tasche und starrte es an, während er nach den richtigen Worten suchte. Bisher war Ally stets wie durch einen Zauber aufgetaucht, sobald er hier angekommen war – vielleicht eines ihrer Zeichen des Universums. Doch diesmal blieb die Tür des Farmhauses fest geschlossen.

Schließlich tippte Ben: *Können wir reden?* Und schickte den Text ab.

Ungeduld veranlasste ihn hinzuzufügen: *Ich stehe in der Auffahrt.*

Die Häkchen auf dem Display zeigten an, dass die Nachricht gelesen worden war.

Die Haustür ging auf.

Ben stieg rasch aus dem Wagen und lief zur Veranda. Ally stand halb hinter der Tür und spähte hinaus – sie machte keinerlei Anstalten, ihn hineinzulassen. Im Haus hinter ihr war alles dunkel.

»Ich hätte Kaffee mitbringen sollen. Das ist doch unser traditionelles Friedensangebot, oder?«

Ally verzog keine Miene. »Ben …«

»Es tut mir leid. Ich will nicht, dass du nach New York zurückgehst.«

Ally seufzte, aber es war kein verträumtes, verliebtes Seufzen, sondern ein erschöpftes. »Es hat keinen Zweck. Meine Großeltern verkaufen alles und ziehen in die Summerland Estates. Ich kann es mir nicht leisten, das Tierheim offenzuhalten, und ich werde hier nicht mehr gebraucht.«

Etwas in ihm wurde ganz still. Er hatte nicht damit gerechnet, dass sie tatsächlich weggehen würde. Selbst als er sich innerlich darauf eingestellt hatte, war es ihm unwahrscheinlich vorgekommen. »Aber der Ort braucht dich.« *Ich brauche dich.*

»Nein, hier braucht mich niemand. Die meisten Leute wissen nicht einmal, wer ich bin. Ich gehöre nicht hierher. Ich bin bloß eine Touristin mit einer großen Kamera, wie du bei unserer ersten Begegnung gesagt hast.«

»Ally ...«

»Das hier war nur eine Unterbrechung meines Alltags in der Großstadt. Eine Chance, auszuprobieren, wie andere Menschen leben. Doch nun deuten alle Zeichen wieder in Richtung New York.«

»Die Zeichen geben dir nur die Erlaubnis, das zu tun, was du ohnehin tun wolltest«, erinnerte er sie. »Bist du dir sicher, dass du weglaufen willst?«

Ihre Augen funkelten, und das erinnerte ihn an ihre erste Begegnung. »Was ich will, ist jemanden, der keine Angst hat, mich auf dem Marktplatz zu küssen. Und den werde ich hier ja wohl nicht finden, oder?«

Ihr Blick verriet Unnachgiebigkeit, weshalb Ben die Worte, die er unbedingt hatte sagen wollen, im Halse stecken blieben. Sie wollte, dass er es sagte. Sie hatte ihn gefragt, was er wollte, und er hatte geantwortet, das spiele keine Rolle – denn das war leichter, als etwas zu wollen und es nicht zu bekommen. Es war leichter, als etwas zu riskieren.

Er hatte die vergangenen zwei Jahre in dem Gefühl gelebt, alles wäre bereits für ihn entschieden und er könnte nun lediglich das Beste aus alldem machen. Er war sich nicht sicher, ob er überhaupt noch wusste, wie er sich anders verhalten konnte. Wie sollte er solche eingefleischten Gewohnheiten ändern? Wie sollte er Ally zeigen, dass er das wollte?

Er zögerte zu lange, und Ally sah ihn resigniert an. »Schon gut. Es ist ohnehin nicht mehr wichtig. Gute Nacht, Ben. Frohe Weihnachten.«

Die Tür wurde geschlossen, und Ben starrte sie eine volle Minute an, ehe er sich auf den Rückweg zu seinem Wagen machte.

Von der Fahrt nach Hause bekam er kaum etwas mit, zu tief war er in Gedanken versunken. Er parkte schon in der winzigen Auffahrt, als ihm bewusst wurde, dass er hinter dem Lenkrad seines Wagens saß. Er stellte den Motor aus, der beim Abkühlen leise klickende Laute von sich gab.

Er hatte es verbockt. Wieder einmal. Er musste Ally zeigen, was sie ihm und der Stadt bedeutete. Er musste es auf eine Weise tun, die bewies, wie ernst es ihm war. Er musste springen, ohne nach einem Sicherheitsnetz Ausschau zu halten. Er musste ihr alles zeigen, was er nicht hatte in Worte fassen können.

Ben nahm sein Handy hervor und stieg mit schnellen Bewegungen aus dem Wagen.

Er hatte viel zu erledigen.

Und er würde jede Menge Hilfe brauchen.

36. Kapitel

Am Morgen vor Weihnachten stieg Ally die Stufen vor dem Farmhaus hinunter. Die Trittflächen knarrten unter ihren Hausschuhen. Sie ließ Colby und Partridge draußen ihr Geschäft verrichten und beobachtete dann aus der warmen Küche, wo sie Kaffee kochte, wie die beiden im Garten herumschnüffelten. Gramps und Gram waren stets vor ihr wach, die zwei waren schon immer Frühaufsteher gewesen. In letzter Zeit aber hatten sie einen regelrechten Wettkampf daraus gemacht: um neun ins Bett und um halb fünf wieder raus.

Heute Morgen allerdings mussten sie verschlafen haben, denn Ally war allein in der Küche und beobachtete, wie das Wasser von der Dachrinne tropfte, und die Hoffnung auf weiße Weihnachten zerrann. Über Nacht war es wärmer geworden, und die höheren Temperaturen sorgten bereits dafür, dass braune Flächen unter dem Weiß der Auffahrt durchschimmerten.

Colby schnupperte an der Tür, und Ally machte sie auf, um ihn wieder hereinzulassen. Partridge watschelte hinterher. Sie hatte es gestern Abend nicht übers Herz gebracht,

Partridge wieder in seinen Zwinger zu bringen. Er hatte sie mit seinen großen Hundeaugen angesehen, und da hatte sie einfach nicht widerstehen können. Plötzlich schienen sämtliche Regeln, sich nicht zu sehr einzulassen, nichts mehr zu bedeuten. Nicht angesichts der bevorstehenden Schließung des Tierheims und ihrer eigenen ungewissen Zukunft. Vielleicht sollte sie Partridge adoptieren. Obwohl es deutlich schwieriger sein dürfte, in der Stadt eine Wohnung zu finden, in der gleich zwei Hunde gestattet waren.

Colby war an die Routine bei Furry Friends gewöhnt. Er war immer hier bei Allys Großeltern geblieben, wenn sie beruflich unterwegs war und ihn nicht mitnehmen konnte. Aber für die Summerland Estates war er zu groß. Ally würde nicht mehr so häufig reisen können – was bedeutete, dass sie den Job bei der Spectrum Group wirklich brauchte. Trotzdem fiel es ihr immer noch schwer, sich zu freuen. Auch wenn sie wusste, dass es das war, was sie tun sollte.

Dass Ben gestern Abend vorbeigekommen war und ihr gestanden hatte, er wolle nicht, dass sie zurück nach New York ging, jedoch ohne ausdrücklich zu sagen, dass er mit ihr zusammen sein wollte … es hatte ihr nur noch einmal bestätigt, dass sie wegmusste. Er war der Meister der widersprüchlichen Signale, und es wäre viel zu einfach, ihn wieder in ihr Herz zu lassen – aber sie hatte hier keine Zukunft.

Ally schenkte sich Kaffee ein, gab großzügig Milch und Zucker dazu und ging ins Wohnzimmer, um die Weihnachtsbaumbeleuchtung einzuschalten. Der Rest des Erdgeschosses war noch immer dunkel. Sie ließ sich mit dem Becher in der Hand auf der Couch nieder, und zwei warme Hunde lehnten sich gegen ihre Knöchel.

Sie wusste nicht, wie lange sie dort saß und den Tannenbaum ansah. Jedes Teil des aufgehängten Schmucks barg eine Erinnerung. Das Einhorn, das ihre Mutter bei dem Ausflug zur Corning-Glasmanufaktur gekauft hatte. Der Weihnachtsmann unter einer Palme aus dem Jahr, als sie Weihnachten in einem Hotel auf den Bahamas verbracht hatten. Damals waren sie zu der Erkenntnis gekommen, dass Weihnachten in einem Hotelzimmer ohne Weihnachtsbaum einfach nicht dasselbe war. Und dann der ältere Christbaumschmuck, den sie schon ihr ganzes Leben lang kannte. Ihr Dad hatte Geschichten dazu erzählt, wenn er bei den Großeltern den Baum schmückte.

Allys Eltern waren hier, in diesem Haus. Vielleicht trug das dazu bei, dass der geplante Verkauf des Hauses ihr so naheging. In diesen rissigen alten Wänden steckten Erinnerungen. Ihr Vater war hier aufgewachsen. Ihre Eltern waren mit ihr an jedem Thanksgiving-Wochenende hergefahren, um den Weihnachtsbaum aufzustellen, und dann wieder zu Heiligabend. Wenn dieses Haus nicht mehr ihr Zuhause war, würde es dann irgendwo anders sein?

Die Treppe knarrte, und Ally sah ihre Großmutter nach unten kommen, mit langsamen Bewegungen vor dem ersten Kaffee. »Guten Morgen, Liebes.«

»Guten Morgen, Gram.«

Ihre Großmutter lief leise über den Holzboden und berührte im Vorbeigehen den Tisch. Ihr Becher stand noch genau dort, wo sie ihn gestern Abend nach dem Abwasch bereitgestellt hatte. Sie nahm ihn, hob die Kaffeekanne und schenkte sich ein.

Ally schaute ihr dabei zu, und etwas in ihr zog sich zusammen. Sie war so wütend auf ihre Großmutter wegen deren

Unvorsichtigkeit gewesen. Es war schwer, zu sehen, wie Gram älter wurde und beide Großeltern sich dem Zeitpunkt näherten, an dem sie nicht mehr da sein würden. Dann würde Ally die Letzte sein, die sich noch an ihre Weihnachtstradition erinnerte.

Gram gesellte sich zu ihr ins Wohnzimmer, stellte ihren Becher ab und ließ sich seufzend in einen Sessel fallen. Ally schwieg, betrachtete den Baum und ließ ihre Großmutter den Kaffee trinken, bis sie nicht länger warten konnte.

»Es tut mir leid, ich habe gestern überreagiert.«

Ihre Großmutter sah in ihre Richtung. »Da bin ich mir gar nicht sicher. Dein Großvater und ich haben uns unterhalten. Wir hätten dir von den Estates erzählen sollen. Wir wollten nur nicht, dass du dich zur Abreise gedrängt fühlst, weil du weißt, dass wir wegziehen.«

»Ich hätte euch gegenüber auch offener sein sollen«, räumte Ally ein. »Ich war so einsam in New York, und ich glaube, ein Teil von mir hatte gehofft, ich würde wie ein fehlendes Puzzleteil hierher passen. Ich würde euch regelmäßig sehen und müsste mir keine Sorgen machen, dass ihr allein die Hunde versorgt und überhaupt auf euch gestellt seid.«

»Ja, wir alle könnten besser sein in Sachen Kommunikation.« Gram sah sie über ihren Kaffeebecher hinweg an. »Du warst einsam?«

»Nicht die ganze Zeit, aber ja. Da gab es diesen einen Tag – alles lief schief. Ich erinnere mich nicht einmal daran, was alles passiert ist, aber meine Bahn fuhr nicht, und ich musste durch den Regen laufen, mein Schirm ging kaputt, und ich wollte nur noch nach Hause, mit Colby Gassi gehen und heiß duschen. Ich war komplett abgehetzt. Als ich dort ankam, schnappte ich mir Colby, lief mit ihm los, damit er sein Geschäft verrichten konnte, und als ich zurückkam, stellte ich fest, dass ich meinen Schlüssel innen an der Wohnungstür hatte stecken lassen. Ich hatte keine Mitbewohner, der Hausmeister brauchte ewig, und meine Nachbarn kannte ich auch nicht, weil ich fast nie da war. Es gab niemanden, den ich anrufen konnte. Niemanden, dem ich einen Ersatzschlüssel gegeben hatte. Niemanden, bei dem ich hätte warten können, bis ich in meine Wohnung zurückkehren konnte. Ich war echt aufgeschmissen, und während ich so dasaß, kalt und durchnässt, mit dem armen Colby, genauso kalt und durchnässt, wurde mir klar, dass ich einfach niemanden hatte. Pine Hollow war vollkommen anders als New York. Ich dachte … Ich habe mir gewünscht, hierherzugehören, aber ihr sollt nicht in diesem Haus festsitzen, nur weil eure Enkelin allein ist.« Es schnürte ihr die Kehle zu, und sie sah den Weihnachtsbaum an, bis sie wieder sprechen konnte.

»Ich weiß, dass du dir Sorgen um uns machst«, sagte Gram mit sanfter Stimme in die Stille hinein. »Aber wir machen uns auch Sorgen um dich. Als deine Eltern … als wir sie verloren haben, habe ich gemerkt, wie du dich zurückgezogen und hinter deiner Kamera versteckt hast. Anfangs war ich froh, dass du etwas hattest, was dir Trost gab. Aber dann schien es zu einer Barriere zu werden, die dich vor der Welt schützt. Du wolltest nichts und niemanden mehr an dich heranlassen. Wir haben uns so gefreut, dass du diese Weihnachten nach Hause gekommen bist. So froh, dass du deine Kamera aus der Hand gelegt und mal gelacht hast.« Ihre Großmutter räusperte sich. »Mir war nicht klar, dass … da etwas zwischen dir und Ben läuft.«

»Nicht?« Ally lachte, und das vertrieb für einen Moment ihre Aufgewühltheit. »Da müsst ihr die Einzigen im Ort gewesen sein.«

»Er ist ein guter Junge«, meinte Gram.

»Er hat mich hinter einem Vorhang versteckt. Buchstäblich. Man kann keine Beziehung führen und gleichzeitig versuchen, sie zu verheimlichen.«

»Nein«, pflichtete ihre Großmutter ihr bei. »Aber ich kann verstehen, wenn man Dinge für sich behalten will, besonders, wenn man sich erst über alles im Klaren sein möchte. Als das letzte Mal eine seiner Beziehungen in die Brüche ging, hat der ganze Ort darüber geredet. Möglicherweise hat ihn das ein wenig vorsichtig gemacht.«

Da hatte sie wohl recht – und Ben einen guten Grund, seine Privatangelegenheiten unter Verschluss zu halten. Weh tat es trotzdem. »Er hat ständig versucht, mich auf Distanz zu halten.«

»Vielleicht«, räumte Gram ein. »Vielleicht hattest du aber auch einfach solche Angst, er könnte dich nicht wollen, dass du ständig gemeint hast, er weise dich zurück, obwohl es vielleicht gar nicht so war.« Copper kam die Treppe heruntergetrippelt, ein Vorbote ihres Großvaters, den Ally jetzt oben herumpoltern hörte. Sie stand auf, um Copper nach draußen zu lassen, doch ihre Großmutter bedeutete ihr mit einer Handbewegung, sich wieder zu setzen. Sie selbst erhob sich, ging in die Küche und öffnete die Hintertür. »Dies könnte dein Platz sein, Ally. Wenn es das ist, was du willst. Und das hat nichts mit Ben West zu tun. Zuhause ist kein magischer Ort. Es ist eine Entscheidung.«

Schön gesagt, aber wenn ihre Großeltern das Hundeasyl verkauften und in die Summerland Estates zogen, würde Ally keinen Job und keine Wohnung mehr haben, und keinerlei Perspektive mehr – bis auf einen Stand auf dem Bauernmarkt, und den auch erst, wenn das Dach der Gemeindehalle repariert war. Ohne das Tierheim würde sie das Hundeparadies, das ihr vorschwebte, nicht verwirklichen können.

Aber in einem Punkt hatte Gram recht: Ob Ally nun nach Pine Hollow gehörte oder nicht, hatte nichts mit Ben West zu tun.

»Ich sollte die Hunde für das Krippenspiel heute Abend fertigmachen.« Sie stand auf, als ihr Großvater die Treppe hinuntergepoltert kam. Partridge rappelte sich ebenfalls hoch und schaute ergeben zu ihr auf. »Wollen wir doch mal sehen, ob wir für Partridge nicht ein neues Zuhause finden, was, Kumpel? Vielleicht sollte ich ihn adoptieren. Was meinst du, Partridge? Willst du meiner sein?«

»Oh, Liebes, das habe ich vergessen, dir zu sagen«, rief Gram aus der Küche, wo sie einen weiteren Becher für Gramps einschenkte. »Wir haben eine Bewerbung für Partridge.«

»Tatsächlich?« Ally hatte ihr Handy oben am Ladekabel gelassen, aber beim Aufstehen einen Blick darauf geworfen. Keine Mails auf dem Tierheim-Account. Und keine Nachricht von Ben.

»Die kam gestern Abend. Auf meinem E-Mail-Account.«

»Du hast einen E-Mail Account?«

»Mein Textding. Auf dem Handy.«

Ally runzelte noch verwirrter die Stirn. »Jemand hat dir eine Bewerbung geschickt?«

»Ich kümmere mich darum«, erklärte ihre Großmutter. »Wir haben das zwanzig Jahre gemacht, bevor du hergekommen bist.«

»Okay«, gab Ally nach, erneut den Tränen nah.

Sie hatte diese dumme fixe Idee gehabt, dass Ben Partridge adoptieren würde. Sie hatte gesehen, wie er der Bulldogge heimlich Leckerlis gab. Sie wusste, dass er eine Schwäche für den Hund hatte. Aber für viele Dinge, die sie sich zu Weihnachten gewünscht hatte, galt wohl, dass sie Wünsche bleiben würden.

Die Geschenke, die sie für Ben und Astrid eingepackt hatte, lagen immer noch im Regal, als sie daran vorbeiging. Noch immer wollte sie, dass die beiden diese Fotos bekamen, diese Erinnerungen. Aber wäre es nicht komisch, sie ihnen jetzt noch zu geben?

Nach wie vor im Pyjama, stieg Ally in ihre Stiefel, nahm ihren Mantel und hielt die Tür auf für Partridge und Colby, bevor sie sich auf den Weg zur Scheune machte, um den anderen Hunden Hallo zu sagen. Obwohl es sich langsam nach Lebewohl anfühlte.

37. Kapitel

Innerhalb von vierundzwanzig Stunden eine Spendenaktion zu organisieren war, Überraschung, eine enorme Herausforderung. Ben stand hinter der Bühne und ging ein letztes Mal seine Checkliste durch, während das Publikum des Krippenspiels seine Plätze einnahm. Die Unruhe hinter dem Vorhang nahm zu. Sein Plan, die Einwohner zusammenzuscharen und Ally mit einer Spendensammlung zugunsten des Tierheims zu überraschen, ging auf. Blieb nur die Frage, wie Ally auf all das reagieren würde – und das bereitete ihm Sorgen.

Normalerweise machte Ben nichts, was er nicht kontrollieren konnte, doch jetzt hatte er keine Wahl.

Astrid saß mit Partridge in der Nähe; mit Hut und Fliege sah der Hund ziemlich albern aus, schien jedoch sehr stolz auf das Ensemble zu sein. Ben hatte sich gestern Abend für die Adoption der Bulldogge beworben, allerdings bei Mrs. Gilmore, weil er Ally überraschen wollte. Aber nun, da der Moment der großen Enthüllung näherrückte, fragte er sich ernsthaft, ob eine Überraschung so eine gute Idee war. Er hatte gedacht, eine gut besuchte Veranstaltung würde sie von seinem Engagement überzeugen und davon, dass er sie nicht hinter einem Vorhang verstecken, sondern zu ihr stehen würde. Jetzt aber schien es eine gute Methode zu sein, um sich einer öffentlichen Zurückweisung auszusetzen. Einer Zurückweisung, die er möglicherweise verdient hatte.

Astrid wusste nichts von seiner Bewerbung für Partridge. Der Hund sollte eine Weihnachtsüberraschung sein … außerdem war Ben noch gar nicht sicher, ob sie ihn bekommen würden. Die Fragen auf dem Bewerbungsbogen waren detaillierter, als er angenommen hatte, und hatten ihn gezwungen, über alle Aspekte der Verantwortung für einen Hund nachzudenken. Doch statt davon eingeschüchtert zu sein, war ihm die Sache auf einmal viel handhabbarer vorgekommen.

Wenn es nur für alles im Leben eine Checkliste gäbe.

»Ben? Es wird Zeit.«

Ben verdrängte die plötzlich einsetzende Nervosität. *Jetzt oder nie.* Er nickte Gayle Danvers zu, der Organisatorin des Krippenspiels. Sie strahlte übers ganze Gesicht, weil sie ihm bei seiner großen romantischen Geste helfen konnte – als hätte sie ihn nicht noch vor wenigen Wochen mitten in der Bäckerei einen Grinch genannt.

»Danke, Mrs. Danvers. Ich weiß, dass Sie das nicht tun müssten.«

Sie hob die schneeweißen Brauen. »Soll das ein Witz sein? Ich habe keine Ahnung, was diese Stadt ohne Sie machen würde. Das ist das Mindeste, was wir tun können.«

Ihre Worte verblüfften ihn zu sehr, als dass er noch etwas hätte erwidern können, ehe sie hinter dem Vorhang verschwand.

Astrid gab ihm Partridges Leine und hob beide Daumen. »Viel Glück«, flüsterte sie, während es auf der anderen Seite des Vorhangs still wurde. Offenbar wurde das Licht im Saal gedämpft. Ben nahm seine Position auf dem Podium ein. Partridge watschelte zu ihm hin und setzte sich leise schnaufend neben ihn.

Er hörte Gayles klappernde Absätze auf der Bühne und hielt den Atem an, als sie in der Mitte stehenblieb und mit der Einführung begann.

»Willkommen, Pine Holloweens, zum zweiundzwanzigjährigen Jubiläum des Pine Hollow Krippenspiels! Frohe Weihnachten!« Vereinzelt war Applaus zu hören und »Frohe Weihnachten«. »Wir sind sehr froh, euch in diesem Jahr ein Krippenspiel präsentieren zu können, das größer und besser denn je ist. Doch bevor wir beginnen, hören wir eine ganz besondere Bekanntmachung unseres Stadtverordneten Ben West! Applaus für Ben!«

Das Publikum klatschte, als der Vorhang aufging und ein Scheinwerfer auf Ben gerichtet wurde. Ben war verblüfft vom Applaus und blinzelte wegen des grellen Lichts. Ihm war durchaus klar gewesen, zumindest in der Theorie, dass er das vor der ganzen Stadt tun würde. Aber er hatte nicht wirklich darüber nachgedacht, dass die Leute applaudieren, zuhören und *zuschauen* würden.

»Sag was«, zischte Astrid von der einen Bühnenseite, und ihm dämmerte, dass er schon zu lange schweigend dastand. Partridge kippte auf die Seite und lehnte sich gegen sein Schienbein, was Ben in die Realität zurückholte.

Er hob das Mikrofon.

»Frohe Weihnachten«, begann er. »Wie viele von euch sicher wissen, musste die Stadt wegen der anstehenden Reparatur des Gemeindehausdachs den Zuschuss für das Furry

Friends Animal Rescue streichen. Daraufhin hat sich die ganze Gemeinde Pine Hollow zusammengetan, um ein neues Zuhause für die Hunde zu finden.« Er räusperte sich. »Aber erst vor Kurzem ist mir klargeworden, wie wichtig das Tierheim Furry Friends für die Gemeinde ist und welch ein großer Verlust es für Pine Hollow wäre … und für mich …, wenn es seine Pforten für immer schließen müsste.«

Erneut blinzelte er wegen des grellen Scheinwerfers, der auf ihn gerichtet war. Erwartungsvolle Gesichter blickten aus der ersten Reihe zu ihm auf – und Ally sah ihn aus der dritten Reihe an; die Fragen standen ihr ins Gesicht geschrieben.

Ben streckte die Hand aus. »Äh, Ally, könntest du wohl hier heraufkommen?«

Ally blickte zwischen ihren Großeltern hin und her, die links und rechts von ihr saßen. Auf deren Drängen hin erhob sie sich und schob sich durch die Reihe, bis sie den Gang erreichte.

»Ich weiß, dass viele von euch Ally Gilmore in den vergangenen Wochen kennengelernt und gemerkt haben, was für ein Gewinn sie für unsere Gemeinde ist«, sagte Ben, während Ally sich den Stufen zur Bühne näherte. »Da scheint es mir doch das Mindeste zu sein, wenn wir alle versuchen, ihr beim Erhalt des Tierheims zu helfen.« Ally erklomm die Bühne, und Ben ging ihr entgegen. Partridge wich ihm nicht von der Seite. »Daher führen wir heute Abend nicht nur das übliche Krippenspiel auf. Das zweiundzwanzigste jährliche Pine-Hollow-Krippenspiel ist gleichzeitig das erste Pine-Hollow-Krippenspiel plus Furry-Friends-Spendensammlung.«

Ally erstarrte und sah ihn mit großen Augen an. Er nahm ihre Hand, damit sie keinen Rückzieher machte, während ein Raunen durch das Publikum ging.

»Heute Abend werden dank großzügiger Spenden von lokalen Unternehmen eine Reihe einzigartiger Angebote aus Pine Hollow zur Versteigerung auf der Website der Stadt stehen. Wir haben eine Veranstaltung, für die The Cup das komplette Catering übernimmt, wir haben einen dreistöckigen Gebäckturm von Magda's Bakery, eine Prinzessinnenparty von Deenie Mitchell sowie private Skistunden, ein Jahr Schneepflug und viele weitere unglaubliche Angebote. Bieten Sie schnell, bieten Sie zahlreich und seien Sie großzügig. Wir wollen Furry Friends so lange erhalten wie möglich, deshalb ist dies die eine Gelegenheit, bei der niemand verärgert sein wird, wenn Sie während des Krippenspiels am Handy hängen.« Das Publikum lachte. »Wir werden einige unserer großzügigen Spender heute Abend hier haben, um Ihnen etwas über die Preise zu erzählen, die Sie gewinnen können. Alle Versteigerungen enden um Mitternacht.«

Bens Blick fiel auf Allys Hand, die er noch immer hielt. *Jetzt zum schwierigen Teil.*

Hier hätte er aufhören können. Er hätte sie von der Bühne führen und den Rest unter vier Augen sagen können. Doch heute Abend musste er etwas beweisen. Er wusste, dass die ganze Stadt zusah, aber er achtete nicht darauf. Stattdessen sah er Ally in die Augen und räusperte sich, was durch das Mikrofon, das er immer noch hielt, über die Lautsprecher verstärkt wurde.

»In den vergangenen Wochen …« Ben hielt inne und begann noch einmal. »Ich weiß, ich bin nicht der umgänglichste

Typ … äh. Mist.« Im Kopf hatte er das wieder und wieder geübt. Er kannte die Worte, aber jetzt wirbelten sie alle durcheinander.

»Was tust du?«, flüsterte Ally.

Sie sah so wundervoll aus. Ihre dunklen Locken waren auf dem Kopf zu einem Knoten zusammengebunden wie an dem Tag, als sie zum ersten Mal ins Rathaus gestürmt war. Ein rotes Weihnachtskleid umschmiegte ihre Kurven, aber es waren ihre Augen, die ihn umhauten. Aus diesen dunkelbraunen Tiefen heraus sah sie ihn misstrauisch an, als befürchte sie, er könne ihr wehtun – und er wollte ihr nie wieder wehtun.

»Ich liebe dich«, sagte er laut ins Mikrofon.

Das Publikum schnappte nach Luft, einschließlich Ally, und dann strömten die Worte aus Bens Mund.

»Du gibst mir das Gefühl, dass ich all den Dingen gewachsen bin, die sich mir in den Weg stellen, weil ich weiß, wir können es zusammen tun. Aber das ist es nicht, weshalb ich dich will – nicht, weil du es leichter machst … ach, verdammt. Ich fange das ganz falsch an … Ich möchte Dinge mit dir teilen. Alles. Ich … du.« Er zwang sich, tief einzuatmen. Sein Gesicht fühlte sich an, als würde es anschwellen. Konnte man durch Nervosität einen anaphylaktischen Schock haben? »Das ist alles für dich. Denn du hast einen Platz hier – ob mit mir oder nicht. Allerdings will ich unbedingt, dass es mit mir zusammen ist. Es tut mir leid. Schrecklich leid. Alles. Mir ist klar, dass ich nicht gerade ein Hauptgewinn bin. Mir ist auch klar, dass ich besser dabei abschneiden würde, und du hast keinen Grund …« Er würde vor lauter Panik noch in Ohnmacht fallen. Wie würdevoll.

»Ben«, flüsterte sie, und er konzentrierte sich auf ihre Augen. Der warme Humor darin wirkte sofort beruhigend auf ihn.

»Ich bin dabei, es in den Sand zu setzen«, flüsterte er zurück. »Rettest du mich?«

Ally sah zu dem Mann ihrer Träume auf und versuchte nicht zu lachen, während er sich durch seinen großen romantischen Moment haspelte. Doch anders hätte sie es gar nicht gewollt. Ben war immer so sehr darauf bedacht, dass jeder ihn souverän und perfekt erlebte, und so wütend über seine Fehler und Schwächen. Für sie jedoch und für jeden anderen, der ihn liebte, zeigte er sich heute Abend von seiner verletzlichen Seite.

Sie spürte die Blicke des Publikums. Seine Eltern, ihre Großeltern, Deenie und Connor, Elinor, die Bürgermeisterin und deren Frau. Die ganze Stadt war da. Und Ben hielt ihre Hand, auf der Bühne, in aller Öffentlichkeit. Aber er war noch nicht fertig. Ben West machte keine halben Sachen.

Sein Gesicht wurde besorgniserregend rot.

Ally trat auf ihn zu, ehe der Mann, den sie liebte, vor der ganzen Stadt in Ohnmacht fallen konnte. »*Ich* bin diejenige, die sich glücklich schätzen kann. Ich bin verrückt nach dir, Ebenezer West«, erklärte sie und war nah genug, dass alles über das Mikro zu hören war – prompt seufzten sämtliche Freunde und Nachbarn.

Ben grinste und richtete den Blick auf ihre Lippen …

»Onkel Ben!« Die gezischten Worte von der Bühnenseite stoppten ihn. Ally und er schauten dorthin, wo Astrid mit etwas wedelte, was wie ein Wanderstock aussah. Ally rätselte, während Ben grinste.

»Ach ja. Sorry. *Jetzt.*« Ben nickte Astrid zu, und sie marschierte auf die Bühne, einen langen Stock vor sich hertragend, an dessen Ende ein Mistelzweig befestigt war. Sie hielt den Zweig direkt über Bens und Allys Köpfe und musste sich ein Grinsen verkneifen.

»Beim letzten Mal habe ich das mit dem Mistelzweig verbockt.« Ben sah Ally mit einem schiefen Lächeln an. »Wollen wir es noch einmal versuchen?«

Ihr Lächeln war strahlender als der Scheinwerfer. Sie fühlte sich, als würde sie glühen und Glück aus jeder Pore verströmen. Sie packte sein Revers und zog ihn zu sich herunter, während sie sich auf die Zehenspitzen stellte. »Absolut.«

Ben drückte sie an sich und grinste über die Anfeuerungsrufe aus dem Publikum – einer davon klang sehr nach Deenie. Ally strahlte überglücklich und war sich nicht sicher, ob sie lange genug damit aufhören konnte, um ihn zu küssen. Kurz bevor ihre Lippen sich berührten, zögerte er und fuhr ihr mit den Fingern durch die Haare. Dann hörte die Welt um sie herum auf zu existieren. Es gab nur noch ihn und sie unter dem Mistelzweig. Ally befeuchtete ihre Unterlippe, und Bens Blick folgte dieser Bewegung. Dann überwand er diese letzten Zentimeter.

Ally hielt den Atem an, als seine Lippen ihre berührten – und sie war zu Hause.

In ihrem Kopf sangen Chöre *I'll Be Home for Christmas*. Erst als Ben einen Moment später den Kopf hob, realisierte sie, dass der Chor tatsächlich sang. Sie war zu Hause. Die Leute aus Pine Hollow jubelten. Die Bürgermeisterin rief:

»Das beste Krippenspiel *aller Zeiten*!« Und den Trubel übertönend rief Ben: »Vergesst nicht bei der Versteigerung mitzubieten!«

Dann küsste er Ally erneut, während das Lieblingslied ihrer Mutter gespielt wurde.

Und sie musste zugeben: Es war das beste Weihnachten aller Zeiten.

38. Kapitel

»Partridge?!« Ein Schrei der Begeisterung hallte von den Deckenbalken wider, als Astrid sich in seine Arme warf. »Oh wow, Onkel Ben! Danke, danke, danke! Du bist der beste Onkel in der Geschichte der Onkel! Und Ally!« Astrid löste sich von Ben, um sich Ally in die Arme zu werfen. »Ich danke dir so sehr! Ich weiß, dass du dahintersteckst!«

»Ich kann den Dank nicht für mich beanspruchen. Es war ganz allein die Idee deines Onkels«, protestierte Ally, aber Astrid hörte sie gar nicht, weil sie viel zu aufgeregt war, sich schon wieder losmachte und durchs Zimmer hüpfte.

»Grandma! Grandpa! Wir haben einen Hund!«

»Ich glaube, sie mag ihr Geschenk.« Ally schmiegte sich auf der Couch grinsend an Bens Seite.

Der Weihnachtsmorgen war in vollem Gang. Die Gilmores waren noch vor Sonnenaufgang eingetroffen – was in Vermont nicht allzu früh war, doch es war auch noch dunkel draußen gewesen, als Astrid alle ins Wohnzimmer gescheucht hatte und in ihrer Aufregung kaum hatte innehalten können, um Colby, Partridge und Copper zu begrüßen. Dann hatte das Mädchen sämtliche Geschenke aufgerissen, und war schon verzückt und begeistert gewesen, bevor sie noch begriff, dass ihr größter Wunsch in Erfüllung gegangen war: Partridge würde bleiben.

Ben hatte eine Schachtel als Geschenk verpackt, in der ein Zettel lag, auf dem stand, dass Astrid den Hund behalten durfte – das war ihm sicherer erschienen, als die Bulldogge selbst als Geschenk zu verpacken. Er schaute zu, wie sie die Arme um Partridge schlang. Es war schwer, so einem Glück im Weg zu stehen. Es würde nicht einfach für ihn werden, sie davon abzuhalten, sämtliche Hunde aus dem Tierheim aufzunehmen – schließlich würde Astrid weiter bei Furry Friends aushelfen, jetzt, wo es geöffnet blieb.

Wie aufs Stichwort erklang die Melodie von *Der Weiße Hai* in seiner Tasche, und Ben zog sein Handy hervor. Das war mal eine E-Mail des Stadtrat-Accounts, die er nicht fürchtete.

»O-oh«, meinte Ally stöhnend und lehnte sich herüber. »Was ist es diesmal? Es sollte ein guter Grund sein am Weihnachtsmorgen. Ist der Weihnachtsmann durch ein weiteres Dach gekracht, das jetzt repariert werden muss?«

»Nicht dass ich wüsste.« Ben hielt ihr das Handy hin, damit sie das Display sehen konnte. »Connor hat mir die letzten Zahlen der gestrigen Spendenaktion geschickt.«

Ally las staunend. »Ben …«

»Was meinst du? Möchtest du eine Weile bleiben und das Hundeasyl leiten?«

Ally sah ihn mit feuchten Augen an. »Du weißt, dass ich nirgendwohin gehe.«

In der vergangenen Nacht hatten sie stundenlang geredet – nachdem er sich beim Krippenspiel zum Affen gemacht hatte, waren sie hinter der Bühne geblieben und hatten einen Vorhang gefunden, hinter dem sie sich beide verstecken konnten.

Sie hatten einen Plan ausgearbeitet, von dem ihre Großeltern begeistert gewesen waren, als sie alle nach dem Krippenspiel beim Eierpunsch darüber sprachen. Das Geld von der Spendenaktion würde reichen, bis Ally ihre Idee, Furry Friends zum allgemeinen Anlaufpunkt für Haustiere in Pine Hollow zu machen, in die Tat umgesetzt hatte. Sie würde das Farmhaus von ihren Großeltern mieten, damit diese in die Summerland Estates ziehen konnten. Deenie überlegte, ihren Untermietvertrag zu kündigen und bei Ally einzuziehen.

Und vielleicht, wenn Ben mit seinen Renovierungsarbeiten fertig war und Astrid und er nach einem größeren Haus Ausschau hielten … nun ja. Im Farmhaus gab es mehr als genug Platz. Aber das war Zukunftsmusik.

Delia und ihre Frau Margaret hatten sie gestern nach dem Krippenspiel angesprochen, um sich für Peanut zu bewerben. Die letzten Bewohner des Tierheims waren jetzt Dolce und ihre Welpen, doch mit dem Geld der Spendenaktion würde das Tierheim auf Monate versorgt sein und neue bedürftige Hunde aufnehmen können.

Ally hatte Ben außerdem von ihren Plänen erzählt, ihre Fotos auf dem Bauernmarkt zu verkaufen, wo sie zweifellos ein großer Hit werden würden. Die Fotos, die sie für ihn und Astrid gerahmt hatte, standen bereits im Bücherregal, zu beiden Seiten eines gerahmten Bildes von Katie und Paul. Ihm war nicht klar gewesen, was für einen Unterschied ein paar Fotos machen konnten, bis er sie sah und alles sich ein bisschen richtiger und mehr wie zu Hause anfühlte. Noch perfekter wären sie nur gewesen, wenn auch Ally auf ihnen zu sehen gewesen wäre.

Die Fotos waren das beste Geschenk zu Weihnachten – obwohl die Keurig von Astrid, zweifellos mit finanzieller Unterstützung ihrer Großeltern, definitiv sehr nah dran war.

Während Astrid im Zimmer herumsprang, holte Ally ein Geschenk von der Größe eines Buches unter dem Baum hervor und kehrte damit neben ihn auf die Couch zurück.

»Was ist das?«

»Ein weiteres Geschenk habe ich noch für dich«, sagte sie mit einer so leisen Stimme, dass es nicht die Aufmerksamkeit der anderen weckte.

Ben runzelte die Stirn. »Du hast mir doch schon die Fotos geschenkt. Willst du etwa meinen Becher übertrumpfen?«

Sein Geschenk verblasste ohnehin schon im Vergleich zu ihrem. Er hatte ihr einen Kaffeebecher besorgt – einen schlichten weißen Becher mit den Umrissen von Vermont in schwarz und dem Wort Home in einem Herzen. Als er den Becher gekauft hatte, war er ihm passend vorgekommen, weil Kaffee in gewisser Weise ein Verbindungsglied zwischen ihnen war. Aber das war, bevor er sein Geschenk aufgerissen und die gerahmten Fotos von ihm und Astrid entdeckt hatte.

»Ich liebe meinen Becher«, versicherte sie ihm. »Außerdem ist das kein Wettkampf. Und selbst wenn es einer wäre, würdest du gewinnen, weil du das ganze Tierheim gerettet hast.« Sie drückte ihm das Geschenk in die Hand. »Mach es einfach auf, Scrooge.«

Er lachte, riss das Papier ab und hielt verwirrt inne. Es handelte sich um einen Schnappschuss in einem kleinen Rahmen, nur fragte er sich, weshalb sie das verschwommene Bild einer Baumkrone und ein Stück von einem Dach gerahmt hatte. Es sah aus wie ein verunglücktes Foto. Er sah sie an, und Allys Augen funkelten.

»Weißt du noch, als ich Fotos vom Marktplatz gemacht habe und dabei gegen einen gewissen griesgrämigen Scrooge gelaufen bin, wobei ich ihn mit Kaffee begossen habe? Wie sich herausgestellt hat, habe ich in dem Moment des Zusammenpralls den Auslöser gedrückt. Also ist *dies*« – sie zeigte auf das Foto – »exakt der Moment, in dem wir uns zum ersten Mal begegnet sind.«

Er lachte überrascht und drückte Ally an sich. »Das beste Geschenk aller Zeiten.«

»Ich? Oder das Foto?«

»Rate mal.« Er zog sie an sich.

Als sie sich endlich wieder voneinander lösten, war Allys Gesicht gerötet. Sie lehnte sich an ihn und beobachtete Astrid, die mit Partridge herumalberte. »Jetzt, wo du das Tierheim gerettet, Astrids größten Wunsch erfüllt, das Dach des Gemeindezentrums repariert und Pine Hollow ein auf Jahre denkwürdiges Krippenspiel beschert hast – was hast du als Nächstes vor?«

»Ein Nickerchen machen?«

Ally hob eine Braue. »Keine Pläne, für das Amt des Bürgermeisters zu kandidieren?«

Er stöhnte. »Delia hat mit dir gesprochen.«

»Sie hat sehr gute Argumente. Du wärest großartig.«

»Ich bekomme es gerade so hin, wie es momentan ist.«

Ally verdrehte die Augen. »Wie viel Spaß macht es, wenn man alles hinbekommt? Ich werde dir beibringen, das Chaos zu lieben, Ebenezer.«

»Hunde retten und Krippenspiele und so?«

»Absolut.«

Noch vor vier Wochen hätte er protestiert. Er hätte sich

mit Händen und Füßen gegen eine solche Aussicht gewehrt. Chaos wäre sein Albtraum gewesen. Doch jetzt ...

Überall lagen Sachen und Geschenkpapier verstreut herum. Ally kuschelte sich an ihn. Colby schnarchte leise zu ihren Füßen, während Copper ein Stück Geschenkband anknurrte. Bens Eltern lachten über eine Geschichte, die Allys Großmutter wild gestikulierend erzählte. Es war ein lauter, chaotischer Weihnachtsmorgen – und er war perfekt.

»Wir werden sehen«, erwiderte er murrend. Schließlich hatte er einen Ruf als Scrooge zu wahren. Da war es nicht gut, rasch nachzugeben – auch wenn er längst die Unterlagen für seine Kandidatur ausgefüllt hatte.

Astrid kam angehüpft und schaute unter dem Baum nach weiteren Geschenken.

»Jetzt wo du einen Hund hast, muss ich dir nie wieder etwas schenken, oder?«, neckte Ben sie. »Ich erinnere mich daran, dass du mir versichert hast, du würdest nie wieder um etwas bitten, wenn du nur einen Hund bekommst.«

»Ach, ich weiß nicht«, meinte Astrid auf dem Fußboden und warf Ally einen Blick zu. »Gegen einen kleinen Bruder hätte ich nichts einzuwenden.«

Ben stöhnte, und Ally prustete los. »Mal langsam, Schätzchen«, erwiderte er. »Freu dich erst mal über das, was du hast.«

Aber als Astrid wieder unter dem Baum abtauchte, auf der Suche nach weiterer Beute, sah er Ally an, und sie erwiderte den Blick belustigt. Es zog ihm das Herz zusammen – ein Baby klang nach gar keiner so schlechten Idee. Mehr Chaos. Mehr Verantwortung. Noch mehr um die Ohren, wo er doch schon mehr als genug davon hatte.

Mehr Freude. Mehr Lachen. Mehr Gründe, die ihm das Herz aufgehen lassen würden.

Ben sagte lächelnd und nur für Allys Ohren bestimmt: »Vielleicht übernächstes Weihnachten.«

Sie lachte, sah ihm dann in die Augen und wurde ernst. »Vielleicht«, flüsterte sie zurück.

Es würde sich alles ergeben, doch in diesem Moment, in seinem Haus, mit Partridge, der sich stöhnend auf den Rücken wälzte, alle vier Pfoten in die Luft gereckt, und dem laut schnarchenden Colby, mit seinen lachenden Eltern und Allys Großvater, der im Sessel einnickte, und Paul und Katies Foto, von dem sie auf alle herablächelten … in diesem Moment war Weihnachten beinah vollkommen.

Dann beugte er sich hinüber und küsste Ally. Und es war vollkommen.

Ende

Danksagung

Schreiben ist ein einsames Unterfangen, doch kein Buch schafft es in die Welt hinaus, ohne ein Team, das hinter ihm steht. Für dieses Buch gilt das umso mehr. Mein tiefster Dank gilt meiner tollen Lektorin Leah Hultenschmidt, die die Idee zu einer Geschichte über ein Tierheim in einer Kleinstadt hatte, und die mir mit ihren Anmerkungen zur ersten Fassung enorm geholfen hat – während wir uns über David Tennant ausließen. Danke für diese wundervolle Erfahrung, und dank an den Rest des Teams bei Forever Books für die herzliche Aufnahme in die Forever-Familie.

An meine Agentin Michelle Grajkowski, ohne die ich die Pine-Hollow-Reihe nie hätte schreiben können – ich danke dir sehr für dein Vertrauen.

Ein Riesendank geht an meine Testleser Kali, Kris und, natürlich, meine Mom, die alles lesen, was ich schreibe und mir das beste Feedback der Welt geben, während ich an der Überarbeitung sitze. (Dank auch an meinen Dad, der mir zuhört, obwohl er keine Ahnung hat, wovon ich rede.) Ihr seid Heilige. Alle.

Ich danke außerdem meinen Schriftstellerfreundinnen, die mit mir über Handlungslücken gesprochen haben, besonders

Kim Law. Du bist die beste Brainstorming-Partnerin, die ich mir wünschen könnte – und wenn wir manchmal durch Geplauder über *The Bachelor* abgelenkt waren, dann gehörte das einfach zu unserem »Arbeitsprozess«.

Ich muss auch den zahlreichen Mitarbeiterinnen, freiwilligen Helfern und Leitern der Tierheime danken, die mir so bereitwillig ihre Geschichte erzählt haben, als ich für das Buch recherchierte, besonders diejenigen bei Speak for the Unspoken. Es gibt so viele Hunde, die ein gutes Zuhause brauchen, und diese Menschen arbeiten unermüdlich, um eines für die Tiere zu finden. Sie sind absolute Helden.

Und zum Schluss muss ich den Hunde-Inspirationen für dieses Buch danken, den vergangenen und aktuellen Fellnasen, die ich das Glück hatte kennenzulernen: Darby, Brady und Byron. Bruno, Stinker, Tok, Shadow und Lani. Biscuit, Jelly, Mia, Brianna und Gracie. Mögen wir alle einst das Glück haben, einen süßen kleinen Welpen in unser Herz schließen zu können.

Über die Autorin

Die Autorin von Liebesromanen, Lizzie Shane, wurde in Alaska geboren und nennt den frostigen Norden noch immer ihr Zuhause. Allerdings gibt sie sich regelmäßig ihrer Reiselust hin. Glücklicherweise reist ihr Laptop mit ihr, sodass sie mittlerweile in allen fünfzig Bundesstaaten und über fünfzig Ländern geschrieben hat.

Lizzie wurde mit dem Golden Heart Award ausgezeichnet sowie der HOLT Medaille und war bereits dreimal unter den Finalisten für den renommierten RITA Award der Vereinigung Romance Writers of America. Ruhm erlangte sie jedoch für ihre Niederlage bei *Jeopardy!* Mehr über Lizzie und ihre Bücher unter www.lizzieshane.com